古典文学别释

王云 / 著

图书在版编目（CIP）数据

古典文学别释／王云著. -- 上海：上海古籍出版社，2025. 6. -- ISBN 978-7-5732-1525-3

Ⅰ. I206.2

中国国家版本馆 CIP 数据核字第 2025EK4688 号

古典文学别释

王　云　著

上海古籍出版社出版发行

（上海市闵行区号景路 159 弄 1－5 号 A 座 5F　邮政编码 201101）

（1）网址：www.guji.com.cn
（2）E-mail：guji1@guji.com.cn
（3）易文网网址：www.ewen.co

常熟文化印刷有限公司印刷

开本 635×965　1/16　印张 18.5　插页 3　字数 224,000

2025 年 6 月第 1 版　2025 年 6 月第 1 次印刷

印数：1—1,500

ISBN 978－7－5732－1525－3

Ⅰ·3905　定价：98.00 元

如有质量问题，请与承印公司联系

上　编

悲天与悯人：
鲁迅评判艺术正义的两种立场

如果说平等是现代诸价值的起点，那么，正义也就是其终点，是衡量一个社会的制度和机制正当性之最重要的价值标准，① 因而对一切存在过的尤其是自己身处的社会有着深切关怀的思想家大多追寻社会正义（现实世界中的正义），鲁迅自然也不例外。然而，鲁迅又是一个以文学家作为其主要职业的思想家，他自然也关注与社会正义有着互渗互动关系的艺术正义（艺术世界中的正义）。不过，他对艺术正义的评判要远远复杂于他对社会正义的评判，这种复杂性是由其评判艺术正义的两种立场导致的，而这两种立场又是在他评判不同类型的艺术正义的过程中显现出来的。因此要阐明这两种立场，还得从艺术正义的类型结构说起。

一、艺术正义的类型结构

故事性（演故事和说故事）艺术只要呈现社会生活的图景，就不免描述发生于人群之间的善恶行为乃至善恶冲突。这类艺术的创造者只要以正确的道德态度来描述发生于人群之间的善恶行为或者冲突，我们都可以认为其作品彰显了艺术正义。不过，它们所

---

① 罗尔斯：" 正义是社会制度的首要德性，正像真理是思想体系的首要德性一样。"（罗尔斯：《正义论》，何怀宏等译，中国社会科学出版社，2009 年，第 3 页）

彰显的艺术正义分属两种不同的类型。笔者姑且将这两种类型分别命名为"完全艺术正义"与"不完全艺术正义"。它们的异同在于,皆有分配性正义这一要素,但前者同时又有补偿性正义这一要素,而后者却付之阙如。

分配性正义是主张合理分配权利的原则。有些权利是基本权利,譬如生命权和财产权等,这些是在人群中平均分配的,也即人人都享有的权利;而有些则是非基本权利,譬如残障人、老年人和未成年人有获得社会特殊关照或保护的权利等,这些权利因人群而异,并非人人都能享有。法律等强制性规范若体现了合理分配权利的原则,那便是严格或广泛意义上的"善法"。在任何一个社会中,绝大多数成员都会依照善法行事,但也必有极少数成员为了获取不正当利益而违背善法,从而损害他人(自然人和法人)的权利。这就需要补偿性正义予以救济。

补偿性正义是主张以实质性的救济维护正当权利的原则,它从分配性正义衍生而来。善法既体现了后一种原则,也体现了前一种原则。亚里士多德说:"……矫正的公正也就是得与失之间的适度。"① "矫正的公正"也即后世学者所谓的"补偿性正义"。西季威克说:亚里士多德将"正义"拆分为两类:"分配性的正义"和"补偿性的正义"。② 作为严格意义上善法的法律,主要通过矫正正当权利被侵犯而导致的恶果来维护正当权利,而作为广泛意义上善法的法令和规章,同时通过矫正正当权利被侵犯而导致的恶果和弥补因维护他人正当权利而导致的损失来维护正当权利。这两类正义是笔者区分完全艺术正义与不完全艺术正义的哲学(政治哲学、伦理学和法哲学)依据。

---

① 亚里士多德:《尼各马可伦理学》,廖申白译,商务印书馆,2003年,第138页。
② 亨利·西季威克:《伦理学史纲》,熊敏译,江苏人民出版社,2008年,第60页。

从创作论角度看,作为形而上之道的完全艺术正义(分配性正义和补偿性正义)观念主导了作为形而下之器的"褒善贬恶"和"赏善罚恶"这两种情节的生成。而从作品论角度看,这两种情节又呈现了完全艺术正义的状态,并继而彰显了完全艺术正义的观念。不完全艺术正义(分配性正义)观念与"褒善贬恶"情节之关系亦复如此。西方思想家大多同时在形上(观念)和形下(情节)这两个层面讨论艺术正义问题,除王国维和朱光潜等外,中国思想家大多仅在情节层面讨论这一问题。需要强调的是,无论仅在情节层面上,还是仅在观念层面上讨论艺术正义问题,相对这一层面的另一层面都是隐性地存在着的,都是"不在场"的在场。事实上,鲁迅评判艺术正义的话语也仅限于情节层面,但它却无可避免地指涉了观念层面。

中国古代戏曲和小说、好莱坞电影往往以分配性正义观念,即正确道德态度来描述人的善恶行为或者冲突,从而建构褒善贬恶情节,然后它们又往往以补偿性正义观念来建构赏善罚恶情节(大多出现于结局处)。大异其趣的是,西方戏剧和小说、清末以来的中国戏剧和小说也往往以分配性正义观念建构褒善贬恶情节,但大多缺乏以补偿性正义观念建构起来的赏善罚恶情节。鲁迅评判艺术正义的话语主要生成于他对中国古代戏曲和小说中赏善罚恶情节的评判。

完全艺术正义即西方人所谓的"诗的正义"。英国批评家托马斯·莱默《上一个时代的悲剧》(1678)说:"如果诗人想要寓教于乐,就必须使正义完全得到伸张。"① 这里的"正义"(justice)也即该著所谓的相对于"历史正义"(historical justice)的"诗的正义"

---

① T. Rymer, "The Tragedies of the Last Age" in C. A. Zimansky, ed., *The Critical Works of Thomas Rymer*, Westport, Connecticut: Greenwood Press, 1971, p. 22.

(poetic justice)。① 英语国家的文学术语词典如是界定 poetic justice:"表达了这样的观念:坏人受到应有的惩罚,好人受到应有的奖赏。"② "指的是这样一种安排:在一部文学作品的结尾,让各种人物分别获得与其善行或恶行相称的……奖赏或惩罚。"③ 美国学者琼·格雷斯指出:"诗的正义并非亚里士多德的哲学原则而是可追溯至柏拉图《理想国》……中隐含的信条。"④ 诚哉斯言! 尽管这一概念由莱默创立,但这种思想的首创权无疑属于柏拉图。⑤

完全艺术正义可细分为两种亚类型:"经验性完全艺术正义"与"超验性完全艺术正义"。⑥ 前者是由自然力量(主要是人的力量)主导的褒善贬恶和赏善罚恶情节彰显的完全艺术正义,而后者则是由自然力量和(或)超自然力量(主要是鬼神的力量)主导的褒善贬恶和(或)赏善罚恶情节彰显的完全艺术正义。详言之,它可能由三种情节组合彰显出来:(1)经验性褒善贬恶情节和超验性赏善罚恶情节;(2)超验性褒善贬恶情节和经验性赏善罚恶情节;(3)超验性褒善贬恶情节和超验性赏善罚恶情节。其中第一种组合居多。

不完全艺术正义也可细分为两种亚类型:"经验性不完全艺术正义"与"超验性不完全艺术正义"。前者是由自然力量主导的褒善贬恶情节彰显的不完全艺术正义,而后者则是由超自然力量主

---

① T. Rymer, "The Tragedies of the Last Age", p. 27.
② J. A. Cuddon, et al., *The Penguin Dictionary of Literary Terms and Literary Theory*, London: Penguin Books Ltd., 1999, p. 681.
③ M. H. Abrams, *A Glossary of Literary Terms*, 外语教学与研究出版社, 2004 年, 第 230 页。
④ J. C. Grace, *Tragic Theory in the Critical Works of Thomas Rymer, John Dennis, and John Dryden*, Cranbury: Associated University Presses, 1975, p. 43.
⑤ 柏拉图:《理想国》, 张竹明译, 译林出版社, 2009 年, 第 85 页。
⑥ "超验的"(transcendental)释义有二:宗教上"超自然的"(supernatural)和哲学上"先验的"(a priori), 本文在宗教意义上使用该词。

导的褒善贬恶情节彰显的不完全艺术正义。经验性（不）完全艺术正义是纯粹的，不掺杂超验因素，而超验性（不）完全艺术正义大多不纯粹，大多掺杂经验因素，因为描述社会生活的图景毕竟是艺术的基本取向。① 艺术正义的类型结构是本文的前提性问题，舍此则无法对鲁迅的两种立场开展有效的讨论。

二、显示两种立场的代表性文本

1924年7月，鲁迅在西安作了题为《中国小说的历史的变迁》之系列讲演。经其本人修订后，该讲演记录稿刊布于1925年3月。第三讲《唐之传奇文》说：

> 而中国人不大喜欢麻烦和烦闷，现在倘在小说里叙了人生底缺陷，便要使读者感着不快。所以凡是历史上不团圆的，在小说里往往给他团圆；没有报应的，给他报应，互相骗骗。——这实在是关于国民性底问题。②

1925年8月，鲁迅在《语丝》上发表《论睁了眼看》。该文指出："中国的文人，对于人生，——至少是对于社会现象，向来就多没有正视的勇气。""先既不敢，后便不能，再后，就自然不视，不见了。……然而由本身的矛盾或社会的缺陷所生的苦痛，虽不正视，却要身受的。文人究竟是敏感人物，从他们的作品上看来，有些人确也早已感到不满，可是一到快要显露缺陷的危机一发之际，他们总即刻连说'并无其事'，同时便闭上了眼睛。这闭着的眼睛便看

---

① 本节内容详见拙文《艺术正义的类型与亚类型》（《文艺理论研究》，2019年第6期）。
② 鲁迅：《中国小说的历史的变迁》，《鲁迅全集》第9卷，人民文学出版社，2005年，第326页。此后凡不标明出版信息的《鲁迅全集》皆为人民文学出版社2005版。

见一切圆满……于是无问题,无缺陷,无不平,也就无解决,无改革,无反抗。因为凡事总要'团圆',正无须我们焦躁;放心喝茶,睡觉大吉。""中国的文人……万事闭眼睛,聊以自欺,而且欺人,那方法是:瞒和骗。""凡有缺陷,一经作者粉饰,后半便大抵改观,使读者落诬妄中,以为世间委实尽够光明,谁有不幸,便是自作,自受。""有时遇到彰明的史实,瞒不下,如关羽岳飞的被杀,便只好别设骗局了。一是前世已造夙因,如岳飞;一是死后使他成神,如关羽。① 定命不可逃,成神的善报更满人意,所以杀人不足责,被杀者也不足悲,冥冥中自有安排,使他们各得其所,正不必别人来费力了。"②

该文不仅以大量篇幅嘲讽或痛斥"给他报应"之类的艺术及其创造者,更将批判锋芒指向导致这类艺术生成的中国传统的国民性:"诚然,必须敢于正视,这才可望敢想,敢说,敢作,敢当。倘使并正视而不敢,此外还能成什么气候。然而,不幸这一种勇气,是我们中国人最所缺乏的。""'作善降祥'的古训,六朝人本已有些怀疑了,他们作墓志,竟会说'积善不报,终自欺人'的话。但后来的昏人,却又瞒起来。""中国人的不敢正视各方面,用瞒和骗,造出奇妙的逃路来,而自以为正路。在这路上,就证明着国民性的怯弱,懒惰,而又巧滑。一天一天的满足着,即一天一天的堕落着……"③ 临近结尾处,该文描述了"瞒和骗"这一国民性与"瞒和骗的文艺"之间的恶性循环:

> 中国人向来因为不敢正视人生,只好瞒和骗,由此也生出瞒和骗的文艺来,由这文艺,更令中国人更深地陷入瞒和骗的

---

① 《说岳全传》第1、2回和《三国演义》第77回中有如此这般情节。
② 鲁迅:《论睁了眼看》,《鲁迅全集》第1卷,第251—252、254页。
③ 鲁迅:《论睁了眼看》,第251、253—254页。

大泽中,甚而至于已经自己不觉得。①

从上引批判话语中,显见鲁迅对古代艺术中相沿成习的赏善罚恶情节深恶痛绝。然而令人不解的是,近一年后的1926年7月,鲁迅在《莽原》上发表《无常》,该文竟然对作为赏善罚恶情节之组成部分的超验性赏善罚恶情节表现出高度认同甚至赞赏:

> 他们——敝同乡"下等人"——的许多,活着,苦着,被流言,被反噬,因了积久的经验,知道阳间维持"公理"的只有一个会,而且这会的本身就是"遥遥茫茫",于是乎势不得不发生对于阴间的神往。……活的"正人君子"们只能骗鸟,若问愚民,他就可以不假思索地回答你:公正的裁判是在阴间!

此文如是论"勾摄生魂的使者的这无常先生":"在庙里泥塑的,在书上墨印的模样上,是看不出他那可爱来的。最好是去看戏。但看普通的戏也不行,必须看'大戏'或者'目连戏'。……全本里一定有一个恶人,次日的将近天明便是这恶人的收场的时候,'恶贯满盈',阎王出票来勾摄了,于是乎这活的活无常便在戏台上出现。""至于我们——我相信:我和许多人——所最愿意看的,却在活无常。""人民之于鬼物,惟独与他最为稔熟,也最为亲密。"因为他往往是"在许多人期待着恶人的没落的凝望中"行动的。此文还说:"无论贵贱,无论贫富,其时都是'一双空手见阎王',有冤的得伸,有罪的就得罚。"②

1927年4月和5月,鲁迅在《莽原》上发表《铸剑》。眉间尺复仇的故事最早见于魏曹丕《列异传》和东晋干宝《搜神记》。把同一题材的这三个文本联系起来读,显见越往后篇幅越大,细节越多。不过,根本差异还不在于篇幅和细节,而在于复仇的结局。

---

① 鲁迅:《论睁了眼看》,第254—255页。
② 鲁迅:《无常》,《鲁迅全集》第2卷,第276—280页。

"客"将眉间尺的头献给楚王后,曹丕如是描述:"客令镬煮之,头三日三夜跳不烂。王往观之,客以雄剑倚拟王,王头堕镬中;客又自刎。三头悉烂,不可分别。"① 干宝如是描述:"客曰:'此乃勇士头也。当于汤镬煮之。'王如其言。煮头三日三夕,不烂。头踔出汤中,瞋目大怒。客曰:'此儿头不烂,愿王自往临视之,是必烂也。'王即临之。客以剑拟王,王头随堕汤中;客亦自拟己头,头复堕汤中。三首俱烂,不可识别。"②

《铸剑》结局之篇幅至少是上引两个结局之篇幅的二十倍,引来颇嫌词费,就粘贴一段表现三个头在金鼎里"死战"的情节吧:

> 他的头一入水,即刻直奔王头,一口咬住了王的鼻子,几乎要咬下来。王忍不住叫一声"阿唷",将嘴一张,眉间尺的头就乘机挣脱了,一转脸倒将王的下巴下死劲咬住。他们不但都不放,还用全力上下一撕,撕得王头再也合不上嘴。于是他们就如饿鸡啄米一般,一顿乱咬,咬得王头眼歪鼻塌,满脸鳞伤。先前还会在鼎里面四处乱滚,后来只能躺着呻吟,到底是一声不响,只有出气,没有进气了。③

鲁迅在这里详写的,正是曹丕和干宝省略的。他们太惜墨如金,以至留下偌大的"空白点",召唤读者发挥想象力去填补它。你可以说鲁迅太擅长写故事,这两段充满了细节的美感。你也可以说鲁迅太有"一个都不宽恕"的执念,这两段充满了复仇的快感。或许曹丕和干宝认为,楚王已经被"客"用剑杀死,赤鼻或赤比(即鲁迅笔下的"眉间尺")已经为自己的父亲报了大仇,写到这里,他们的任务

---

① 鲁迅编:《古小说钩沉》,《鲁迅全集》第 8 卷,人民文学出版社,1973 年,第 249 页。
② 干宝:《搜神记》,中华书局,1979 年,第 129 页。
③ 鲁迅:《铸剑》,《鲁迅全集》第 2 卷,第 447—448 页。

已经完成。况且干宝还写了"头踔出汤中,踬目大怒",或许在干宝看来,他已经写出了赤比对复仇念兹在兹因而死不瞑目的情状。但鲁迅偏偏不这样认为,在他看来,这太不解气,太不过瘾,太不尽如人意。于是他将这复仇的过程大大地"铺排"了一番。我们完全可以说,鲁迅是以"报复的毒心"对超自然赏善罚恶情节表达了高度赞赏。

1936年10月,鲁迅在《中流》上发表《女吊》。该文如是开宗明义:

> 大概是明末的王思任说的罢:"会稽乃报仇雪耻之乡,非藏垢纳污之地!"
>
> 不过一般的绍兴人,并不像上海的"前进作家"那样憎恶报复,却也是事实。单就文艺而言,他们就在戏剧上创造了一个带复仇性的,比别的一切鬼魂更美,更强的鬼魂。这就是"女吊"。

在描述这"受民众之爱戴"的女吊之基础上,鲁迅发挥道:"'大戏'和'目连',虽然同是演给神,人,鬼看的戏文,但两者又很不同。……然而开场的'起殇',中间的鬼魂时时出现,收场的好人升天,恶人落地狱,是两者都一样的。""自然,自杀是卑怯的行为,鬼魂报仇更不合于科学,但那些都是愚妇人,连字也不认识,敢请'前进'的文学家和'战斗'的勇士们不要十分生气罢。我真怕你们要变呆鸟。""被压迫者即使没有报复的毒心,也决无被报复的恐惧,只有明明暗暗,吸血吃肉的凶手或其帮闲们,这才赠人以'犯而勿校'或'勿念旧恶'的格言,——我到今年,也愈加看透了这些人面东西的秘密。"①

---

① 鲁迅:《女吊》,《鲁迅全集》第6卷,第637—638、640、642页。1936年9月(半个月后撰写《女吊》),鲁迅草拟了非正式遗嘱,其中有"损着别人的牙眼,却反对报复,主张宽容的人,万勿和他接近"。(鲁迅:《死》,《鲁迅全集》第6卷,第635页)

三、看似自相矛盾的两种立场

若把《中国小说的历史的变迁》(1925)、《论睁了眼看》(1925)、《无常》(1926)、《铸剑》(1927)和《女吊》(1936)连起来读,显见鲁迅在艺术正义问题上有着两种截然相反的立场:一种是决然否定包括超验性赏善罚恶情节在内的赏善罚恶情节的立场,另一种是充分肯定超验性赏善罚恶情节的立场。易言之,一种是否定包括超验性完全艺术正义在内的完全艺术正义的立场,另一种是肯定超验性完全艺术正义的立场。

为彰明这两种立场之"自相矛盾",有必要厘清经验性赏善罚恶情节与超验性赏善罚恶情节之异同。如前所述,这两种情节确有差异,但如是差异绝非本质差异。艺术作品描述有人行善或施恶,继而描述行善者或施恶者分别受到赏罚,彰显完全艺术正义的目的已经达到。为何要"装神弄鬼",虚构出超验性情节?这类超验性情节在古代中国频繁出现大约有三个原因:

一是力图赋予赏善罚恶情节以神圣性,以强调其"人道"和"天道"的双重意味。古代中国原本就是信奉天人合一的国度。"人法地,地法天,天法道,道法自然。"(《道德经》)"天视自我民视,天听自我民听。"(《孟子》)即便经验性赏善罚恶情节,也已经同时彰显了"人道"和"天道",超验性赏善罚恶情节只不过把"天道"的意味彰显得特别明朗而已。有此必要吗?伯尔曼说:"正义是神圣的,否则就不是正义的。神圣是正义的,否则就不是神圣的。""在最高层面,正义与神圣同为一物,否则,不仅所有的人,而且整个宇宙,乃至上帝本身都要罹患永久性的精神分裂症。"这里的"神圣"是实际意义上而非衍生意义上的神圣,因为他明确说过:"这种神圣性就是法律的宗教向度。"① 尽管他讨论的是法律正义,但借用这些话来阐明超验性赏善罚恶情节的生成原因并无任何不妥。

二是力图在补偿性与真实性之间获取最佳平衡点。在一个政治失序甚至大夜弥天的社会中,虚构大量经验性赏善罚恶情节,实质是在无法满足人们客观意义上安全需要的情况下,通过满足其主观意义上的安全需要(即安全感需要)给予虚拟补偿。但艺术作品毕竟有一个真实性的问题,哪怕它需要的仅仅是虚构的或假定的真实。政治失序或大夜弥天的社会也一定是施恶者容易逃脱法律制裁等人间力量惩罚的社会。艺术家当然可以从心所欲地让施恶者在艺术世界中受到人间力量的惩罚,但是要让对现实世界有深切感受的受众相信这种情节的真实性却相当不易。于是,艺术家便虚构出大量超验性赏善罚恶情节。面对艺术中任何符合自己心愿的图景,受众本能的倾向是避免去判断其真实性。现在因为缺乏作为判断之参照系的经验,受众自然乐得省事:姑且相信这超验图景吧。

上述两个原因皆出于艺术家(潜)意识中想要达到的目的。这一目的最终能否达到,取决于艺术文化的容忍度。20世纪之前中西占主流地位的艺术本质论即表现说和模仿说都内含真实观,这两种真实观都主张甚至强调创造性再现的真实,但对于表现的真实(与客观世界的形式或逻辑相悖的所谓真实),模仿说内含的真实观之容忍度相当有限,② 而表现说内含的真实观之容忍度却是无限的,若借用汤显祖的话,那便是这种所谓的真实"何必非真","第云理之所必无,安知情之所必有邪"。③ 这一差异可用来解释

---

① 哈罗德 J. 伯尔曼:《法律与宗教》,梁治平译,中国政法大学出版社,2003年,第105、126、141页。
② 张黎注:"舞台上表现超自然的力量,与对真实的理解是互不相容的……"(莱辛:《汉堡剧评》,张黎译,华夏出版社,2017年,第60页)
③ 汤显祖:《牡丹亭题词》,陈多等选注:《中国历代剧论选注》,上海古籍出版社,2010年,第156页。

一组现象：中国古代故事性艺术中具有超自然色彩的情节比比皆是，而在走出神话时代之后的西方故事性艺术中却鲜见这类情节。

由以上论述可知，这两种赏善罚恶情节的区别绝非本质区别。既然如此，《无常》《铸剑》和《女吊》充分肯定超验性赏善罚恶情节，实际上也变相地肯定了经验性赏善罚恶情节。既然鲁迅与"人民"一样"最愿意看"活无常"在许多人期待着恶人的没落的凝望中"行动，为何就不愿意看到清官贤吏和侠客义士在这种凝望中行动？既然鲁迅与"民众"一样"爱戴"女吊，高度赞美这"一个带复仇性的……鬼魂"，为何就不能爱戴和赞美惩凶罚恶的清官贤吏和侠客义士，反倒说创作这类作品的文人"聊以自欺，而且欺人"？既然"有冤的得伸，有罪的就得罚"是天下公理，为何彰明这一公理的无常、女吊和眉间尺的传说值得赞赏，而同样彰明这一公理的清官贤吏为民伸冤和侠客义士为民雪恨的故事却要被否定？鲁迅以调侃口吻说：上海的"前进作家""憎恶报复"，鲁迅本人不也"憎恶报复"吗？鲁迅奉劝道："敢请'前进'的文学家和'战斗'的勇士们不要十分生气罢。我真怕你们要变呆鸟。"鲁迅当年说"中国人向来因为不敢正视人生，只好瞒和骗"时不也十分生气吗，难道鲁迅是他们中的一员？

《中国小说的历史的变迁》和《论睁了眼看》否定赏善罚恶情节，客观上也否定了作为其组成部分的超验性赏善罚恶情节。无常、女吊和眉间尺的故事难道不是"瞒和骗的文艺"，难道不属于"没有报应的，给他报应，互相骗骗"这一类的，鲁迅本人难道不是"不敢正视人生"或"没有正视的勇气"的"中国的文人"之一？若真的不是，他应该不会如是赞美无常和女吊，他应该不会把眉间尺复仇的故事描述得如是刻毒，以致不经意间流露出他所谓的"报复的毒心"。况且鲁迅还直接否定过超验性赏善罚恶情节：他认定关羽死后"成神的善报"是文人"别设"的"骗局"。关羽所获得的超验性善报与无常、女吊和眉间尺的对立面即那些恶人所遭受的超验性恶报有本质差异吗？

如果说人间有公正的裁判这一认识是虚假的,那么为何"公正的裁判是在阴间"又是真实的？如前所述,超验性赏善罚恶情节是补偿性与真实性博弈的产物。这里的"真实性"仅仅是艺术的真实性而非生活的真实性。这两种真实性成了鲁迅手中的两把尺子。指责有赏善罚恶情节的作品为"瞒和骗的文艺"时,他用的可是生活真实性这把尺子,所以他强调说：中国人"不愿意说出来""人生现实底缺陷",①"凡是历史上……没有报应的,给他报应","中国的文人,对于人生"和"社会现象""多没有正视的勇气"。"中国人向来……不敢正视人生","遇到彰明的史实……只好别设骗局"。如果用同一把尺子来衡量无常、女吊和眉间尺的故事,它们岂不也是"瞒和骗的文艺"？赞赏超验性赏善罚恶情节时,他用的恐怕就是艺术真实性这把尺子了,所以他才会说：要领略无常的可爱之处,"最好是去看戏"。"单就文艺而言,他们就在戏剧上创造了一个带复仇性的,比别的一切鬼魂更美,更强的鬼魂。"由此可见,鲁迅的自相矛盾与他使用双重标准有关。不过需要指出的是,使用双重标准既非其自相矛盾的全部原因,更非根本原因。

从以上论述中,我们似乎看到了两个"鲁迅"。他们手上各持一根矛和一面盾,矛用来攻对方之盾,盾用来防对方之矛。哪一个是真实的鲁迅？世上也只有一个鲁迅,只不过是复杂的鲁迅,在艺术正义问题上持两种立场的鲁迅而已：一种是"悲天"的人文主义立场、② 精英主义立场、启蒙主义立场、由理性主导的立场、开启民智进而鼓励他们参与社会改造的立场,甚至可以说是现代中国的立

---

① 鲁迅：《中国小说的历史的变迁》,《鲁迅全集》第 9 卷,第 326 页。
② 《成语大词典》如是诠释"悲天悯人"："天：天命,指时世……哀叹时世的艰辛,怜悯人民的疾苦。"(《成语大词典》,商务印书馆,2014 年,第 59 页)

场;另一种是"悯人"的人文主义立场、平民主义立场、复仇主义立场、由情感主导的立场、同情弱者进而希冀他们的心灵受到抚慰的立场,甚至可以说是传统中国的立场。从这两种不同立场出发,鲁迅一边悲叹时世之没落,一边怜悯民众之疾苦;一边以精英的姿态痛陈"国民性底问题",一边以平民的视角认同甚至赞赏"人民""民众""下等人""愚民"和"一般的绍兴人"的好恶;一边指责中国的文人"聊以自欺,而且欺人",一边嘲讽上海的"前进作家""'前进'的文学家和'战斗'的勇士们"真"要变呆鸟";一边把"没有报应的,给他报应"视作"瞒和骗",一边将"有冤的得伸,有罪的就得罚"奉为现实世界、宗教世界和艺术世界之公理。要之——以鲁迅自己的话来说——一边是"疾视所以怒其不争",一边是"衷悲所以哀其不幸"。①

四、实则辩证统一的两种立场

一个自相矛盾的鲁迅又何尝不是一个辩证统一的鲁迅;一个复杂的鲁迅又何尝不是一个丰富的鲁迅,甚至伟大的鲁迅。鲁迅是民国史上鲜见的既具有高度人文情怀,又具有丰富人文情怀的思想家。他的人文情怀之高度或有人可及,但其人文情怀之丰富度却罕见其匹。人文主义的核心是以人为本,用鲁迅自己的话来说,也就是以人的"生存"和"发展"为本。② 正是在这样的意义上,

---

① 鲁迅:《摩罗诗力说》,《鲁迅全集》第1卷,第82页。
② 鲁迅《忽然想到(六)》:"我们目下的当务之急,是:一要生存,二要温饱,三要发展。苟有阻碍这前途者,无论是古是今,是人是鬼,是《三坟》《五典》,百宋千元,天球河图,金人玉佛,祖传丸散,秘制膏丹,全都踏倒他。"(《鲁迅全集》第3卷,第47页)鲁迅《两地书》:"我的意见……是人道主义与个人主义这两种思想的消长起伏罢。"(《鲁迅全集》第11卷,第81页)由此可知,鲁迅的人文主义信念是由保障人的权利尤其基本权利的思想与肯定人的个性和尊严的思想所组成,前者关怀人的"生存",而后者则关怀人的"发展"。

他说:"无穷的远方,无数的人们,都和我有关。"①"哀其不幸",即同情弱者进而希冀他们的心灵受到抚慰固然是为了人,"怒其不争",即开启民智进而鼓励他们参与社会改造又何尝不是为了人。面对普通民众的疾苦,一个真正的人文主义者会不由自主地"哀其不幸",故鲁迅会"衷悲"。然而,一个真正的人文主义者绝不会止于"哀其不幸",因为只有解决了普通民众"不争"的问题,只有通过"争"而让我们这个民族走上"苏生的路",才能从根本上解决其"不幸"的问题,故鲁迅要"疾视"。维系鲁迅这两种立场的是其一生洋溢着的高度而又丰富的人文情怀,正是这种人文情怀将这两种立场有机地统一于其中。

实际上,鲁迅的这两种立场早已存在,只是主要彰显于他关于社会正义的看法。1922年12月,鲁迅为《呐喊》(1923年8月出版)撰写了《自序》。其中有一些大家耳熟能详的话:

> "假如一间铁屋子,是绝无窗户而万难破毁的,里面有许多熟睡的人们,不久都要闷死了,然而是昏睡入死灭,并不感到就死的悲哀。现在你大嚷起来,惊起了较为清醒的几个人,使这不幸的少数人来受无可挽救的临终的苦楚,你倒以为对得起他们么?"

> "然而几个人既然起来,你不能说决没有毁坏这铁屋的希望。"②

究竟要不要"大嚷"?实在是左右为难!大嚷自有大嚷的好处:可以"惊起……几个人",这"几个人既然起来",就"有毁坏这铁屋的希望";大嚷自有大嚷的害处:万一不能"毁坏这铁屋",不仅"许多熟睡的人们……都要闷死",而且会"使这……少数人来受无可挽

---

① 鲁迅:《"这也是生活"》,《鲁迅全集》第6卷,第624页。
② 鲁迅:《呐喊·自序》,《鲁迅全集》第1卷,第441页。

救的临终的苦楚"。

一年后的 1923 年 12 月,鲁迅在北京女子高等师范学校做了题为《娜拉走后怎样》的讲演。他在讲演中说:

> 人生最苦痛的是梦醒了无路可以走。做梦的人是幸福的;倘没有看出可走的路,最要紧的是不要去惊醒他。你看,唐朝的诗人李贺,不是困顿了一世的么?而他临死的时候,却对他的母亲说,"阿妈,上帝造成了白玉楼,叫我做文章落成去了"。这岂非明明是一个诳,一个梦?然而一个小的和一个老的,一个死的和一个活的,死的高兴地死去,活的放心地活着。① 说诳和做梦,在这些时候便见得伟大。所以我想,假使寻不出路,我们所要的倒是梦。②

究竟要不要去"惊醒他"? 同样左右为难! 惊醒他自有惊醒他的好处:可以让他"梦醒了"之后去走"可走的路";惊醒他自有惊醒他的害处:万一"寻不出路","梦醒了无路可以走",岂不是"人生最苦痛的"事。

这两个文本看似相同:皆显示了鲁迅犹疑不决的心态,然实则却大不同:犹疑之后鲁迅有了不同的"决"。尽管左右为难,但在前者中,鲁迅最终还是决定要"大嚷",因为他认为"有毁坏这铁屋的希望",而"希望……是不能抹杀的";正因如此,所以他"终于答应"做小说。尽管左右为难,但在后者中,鲁迅最终还是决定"不要去惊醒他",所以他反复强调,"做梦的人是幸福的","说诳和做梦,在这些时候便见得伟大","假使寻不出路,我们所要的倒是

---

① 鲁迅《我要骗人》:"我不爱看人们的失望的样子。倘使我那八十岁的母亲,问我天国是否真有,我大约是会毫不踌蹰,答道真有的罢。"(《鲁迅全集》第 6 卷,第 505 页)

② 鲁迅:《娜拉走后怎样》,《鲁迅全集》第 1 卷,第 166—167 页。

梦"。社会正义与艺术正义"异质同构"。前者与《论睁了眼看》等两个文本有不解之缘,后者与《无常》等三个文本有不解之缘。一旦落实于艺术正义问题,前者要"大嚷"的倾向性便成了前两个文本中决然否定包括超验性赏善罚恶情节在内的赏善罚恶情节的立场,而后者"不要去惊醒他"的倾向性便成了后三个文本中充分肯定超验性赏善罚恶情节的立场。

要"大嚷"和"不要去惊醒他"分别与"希望"和"绝望"相对应。因为希望,所以要"大嚷";因为绝望,所以"不要去惊醒他"。"绝望之为虚妄,正与希望相同。"裴多菲此语被鲁迅先后于1925和1932年引用过三次,可见其念念在心。绝望是虚妄的,所以才怀抱希望;希望是虚妄的,所以才心生绝望。用他自己的话来说,那便是"见过辛亥革命,见过二次革命,见过袁世凯称帝,张勋复辟,看来看去,就看得怀疑起来,于是失望,颓唐得很了。……不过我却又怀疑于自己的失望,因为我所见过的人们,事件,是有限得很的,这想头,就给了我提笔的力量"。[①] 显见鲁迅的希望和失望都源自他的怀疑。终其一生,鲁迅始终被怀疑这条时而"啮人"时而"自啮"的"长蛇"所缠绕,因而也始终在希望与绝望之间挣扎。这是一个具有高度而又丰富人文情怀的思想家之宿命,对此鲁迅认了。当有人在报纸上说"鲁迅多疑",他爽快地回应道,这说法"是不错的"。[②] 从高度而又丰富的人文情怀出发,鲁迅怀疑,怀疑导致希望或绝望,希望和绝望分别导致要"大嚷"和"不要去惊醒他",继而分别导致他在艺术正义问题上的两种立场,而这两种立场最终导致他对两种不同艺术正义的价值判断。

在阐述其价值判断之前,有必要议论一下一个曾经引发过争

[①] 鲁迅:《〈自选集〉自序》,《鲁迅全集》第4卷,第468页。
[②] 鲁迅:《〈自选集〉自序》,《鲁迅全集》第4卷,第468页。

议的老问题:在离京南下(1926年8月26日)前后,鲁迅的思想是否发生过变化?如果紧扣本文话题,那应该问的是,鲁迅是否由前期的精英主义(五四学人的精英主义基本上也即启蒙主义)立场转换成了后期的平民主义(在艺术正义问题上的平民主义也即复仇主义)立场?要回答这一问题,恐怕要借用《前赤壁赋》"自其不变者而观之"和"自其变者而观之"的思路。从不变的角度看,他自始至终有着这两种立场;从变化的角度看,他的立场确实发生过变化:前期以精英主义为主,而后期则以平民主义为主。

然而,即使以精英主义立场为主,却也不乏平民主义的底色。如前所引,鲁迅说:"你倒以为对得起他们么。"在《破恶声论》中,鲁迅批评"伪士"以反迷信为由毁坏"乡曲小民"仅能享受到的民俗活动和平民教育。在《祝福》中,祥林嫂关于人死了究竟怎样的"三句问"使作者"吃惊""惶急""悚然",以致想逃离鲁镇。诸如此类的个案无不让人感受到前期鲁迅渗透于精英主义立场中的平民主义立场。

即使以平民主义立场为主,但却不乏精英主义的高度。后期鲁迅做的最重要的一件事是知识分子(包括他自己)的自我启蒙,尤其借助平民主义立场批判各种"知识阶级"的伪精英主义。如前所引,在《无常》中,与"下等人"和"愚民"相对的是"正人君子",在《女吊》中,与"民众"和"愚妇人"相对的是"前进作家"。而在《铸剑》中,黑衣人如是"逃名":"唉,孩子,你再也不要提这些受了污辱的名称……仗义,同情,那些东西,先前曾经干净过,现在却都成了放鬼债的资本。"① 仗义和同情之类,是当时的知识分子常说却未必会做的,所以黑衣人要"逃名"。这便是平民主义立场。以如是立场批判伪精英主义,难道不就是真正的精英主义立场吗?

---

① 鲁迅:《铸剑》,《鲁迅全集》第2卷,第440页。

精英主义立场以平民主义为底色,而平民主义立场又有精英主义的高度,这正是鲁迅无人可及的伟大之处!

从前期至后期,鲁迅为何调整了立场?这是他经历了女师大事件、与现代评论派的论争、三一八惨案、四一二大屠杀、与创造社和太阳社的论争等一系列事件后的必然反应。在此过程中,他不仅与各类统治者决裂,而且还与原本处于同一营垒中的各类新型"知识阶级"发生强烈冲突,从而在很大程度上改变了他对新型知识阶级和民国社会的看法。

鲁迅于1926年说:"世界却正由愚人造成,聪明人决不能支持世界,尤其是中国的聪明人。"① 这里的"中国的聪明人"主要指该文提及的"正人君子"(陈源等现代评论派成员),自然也包括他曾经抨击过的"伪士"。对新型知识阶级的负面看法既使他从曾经身处的营垒中出走,也使新型知识阶级要将他驱逐出营垒。钱理群说:"当社会'公理'的垄断者与维持者要将鲁迅逐出时,鲁迅感到了他与处于社会底层的'下等人'、'愚民'之间处境与命运的相同,当他自觉地自我放逐于体制之外时,鲁迅也就顺理成章地回到了'下等人'与'愚民'中间。"②

1925年鲁迅说:"我觉得仿佛久没有所谓中华民国。"③ 这应该是他失望于民国社会的开始。经历了上述一系列事件后,他的失望愈加深重。④ 他于1936年说:"我先前读但丁的《神曲》,到《地狱》篇,就惊异于这作者设想的残酷,但到现在,阅历加多,才知道他还是仁厚的了:他还没有想出一个现在已极平常的惨苦到谁

---

① 鲁迅:《写在〈坟〉后面》,《鲁迅全集》第1卷,第302页。
② 钱理群:《与鲁迅相遇》,生活·读书·新知三联书店,2003年,第269页。
③ 鲁迅:《忽然想到(三)》,《鲁迅全集》第3卷,第16页。
④ 参见鲁迅《"死地"》《记念刘和珍君》《病后杂谈之余》等。

也看不见的地狱来。"① 现实生活中的地狱要比但丁笔下的地狱残酷得多,因此他还是仁厚的。1925年鲁迅还说过:"我觉得中国人所蕴蓄的怨愤已经够多了,自然是受强者的蹂躏所致的。""我总觉得复仇是不足为奇的,虽然也并不想诬无抵抗主义者为无人格。但有时也想:报复,谁来裁判,怎能公平呢?便又立刻自答:自己裁判,自己执行;既没有上帝来主持,人便不妨以目偿头,也不妨以头偿目。有时也觉得宽恕是美德,但立刻也疑心这话是怯汉所发明,因为他没有报复的勇气;或者倒是卑怯的坏人所创造,因为他贻害于人而怕人来报复,便骗人以宽恕的美名。"② 因为在民国社会中看到了太多"淋漓的鲜血",他对平民百姓所"蕴蓄的怨愤"情绪有了更充分的同情之理解,对"残酷的报复"有了更深刻的认同。鲁迅的平民主义(复仇主义)立场正是在与当时的统治阶级和知识阶级的冲突中不由自主地凸显出来的。

五、与两种立场互为表里的价值判断

清末民初,中国积贫积弱之真相暴露无遗,于是救亡图存便逐渐成为当时所有意识形态的最高使命。也正因如此,胡适和鲁迅等五四精英对艺术正义的价值判断大多着眼于它的社会效应而非艺术效应。问题的复杂性在于,完全艺术正义和不完全艺术正义皆为双刃剑:既有正面社会效应,也有负面社会效应。问题的复杂性更在于,以不同角度来审视同一类型甚至同一亚类型的艺术正义,你极可能做出不同甚至相反的价值判断。鲁迅从其中的两种角度来审视其社会效应,于是便有了两种截然相反的判断。

---

① 鲁迅:《写于深夜里》,《鲁迅全集》第6卷,第520—521页。
② 鲁迅:《杂忆》,《鲁迅全集》第1卷,第238、236页。

鲁迅之所以决然否定包括超验性赏善罚恶情节在内的赏善罚恶情节，这是他从认识社会和改造社会这一角度审视艺术正义的必然结果。若仅从这一角度来看，那么不完全艺术正义远胜于完全艺术正义：前者有利于人们全面而深刻地认识社会，也有利于人们改造社会；后者仅仅有利于人们部分地认识社会，却不利于人们改造社会。

说起不完全艺术正义认识社会的功用，很容易让人想起恩格斯和列宁。前者指出，巴尔扎克的小说"提供了一部法国'社会'，特别是巴黎上流社会的无比精彩的现实主义历史"，① 后者强调，列夫·托尔斯泰的小说"具有力求'追根寻底'找出群众苦难的真正原因的大无畏精神"。② 可见彰显不完全艺术正义的作品确实容易让人正确认识社会的现象和本质。认识社会最重要的目的是改造社会，进而言之，不能认识社会弊端，就不可能铲除它们。鲁迅曾阐明过如是关系：我的作品"不免夹杂些将旧社会的病根暴露出来，催人留心，设法加以疗治的希望"。③ 首先要暴露病根，然后才有疗治的可能。鲁迅所设想的不完全艺术正义的这一正面社会效应曾经并将继续为艺术实践所证明。

H. B. 斯陀的《汤姆叔叔的小屋》(1852)对蓄奴制的血泪控诉震撼了美国社会，在很大程度上促成了对蓄奴制之罪恶的社会共识。它的出版"在启发民众的反奴隶制情绪方面起过重大作用，被列为美国南北战争的起因之一"。④ 同样促进了社会正义之实现的是美国作家辛克莱的长篇小说《屠场》(*The Jungle*, 1906)和韩国电影《熔炉》(首映于2011年)，前者促使美国国会于1906年

---

① 恩格斯：《致玛格丽特·哈克奈斯》，《马克思恩格斯文集》第10卷，人民出版社，2009年，第570页。
② 列宁：《列·尼·托尔斯泰和现代工人运动》，《列宁全集》第20卷，人民出版社，2017年，第41页。
③ 鲁迅《〈自选集〉自序》，《鲁迅全集》第4卷，第468页。
④ 《不列颠百科全书》国际中文版，中国大百科全书出版社，1999年，第239页。

6月通过《纯净食品和药品法》,后者促使韩国国会于2011年10月通过《性暴力犯罪处罚特别法修正案》。

不完全艺术正义的长处恰是完全艺术正义的短处。与前者能让人们全面而深刻地认识社会并鼓动人们积极地改造社会相比,后者能让人们部分地认识社会,但却往往打消人们改造社会的念头。如前所述,前者仅由褒善贬恶情节彰显出来,而后者却由褒善贬恶和赏善罚恶这双重情节彰显出来。按理说后者比前者更具优势,其实不然。在很大程度上妨碍褒善贬恶情节发挥改造社会之正面功用的正是赏善罚恶情节。

如前所引,鲁迅认为古代戏曲和小说并非不描述"社会的缺陷",也并非不表达"不满",但"一经作者粉饰,后半便大抵改观",易言之,结局处几乎都会出现赏善罚恶情节,这就使人"以为世间委实尽够光明",谁如果还有不幸的感觉,那也只能算作自作自受。正因结局处让人"看见一切圆满","于是无问题,无缺陷,无不平,也就无解决,无改革,无反抗"。至于那些超验性赏善罚恶情节,更让人觉得"冥冥中自有安排",因而也就"不必别人来费力了"。一部作品如此做倒也罢了,问题是几乎所有的作品都如此做。"因为凡事总要'团圆',正无须我们焦躁;放心喝茶,睡觉大吉。"

胡适说,中国的文学家"明知世上的真事都是不如意的居大部分……不是颠倒是非,便是生离死别,他却……偏要说善恶分明,报应昭彰。他闭着眼不肯看天下的悲剧惨剧",而只图"一个纸上的大快人心。这便是说谎的文学"。有着圆满结局的文学"至多不过能使人觉得一种满意的观念,决不能叫人有深沉的感动,决不能引人到彻底的觉悟,决不能使人起根本上的思量反省"。[①] 激发不

[①] 胡适:《文学进化观念与戏剧改良》,《胡适文集》第2册,北京大学出版社,1998年,第122—123页。

了这些反应,受众也就不可能全面而深刻地认识社会,更遑论积极地改造社会了。由此可见,就认识和改造社会而言,完全艺术正义的正面社会效应非常有限,负面社会效应却是无限的。清末民初,中国社会转型最需要的不就是认识和改造社会吗?从这点看,胡适和鲁迅分别以"说谎的文学"和"瞒和骗的文艺"贬损完全艺术正义自在情理之中。

然而,自1926年始,鲁迅又为何高度认同甚至赞赏超验性赏善罚恶情节?因为他审视艺术正义的角度发生了变化,详言之,这是他从满足安全感需要和赋予道德安慰这一角度审视艺术正义的必然结果。若仅从这一角度来看,那么完全艺术正义远胜于不完全艺术正义:前者满足了人们的安全感需要,并因此而赋予人们以道德安慰;而后者却基本上没有如是功用。

马斯洛认为,人有五种基本需要。它们既是客观意义上的需要,也是主观意义上的需要。马斯洛说:"安全需要的满足会特别产生一种主观上的安全感、更安稳的睡眠、危险感消失、更大胆、勇敢等。"① 这里的"安全"和"主观上的安全感"分别是客观意义上的安全和主观意义上的安全,而"安全需要"和"安全感"需要则分别是客观意义上的安全需要和主观意义上的安全需要。

主客观意义上的安全需要之间有着四种关系。无法满足客观意义上的安全需要,必然无法同时满足主观意义上的安全需要,易言之,人在社会生活中不安全,也必然会产生不安全感。满足了主观意义上的安全需要,未必能满足客观意义上的安全需要,因为安全感可以是虚幻的,安全感需要之满足相对独立。对于相关艺术和宗教现象,这四种关系中的上述两种最具阐释力。当人们在社

---

① 马斯洛:《动机与人格》第3版,许金声等译,中国人民大学出版社,2007年,第44—45页。

会生活中不安全,因而获得安全感的正常途径被阻断且无望被恢复时,人们便会不由自主地撇开正常途径而从非正常途径让自己的安全感需要获得满足,详言之,直接从艺术作品和宗教典籍(传说)所呈现的赏善罚恶情节中去获得安全感。之所以不由自主,乃因为无法满足安全感需要是"致病的匮乏"。于是人们就会"被(自己的意识或潜意识)驱使去弥补"它。①

如是心理机制曾被人无意间点破过。郑振铎说:"平民们去观听公案剧,不仅仅是去求得故事的怡悦,实在也是去求快意,去舞台上求法律的公平与清白的! 当这最黑暗的少数民族统治的年代,他们是聊且快意的过屠门而大嚼。"他甚至认为,元代之所以会有相当数量"摘奸发覆,洗冤雪枉"的公案剧,只因为元代是"一个最黑暗、最恐怖的无法律、无天理的时代"。② 顾炎武曰:"国乱无政,小民有情而不得申,有冤而不见理,于是不得不诉之于神。"③ 鲁迅的思路与顾炎武和郑振铎的惊人地一致。如前所引,《无常》说:绍兴草根民众从日常经验中得知,人间维护公平正义的可能性微乎其微,故"不得不发生对于阴间的神往"。他们"可以不假思索地"认定,"公正的裁判是在阴间!"

从道德心理学的角度看,从非正常途径寻求安全感需要之满足也就是寻求道德安慰。在"黑无天日"的日子里到剧场去"求法律的公平",在"有冤而不见理"的情况下"诉之于神",其目的都是为了获得道德意义上的安慰。对于完全艺术正义的这一功用,西

---

① 马斯洛:《动机与人格》第 3 版,许金声等译,中国人民大学出版社,2007 年,第 197 页。笔者对"基本需要"的阐发详见拙文《马斯洛所谓的基本需要与故事性艺术的圆满结局》(《戏剧艺术》,2013 年第 1 期)。
② 郑振铎:《元代"公案剧"产生的原因及其特质》,《郑振铎文集》第 5 卷,人民文学出版社,1988 年,第 469 页。
③ 顾炎武:《日知录集释》上册,黄汝成集释,上海古籍出版社,2006 年,第 108 页。

方批评家多有提及。鲍尔迪克在界定"诗的正义"时说:"作为一种道德安慰,分别将好运和噩运赋予善良和邪恶的人物。"①

就满足安全感需要和赋予道德安慰这一功用而言,完全艺术正义的长处恰是不完全艺术正义的短处。陈思和说:"我们中国文学也好,世界文学也好,所谓批判现实主义作品,就是不给人透一点气,写到最后总是一群污七八糟的人得逞。"② 中西批判现实主义作品几乎都是彰显不完全艺术正义的作品。如同很难想起完全艺术正义有何正面社会效应,我们也很难想起不完全艺术正义有何负面社会效应。这是"五四"一百年我们被精英主义思想反复灌输的必然结果。

陈思和无意间点中的正是不完全艺术正义容易产生的负面社会效应:无法满足人们的安全感需要和赋予人们以道德安慰,甚至令人们丧失生活的希望和勇气,让人们觉得他们身处的是一个万劫不复的世界,进而觉得生不必恋,死不足惜。为阐明自己观点,他还把《骆驼祥子》作为例证:"老舍写完以后他很得意,给那些洋车夫看……那些人说,我读了你的小说,一点希望都没有,我活着干嘛?"③ 晚至 1954 年,老舍还在陈述他当年亲身经历的那件事:"出书不久,即有劳动人民反映意见:'照书中所说,我们就太苦,太没希望了!'这使我非常惭愧!"④

读到这里,我们或许可以更深一层地理解鲁迅称誉无常和女

---

① C. Baldick, *The Oxford Dictionary of Literary Terms*, New York: Oxford University Press, 2006, p. 261.
② 陈思和:《中国现当代文学名篇十五讲》,北京大学出版社,2003 年,第 179 页。
③ 陈思和:《中国现当代文学名篇十五讲》,北京大学出版社,2003 年,第 179—180 页。
④ 老舍:《〈骆驼祥子〉后记》,《老舍全集》第 17 卷,人民文学出版社,2013 年,第 668 页。

吊,重构眉间尺故事,认同甚至赞赏超验性完全艺术正义的初心,理解前引他所说的那些话的善意和苦衷:"现在你大嚷起来……使这不幸的少数人来受无可挽救的临终的苦楚,你倒以为对得起他们么?""人生最苦痛的是梦醒了无路可以走。……倘没有看出可走的路,最要紧的是不要去惊醒他。"从老舍的"这使我非常惭愧"中,你听到的难道不就是鲁迅所说的"你倒以为对得起他们么"?在这种时候,"衷悲所以哀其不幸"盖过了"疾视所以怒其不争",认同"我要骗人"盖过了贬损"瞒和骗的文艺",肯定"报复的毒心"盖过了主张"憎恶报复"。

从以上论述中可以清晰地看到,鲁迅评判艺术正义的两种立场与这两种价值判断因互为表里甚至互为因果而密切相关:有这两种立场,进而在价值判断上寻找依据;有这两种价值判断,反过来又促成了立场的分化。需要强调的是,身处五四新文化运动前后这特定的社会语境中,且作为这一运动的主将之一,鲁迅的前一种立场和价值判断是主要的,而后一种立场和价值判断则是次要的。这与他的创作倾向高度一致。鲁迅毕竟是"五四"之后最早为我们奉献《狂人日记》等批判现实主义小说的作家。这些小说上承《儒林外史》和四大谴责小说,下启无数批判现实主义的小说、戏剧和电影,从而让不完全艺术正义在一个具有完全艺术正义之深厚传统的国度里占据了主导地位。

结　语

五四新文化运动之前,中国的艺术家和批评家赞誉的是完全艺术正义,创作的大多是彰显完全艺术正义的作品。"五四"以来,中国的艺术家和批评家反其道而行之:赞誉不完全艺术正义,贬损完全艺术正义,大多创作彰显不完全艺术正义的作品。出于对救亡图存需要的考虑,我们固然应该对后一种倾向性抱有同情之理解,然而,当这种社会应急情境消失了之后,我们依然无法全面、公正、客观地来看待不同的艺术正义。也就是说,褒贬的倾向性彻底变了,而单调和教条却始终如一,只不过以新的单调取代旧的单调,以新的教条取代旧的教条。若按照这种新教条,作为中华民族优秀文化遗产的《窦娥冤》等至少四分之一强的中国古代优秀戏曲和小说都应该被扔进历史的垃圾堆。也正是这种新教条,让我们只看到鲁迅贬损"瞒和骗的文艺",而遮蔽了他相反的态度。其实,被如是误读的岂止鲁迅一人!

"落难公子中状元"之成因

对于中国古代众多表现有情人终成眷属的戏曲和小说,"五四"以来批评家的恶评或讥评远多于好评,其中有一讥评大家耳熟能详,那便是"私订终身后花园,落难公子中状元"。这一评语最初出自何人之口?似乎从未有人做过考论。不过,五四新文化运动以来不少批评家都有过类似判断。钱玄同在致陈独秀的书信(1917年2月25日)中指出:"旧小说"中"最下者,所谓'小姐后花园赠衣物''落难公子中状元'之类,千篇一律,不胜缕指"。① 鲁迅《论睁了眼看》(1925年7月22日)说:"我们都知道,'私订终身'在诗和戏曲或小说上尚不失为美谈(自然只以与终于中状元的男人私订为限),实际上却不容于天下的,仍然免不了要离异。明末的作家便闭上眼睛,并这一层也加以补救了,说是:才子及第,奉旨成婚。'父母之命媒妁之言'经这大帽子来一压,便成了半个铅钱也不值,问题也一点没有了。假使有之,也只在才子的能否中状元,而决不在婚姻制度的良否。"②

他们说错了吗?当然没有。大量的古代戏曲作品有着"落难公子中状元"的情节,这是不争的事实。为何古代剧作家会不约而同地在自己作品中呈现如是情节?比较现成的解释无非是,他们才疏智浅,故其作品陈陈相因,或者他们为了迎合普通受众恶俗的

---

① 钱玄同:《寄陈独秀》,《新青年》,第3卷第1号(1917年3月1日)。
② 鲁迅:《论睁了眼看》,《鲁迅全集》第1卷,人民文学出版社,2005年,第252页。

欣赏趣味所致。如果仅仅是三四流的剧作家描述了如是情节倒也罢了。我们可以说他们缺乏创作才华,故其作品落前人窠臼,然问题在于,即使像关汉卿、白朴、王实甫、马致远、郑光祖、汤显祖、李玉等一流剧作家也都在描述如是情节。① 他们可都是各个时代的文化英雄呀,难道他们都是傻的吗?这一现象提示我们,这其中很可能有不得已而为之的原因。喜闻乐见"落难公子中状元"之情节是普通受众恶俗的欣赏趣味之表现吗?即便是,那么如是欣赏趣味又是如何形成的?

为何有如此多的"落难公子中状元"?要回答这一问题,首先必须回答为何有如此多的"有情人终成眷属"。"落难公子中状元"大多出现于结局为"有情人终成眷属"的戏曲中。不仅如此,前一种情节也确因后一种情节而生成,因此,它在相当程度上成为后者的"标配"。而要探明众多的有情人终成眷属结局之生成原因,我们不得不借助于马斯洛的基本需要说。

一

考虑到基本需要说及其衍生理论的复杂性,有必要对它们作一些介绍或阐释。马斯洛认为,人有五种基本需要:"生理需要""安全需要""归属和爱的需要""自尊需要"和"自我实现的需要"。② 除生

---

① 参见关汉卿《拜月亭》《绯衣梦》、白朴《墙头马上》《东墙记》、王实甫《西厢记》《破窑记》、马致远《荐福碑》、郑光祖《倩女离魂》、汤显祖《牡丹亭》、李玉《永团圆》等。这些戏曲或有"中状元",或有"落难公子",甚至二者兼而有之。
② 亚伯拉罕·马斯洛:《动机与人格》(第3版),许金声等译,中国人民大学出版社,2007年,第19—29页。国内外有些学者认为马斯洛所谓的基本需要共有七个层次,即在上述五个层次之后添入认知需要和审美需要。对此《动机与人格》(第3版)汉译本主要译者许金声在《译者前言:关于马斯洛的需要层次论》中作了必要的澄清,他认为最可靠的说法仍是五个层次。

理需要外,其他四种基本需要皆与演故事和说故事艺术作品的三类圆满结局有着密切关联。如果说赏善罚恶结局与安全需要密切相关,事业成功结局与自尊需要和自我实现的需要密切相关,那么,有情人终成眷属结局则与归属和爱的需要密切相关。

马斯洛如是描述"归属和爱的需要":"如果生理需要和安全需要都很好地得到了满足,爱、感情和归属的需要就会产生……对爱的需要包括感情的付出和接受。如果这不能得到满足,个人会空前强烈地感到缺乏朋友、心爱的人、配偶或孩子。这样的一个人会渴望同人们建立一种关系,渴望在他的团体和家庭中有一个位置,他将为达到这个目标而作出努力。他将希望获得一个位置,胜过希望获得世界上的任何其他东西……此时,他强烈地感到孤独,感到在遭受抛弃、遭受拒绝,举目无亲,尝到浪迹人间的痛苦。"①

归属和爱的需要并非一个需要而是一类需要。如果说这一需要中的"归属"是指融入由"父母姐弟""亲朋好友""邻里""族系""熟人""同事"等所构成的"家庭""团体"或"社群",② 那么其中的"爱"基本上也就是异性之间的情爱甚至与此密切相关的性爱。马斯洛说:"爱和情感,以及它们在性方面的表达,一般是被暧昧看待的,并且习惯性地受到许多限制和禁忌。""爱和性并不是同义的,性可以作为一种纯粹的生理需要来研究。一般的性行为是由多方面决定的,也就是不仅由性需要决定,也由其他需要决定,其中主要是爱和感情的需要。"③ 从这些论述中,你能清晰看到马斯洛所谓的"爱"的确切内涵。实际上,归属和爱的需要应该与古代

---

① 马斯洛:《动机与人格》(第3版),许金声等译,中国人民大学出版社,2007年,第26页。
② 马斯洛:《动机与人格》(第3版),许金声等译,中国人民大学出版社,2007年,第27页。
③ 马斯洛:《动机与人格》(第3版),许金声等译,中国人民大学出版社,2007年,第27—28页。

戏曲中的"团圆"结局相对应。而"团圆"也并非一个结局而是一类结局。构成这一结局的内容既可能是有情人终成眷属,也可能是家人失散后重聚,甚至可能是夫妻破镜重圆。因此,严格地说,与有情人终成眷属结局相对应的是爱的需要。为简洁明了起见,下文以"爱的需要"取代"归属和爱的需要"。

爱的需要与有情人终成眷属结局有何相关性?我们还得从基本需要的主客观双重性质说起。马斯洛所谓的基本需要可拆分为客观意义上的基本需要和主观意义上的基本需要,用美国学者戈布尔的话来说,"这些需求是心理的,而不仅仅是生理的"。[①] 也就是说,基本需要确实是人们在日常生活中的实际需要,但它们同时又是心理需要。如果缺乏后一种涵义,它们也不可能成为人本主义心理学的核心内容。马斯洛在阐述安全需要时说:"安全需要的满足会特别产生一种主观上的安全感、更安稳的睡眠、危险感消失、更大胆、勇敢等。"[②] "安全需要"中的"安全"是客观意义上的安全,"安全感"是主观意义上的安全。此语意谓,客观意义上安全需要之满足会导致主观意义上安全需要之满足。由此可见,基本需要兼具双重性质是基本需要说的题中应有之义。不过,马斯洛确实没有对此做过清晰的阐释,这在很大程度上妨碍了人们在从事艺术研究时运用这一学说,马斯洛也因此而错失了像弗洛伊德那样成为心理美学大师的机会。

主客观意义上的基本需要有着如下复杂关系:第一,满足了客观意义上的基本需要,也必然同时满足主观意义上的基本需要。我们以安全需要为例:人在社会生活中是安全的(即满足了客观

---

① 弗兰克·戈布尔:《第三思潮:马斯洛心理学》,吕明等译,上海译文出版社,2006年,第32页。
② 马斯洛:《动机与人格》(第3版),许金声等译,中国人民大学出版社,2007年,第44—45页。

意义上的安全需要),也必然会有安全感(即满足了主观意义上的安全需要)。第二,无法满足客观意义上的基本需要,也无法满足主观意义上的基本需要。人在社会生活中不安全,也必然没有安全感。第三,满足了主观意义上的基本需要,未必能同时满足客观意义上的基本需要。人有安全感,并不意味着他在社会生活中一定是安全的。第四,无法满足主观意义上的基本需要,未必无法满足客观意义上的基本需要。人没有安全感,并不意味着他在社会生活中一定不安全。

审视这四种关系,你不难发现,主客观意义上的基本需要有时相互联系,有时却又相对独立。前两种关系告诉我们:(无法)满足客观意义上的基本需要必然导致(无法)满足主观意义上的基本需要,这是相互联系的一面;后两种关系告诉我们:(无法)满足主观意义上的基本需要未必(无法)满足客观意义上的基本需要,这是相对独立的一面。它们之所以相互联系,是因为主观正确地反映了客观,(无法)满足主观意义上基本需要这一心理事实正确地反映了(无法)满足客观意义上基本需要这一客观事实。它们之所以相对独立,是因为主观具有了脱离客观的自主性,(无法)满足主观意义上基本需要这一心理事实不再是正确反映(无法)满足客观意义上基本需要这一客观事实的结果。要探明众多的有情人终成眷属结局之生成原因,我们特别要关注这四种关系中的第二种和第三种关系。

二

中国古代戏曲中为何有如此多的有情人终成眷属?首先因为在中国古代社会的实际生活中有情人很难成眷属,后者在很大程度上是由中国古代的婚姻制度造成的。这一婚姻制度有两大核心内容,即"门当户对"和"父母之命媒妁之言"。前者为实质方面的内容,后者为程序方面的内容。这两大核心内容从根本上决定了古代社会中的婚姻是极度不自由的。

何谓"门当户对"？今人大多认为,只要一对异性青年男女所属之家庭的政治地位或经济地位大致相当,那便是门当户对了。这可不是古人心目中的门当户对。陈顾远先生在《中国婚姻史》中说:"凡遇阶级存在之场合,彼此不通婚姻,实为其主要鸿沟之一……此种阶级间之隔婚,或为良贱之关系,而以经济与政治之原因为主;或为士庶之关系,而以家望与世系之原因为主;惟后一关系,仅著称于魏、晋、南北朝及隋、唐之间而已。"① 由此可知,所谓门当户对有两种类型,一种以两个家庭的政治地位或经济地位大致相当为主,兼顾两家的名誉声望和血缘传统;另一种以两个家庭的名誉声望和血缘传统大致相当为主,兼顾两家的政治地位或经济地位。前者以现实状况为主,后者以历史状况为主。北宋以降,后者式微,但并未完全绝迹,况且前者中同样有对"家望与世系"的考虑。由此可知,既要有情,又要门当户对,这该有多难！

即便门当户对,有情人就一定能成眷属了吗？没有父母之命和媒妁之言,他们依然不能。中国有史以来,直至古代社会结束,先后出现了三种占主导地位的婚姻形式,即劫掠婚、买卖婚和媒妁婚(聘娶婚)。大约至东周时,中国的主要婚姻形式演变成了媒妁婚。当然不排斥当时的社会中同时存在着劫掠婚和买卖婚,也不排斥媒妁婚的本身含有买卖婚的因素。

要说劫掠婚和买卖婚,还真没有什么民族特色,然媒妁婚却实实在在地具有民族特色。儒家是媒妁婚的主要倡导者。《孟子》记孟子语曰:"丈夫生而愿为之有室;女子生而愿为之有家;父母之

---

① 陈顾远:《中国婚姻史》,上海书店,1984年,第30页。

心,人皆有之。不待父母之命、媒妁之言,钻穴隙相窥,逾墙相从,则国人父母皆贱之。"① 既要有情,又要门当户对,现在还得添上父母之命和媒妁之言,这无异于雪上添霜。

实际上,在古代社会中,一对异性青年男女要成为有情人同样不容易。这是由女性(尤其青年女性)的社会活动范围逼仄和男性与女性相对隔绝这两大因素决定的。如果说底层的青年女性还可以生活在由家庭成员、街坊邻居、亲戚、朋友等构成的熟人圈子里,那么,中上层的青年女性也只能生活在家庭成员和亲戚之中了,平日里她们大多大门不出,二门不迈。人要有情,至少要有(较长时间)相互接触的机会,而中上层青年女性恰恰缺少这样的机会,这便有了"落难公子中状元"的前一句"私订终身后花园",因为后花园是古代剧作家们不无依据的想象中唯一能让异性青年男女从容交谈的场所。不过,对这一话题本文不作展开而将其悬搁起来,先验地认定古代社会中有情人的普遍存在。

三

严酷的婚姻制度导致婚姻极度不自由,从而在相当程度上导致无法满足客观意义上的爱的需要,并进而在相当程度上导致无法满足主观意义上的爱的需要。这便是上述主客观意义基本需要之间的第二种关系。如果青年男女无法满足客观意义上的爱的需要,那会出现什么样的心理状态?换言之,什么样的心理状态是无法满足主观意义上爱的需要之表征?试以《牡丹亭》为例。在第十出《惊梦》中,杜丽娘唱(说)道:"剪不断,理还乱,闷无端。""原来姹紫嫣红开遍,似这般都付与断井颓垣。良辰美景奈何天,赏心乐

---

① 焦循:《孟子正义》上册,沈文倬点校,中华书局,1987年,第426页。

事谁家院!""没乱里,① 春情难遣,蓦地里怀人幽怨。"②

杜丽娘何以有这莫名的烦闷和惆怅?"吾生于宦族,长在名门。年已及笄,不得早成佳配,诚为虚度青春,光阴如过隙耳。可惜妾身颜色如花,岂料命如一叶乎!"③ 显见正是客观上的"不得早成佳配",才导致了主观上的"闷无端"和"怀人幽怨"。拜汤显祖梦里生花的妙笔所赐,我们才得以洞悉杜丽娘的内心世界。杜丽娘是艺术世界而非现实世界中的人,况且她还是高门小姐,自有其特殊性。不过,我们多少能从她的心理状态推知古代社会中那些无法满足客观意义上爱的需要的人们普遍的心理状态。

面对主客观意义上爱的需要之无法满足,人们在很大程度上不会听之任之,甘心领命。马斯洛说:"一个被剥夺了爱的人之所以恋爱,是因为他需要爱、渴望爱,因为他缺乏爱,所以他就被驱使去弥补这一致病的匮乏。"④ 因为是"致病的",所以就不得不去补偿这样的匮乏。如何补偿呢?当然最好的方法是通过日常生活获得真实的补偿:一个缺乏爱的人因为他人爱他而寻找到了爱。获得真实的补偿实质上是满足了客观意义上的爱的需要,顺带也满足了主观意义上的爱的需要。如果不能得到真实的补偿,那么,一个有着如是匮乏的人也只能设法得到虚拟的补偿。

无法满足客观意义上的爱的需要,也必然无法满足主观意义上的爱的需要,但是,主观意义上的爱的需要会撇开正常途径(满足客观意义上爱的需要)而试图从非正常途径获得满足。这非常

---

① 徐朔方等注:"形容心绪很乱。"(汤显祖:《牡丹亭》,人民文学出版社,1963年,第49页)
② 汤显祖:《牡丹亭》,人民文学出版社,1963年,第42—44页。
③ 汤显祖:《牡丹亭》,人民文学出版社,1963年,第44页。
④ 马斯洛:《动机与人格》(第3版),许金声等译,中国人民大学出版社,2007年,第197页。

途径主要是欣赏某些具有乌托邦色彩的、表现有情人终成眷属的经验性或超验性艺术作品。经验性作品如《西厢记》等,超验性作品如《牡丹亭》等。不管是经验性还是超验性,这些作品实际存在的主要功能:在无法满足人们客观意义上爱的需要的前提下,直接满足他们主观意义上的爱的需要。满足了主观意义上的爱的需要,会顺带满足客观意义上的爱的需要吗?当然不会。这便是上述主客观意义基本需要之间的第三种关系。

需要补充的是,严酷的婚姻制度不仅决定了有情人终成眷属结局的生成,而且还决定了这种结局的大概率生成。马斯洛认为,生理需要、安全需要、归属和爱的需要、自尊需要为"匮乏性需要"。① 所谓匮乏性需要,也即"因匮乏而产生的需要"。② 有匮乏,就有需要;越匮乏,越有需要。正因为爱的需要为"匮乏性需要",因而婚姻自由越"匮乏",客观意义上的爱的需要越无法得到满足,人们也就越需要通过满足主观意义上的爱的需要来获得虚拟补偿。

艺术作品呈现的可是他人的事情,与受众有何相干?作为艺术世界中的有情人终成眷属,何以就能满足受众的主观意义上爱的需要?这与一种心理效应密切相关。朱利耶《好莱坞与情路难》指出:"电影必须依靠具体的人物形象,它会产生一种连带效应,让观众找到自己的偶像,即一个理想中的美丽、诱惑或高贵的化身。只为一睹偶像影星的风采而去看电影,这固然不是一个很好的理由,但有谁从来没有这么干过?我们太容易把自己想象成银幕上自己仰慕的那个形象了。"③ 梅尔《电影社会学》强调:"做梦者想

---

① 许金声:《译者前言:关于马斯洛的需要层次说》,马斯洛:《动机与人格》(第3版),许金声等译,中国人民大学出版社,2007年,译言前者第6—7页。
② 戈布尔:《第三思潮:马斯洛心理学》,吕明等译,上海译文出版社,2006年,第42页。
③ 洛朗·朱利耶:《好莱坞与情路难》,朱晓洁译,北京大学出版社,2008年,第5—6页。

象自己就是电影里的那个主角,这是一个比较普遍的现象。"① 朱光潜《悲剧心理学》以观赏《奥赛罗》为例,描述了受众典型的心理体验:"我们也可以审美地同情奥赛罗,在想象中把自己和他等同起来,和他一起因为胜利而意气昂扬,因为恋爱成功而欣喜,和他一起听信伊阿古的谗言,遭受妒忌与愤怒的折磨,最后又充满绝望和痛悔,和他一起'在一吻之中'死去。"② 把自己想象成演故事或说故事艺术作品中自己所同情、所喜欢、所仰慕的人物,这是受众普遍具有的心理现象。笔者姑且将导致这种心理现象的效应称为"代入角色效应"。正是这种效应使一种错觉或潜意识感觉得以产生,也正是这种效应使有情人终成眷属结局的虚拟补偿功能之实现成为可能。

四

通过满足主观意义上爱的需要来虚拟补偿无法满足客观意义上爱的需要这一社会心理机制的产生是有前提条件的,否则,我们就应该在爱情题材的戏剧作品中看到清一色的有情人终成眷属的结局。中国古代戏曲作品几乎碾压式地呈现了有情人终成眷属的结局,在呈现如是结局的作品中不乏关汉卿《拜月亭》、白朴《墙头马上》、王实甫《西厢记》、郑光祖《倩女离魂》、汤显祖《牡丹亭》和李玉《永团圆》等名篇佳作。相反,呈现有情人不能成眷属之结局的作品寥寥无几,如朱有燉《香囊怨》和孔尚任《桃花扇》等,而且这两个实例中的男女主人公都曾有过"成眷属"的短暂经历。

---

① J. P. Mayer, *Sociology of Film: Studies and Documents*, London: Faber & Faber, 1964, p. 153.
② 朱光潜:《悲剧心理学》,《朱光潜全集(新编增订本)》第4卷,中华书局,2012年,第62页。

20世纪前西方戏剧既呈现有情人终成眷属的结局,也呈现有情人未成眷属的结局,前一种结局与后一种结局差不多是等量的。① 就拿莎剧来说,既有呈现前一种结局的《维洛那二绅士》《仲夏夜之梦》《无事生非》《皆大欢喜》《第十二夜》《辛白林》和《暴风雨》,也有呈现后一种结局的《罗密欧与朱丽叶》《哈姆雷特》和《安东尼与克莉奥佩特拉》。② 作为英语术语,happy ending问世之初主要指有情人终成眷属的结局。③ 就有情人终成眷属结局而言,一个是碾压式的多,另一个是一半对一半。中西戏剧何以形成如是差异?

第一个原因应该是上文提及的婚姻自由程度。就婚姻自由而言,中国古代社会远不如同时期西方社会。婚姻越不自由,艺术作品的受众就越会有缺失性体验(对婚姻自由缺失状态的体验),继而越会有缺失性需要(虚拟补偿如是缺失状态的心理需要)。在艺

---

① 熟悉20世纪前西方经典戏剧作品的学者或许会不认可这一判断。实际上,我们今天能读到的西方戏剧史著作都是经受了精英主义戏剧观"过滤"后才流传下来或受此影响而撰写的著作,它们对于西方戏剧概貌的描述自有其不真实的一面。18、19世纪持续了一百多年的欧洲情节剧(melodrama)中有着大量的有情人终成眷属的结局,但这些作品在戏剧史的书写中大多被遮蔽。西方戏剧史——无论出自西方学者还是中国学者之手——基本上不见情节剧的踪影,即便有,也仅仅是零星的介绍。情节剧还只是西方通俗戏剧的一部分。

② 比之于其他被精英主义批评家认同的西方剧作家的戏剧作品,莎剧中有情人终成眷属的结局确实多。简言之,它是由两方面原因造成的:其一,莎士比亚力图让自己的戏剧作品争取尽可能多的市场份额的动机十分强烈,为此,他也只能以有情人终成眷属结局等圆满结局来契合上至王公贵族,下至贩夫走卒的受众群在欣赏趣味方面的"最大公约数"。其二,他是一个特立独行的剧作家,从不理会精英主义批评对包括有情人终成眷属结局在内的圆满结局的贬损。

③ The Oxford English Dictionary (Second Edition) 如是解释 happy ending: happy ending, an ending in a novel, play, etc., in which the characters acquire spouses, money, do not die, etc. 在所有英语词典中,牛津版的这部词典体量最大。happy ending 这一词组在被创造之后相当一个时期内主要指有情人终成眷属的结局,以后它的外延不断扩展。在今天的美国英语中,它已成为赏善罚恶结局、有情人终成眷属结局和事业成功结局这三类圆满结局的总称。

术生产与艺术消费互动机制的作用下,受众的缺失性需要有可能使创作者形成缺失性创作动机(以创作来虚拟补偿如是缺失状态的动机)。创作者最终是否会形成这种创作动机?如果形成了,这种创作动机是否强烈?这都缘于第二个原因,即艺术文化对虚拟补偿的认同程度。如果说第一个原因只是告诉我们:这样做有无必要,那么第二个原因则告诉我们:这样做是否正当。

模仿说(再现说、反映论)是西方在19世纪之前占主流地位的艺术本质论。艾布拉姆斯说:它是"从柏拉图到十八世纪的主要思维特征"。① 迈纳说:"西方诗学的区别性特征正在于由摹仿衍生出来的一系列观念。"② 模仿说强调艺术是客观世界(自然或社会生活)的反映(模仿或再现)。大多数模仿说者主张艺术作品不仅应该反映客观世界的现象,而且还应该反映寓于其中的本质,或者认为若艺术作品正确地反映了客观世界的现象,也必然会正确反映寓于其中的本质。

在一些低级形态社会的生活中固然存在有情人终成眷属之现象,然并非每一对有情人都能终成眷属,甚至无法如愿者反倒占多数甚至绝大多数。从中可以推断,有情人终成眷属并不是相关社会生活的全部规律而仅仅是一种规律。社会生活的本质往往是由一系列规律来体现的。如果某一历史时期的艺术作品过多地甚至一味地表现某一种规律,那么它们也就无法真正体现社会生活的本质。由此可见,模仿说从根本上与高频度呈现有情人终成眷属结局的倾向性相抵牾。理论是后置的,是对实践进行总结的产物,但它一旦成形,必然会对实践产生规范作用。在模仿说的影响范围内,高频度呈现这一结局的创作冲动必然被大大地压抑。

---

① M. H. 艾布拉姆斯:《镜与灯:浪漫主义文论及批评传统》,郦稚牛等译,北京大学出版社,1989年,第2页。
② 厄尔·迈纳:《比较诗学》,王宇根等译,中央编译出版社,1998年,第36页。

艺术有认识功能、教育功能和审美功能。在西方人认定的艺术这三种主要功能之中,认识功能永远被置于首位。何以如此?因为——如前所述——模仿说强调艺术不仅应该正确地反映客观世界的现象,而且还应该正确地反映寓于其中的本质。正因有这两种反映,艺术才会有认识功能。过多地甚至一味地表现有情人终成眷属的结局,就不是对社会生活之现象和本质的正确反映,自然也无法让人们正确地认识社会生活。

压抑如此创作冲动还有西方的悲剧观。在19世纪30年代之前,西方人的主要倾向是重戏剧诗、史诗而轻抒情诗,在前二者之间尤重戏剧诗(除柏拉图等少数理论家)。而推崇戏剧诗的理论家又大多推崇其中的悲剧。亚里士多德《诗学》说:"显而易见,悲剧比史诗优越,因为它比史诗更容易达到它的目的。"① 而叔本华和别林斯基等都认为悲剧是最高艺术体裁。既然如此推崇悲剧,那么包括有情人终成眷属结局在内的所有圆满结局自然难有容身之地,因为它们不宜出现于西方式的悲剧。

西方理论家和五四以后的中国理论家在贬损有情人终成眷属结局时所使用的理论武器之一便是西方的悲剧观。如胡适《文学进化观念与戏剧改良》说:"中国文学最缺乏的是悲剧的观念。……这种'团圆的迷信'乃是中国人思想薄弱的铁证。做书的明知世上的真事都是不如意的居大部分,他明知世上的事不是颠倒是非,便是生离死别,他却偏要使'天下有情人都成了眷属'……他闭着眼不肯看天下的悲剧惨剧,不肯老老实实写天公的颠倒惨酷,他只图说一个纸上的大快人心。这便是说谎的文学。"②

对过多呈现有情人终成眷属的结局之倾向性,如果说西方艺术

---

① 亚里士多德:《诗学》,罗念生译,《诗学·诗艺》,人民文学出版社,1962年,第107页。
② 《胡适文集》第2卷,欧阳哲生编,北京大学出版社,1998年,第122页。

文化无法容忍,那么中国古代的艺术文化不仅极度宽容,而且还推波助澜。中国古代占主流地位的艺术本质论是强调艺术为情感之表现的表情说。表情说总体上充分肯定艺术家的主观创造,强调创造性再现的真实甚至表现的真实,因此它与想象说有着天然联系。感情是想象的内在动力,在艺术创作活动中,感情越浓烈,越激越,想象也就越丰富,越奇特。当现实世界中的图景不足以承载艺术家的感情和愿望时,那么不同程度理想化了的图景在艺术家心中乃至作品中出现也就成为一种必然。中国古代大量具有超自然因素的戏曲和小说正是在中国古代表情说和别具一格的想象说观念的合力推动下才得以问世的。想象说中国有之,西方亦有之。但中西想象说根本不是一回事。陆机《文赋》曰:"精骛八极,心游万仞。……观古今于须臾,抚四海于一瞬。"① 刘勰《文心雕龙》亦云:"故寂然凝虑,思接千载;悄焉动容,视通万里。"② 这哪里是西方批评家能说出来的话。

从根本上说,古代中国人是没有"真"(现象真实与本质真实)这一观念的,他们有的只是"诚"(感情真实)。即使他们写的是"真"这个词,指的还是"诚"这一层意思。艺术家们在真实且淋漓尽致地表达一己之感情时往往会突破"理"的藩篱,从而使艺术作品所呈现的现象远离社会生活的本来面目,使之看似不真实。然而,只要感情真实,即使它看似不真实,古人还是可以妥协地视之为"真实"的。正是在这样的意义上,冯梦龙说:"情到真时事亦真。"③ 也正是在这样的意义上,汤显祖说:"生而不可与死,死而不可复生者,皆非情之至也。梦中之情,何必非真?"④

---

① 陆机:《文赋》,《文赋诗品译注》,杨明撰,上海古籍出版社,1999年,第5页。
② 《文心雕龙译注》,王运熙等译,1998年,上海古籍出版社,第245页。
③ 冯梦龙:《墨憨斋新定洒雪堂传奇》,《中国戏剧学史稿》,叶长海著,中华书局,2014年,第305页。
④ 汤显祖:《牡丹亭记题词》,《中国历代剧论选注》,陈多、叶长海选注,上海古籍出版社,2010年,第156页。

在表情说、别具一格的想象说和艺术真实说的基础上,古代中国人还发展出一种关于故事性艺术之功能的观念,那便是"消极补偿观念"。"消极补偿即被动补偿,社会生活中缺失什么样的美好图景,艺术就提供什么样的美好图景;人在社会生活中是怎样不如意,艺术就表现怎样的如意。……所谓消极补偿观念,也即主张故事性艺术作品应该用想象中的美好生活图景虚拟地补偿社会生活缺陷的艺术观念,认为这些作品更应去表现社会生活中不易或很难甚至根本无法实现但却又是圆满的事的艺术观念。"① 迄今为止,作为经验形态的消极补偿观念还未完全上升至理论形态,但事实上它不仅是中国古代戏曲家和小说家的创作观念,而且也是古代艺术批评家的批评观念。

中国古代戏曲中有情人终成眷属结局的大概率生成与中国古代由表情说、别具一格的想象说和艺术真实说以及消极补偿观念所建构的艺术文化有着不解之缘。这类结局——不管是经验性的还是超验性的——都具有浓厚的乌托邦色彩,正是古代的艺术文化赋予了它以正当性。从以上论述中,我们可以清晰地看到,中西婚姻自由程度的差异和艺术文化的差异共同导致了20世纪前中西戏剧在呈现有情人终成眷属结局方面的差异。

五

本文旨在阐明"落难公子中状元"之生成原因,却花费了大量笔墨阐明了"有情人终成眷属"之生成原因,因为阐明后一成因是阐明前一成因的必经途径。如前所述,中国古代婚姻制度有两大

---

① 拙文:《消极补偿:中国特色的艺术观念和艺术实践》,《现代人文 中国思想·中国学术:上海市社会科学界第六届学术年会文集(2008年度)哲学·历史·文学学科卷》,上海人民出版社,2008年,第154页。

核心内容:"门当户对"和"父母之命媒妁之言"。正是这两大内容严重妨碍了有情人终成眷属,妨碍他们满足客观意义上的爱的需要,从而使他们产生烦闷和惆怅的情绪,使他们无法满足主观意义上的爱的需要。在这种情形下,中国古代戏曲力图以自己营造的乌托邦图景让受众撇开客观意义上爱的需要而直接满足主观意义上的爱的需要。

为达到这种虚拟补偿的目的,古代戏曲家就要与婚姻制度对着干。你要父母之命和媒妁之言,我就杜撰各级官员赐婚甚至皇上赐婚,以行政权力强行改变有情人的家长之意志,并同时突破媒妁之言这一屏障。一般来说,阻碍有情人成眷属的父母之社会地位越高,干预他们意志的行政权力之等级也就越高。你要门当户对,我就杜撰门不当户不对的有情人终成眷属。在中国古代戏曲中,"有情人"往往来自两个相差甚大的家庭。只要"有情",只要将爱情进行到底,他们总是能够冲破礼法之桎梏终成眷属。

如何设置有情人的家庭地位? 是将男方的家庭地位设置得比较高呢,还是将女方的家庭地位设置得比较高? 在中国古代戏曲中,既有女方门第高贵而男方出身贫寒,也有男方门第高贵而女方出身贫寒,[①] 但是,前者无疑远多于后者。何以如此? 在古代社会中,青年女性很不容易在社会阶层间向上流动,而青年男性却可以通过科举考试或经商等拥有如是流动性。就结局为有情人终成眷属的戏曲而言,表现如是流动过程有时是必不可少的。

---

① 宋南戏《宦门子弟错立身》:宦门子弟完颜延寿马与女伶王金榜终成眷属;元关汉卿杂剧《救风尘》:秀才安秀实与妓女宋引章终成眷属;明朱有燉杂剧《曲江池》:荥阳公子郑元和与长安名妓李亚仙终成眷属;等等。后二者颇具样本意义,一个门第较高的青年男子与一个色德艺俱佳的妓女终成眷属并非鲜见。

尽管艺术作品是虚构出来的,但它毕竟有一个真实性的问题,哪怕它呈现的仅仅是虚构的真实,假定的真实。艺术家是自己作品的主宰者,他当然可以随心所欲地让门不当户不对的有情人终成眷属,但是,要让对实际生活中婚姻极度不自由有着深切感受的受众认同如是结局的真实性却是相当不容易的。原本杜撰有情人终成眷属结局就是为了争取受众,现在如果不能让受众认同如是结局的真实性,同样也不能争取受众,这岂非"可怜无补费精神"!

既要杜撰作为有情人的高门小姐与贫寒之士终成眷属,同时又要让受众宁可信其有不肯信其无;既要虚拟补偿,又要艺术真实。① 于是古代戏曲家不经意间陷入了两难困境:前者要求实际生活与戏曲作品尽可能有反差,实际生活中门第悬殊的有情人很难成眷属,戏曲作品偏要杜撰门第高贵的青年女性与出身贫寒的青年男子终成眷属,反差(门第悬殊)越大,虚拟补偿越有力,但也极其不可信;后者要求实际生活与戏曲作品尽可能无反差,反差越小,越可信,但虚拟补偿却极其乏力。

为了摆脱如是两难困境,中国古代戏曲家的惯用"伎俩"是,或者伪造家史,或者伪造前程,甚至二者兼而有之。一言以蔽之,也即杜撰"落难公子中状元"之情节。"落难公子"四个字表明,男主人公的血统是高贵的,艺术家力图以此来缩小有情人的家庭在社会地位上的差异;"中状元"三个字表明,男主人公的前程是光明

---

① 艺术作品的真实性说穿了也即艺术作品所建构的图景令人宁可信其有,不肯信其无的性质。至于如何才能让人宁可信其有,不同的艺术家有不同的做法。中西皆有不少关于艺术真实的理论,西方的理论未必能解释中国的艺术作品,反之,中国的理论也未必能解释西方的艺术作品。即使你把这些理论都读了,也未必能对艺术真实有透彻的理解。笔者不无偏激地认为,"艺术真实"是伪概念。纵然如此,笔者依然不能免俗地使用这一概念,只是在一定程度上赋予了它以特定的内涵。在艺术真实这一问题上,向亚历山大大帝学习,"斩断戈尔迪之结"(to cut the Gordian knot)不失为明智之举。

的,艺术家力图告诉人们,尽管以前的家庭社会地位有差异,但状元这一身份已足以为其家庭创造一种新的社会地位。这下你总该相信了吧。由此可见,"落难公子中状元"是虚拟补偿性与艺术真实性博弈的产物,详言之,是虚拟补偿性与艺术真实性通过博弈而达成妥协的产物。也正因如此,它才会在很大程度上成为表现有情人终成眷属的戏曲之"标配"。因为要达成妥协,所以必须在虚拟补偿性与艺术真实性之间寻找到最佳平衡点:既让作为有情人的高门小姐与贫寒之士终成眷属,又以彰显贫寒之士的高贵血统和光明前程来增加终成眷属的可信度。

如果有人问,出现概率高的是"落难公子"还是"中状元"?那无疑是"中状元",因为它还兼顾了事业成功的结局,而如是结局可以同时满足人们主观意义上的自尊需要和自我实现需要。不仅如此,"落难公子"说的是血统高贵,而"中状元"说的是前程光明。血统高贵只不过是虚名而已,而前程光明却可以带来实实在在的"千钟粟"和"黄金屋"。因此,一个高门小姐与一个状元联姻要比与一个落难公子联姻更具可信度。

在《西厢记》中,崔莺莺为前相国之女,而张君瑞是前礼部尚书之子。张父生前正直廉洁,死后"只留得四海一空囊"。父母双双弃世后,张家家道中落。因此,崔张联姻实际上是一个高门小姐与一个落难公子的联姻。说穿了,这样的人物设计以及普救寺解围这样的剧情设计都是为了增加崔张联姻的可信度。然而,在崔张事实上的婚姻为崔母发现后,她却以"俺三辈儿不招白衣女婿"为由,逼迫张生赴京赶考。张生果然争气,"一举及第,得了头名状元"。如同崔张联姻,《牡丹亭》中杜丽娘与柳梦梅之间的联姻同样是一个高门小姐与一个中了状元的落难公子的联姻。或许在王实甫和汤显祖看来,最能增加高门小姐与贫寒之士联姻之可信度的还是"中状元"。王实甫或汤显祖们的这番心思鲁迅看得最真切,如前所引,所谓私订终身,也"自然只以与终于中状元的男人私订为限"。

要之,如果说"有情人终成眷属"是以满足主观意义上的爱的需要来虚拟补偿无法满足客观意义上爱的需要的必然产物,那么,"落难公子中状元"便是这种虚拟补偿性与艺术真实性博弈的必然产物。"有情人终成眷属"与"落难公子中状元"是"形"与"影"的关系,若无前者这一"形"的存在,便不会产生后者这一"影";若无后者这一"影"相随,前者这一"形"多少会显得虚假,受众自然也不可能宁肯信其有,不肯信其无。显见它们在相当程度上是相互依存的。

超自然罚恶情节之基本模式：
以中国古代小说和戏曲为例

一

所谓超自然罚恶情节,也即鬼神等超自然力量作用于罚恶过程的情节。中国古代小说和戏曲中呈现超自然罚恶情节的作品所在多有,元杂剧《窦娥冤》、元杂剧《盆儿鬼》、明传奇《十五贯》以及明"三言二拍"、清《子不语》、清《阅微草堂笔记》中颇多短篇皆为著例。在全世界故事性(说故事和演故事)艺术中,超自然罚恶情节出现频率最高的无疑是中国古代小说和戏曲。为何古代小说家和戏曲家如是青睐于这类情节? 不少拙文均已试着回答了这一问题,① 恕不再赘。本文以古代小说和戏曲为样本,着重讨论超自然罚恶情节有哪些角色要素和情节要素,超自然情节有哪些基本模式,这些基本模式又可细分为哪些子模式,这些基本模式有着怎样的性质等。

中国古代小说和戏曲借助超自然力量来实现罚恶(有时与赏善相结合)时涉及两方面要素：角色要素和情节要素。角色要素由施害者、受害者、人间审判者(清官贤吏等)和终极审判者(神祇等)这四种角色所构成,前二种角色必不可少,后二种可以或缺。情节要素由施害行为、复仇行为、申诉行为、惩罚行为、启示行为、

---

① 参见《悲天与悯人：鲁迅评判艺术正义的两种立场》等。

祈求行为、允准行为、抚慰行为、拯救行为和封赏行为这十种行为所构成,见图一。

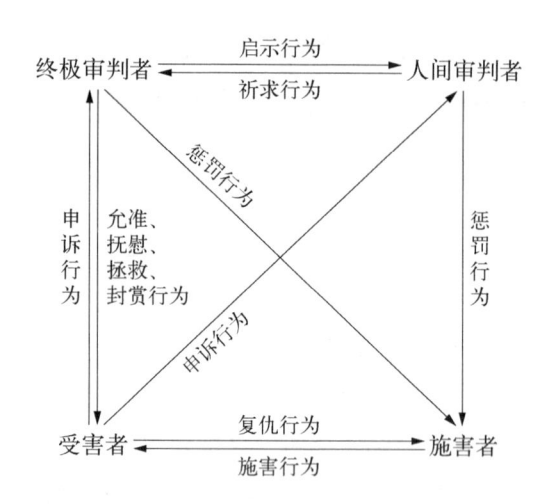

```
                    启示行为
      终极审判者 ←─────────→ 人间审判者
            ↑↓    祈求行为    ↑↓
            │ ╲              ╱ │
         申  │  ╲ 惩罚行为  ╱  │ 惩
         诉  │允准、╲      ╱    │ 罚
         行  │抚慰、 ╲    ╱     │ 行
         为  │拯救、  ╲  ╱      │ 为
            │封赏行为 ╳         │
            │        ╱  ╲      │
            │       ╱    ╲     │
            │  申诉行为╲         │
            ↓↑ ╱          ╲  ↑↓
       受害者 ←─────────→ 施害者
                复仇行为
                施害行为
```

图一　超自然罚恶情节的角色要素和情节要素

从图一中可以得知,借助超自然力量实现罚恶的过程实质上也就是这全部角色或部分角色互动的过程。也正因如此,这四种角色都是某种(些)行为的主体,同时也都是某种(些)行为的客体。详言之,施害者既是施害行为的主体,同时又是复仇或惩罚行为的客体;受害者既是复仇或申诉行为的主体,同时又是施害、允准、抚慰、拯救或封赏行为的客体;人间审判者既是惩罚或祈求行为的主体,同时又是申诉或启示行为的客体;终极审判者既是惩罚、启示、允准、抚慰、拯救或封赏行为的主体,同时又是申诉或祈求行为的客体。作为行为客体,受害者的受功能最强;作为行为主体,终极审判者的施功能最强,这多少能与人们想象中的神祇"全知全能"这一特点相吻合。从图一中还可得知,施害者是任何一条行为链的起点,他也是绝大多数行为链的终点。小说和戏曲借助超自然力量来实现罚恶的基本模式大多是按照这一标准(相对完整的罚恶过程)划分出来的。

需要解释的是,作为施害行为之主体时,施害者是人,作为由受害者施行的复仇行为或由人间审判者施行的惩罚行为之客体时,他依然是人;然作为由终极审判者施行的惩罚行为之客体时,他可能是人,如果他在阳世受罚;但也可能是鬼,如果他在阴间受罚。作为施害行为之客体时,受害者是人,然作为复仇行为之主体或以人间审判者为申诉对象的申诉行为之主体时,他已经成了鬼;比较复杂的是作为以终极审判者为申诉对象的申诉行为之主体时,他可能是鬼,如果他死后申诉;但也可能是人,如果他临死前或遭遇生命危险时申诉。沦为鬼魂的施害者同样是超自然因素,但却不是超自然力量。在超验世界中,终极审判者可以大有作为,沦为鬼魂的受害者可以有作为,但沦为鬼魂的施害者却无法有作为,只有受惩罚的份。因而他仅仅是超自然存在,而不是超自然能动力量。

在经验与超验,或自然与超自然这二元之间,作为人间审判者的清官贤吏这一角色最为暧昧。按理说,它不是超自然存在,更不是超自然力量,但他却能超凡通神。这主要表现于他能接受神祇的启示和聆听冤魂的申诉这两个方面。更有甚者,古代小说和戏曲的创作者还往往对某些清官进一步神圣化,譬如赋予包公等"日断阳,夜理阴"之特异才能,从而暗示包公等不仅是皇帝的下属和"王法"的执行者,而且还是玉帝的下属和"神法"或"阴司法令"的执行者。

明安遇时编集的《百家公案》第58回中还真出现了包公灵魂直达天门,上奏玉帝的情节。明《轮回醒世》中的《天曹两遣官》云:"每月朔望,各方神祇谒天门奏本方善恶。柳叶渡头水神,奏船户钟鸣远扑害多年,恶已盈贯。天曹批与陆巡按施行。鸾栖镇土地,奏鸡鸭行吴小三名则开行,实为白夺。天曹批与熊知县施行。"清袁枚《子不语》中的《阎王升殿先吞铁丸》云:"杭州闵玉苍先生,一生清正,任刑部郎中时,每夜署理阴间阎王之职。至二更时,有仪从轿马相迎,其殿有五,先生所莅第五殿也。"包公、陆巡按、熊知县和闵玉苍先生竟然都可以同时任职于两种政法体制,实在令人钦佩！正因为清官贤吏大多有着超凡通神的禀赋,他才能作为一种角色出现于超自然罚恶情节中。

中国古代小说和戏曲借助超自然力量来实现罚恶大致有六种基本情节模式,即冤魂报冤、冤魂诉冤、冤魂司神职、神罚、神启和神迹。兹结合具体的小说作品或戏曲作品分别详述如下。

二

A. 冤魂报冤

在古代小说和戏曲中,有一类情节屡见不鲜,那便是冤魂重返人间对致使自己罹难的人施行报复。这里的报冤一词有着比较宽泛的涵义,小者闹得施害者家中鸡犬不宁,大者索取施害者的生命。然而,不管哪一种报冤,它们皆有一个共同特点,即冤魂基本上依靠自己的力量来实现正义,因此这种基本模式也多少能让人看到一点现实世界中民间复仇的影子。从图二中可以看出,这种基本模式也可能是涉及角色要素最少的。如果冤魂在施行报复前

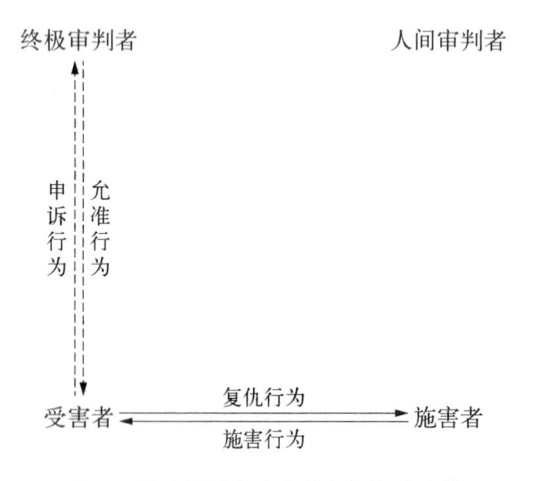

图二　冤魂报冤之达成的角色行动路线

无意取得终极审判者的允准,那么它仅仅涉及了施害者和受害者这两种角色。是否取得终极审判者的允准是两可的事,有些古代小说和戏曲表现了冤魂先申诉(含请旨)后复仇的情节,如宋夏噩传奇《王魁传》等;而有些则全然没有如是情节,如唐蒋防传奇《霍小玉传》等。正因为两可,故图二用两根虚线表示"申诉行为"和"允准行为"。

《霍小玉传》是最早表现男子背约弃盟致使女子丧失生命的小说作品,它描述了书生李益与妓女霍小玉相爱事。初识之夜,李益与霍小玉订下生死盟约。后霍小玉自觉以色事人,不能长久,求李益许以八年相爱之期,李益重申生死盟约。然李益得官后,即依母命与望族卢氏之女成婚,并与霍小玉断绝往来。霍小玉积思成疾,抱恨成痾,辗转于病榻之上。后李益被黄衫豪士挟持至霍小玉处。霍小玉撑持病体相见,举杯酬地曰:"我为女子,薄命如斯。君是丈夫,负心若此。韶颜稚齿,饮恨而终。慈母在堂,不能供养。绮罗弦管,从此永休。征痛黄泉,皆君所致。李君李君,今当永诀!我死之后,必为厉鬼,使君妻妾,终日不安!"言毕,恸哭数声而绝。此后李益果遇冤鬼作祟,虽休妻再娶凡三次,然终不得幸福。

与《霍小玉传》有几分相似之处的是宋南戏《王魁》。这或许是最早表现男子背约弃盟致使女子丧失生命的戏曲作品。它描述了书生王魁与妓女桂英相爱事。王魁在患难中结识妓女桂英,桂英供其衣食,助其上京赶考。临行时海誓山盟,永不相负。后王魁状元及第,负却前盟,桂英悲愤自尽,自尽后其鬼魂向王魁索还命债。比较《霍小玉传》与《王魁》,显见霍小玉的复仇行为与桂英的复仇行为自有程度上的差异,前者的目标在于破坏李益婚姻生活,而后者的目标在于结束王魁在尘世间的生命。在有着冤魂报冤情节的古代小说和戏曲中,像《霍小玉传》那样仅仅闹得施害者家中鸡犬不宁的毕竟是极少数,而绝大多数皆有着索取施害者生命的情节。

《王魁》中的桂英鬼魂在向王魁索还命债前是否得到了神祇的许可？因《王魁》剧本早已亡佚（《宋元戏文辑录》仅存佚曲十八支），故无从得知。然在比《王魁》问世更早却题材基本相同的《王魁传》中，桂英的复仇行为不仅获得了神祇的许可，而且还获得了神祇的鼎力相助。《王魁传》有如下描述："……桂英喜迎之门，闻及此语，乃仆地大哭。久之，谓侍儿曰：'今王魁负我盟誓，必杀之而后已。然我妇人，吾当以死报之。'遂同侍儿，乃往海神祠中，语其神曰：'我初来与王魁结誓于此，① 魁今辜恩负约，神岂不知？既有灵通，神当与英决断此事，吾即自杀以助神。'乃归家，取一剃刀，将喉一挥，就死于地，侍儿救之不及。桂英既死，数日后，忽于屏间露半身，谓侍儿曰：'我今得报魁之怨恨矣！今已得神以兵助我，我今告汝而去。'侍儿见桂英跨一大马，手持一剑，执兵者数十人，隐隐望西而去……"应该指出的是，神祇允准冤魂复仇是一回事，神祇派神兵鬼卒助冤魂复仇是另一回事。后者是前者的升级版。绝大多数有冤魂先请旨后复仇之情节的古代小说和戏曲仅止于前者，难得的是《王魁传》二者兼有。

为何有的冤魂如桂英者富有"组织纪律性"，复仇前必获神祇许可而后行，又有的如霍小玉者则不然？笔者以为，这全缘于创作者不同的观念。有的创作者认为，神祇是全能的，掌控着宇宙间的一切；即使你含冤而死，你也不能想干什么就干什么；利用神赐予人的有限"自由意志"，施害者做了不正义之事，这已经违背了神祇旨意；复仇自然是正义行为，纵然如此，你也要得到神祇的许可，因为神祇可能有另外的计划；不得到神祇的许可就

---

① 当年在海神祠，王魁曾痛誓曰："某与桂英，情好相得，誓不相负，若生离异，神当殛之。神若不诛，非灵神也，乃愚鬼耳。"

有可能违背神祇的旨意,凡违背神祇旨意者都要受到神祇的惩罚。而有的创作者并不如是认为。有的创作者认为,作为一种幽阴之质,冤魂的能力相当有限,不获得神祇的许可,就不能获得足够的复仇能力,不能达到复仇的目的。而有的创作者并不如是认为。正是这种观念上的不同,导致有的冤魂必获神祇许可而后行,而有的冤魂则自行其是。

冤魂在复仇前想获得神祇的允准,那他首先得申诉。用什么方式申诉呢?南北朝时期的颜之推在《冤魂志》中对这一环节的"设计"往往是以递状纸的方式申诉。《乐盖卿》:"……数日之间,遂斩于市。盖卿号叫,无由自陈,唯语人以纸笔随殓。死后少日,破房在槽上看牛,忽见盖卿挈头而入,持一碗蒜齑与之,破房惊呼奔走,不获已而服之,因得病,未几卒。"《弘氏》:"……弘氏临刑之日,敕其妻子:'可以黄纸笔墨置棺中,死而有知,必当陈诉。'又书少卿姓名数十吞之。经月,少卿端坐,便见弘来,初犹避捍,后乃款服。但言乞恩,呕血而死。凡诸狱官及主书舍人,预此狱事署奏者,以次殂殁。未及一年,零落皆尽。"《魏辉儁》:"辉儁遗语令史曰:'我之情理,是君所见,今日之事,可复如之,当办纸百番,笔二管,墨一锭。以随吾尸。若有灵祇,必望报卢(斐)。'令史哀悼,为之殡敛,并备纸笔。十五日,(张)善得病,唯云叩头,未旬日而死。才两月,卢斐坐讥驳《魏史》,为魏收奏,文宣帝鸩杀之。"①

乐盖卿、弘氏和魏辉儁都死得冤枉,他们都是被人世间的公权力处死的,然他们寻求正义的途径是向更高的公权力,也即超

---

① 张善和卢斐都是导致魏辉儁被害的元凶。张善确实是被魏辉儁冤魂折磨致死的。不过魏辉儁主要想报复的仇人是卢斐,卢斐却因为魏收告其讥嘲《魏书》(北齐魏收奉文宣帝之命所撰)而被文宣帝处死。按小说家逻辑,卢斐已死,要报复也只能请神祇代行了。

自然世界的公权力申诉,从而以申诉冤屈的权利换得自行复仇的权力。在古人想象中,拜见天神是很难的,因而以递状纸的方式申诉不失为合理的设计;相对而言,拜见城隍和土地神之类的地祇要容易得多,但地祇恰恰没有多少生杀予夺的权力,于是我们经常在古代小说和戏曲中看到,冤魂向地祇当面申诉冤情,而地祇又将冤情转奏天神。

拜佛教所赐,冤魂报冤还有一种独特的子模式,那便是冤魂投胎转世,然后再对致使自己罹难的人施行报复。这种子模式最典型的样本是明凌濛初《初刻拍案惊奇》中的《王大使威行部下　李参军冤报生前》。此小说有两个入话。入话一说,有一姑娘前世的前世是贩山羊的"父子三人"中之一人,他们到王家投宿,王翁为劫资财而杀了他们。"……前生冤气不散,就投他家做了儿子,聪明过人,他两人(指王翁和王姥)爱同珍宝。十五岁害病,二十岁死了。他家里前后用过医药之费,已比劫得的多过数倍了。"到了这一世,又投胎到仅离王家三四里路的卢叔伦家,做了卢家的女儿。因姑娘点破了这"宿世冤仇",王翁和王姥"晓得冤债不了,惊悸恍惚成病。不多时,两个多死了"。

入话二说,吴泽之儿云郎前世是北宋崇宁年间的"一个少年子弟",因金兵入侵,他寄宿于吴泽家。因"所赍囊金甚多",吴泽"贪其所有,数月之后,乘醉杀死,尽取其赀",就在崇宁年间,"他冤魂再世",做了吴泽的儿子,云郎"自小即聪明勤学,应进士第,预待补籍,父母望他指日峥嵘"。谁知北宋"绍兴五年八月,一病而亡。父母痛如刀割,竭尽资财替他追荐超度"。翌年,经其弟吴滋的安排,吴泽及妻终于和云郎鬼魂见了面。一见吴泽夫妇,"云郎忽然变了面孔,挺竖双眉,捽住父衣,大呼道:'你陷我性命,盗我金帛,使我衔冤茹痛四五十年。虽曾费耗过好些钱,性命却要还我。今日决不饶你!'"然后将吴泽拖入水中。吴泽虽被"救得上岸",但"自此忧闷不食。十余日而死"。

两个入话说的故事都有一个共同特征,那便是"一世再世,心里牢牢记得前生,以此报了冤仇",而正话所说的是"再世转来,并不知前生甚么的",遇上一个人,"定要杀他,谁知是前世冤家做定的"。唐成德节度使王武俊之子王士真官拜"副大使",他"少年骄纵,倚着父亲威势,也是个杀人不眨眼的魔君"。后他奉命巡行属郡,便来到深州。深州太守"闻得别郡多因陪宴的言语举动,每每触犯忌讳……以致不乐",故太守只是一人陪宴。见"酒肴丰美,礼物隆重……太守谦恭谨慎",士真"心中虽是喜欢,觉得没些韵味",便要求"再得一两个人同酌"。于是太守只好请出"美风仪,善谈笑",学识渊博,风流蕴藉的李参军。谁知王士真一见李参军"便勃然大怒",后竟"越看越不快活",那李参军呢?他"面如土色,冷汗淋漓,身体颤抖抖,坐不住"。酒宴未竟,王士真已将李参军下在狱中,第二天竟下令斩了其首。实际上,王士真并不知晓自己为何如此痛恨李参军,但李参军心里是明白的。第二天一早,他对前来探监的太守说:"某自少贫,无以自资衣食,因恃有几分膂力,好与侠士剑客往来",或掠夺里人的财帛,或在大道上抢劫单身客人的财物。"一日,遇着一个少年……赶着一个骏骡,骡背负着两个大袋。""到了一个山坳之处,左右岩崖万仞。彼时日色将晚,前无行人,就把他尽力一推,推落崖下,不知死活。……到了下处,解开囊来一看,内有缯缣百余匹。自此家事得以稍瞻。自念所行非谊,因折弓弃矢,闭门读书,再不敢为非。遂出仕至此官位。"昨天"一见王公之貌,正是我向时推在崖下的少年,相貌一毫不异。一拜之后,心中悚惕,魂魄俱无。晓得冤业见在面前了,自然死在目下",不知还有什么活路。

在这一正话中,施害者知情,前世的受害者不知情,但在袁枚《子不语》的一则小说中,施害者和前世的受害者皆不知情。故该小说被题为《旁观因果》，有旁观者清的意味在其中。常州马士麟幼年时，一日早起，倚窗瞥见邻居卖菊叟王某登露台灌浇菊花，不久"浇菊毕，将下楼。有担粪者荷二桶升台，意欲助浇。叟不悦，拒之。而担粪者必欲上，遂相挤于台坡。天雨台滑，坡仄（倾斜）且高，叟以手推担粪者，上下势不敌，遂失足陨台下"。王叟匆忙把尸体移到河畔，自己则躲回家中。马士麟念及人命关天，也掩窗不敢声张。官府仵作的结论是担粪者"失足跌死"，这件事就此了之。九年后，马士麟早起倚窗温经，望见担粪者冉冉而来，过王叟门不入，复行数十步，投胎至富户李氏家。李氏儿长大后不喜读书，却喜欢养禽鸟。一日，早起倚窗的马生又见年逾八十的王叟登露台灌浇菊花。李氏儿投石掷鸽，不料却误中王叟，王叟受惊失足，陨于台下。王叟子孙及邻里皆以为王叟失足跌死，惟马士麟一人知道其中的奥秘。篇末袁枚引刘相公语曰："一担粪人，一叟，报复之巧如此，公平如此。……天下事吉凶祸福，各有来因，当无丝毫舛错，而惜乎从旁冷观者之无人也。"

三

B. 冤魂诉冤

这一基本模式主要出现于古代公案剧和公案小说。如果说冤魂报冤是冤魂完全依靠自己的力量来实现正义，那么冤魂诉冤则是冤魂依靠人世间的政治力量来实现正义。如果说前者多少有一点民间复仇的影子，那么后者则让我们看到了艺术家（和艺术受众）对现有政治体制仅存的一点信心。按通常理解，诉冤也就是冤魂向司法官员或行政官员（在古代政法合一体制下他们实为同一种社会角色）面陈自己冤情，以求讨回公道。见图三。

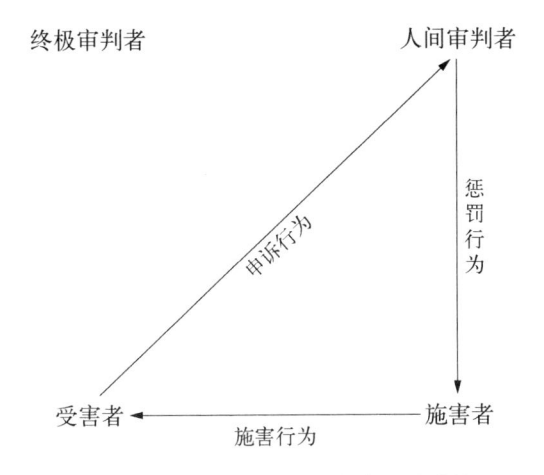

```
         终极审判者                 人间审判者
                                        ↑ │
                                        │ │
                                      申 │ │ 惩
                                      诉 │ │ 罚
                                      行 │ │ 行
                                      为 │ │ 为
                                        │ ↓
         受害者  ←─────────────────  施害者
                      施害行为
```

图三　冤魂诉冤之达成的角色行动路线

元杂剧《盆儿鬼》是一部包公戏。它描述了汴梁人杨国用被害及被害后讨还命债事。杨国用为避百日血光之灾,外出经商。百日将满之时,杨国用在归家途中夜宿瓦窑村盆罐赵夫妇所经营的客店。就在那天晚上,盆罐赵因贪图杨国用财产而将其杀死,然后焚尸碾骨,并将骨粉和泥烧制成瓦盆。窑神斥责盆罐赵伤天害理,罚其超度杨国用鬼魂。盆罐赵阳奉阴违,将骨粉盆送与前来索盆的张憋古,意欲逃祸。杨国用鬼魂随骨粉盆来到张憋古家,玎玎珰珰哭闹不休,求张憋古至开封府申冤。张憋古允之,携盆至开封府。包拯听了杨国用鬼魂诉告之后,立拿盆罐赵夫妇归案,并判其死刑。

在最初的志怪小说中,同样不乏冤魂当面向清官贤吏状告施害者的故事,如东晋干宝《搜神记》中的《苏娥黄泉告状》:① 汉朝交州刺史何敞赴苍梧郡高要县视察,暮宿鹄奔亭。夜犹未半,有一女子出现在何敞面前。她自称姓苏名娥,本来居住在广信县。苏

---

① 该小说为《搜神记》卷十六第九,篇名《苏娥黄泉告状》为今人所撰。该小说的故事也见于《冤魂志》中的《苏娥》。

娥早失父母，又无兄弟，嫁与同县施姓男子，谁知丈夫不久也死了。家中尚存各种丝织品一百二十匹，以及一个名叫致富的婢女。苏娥和致富无法自谋生计，因而想去邻县卖掉这些丝织品，于是她们租了一辆价值不菲的牛车。就在前年四月十日，她们来到鹄奔亭外，当时日已向暮，路无行人，因而不敢复进，打算在这里留宿。谁知致富突然腹痛，苏娥便到亭长住处去要茶水和火种。亭长龚寿手拿兵器，尾随苏娥来到牛车旁，问苏娥曰："夫人从何而来？车上所载何物？丈夫安在？何故独行？"苏娥回应道："何劳问之。"龚寿竟然抓住苏娥的胳膊说："少年爱有色，冀可乐也。"苏娥十分害怕，不肯依从。龚寿即持刀先刺苏娥，又刺致富，二人皆立刻毙命。龚寿劫走苏娥所有财物，并在鹄奔亭楼下挖了一个坑，把她们合埋于其中。根据苏娥提供的线索，何敞遣差役捕捉了龚亭及父母兄弟，并掘出了苏娥和致富的尸体。拷问审讯之下，龚亭等都服了罪，最终他们皆被处死。

  该小说中有两段话耐人寻味，值得议论几句。一是苏娥向何敞告状时所说的："妾既冤死，痛感皇天，无所告诉，故来自归于明使君。"① 这似乎在解释冤魂为何要向清官贤吏申诉的缘由：既没有自行了断冤案的能力，也没有向神祇申诉的机会。二是何敞在上奏朝廷的表文中所说的："常律杀人不至族诛。然寿为恶首，隐密数年，王法自所不免。令鬼神诉者，千载无一，请皆斩之，以明鬼神，以助阴诛。"② "令鬼神诉者，千载无一。"这在东晋那个年代非常正确，其时中国严格意义上的说故事和演故事艺术还未正式登

---

① 参考译文："我虽含冤而死，然痛感天高神远，实在无处可申诉，所以只能向你这贤明的刺史申诉。"
② 参考译文："按律犯杀人罪不至于全家被处死，然龚寿犯了最严重的罪行，而其家人却替他隐瞒了好几年，王法自然不应该放过他们。一件事要严重到让鬼神来申诉，这是一千年也遇不上一次的。因此我请求把他全家都杀了，以此来彰显鬼神的存在，以此来帮助鬼神所施行的冥诛。"

场,且冤魂诉冤这一情节模式仅初露端倪。若干宝地下有知,知悉元明清三朝大量的小说和戏曲都在重复这一模式,他一定会为自己的断言而后悔。而"以明鬼神,以助阴诛"则让我们看到了"以神道设教"的必然性,这种必然性用墨子的话来说,那便是"……是以天下乱。此其故何以然也?则皆以疑惑鬼神之有与无之别,不明乎鬼神之能赏贤而罚暴也。今若使天下之人偕若信鬼神之能赏贤而罚暴也,则夫天下岂乱哉?"①

除了当面诉冤外,尚有遗鬼迹诉冤和托梦诉冤这两种子模式,它们似乎更顾及了民间传说中鬼魂在人间活动的特点。元郑廷玉杂剧《后庭花》就是一部以遗鬼迹的方式让自己的冤情为司法官员所知晓的戏曲:宋仁宗将王翠鸾赐给廉访使赵忠,王母亦随同女儿至赵家侍候。赵妻妒忌王翠鸾,因而命家人王庆杀死王翠鸾母女。王庆转令下属李顺下手,而同时他又与其情人即李顺妻张氏合谋,让张氏怂恿李顺向王翠鸾母女勒索首饰后放走她们。事后,王庆又要挟李顺,逼令其出具休妻书。李顺悟其奸情,想去告状,王庆惧事泄而杀李顺,并将其尸首投入井中。王翠鸾于逃亡途中与其母失散,只身投宿狮子店。店家持斧逼奸王翠鸾。王翠鸾因不从而被杀,死后尸首亦被投入井中。书生刘天义于赴考途中,王母于逃亡途中亦来此店寄宿。王翠鸾鬼魂与刘天义相会,且互赠《后庭花》词。王母闻刘天义房内有女儿声音却不见其人,心生疑惑。此后,王母以刘天义手上有女儿署名的《后庭花》词为证,到开封府告刘天义拐走王翠鸾。赵忠因王翠鸾母女走失,也把王庆送至开封府。包拯据《后庭花》词中"不见天边雁,相侵井底蛙"等内容,疑王翠鸾已死,且尸首在井下。于是,包拯一边令刘天义回店等候王翠鸾鬼魂,一边派人寻找李顺,经过查访,最后从李顺家

————————
① 《墨子》,方勇译注,中华书局,2013年,第251页。

的井中捞出李顺尸首,由李顺哑子证实王庆即凶手。刘天义亦拿到了王翠鸾的信物碧桃花,但当刘天义将一个桃符交到包拯手中时却变成了半个桃符。包拯以此为线索,在狮子店中找到另半个桃符,并于该店井中捞出王翠鸾尸首。至此,案情大白,两名凶手均被判处极刑。

清唐英传奇《双钉案》也是包公戏。其中关键情节是,江芊被其嫂王氏用长钉楔入头顶而遇难,此后他托梦给其母康氏,说是恶嫂伙同婢女互儿,瞒着哥哥江芸将自己害死,求母亲去开封府向包公告状。包公不负众望,不仅查明了王氏伙同互儿谋害江芊案,而且还连带查明互儿之母苟氏谋害前夫案。最终王氏、苟氏和互儿均遭恶报。以托梦给人的方式让自己的冤情为司法官员所知晓,这里的"人"大多为自己的亲人,窦娥托梦的对象不也就是她父亲吗。

以遗鬼迹方式诉冤仅为暗示,而以托梦方式诉冤却往往是明言,不过偶尔也有例外。如唐李公佐传奇《谢小娥传》:"小娥父畜巨产,隐名商贾间,常与段婿同舟货,往来江湖。时小娥年十四,始及笄。父与夫俱为盗所杀,尽掠金帛。段之弟兄,谢之生侄,与童仆辈数十,悉沉于江。小娥亦伤胸折足,漂流水中,为他船所获,经夕而活。……初,父之死也,小娥梦父谓曰:'杀我者,车中猴,门东草。'又数日,复梦其夫谓曰:'杀我者,禾中走,一日夫。'小娥不自解悟,常书此语,广求智者辨之,历年不能得。"后李公佐解此二谜,曰:"杀汝父是申蘭,杀汝夫是申春。"①"小娥恸哭再拜,书申蘭申春四字于衣中,誓将访杀二贼,以复其冤。"三年后谢小娥果然报此大仇。可见托梦诉冤有时采用谜语的形式。明凌濛初《初刻拍案

---

① 《谢小娥传》记李公佐语曰:"且车中猴,車字去上下各一画,是申字;又申属猴,故曰车中猴。草下有門,門中有東,乃蘭字也。又禾中走是穿田过,亦是申字也。一日夫者,夫上更一画,下有日,是春字也。"

惊奇》中《李公佐巧解梦中言　谢小娥智擒船上盗》原汁原味地保留了这两个谜语，而清纪昀却在《阅微草堂笔记》中认为，以谜语形式托梦诉冤有悖情理。①

四

C. 冤魂司神职

一个或若干好人(为了正义事业)被邪恶力量迫害致死，沦为冤魂。然而，他(们)却被神界的最高统治阶层封为司某种职责的神祇。于是他(们)或者利用神赐的权力为自己复了仇，或者利用神赐的权力有了在更大程度上实现正义的作为，甚至二者兼而有之。见图四。与其他基本模式不同的是，这种基本模式兼顾了赏善。没有受迫害的好人死后甚至生前(通常为提前死亡)也有可能被神界请去担任神职，② 从而为人间事务主持公道。因而冤魂司神职仅仅是好人司神职的组成部分。这一基本模式大致有三种子模式：剥夺施害者在人世间的生命；在阴间严惩施害者(施害者死后)；在阴间严勘施害者阳魂(施害者生前)。

---

① 《阅微草堂笔记》卷二十一："且事不可泄，何必示之？既示之矣，而又隐以不可知之象，疑以不可解之语。……是鬼神日日造谜语，不已劳乎？……至于《谢小娥传》，其父夫之魂既告以为人劫杀矣，自应告以申春、申兰。乃以'田中走，一日夫'隐申春，以'车中猴，东门草'隐申兰，使寻索数年而后解，不又颠乎？"

② 明李昌祺《剪灯余话·泰山御史传》：山东益都宋珪因"公直以无私，刚严而有断"被东岳大帝任命为泰山司宪御史。听罢使者宣读的诏令，"珪知必死，即处置家事，沐浴更衣，迨夜半，逝矣"。另记宋珪语："大抵阴道尚严，用人不苟。……大而冢宰(周官名，即后世吏部尚书)，则用忠臣、烈士、孝子、顺孙，其次则善人、循吏，其至小者，虽社公、土地，必择忠厚有阴德之民为之。"清长白浩歌之《萤窗异草·玉镜夫人》：山东临淄王友直因常年"忧人之忧，急人之急"，故得以任神职。"远游将返，夫人忽告王曰：'鄱阳君已请帝命，令君总摄越溪，寿不永矣！'王翌日果病，遗命以二物殉葬，竟卒于溪之左侧。"

```
        终极审判者                    人间审判者
            ↑
            │
         申  封
         诉  赏
         行  行
         为  为
            │
            ↓                复仇行为
         受害者 ←──────────────────── 施害者
                     施害行为 →
```

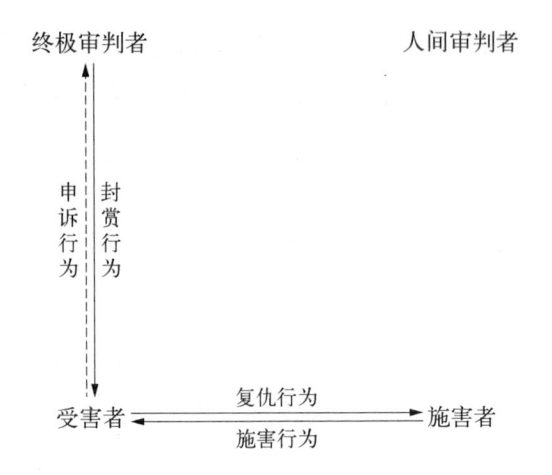

图四　冤魂司神职之达成的角色行动路线

有必要解释的是,有些创作者不认为终极审判者是全知的或者他觉得有必要让受害者借向终极审判者申诉这一机会而剖白心迹,因而在他们的作品中往往有受害者向终极审判者申诉这一行为,反之则没有这一行为。凡涉及此行为的各基本情节模式中均存在这种两可的情况,故图四、图五、图六和图七皆用一根虚线表示"申诉行为"。这与图一用虚线表示"申诉行为"相同,只是"两可"的理由略有差异。

清唐英杂剧《清忠谱正案》是一部典型的冤魂司神职的戏曲。它与明李玉传奇《清忠谱》有着密切关联,详言之,它是根据《清忠谱》之情节引申而来的。《清忠谱》的本事是大家耳熟能详的史实:魏忠贤奸党迫害东林党人周顺昌及苏州五义士颜佩韦、杨念如、马杰、周文元和沈扬,后朝廷为周顺昌等平反昭雪。而《清忠谱正案》则描述了周顺昌等被迫害致死后在超验世界中发生的事:玉皇大帝封周顺昌为苏郡城隍,职司赏罚;封苏州五义士为城隍殿庭力士,辅助城隍职司赏罚。此后,周顺昌等奉玉帝之命,从冥府勾取魏忠贤和毛一鹭等众恶阳魂,加以严勘和严惩。

明传奇《精忠记》同样描述了死后封神的故事。这部戏结尾处写岳飞一门幽魂蒙玉帝褒封,升入天庭。并奉玉旨会勘秦桧夫妇及万俟卨的囚魂,已经归隐的周三畏(原大理寺少卿,因不忍心加害于岳飞,只得挂冠归山)此时也被封为灵应真人,并特地赶来作证。秦桧等抵赖不过,只得招供,最终他们皆被发往酆都,永堕地狱,再不得轮回。

明传奇《金貂记》主要说的是唐朝名将薛仁贵以及元勋老臣尉迟恭、程咬金与皇叔李道宗以及爪牙御史张杰之间的正邪较量。这部传奇临近结尾处穿插了这样一段情节:年轻寡妇翠屏女因受李道宗和张杰迫害而自尽,死后蒙天帝封为孝真仙女。她见李道宗和张杰再三陷害薛仁贵,便决定救助忠良,惩治奸邪。她命土地神将一口宝剑赠予薛仁贵之子薛丁山,助他破阵杀贼;又将李道宗、张杰捉往阴曹地府治罪。然后到皇宫托梦给唐皇,将自己受迫害致死及活捉李道宗、张杰之事一一奏闻。

在清尤侗传奇《钧天乐》中,沈白和杨云皆为饱学之士,而与沈白、杨云同为吴兴人的贾斯文、程不识和魏无知都是不学无术的纨绔子弟。他们五人皆赴长安赶考。谁知主考官何图取士时并不看考生的才华而是看考生家庭的权势和财富,结果沈白和杨云名落孙山,而贾斯文、程不识和魏无知却高中了前三名。后闻流贼即将攻打城池,于是,杨云夫妇和沈白一起到杨云故乡避难。走到半途,杨云夫妇受惊而死;沈白先被贼兵掳获,后又在混战中逃出。满目萧然,满心悲凉,沈白决心写万言书面奏朝廷,谁知皇帝也不采纳忠言。出于无奈,沈白只得去项王庙哭诉,且感动了项羽和虞姬的神灵,因而被仙人召至天上。天上也在开科取士,沈白、杨云和李贺一起应试,在文昌帝君的主持下,他们皆进士及第。奉上帝玉旨,沈白和杨云先分别巡查了地府和水府,后三人又一起巡查人间。他们见考试官依然营私舞弊,扼杀人才,因而决心好好惩治一番,于是何图被抓来,并被雷击毙。而贾斯文、程不识和魏无知亦同时受到严惩。

上述四部戏曲有一共同特点,即公权力作恶。魏忠贤、毛一鹭、秦桧夫妇、万俟卨、李道宗、张杰、何图不仅是周顺昌、苏州五义士、岳飞、翠屏女、沈白、杨云的私敌,更是人民公敌。因而周顺昌和岳飞等利用神赐的权力向魏忠贤和秦桧等复仇,重要的意义并不在于报私仇,而是为民除害,这样的复仇本身就含有在更广泛的意义上实现正义的意味。

虽然这四部戏曲都没有表现周顺昌和岳飞等为其他良善之人无辜被害死而复仇,但根据古代中国人的观念逻辑,他们在戏外一定会如是行事,这也正是神界最高统治阶层(实际上是戏曲创作者们)要让他们担任神职的真正原因,否则,描述神祇允准他们复仇不就完了。或许清陈栋杂剧《紫姑神》能让我们更清晰地看到这一点:扬州贫女阿紫被卖与魏子胥为妾。魏妻曹氏不容,令其独居厕旁小屋。阿紫终被凌虐致死,死后被葬于粪窖边。阿紫死后冤魂不散,惊动了东华帝君,东华帝君奏明上帝,上帝封其为紫姑神,令其统管天下一切厕神厕鬼;并赐予弓箭,准其酌情处分人世间妻妾之间不平事。后在巡视人世间时见一妒妇虐妾,乃杀之。紫姑神并没有分别向致使其罹难的曹氏施行报复,而只是为世人主持正义。由此可见,为世人主持正义才是这种基本模式的重要意义所在。

但紫姑神为何不在为世人主持正义的同时也了却自己的冤屈呢?在一个讲究礼法的社会中,婆婆对媳妇、妻对妾都可以行使一定的私权力,只是曹氏滥用了这样的权力而已。在今人看来,她们自然也应该受到法律惩罚,然在古人看来,她们也许只需要受到一定的道德谴责。若反过来,媳妇害死婆婆,妾害死妻,那就是另一码事了。这便是中国古代社会以礼入法的微妙所在。

五

D. 神罚

在古代小说和戏曲中,冤魂可以重返人间惩罚施害者,司法官员可以依律惩罚施害者,神祇也可以插手人间事务惩罚施害者。反正恶有恶报是一条永恒的规律,谁做都一样。在其他基本模式中,神祇间或也有所作为,但神祇真正有大作为的却是这种基本模式。见图五。神罚可分为三种子模式:现世阳间惩罚、来世阳间惩罚和阴间惩罚。现世阳间惩罚即剥夺施害者在人世间的生命;来世阳间惩罚即在施害者死后轮回转世时将其贬为猪和狗等各种畜生或乞丐和妓女等各种"贱类";阴间惩罚即让罪人死后在阴间遭受严惩。亦有两种子模式兼而有之的,如元杂剧《朱砂担》(或名《浮沤记》)等就兼有现世阳间惩罚和阴间惩罚,南朝齐王琰志怪小说《赵泰》等就兼有阴间惩罚和来世阳间惩罚。

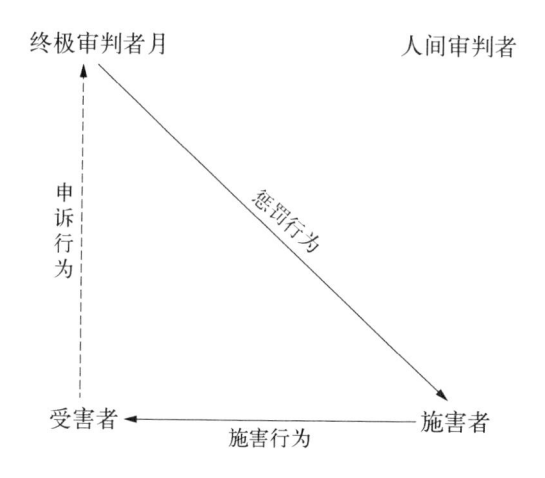

图五 神罚之达成的角色行动路线

《朱砂担》描述了歹徒白正杀人越货而遭神罚的故事。河南王文用为避百日血光之灾,辞家外出经商。王文用在某客店遇上白正。白正看上了王文用所携带的朱砂等物,故拟对王文用下毒手,王文用设计以酒灌醉白正,连夜逃亡,另投其他客店。白正酒醒,尾追而来。王文用只得再一次逃亡,途中避雨于东岳庙。白正尾追至此,劫其朱砂担并杀之。王文用临死之际,指庙神和檐下滴水浮沤为证,欲赴阴司告状。白正行凶后又来到王家,杀死王文用父母,霸占王文用妻子。王文用父子先后诉于东岳神。经天曹官准状,东岳神偕同王文用鬼魂往勾白正赴阴司,并罚其永为饿鬼。

清花部《清风亭》描述了张继宝不履行赡养老人之义务,致使其养父母自尽,最终遭神罚的故事。薛永离家赴京城后,薛永妾周桂英被薛永妻打入磨房。周桂英将所生之子及金钗和血书置于盒内,并弃之于扬州周凉桥下。周桂英之子被以织扉磨豆为生的张元秀夫妇拾去,取名张继宝。张继宝十三岁时,在清风亭偶遇寻夫至此的周桂英,于是周桂英携之赴京城。张氏夫妇因思念张继宝成疾,且皆年过七十,遂丧失劳动能力,只得以行乞自给。但仍每日至清风亭望张继宝归。一日,有贵官憩于清风亭,张氏夫妇得知此官很可能即张继宝,便前去相认。讵料张继宝竟然说:"是何乞儿,妄谬至此。"张氏夫妇再三恳求,甚至情愿以老仆人身份跟随张继宝,但张继宝仍不为所动,曰:"此两乞丐,得两百钱足矣。"张氏夫妇悲愤之极,以首撞亭或触地而亡。张继宝旋遭雷殛。

一般来说,神罚的对象是施害者中那些作大恶者,他们大多直接或间接地犯有命案,因为神罚本身就含有人神共愤之意味。当然神祇差不多也就是全知全能的,他们可以用各种手段来惩处作大恶者,但雷殛无疑是最常用手段之一。就此而言,《清风亭》还真有标本的意义。在古代尤其明清小说和戏曲中,有作大恶者遭雷殛之情节的可谓蔚为大观。陆人龙《八两银杀二命 一声雷诛七凶》的入话甚为有趣:"暗室每知惧,雷霆恒不惊。人心中抱愧的,未有不闻雷自失。只因官法虽严,有钱可以钱买免,有势可以势请求。独这个雷,那里管你富户,那里管你势家。"① 从这则入话中,我们可以看到公正而不徇私的雷殛在小说和戏曲中频繁出现这一现象背后强大的心理动机。

飞燕合德的故事列位看官一定有所耳闻,不过宋秦醇传奇《赵飞燕别传》写的是野史,当不得真的。它描述了汉成帝昭仪赵合德(汉成帝皇后赵飞燕之妹)为争宠邀爱而利用自己在宫中的尊贵地位令宫吏杀死汉成帝与朱姓宫女所生之婴孩等。"昭仪呼宫吏祭规曰:'急为吾取此子来。'规取子上,昭仪谓规曰:'为吾杀之。'规疑虑,昭仪怒骂曰:'吾重禄养汝,将安用也?不然,吾并戮汝。'规以子击殿础死,投之后宫。后宫人凡孕子者,皆杀之。"赵合德死后,被"罚为巨鼋,居北海之阴水穴间,受千岁冰寒之苦"。"后北鄙大月氏王猎于海上,见巨鼋出于穴上,首犹贯玉钗,颙望波上,睒睒有恋人意。大月氏王遣使问梁武帝,武帝以昭仪事答之。"

众多古代小说受到佛教六道轮回思想影响,从而让施害者来世在阳间受到惩罚,或被贬为猪,任人宰杀;或被贬为狗,任人唾骂;或被贬为乞丐,有求食无果之忧;或被贬为妓女,有人尽可夫之辱。形形色色,不一而足。更有奇者,"杀生者当蚍蜉,朝生暮死;劫盗者当作猪羊,受人屠割;淫逸者作鹤鹜鹰鸇,两舌作鸱枭鸺鹠,捍债者为骡驴牛马。"② 且以清杨凤辉《南皋笔记·莫丐》为例:某乞丐姓莫,自称能知三世事。他曾是张氏子,因逼寡嫂出嫁未遂,就把她杀了,且霸占其财产。其嫂诉之冥司,冥司罚他两世变为异类。他的两世虽先后为蛇和猪,还算比较安逸。为猪被杀后

---

① 陆人龙《型世言》,中华书局,2002年,第342页。
② 南朝齐王琰志怪小说《赵泰》所记冥吏语。两舌即搬弄是非口舌的人;捍债者即拒不还债的人。

又被押赴冥府,升堂时冥司念他已知忏悔,且拟改过自新,于是下辈子让他变为人,然注定贫苦一世。在剥去其前世畜牲皮时,他痛甚,故大声呼号。一鬼曰:"盍少留之,以为标记?"另一鬼应曰:"诺。"所以投胎到莫家时,他的两足分别是蛇皮和猪皮。在市场上乞讨时,他常常说自己前世事,以此劝诫世人。

除永远被罚为饿鬼外,施害者在阴间受罚主要表现为在地狱中遭受种种酷刑。如蒲松龄《聊斋志异·续黄粱》:曾孝廉在礼部会试被录取后,做了一个梦。在梦中,他先是备受圣宠,当上了太师;此后因"荼毒人民,奴隶官府","可死之罪,擢发难数"而被弹劾,且受抄家充军之惩罚;再后在充军途中他又为"被害冤民"杀死。死后其鬼魂在地狱中遭受种种酷刑;来世他转生为"乞人女",备受饥寒,嫁人为妾,受尽凌虐,还被人诬告伙同奸夫杀害丈夫,最终被凌迟处死。

以下是对曾孝廉鬼魂在地狱中遭受刑罚的描述:"魂方骇疑,即有二鬼来反接其手,驱之行。行逾数刻,入一都会。顷之,睹宫殿,殿上一丑形王者,凭几决罪福。曾前匍伏请命,王者阅卷,才数行,即震怒曰:'此欺君误国之罪,宜置油鼎!'万鬼群和,声如雷霆。即有巨鬼捽至墀下,见鼎高七尺已来,四围炽炭,鼎足皆赤。曾觳觫哀啼,窜迹无路。鬼以左手抓发,右手握踝,抛置鼎中。觉块然一身,随油波而上下,皮肉焦灼,痛彻于心,沸油入口,煎烹肺腑。念欲速死,而万计不能得死。约食时,鬼方以巨叉取曾,复伏堂下。王又检册籍,怒曰:'倚势凌人,合受刀山狱!'鬼复捽去。见一山,不甚广阔,而峻削壁立,利刃纵横,乱如密笋。先有数人胃肠刺腹于其上,呼号之声,惨绝心目。鬼促曾上,曾大哭退缩。鬼以毒锥刺脑,曾负痛乞怜。鬼怒,捉曾起,望空力掷。觉身在云霄之上,晕然一落,刃交于胸,痛苦不可言状,又移时,身躯重赘,刀孔渐阔,忽焉脱落,四支蜷屈。鬼又逐以见王。王命会计生平卖爵鬻名,枉法霸产,所得金钱几何。即有盩须人持筹握算,曰:'二百二十一万。'王曰:'彼既积来,还令饮去!'少间,取金钱堆阶上如丘陵,渐入铁釜,熔以烈火。鬼使数辈,更相以杓灌其口,流颐则皮肤臭裂,入喉则脏腑腾沸。生时患此物之少,是时患此物之多也。半日方尽。"曾孝廉梦游地狱,"看"到了自己的人生前景,于是,抛弃了做官念头,后果得善终。

同样游历过地狱的还有南朝齐王琰志怪小说《冥祥记·赵泰》中的赵泰、明瞿佑传奇小说《剪灯新话·令狐生冥梦录》中的令狐譔和明李昌祺传奇小说《剪灯余话·何思明游酆都录》中的何思明等。就游地狱而言,此三人与曾孝廉有诸多不同。首先,曾孝廉是梦游地狱,而此三人都是在假死之后游地狱的;其次,神是为了对曾孝廉有所警戒,才让他梦游地狱的,而令狐譔和何思明都是因为不信因果,讥讪道佛才被请去地狱的,只有赵泰进地狱的原因含糊不清,有三种可能:被鬼卒误抓;被请去暂时担任冥吏;让其在复生后宣扬佛法。再次,在地狱中,曾孝廉亲身遭受酷刑,而此三人仅目睹了他人遭受酷刑;第四,在地狱中,曾孝廉和此三人遭受或目睹的酷刑都很恐怖,然酷刑的具体种类或具体情状有所不同。在希腊罗马神话和但丁《神曲》等西方经典中,也不乏施害者在地狱受罚的描写,但西方人想象中的地狱远不如中国人想象中的地狱恐怖。何以如此?大凡社会越黑暗,怨毒也就越深广,怨毒越深广,地狱也就越恐怖。除此而外,岂有他因。

六

E. **神启**

这种基本模式也多见于古代公案剧和公案小说。或者面对一些扑朔迷离的疑案,清官贤吏一筹莫展。于是,(在清官贤吏的祈求下）神祇赐他们以启示，以帮助他们破案抓凶。或者在清官贤吏毫不知情或当疑不疑时，神祇以灵异事迹提醒他们：此中有冤情。人间审判者和终极审判者为实现正义精诚合作，唯于此模式中见之。如果说"冤魂报冤"可能是涉及角色要素最少的基本模式，那么，"神启"也就是涉及角色要素最多的基本模式。见图六。

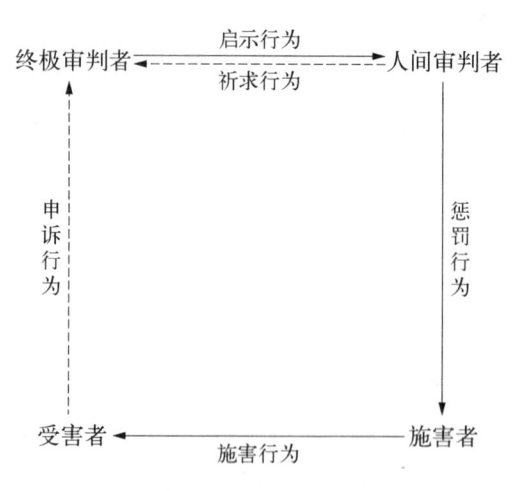

```
终极审判者 ←----启示行为---- 人间审判者
          ----祈求行为---→
    ↑                           │
    │申                       惩│
    │诉                       罚│
    │行                       行│
    │为                       为│
    │                           ↓
  受害者 ←----施害行为---- 施害者
```

图六　神启之达成的角色行动路线

元关汉卿杂剧《绯衣梦》中有狱神启示钱大尹断案事。汴梁富家王半州和李十万指腹为婚，后王得女闰香，李得子庆安。及谈婚论嫁时，李家已败落，故王家拟悔婚。一日，李庆安因追寻风筝进入王家花园，恰逢王闰香。两人商定，由王闰香赠财，助李庆安迎亲，并约李庆安夜至花园取金。窃贼裴炎夜入王家，遇侍婢梅香正持金银包袱以待李庆安，乃劫财杀人。不久李庆安来到花园，不料被尸绊倒。李庆安手染鲜血，大恐逃回。事发后王半州疑李庆安杀人，将李庆安告上官府，官府屈打成招。案卷上送开封府，由钱大尹执笔判斩，一苍蝇三次飞缠笔尖，钱大尹悟知案中有冤情，乃祈祷狱神使李庆安呓语。果闻："非衣两把火，杀人贼是我。赶的无处藏，走在井底躲。"钱大尹测知凶手乃裴炎，并察得有棋盘街井底巷,即派公差捕捉裴炎归案。李庆安无罪获释,与王闺香成婚。

清李文瀚传奇《胭脂舄》改编自蒲松龄《聊斋志异·胭脂》。据《胭脂舄》,胭脂为山东东平府卞牛医的独生女儿,她年已及笄,姿容秀丽,只因父操贱业,门第低微,故至今尚未嫁人。某日,邻居王氏与胭脂闲聊。正说笑间,见一个身着素服的少年从门外走过,胭脂为其丰采所吸引,不由得久久凝视。王氏见状便告诉胭脂,此少年名叫鄂秋隼,是本城一个秀才,他刚死了妻子。王氏开玩笑地问胭脂,愿不愿意嫁给他,若愿意她可为他们做媒。胭脂听了含羞不语。王氏戏言让胭脂当了真。因好几天都没得到王氏回音,胭脂相思成疾。后王氏又来,见她病成这样,便对她说,因自己丈夫外出未归,故无人去鄂秋隼那里说亲,既然病成这样,还不如约鄂秋隼夜间到此一叙。胭脂听后表示,鄂秋隼遣媒前来则可,至于偷情则万万不能。秀才宿介是王氏旧时情人,闻其丈夫外出,也来重叙旧情。幽会时王氏无意间说起说亲之事。宿介本来就对胭脂有非分之想,于是当晚悄悄来到卞家,冒充鄂秋隼向胭脂求欢。尽管在黑暗中不辨真伪,但胭脂还是坚决拒绝了宿介的无理要求,宿介无奈,只从胭脂脚上抢走了一只绣鞋,然后怏怏地返回王氏家中,在王氏家门中他又不慎将绣鞋丢失。无赖毛大早想勾搭王氏,见宿介前去王家,便尾随在后,企图捉奸要挟,却无意间在王氏门口捡到绣鞋。宿介发现绣鞋已失,忙着寻找,门外毛大听得真切,便拿着绣鞋来到胭脂家。毛大错把卞牛医卧室当作胭脂闺房,在窗外自称鄂秋隼前来赴约,卞牛医听后不由得怒火中烧,操刀出门,要跟毛大拼命。拉扯中毛大夺刀杀了卞牛医。卞妻见丈夫被杀,追问胭脂,胭脂只好和盘托出。于是,卞妻便去县衙报案,指控"鄂秋隼图奸杀人"。

聊城知县胡图对此案既不作调查,也不作推理,只是把鄂秋隼拘来,屈打成招,然后收监。此案上报后,由臬司发往济南府复审。

济南知府吴南岱素以清正干练著称。他发现此案疑点重重,便派人仔细访查,于是王氏浮出水面。刑讯之下,王氏只得供出宿介。吴南岱把宿介逮捕归案,断定他是杀人凶手。鄂秋隼则无罪开释。但宿介并不服罪,在狱中写下状纸,叫家人到山东学使施闰章处鸣冤。施闰章发现此案依然存在着不少疑点,于是,特请臬司将此案移来学院衙门借审,并请吴南岱一同会审。施闰章先从王氏口中得知毛大、张甲和李乙都企图勾搭她,他估计杀人者不出这三人之外,于是将这三人拘来审问,谁知三人皆拒不承认。施闰章胸有成竹地把公堂移至城隍庙中,说是让城隍爷来指认凶手。施闰章令将毛大、张甲和李乙推进虎头门中,过了一会儿,再将他们提出。这时毛大的背上已写有"杀人者毛大也"的字样。

在《绯衣梦》中,钱大尹主动祈求狱神启示;在《胭脂鸟》中,施闰章主动祈求城隍启示。借用干宝《湘江白虎墓》中的话来说,① 如此行为的心理动机也就是"以祈于天地,当启佐愚心,无使有枉百姓"。不过,在有着神启情节的古代小说和戏曲中,清官贤吏主动祈求神祇启示毕竟是少数,一般来说都是被动地接受神祇的启示,尤其当清官贤吏毫不知情或当疑不疑时。

清徐承烈《听雨轩笔记·王际余》:乾隆某年秋,广西梧州府杂货商王际余与同乡丁云九结伙外出卖杂货。数日后,王际余归,告其妻刘氏曰:"云九昨日已往某处卖货,我货完先归。"然而,第二天王际余却突然失踪,适丁云九回,于是刘氏托丁云九遍觅之,未果。当时梧州多虎,而王际余经常在山村做买卖,大家都以为王际余定是罹虎患矣。同时,刘氏向邻居借来屑麦为粉的石磨也丢失了一半,刘氏不得已,以石磨的价值赔偿之。梧州城外有华光庙。每年冬季,为祈神消灾,梧州士民要举行奉五显灵官大帝之神像巡

---

① 该小说为《搜神记》卷十一第十二,篇名《湘江白虎墓》为今人所撰。

行城内外的仪式。相传五显之神素用戟,故梧州人造一铁戟,树以神侧,铁戟约长丈余,约重百余斤,杆粗一握有余。巡行时选力大之人轮流荷铁戟,傍神像前行。这一年巡行的队伍走至水师营前,其路一面为民居,一面临府江。"忽一人于众中跃出,夺戟舞之,进退盘旋,轻捷如素习。众视之,乃丁云九也。舞毕直趋江干,立于深水中,手持戟杆之杪,若捞物于江底者。良久,复执戟杆倒行以曳之,如有物为其所得状。将出水,则戟上钩一死尸焉。时岸上聚观者千余人,齐声大哗。云九闻之,忽掷戟于地而仆,口中白沫高数寸。众闻于官,官起其尸而验之,面目未变,人皆识为王际余也。麻绳紧缠颈间,颈骨几断,石磨压其腹,以细竹索贯磨眼而缚之,戟之小枝适钩其索,故得曳起。"严刑之下,刘氏招供了与丁云九长期私通,且精心策划这次谋杀的事实。两人被处以沉江的极刑。

  作者在篇末写下了这样一段话:"今适遇华光(即五显之神或五显灵官大帝)巡行至此,神即附云九之身,以戟钩而出之,其冤始雪。……官以华光显灵之说,似乎荒诞,难入爰书,① 遂托言渔人下网捕鱼,网适裹其尸身,重不可起,渔人入水探之,始知其故而告之官,因以破案云。"

七

F. 神迹

  在宗教典籍中,神祇为了表明他们的神性,为了表明他们是主宰世界的终极力量,为了表明他们对人间事务的态度,往往会在"必要"的时候显示奇迹(令人匪夷所思的灵异事迹)。如在《旧约全书·出埃及记》中,耶和华以一阵强烈的东风吹开海水,把红海

---

① 爰书,记录罪犯口供的文书。

某处的海底变成了干地。当摩西领着以色列人走过红海后,耶和华又使海水合拢,淹没了追赶以色列人的埃及军队。同样,在古代小说和戏曲中神祇也会在"必要"时显示奇迹,以表明他们对人间事务的态度:或者让窦娥"血溅白练"(元关汉卿杂剧《窦娥冤》);或者将元帝赐予文天祥的神主牌位卷上天或悬于空中(清蒋士铨传奇《冬青树》和清黄吉安花部《柴市节》);或者令孙必贵和姜千里死而复生(元萧德祥南戏《小孙屠》和清长白浩歌之笔记小说《萤窗异草·姜千里》);或者当郭小艳投渊自尽时将其救起(明沈鲸传奇《双珠记》)等。见图七。

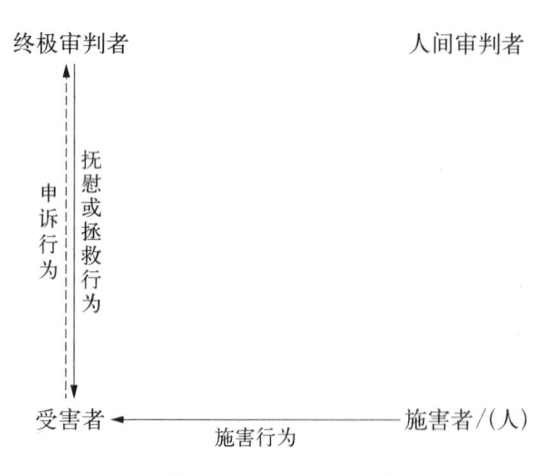

图七　神迹之达成的角色行动路线

有必要解释的是,当神祇抚慰或拯救了受害者时,一个相对完整的"恶有恶报"过程并未完成,这预示着很可能会有一个让施害者受惩的行为尾随其后。这一后续行为由谁来完成呢?这里至少有三种选择:终极审判者惩罚施害者(《双珠记》);受害者向人间审判者申诉,致使其惩罚施害者(《窦娥冤》和《小孙屠》);受害者(受封后)向施害者复仇(《冬青树》)。除《柴市节》等少数作品外,它们大多结合了其他基本模式,这也是此基本模式的独特之处。

《窦娥冤》中有一段人们耳熟能详的情节,那便是窦娥的"三桩儿誓愿"。窦娥在临刑前说:"若是我窦娥委实冤枉,刀过处头落,一腔热血休半点儿沾在地下,都飞在白练上者。""若窦娥委实冤枉,身死之后,天降三尺瑞雪,遮掩了窦娥尸首。""我窦娥死的委实冤枉,从今以后,着这楚州亢旱三年。"在其后的剧情发展中,这三桩誓愿竟然一一应验。如果说楚州三年亢旱(楚州三年大旱)在现实生活中还有可能性的话,那么,六月雪(农历六月三尺瑞雪)基本上没有可能性,血溅白练(血溅旗杆上的白练)完全没有可能性。这不能不说是神祇显示的奇迹。

研究古代戏曲的学者皆认为《窦娥冤》的构思受汉代东海孝妇周青的故事之启发,这自然没错。《汉书·于定国传》《说苑·贵德》和《搜神记》均记载过这一故事。《孝妇周青被冤杀》:①"汉时,东海孝妇,养姑甚谨。姑曰:'妇养我勤苦。我已老,何惜余年,久累年少。'遂自缢死。其女告官云:'妇杀我母。'官收系之,拷掠毒治。孝妇不堪苦楚,自诬服之。时于公为狱吏,曰:'此妇养姑十余年,以孝闻彻,必不杀也。'太守不听。于公争不得理,抱其狱词,哭于府而去。自后郡中枯旱,三年不雨。后太守至,于公曰:'孝妇不当死,前太守枉杀之,咎当在此。'太守实时身祭孝妇冢,因表其墓。天立雨,岁大熟。长老传云:孝妇名周青。青将死,车载十丈竹竿,以悬五幡。立誓于众曰:'青若有罪,愿杀,血当顺下;青若枉死,血当逆流。'既行刑已,其血青黄,缘幡竹而上标,又缘幡而下云。"

实际上,《窦娥冤》还受过《搜神记》中另一故事的启发,这一点

---

① 该小说为《搜神记》卷十一第二十八,篇名《孝妇周青被冤杀》为今人所撰。

为某些学者所忽视。《淳于伯冤死》：①"晋元帝建武元年六月,扬州大旱。十二月,河东地震。去年十二月,斩督运令史淳于伯,血逆流,上柱二丈三尺,旋复下流四尺五寸。是时淳于伯冤死,遂频旱三年。刑罚妄加,群阴不附,则阳气胜之。罚又冤气之应也。"由此可知,"血逆流"这一神迹出现在小说中远早于出现在戏曲中。

《小孙屠》描述了孙必达兄弟遭陷害及讨还公道事。孙必达是北宋开封府儒生,游春时遇妓女李琼梅。趁酒兴欲娶李琼梅为妻。其弟孙必贵以屠宰牲口为业,人称小孙屠。他劝兄勿娶,孙必达不听。李琼梅厌恶孙必达终日醉酒,乃与旧情人、开封府令史朱邦杰私通,为小孙屠无意撞见。后小孙屠陪同其母往东岳进香,孙必达也外出,朱邦杰与李琼梅设计杀害孙家婢女梅香,并在尸体上盖以李琼梅的衣裙,然后逃离孙家,意欲陷孙必达入狱。官府误以为孙必达害妻,囚之于死牢。小孙屠归家后,借探监为名,从孙必达处获知真相。朱邦杰怕案情泄露,遂释放孙必达,把罪名加诸小孙屠身上,小孙屠在狱中遭盆吊——用草席裹住身体,塞紧七窍,捆绑倒放在墙边——而死,然后又被弃尸郊野。孙必达前去收殓,但小孙屠已被东岳之神救活。最后梅香鬼魂和孙必达共擒施害者李琼梅和朱邦杰至包龙图阁下,致使他们受凌迟而死。

在古代小说和戏曲中,好人被坏人害死后又为神祇所救活,可谓屡见不鲜,如《姜千里》："一人冕而盛服,状如贵官。见孝廉偃于路侧,顾其仆曰：'伊何人？'仆视之,骇曰：'姜孝廉也,为盗劫,死于此。'官曰：'姜孝廉,当今之郭解也。且禄籍未绝,不可令其死。'乃探怀中,以药授仆。仆下骑,以手尽去其矢,因褫其服,敷以药,呼曰：'本邑城隍活汝矣。'言讫,超乘而逝。孝廉顿醒,微觉背如负芒,无甚苦。"

---

① 该小说为《搜神记》卷七第三十八,篇名《淳于伯冤死》为今人所撰。

《冬青树》结尾处有如下情节：文天祥被绑赴柴市口，行刑前原南宋的留梦炎丞相和赵孟𫖯学士摆下酒筵，文天祥将酒筵一脚踢翻，不吃这两个降臣的酒食。霎时间雷鸣电闪，风雨大作，文天祥从容就义。北朝赐封的神主牌位也被暴风撕碎，且卷上天空。无独有偶，《柴市节》以如下情节作结：众百姓围绕刑场，纷纷哭拜文天祥。文天祥要求摆好香案，向南方遥拜宋室先帝。礼毕，在字罗监斩下英勇就义。文天祥死后，元帝颇感惋惜，下令追赠其为卢陵郡公，谥忠武，且设坛祭拜，不料忽然狂风大作，将文天祥神主牌位卷起，悬于空中。于是，元帝只好下令改题"故宋少保、右丞相、信国公"，此后再拜，神主牌位果然落地，但字迹模糊不清。

八

以上是超自然恶报情节的六种基本模式。这是笔者对中国古代小说和戏曲中超自然恶报情节条理化后呈现出来的内容，即按照六种模式对其进行整理归纳的结果。实际上，这六种模式在具体的创作文本中有着很强的综合性，换言之，它们在创作实践中时常被组建成各种综合模式，这些综合模式往往将两种甚至两种以上模式的情节要素熔于一炉。如上文提及的《小孙屠》兼具"神迹""冤魂报冤"和"冤魂诉冤"这三种模式的情节要素；《窦娥冤》兼具"神迹"和"冤魂诉冤"的情节要素；《冬青树》兼具"神迹"和"冤魂司神职"；《双珠记》兼具"神迹"和"神罚"。这四部戏曲皆有"神迹"，如前所述，具有"神迹"的小说和戏曲大多需要结合其他模式的情节要素。实际上，其他小说和戏曲也可能熔两种甚至两种以上模式之情节要素于一炉。

在元武汉臣杂剧《生金阁》中，蒲州秀才郭成为避百日血光之灾，携妻李幼奴赴京应举。途中在酒店偶遇权贵庞衙内，郭成献祖传宝物生金阁于庞衙内,以换取衙内荐他为官之举。衙内不仅收下了生金阁,而且还看上了李幼奴。衙内要郭成舍妻与己,并表示愿为郭成另娶。郭成不从,衙内怒而囚郭成于厩,并令嬷嬷劝李幼奴就范。然而,嬷嬷深怜李幼奴而大骂衙内凌弱,这恰好为衙内听见,于是嬷嬷被投入井中。嬷嬷死前嘱子福童为其报仇。此后,衙内又铡郭成,郭成头虽断而身不仆,竟提头逾墙而去。翌年元宵节,衙内出游赏灯,忽有无头鬼(即郭成)提着头追逐衙内欲索取命债。此时恰逢包拯夜行过此,于是无头鬼转而拦道鸣冤。翌日,福童亦暗导李幼奴逃至开封府鸣冤。最后,包拯设计使衙内带着生金阁前来赴宴,同时又令李幼奴出堂告发。包拯遂立缚衙内斩首示众,并判其家产分与李幼奴和福童各一半。

如果说《生金阁》只是将"冤魂报冤"和"冤魂诉冤"之情节要素拼合在一起,那么,清蒲松龄《聊斋志异·窦氏》和清沈起凤《谐铎·奇女雪怨》则将"冤魂报冤"和"冤魂诉冤"之情节要素糅合为一体。《窦氏》:晋阳地主南三复诱奸农家少女窦氏,初时允以媒娶,后竟背弃盟约,另自议姻于大户人家。窦氏怀孕,并最终产下一儿。真相败露后,窦氏不断遭到其父的杖责,甚至最后窦氏之子也为窦父所遗弃。在此过程中,窦氏不止一次地向南三复求救,但他竟然置之不理。最后窦氏只得逃出家中,找回一息尚存的弃儿。在南府前,窦氏告守门人曰:"但得主人一言,我可不死。彼即不念我,宁不念儿耶?"然而,南三复闻此仍不让窦氏入内。窦氏倚户悲啼,抱儿坐毙。窦氏死后,窦父讼之于官府,然南三复以千金行赂得免。

于是窦氏冤魂开始了一系列离奇的复仇行动:"大家(大户人家的主人)梦女(窦氏)披发抱子而告曰:'必勿许负心郎;若许,必杀之!'大家贪南富,卒许之。既亲迎,奁妆丰盛,新人亦娟好,然善悲,终日未尝睹欢容,枕席之间,时复有涕洟。问之,亦不言,过数日,妇翁来,入门便泪,南未遑问故,相将入室。见女(自己女儿即新娘)而骇曰:'适于后园,见吾女缢死桃树上,今房中谁也。'女闻言,色暴变,仆然而死,视之,则窦女。急至后园,新妇果自经死,骇极,往报窦。窦发女冢,棺启尸亡。前忿未蠲,倍益惨怒,复讼于官。官以其情幻,拟罪未决。南又厚饵窦(窦氏之父),哀令休结;官又受其赇嘱,乃罢。而南家自此稍替,又以异迹传播,数年无敢字者。南不得已,远于百里外聘曹进士女,未及成礼,会民间讹传,朝廷将选良家女充掖庭,以故有女者,悉归送夫家。一日,有妪导一舆至,自称曹家送女者,扶女入室,谓南曰:'选嫔之事已急,仓卒不能成礼,且送小娘子来。'问:'何无客?'曰:'薄有奁妆,相从在后耳!'妪草草迳去,南视女亦风致,遂与谐笑。女俛颈引带,神情酷类窦氏。心中作恶,第未敢言。女登榻,引被幪首而眠,亦谓是新人常态,弗为意。日敛昏,曹人不至,始疑。捋被问女,而女已奄然冰绝。惊怪,莫知其故,驰伻告曹,曹竟无送女之事,相传为异。时有姚孝廉女新葬,隔宿为盗所发,破材失尸。闻其异,诣南所徵之,果其女。启衾一视,四体裸然。姚怒,质状于官,官以南屡无行,恶之,坐发冢见尸,论死。"

《奇女雪怨》:线娘擅长于词赋和八股文,自幼深得老师赞赏。年甫十七,其双亲便相继离世,故独自生活。一次偶遇隔壁某生,某生请求她指导文章,碍于情面线娘只得收下其文章。线娘"阅其文,才华秀赡,间有一二小疵",于是便替其删改。两人日久生情,当某生提议欢合时,线娘薄拒之,且谓须明媒正娶。某生"乃指誓山河,矢盟日月。线娘遂同欢合,朝垣夕室,将及半载"。线娘一再催促某生订婚,某生口诺之,实拖延之。后竟议婚他族。某生结婚之日,线娘始悉,而某生从未在其面前提及此事。线娘愤极,闭户自尽。某生闻讯仅悼叹而已。

后某生赴乡试,甫执笔构思,只见线娘翩然而来。某生惧其复仇,故惊恐万状。而线娘殊无怒容,反为其拂纸磨墨,嘱其尽心于文字,并讲解题旨而去。某生乡试成功,继应礼部试。礼部试时,线娘复来,不仅为其拂纸磨墨,且为其修改考卷中不妥字句,故某生礼部试又报捷。最终某生取得殿试二甲的好成绩,且入户部任职。此时,线娘又前来对某生说,你任京官,又能拿多少银两,何不谋求外任,以你现在的身份知府一职唾手可得。某生点头称是。不到两年,某生果真做了知府。他剥削小民,中饱私囊。有一次,他还收受贿赂而私自释放抢劫犯,此事最终败露,他被朝廷判处"弃市"。行刑前夜,某生恍惚见线娘绣巾环领,披发而来,曰:"数年冤愤,而今始得伸也。吾所以佐汝功名者,因书生埋头窗下,何处得罹大辟?必使汝置身仕途,乃得明正国法,业镜高悬,折证正不远也。"语毕,线娘欢笑而去。

这两篇笔记小说都创造性地运用了冤魂诉冤这一基本模式。冤魂诉冤古已有之,为何蒲松龄和沈起凤不让窦氏和线娘向元朝的窦娥等前辈学习,以托梦或其他方式告诉官府中人?窦娥还真学不得。清官难断家务事,男欢女爱和海誓山盟之事恐怕要比家务事更难断。可见修正冤魂诉冤的路径不失为明智之举。实际上,蒲沈两位还可以让窦氏和线娘向唐朝的霍小玉或宋朝的桂英等前辈学习:自行复仇,请神祇帮着复仇,或者干脆让神祇严惩施害者。不过这种套路实在太旧,再仿而效之多少有点无趣。

这两篇小说委实很出色,出色就出色在窦氏和线娘的复仇策略,而这样的复仇策略又分别与她们的身份相吻合。窦氏是村姑,比不得线娘既生于士族,又才华横溢。报起仇来窦氏可谓刻毒,线娘可谓从容,"翩然而来""欢笑而去"皆为从容之表征。窦氏和线娘都显得"老谋深算",然比之于窦氏,线娘的做法更好玩:欲毁之,先与之。可以说线娘是一路哄着某生把他送上断头台的。当然,她们的复仇策略毕竟是由作者的叙事策略决定的。说到底,还是蒲沈两位"老谋深算"。

在清嵇永仁传奇《双报应》中，张文俊交友不慎，引狼入室。张文俊之友王文用与张文俊之妻勾搭成奸，然后，两人买通医者，毒毙张文俊。建宁城隍得知张文俊家事后，暗中指点新任知府孙裔昌，使之判案如神。最终王文用与其情妇之魂被鬼卒勾摄而去。如果说《双报应》兼具"神罚"和"神启"的情节要素，那么，清钱泳《履园丛话·冤报》中的第五个故事则兼具"冤魂报冤"和"神罚"："余同乡邹剑南媳顾氏，娶三年矣，有妊生子，不数日，顾氏病下体溃烂，日夜号哭。忽自言云：'姑娘恭喜，首产麟儿，今日特来索命，毋见惧也。'闻者惊诧，强问之，顾曰：'余病不起矣。余未出阁时，与嫂本无嫌隙，只因藏过其金方一只，以致嫂咒骂不止。后吾母许其赔还，嫂故必求原物。适因嫂小产服药，遂将盐水搀入，血晕而死。今事隔数年，嫂亦乘我产后来索，且日夜坐我床中，药饵皆被其吹嘘，岂能愈乎？'及将绝复醒，如是者数次，自云：'已到阴司审问，拶两手，夹两足，痛极难忍。'家人启视之，手足青紫，如用刑然。"除此而外，明姚茂良传奇《双忠记》兼具"冤魂报冤"和"冤魂司神职"的情节要素；明范世彦传奇《磨忠记》兼具"冤魂司神职"和"神罚"；等等。应该说，比上述这些更错综复杂的情状在古代小说和戏曲中也不乏其例。

超自然恶报情节之基本模式不仅在具体的创作文本中有着很强的综合性，而且还有着一定的模糊性。综合性还是能让人辨识惩罚这一关键情节以及作用于其中的关键角色的，而模糊性同样可以让人辨识惩罚这一关键情节，但却无法让人辨识作用于其中的关键角色。获得神祇许可的冤魂报冤与神罚、神启与鬼启最有可能产生这样的模糊性。

《冤魂志》中至少有四篇小说的情节存在着这样的模糊性。如《王济婢》："婢欲奸之。其人曰：'不敢。'婢言：'若不从我，我当大叫。'此人卒不肯。婢遂呼云：'某甲欲奸我。'（王）济即令人杀之，此人具自陈诉，济犹不信，故牵将去。顾谓（王）济曰：'枉不可受，要当讼府君于天。'后济乃病，忽见此人，语之曰：'前具告实，既不见理，今便应去。'济数日卒。"又如《宋皇后》："（汉灵）帝后梦见（汉）桓帝，怒曰：'宋皇后无罪，而听用邪孽，使绝其命。勃海王悝既已自贬，又受诛毙，今宋后及悝自诉于天，上帝震怒，罪在难救。'梦殊明察。帝既觉而惧，以事问羽林左监许永；'此为何祥？其可攘乎？'永对以宋后及勃海王无辜之状，宜并改葬，以安冤魂，返宋家之徙，复勃海之封，以消灾咎。帝弗能用，寻亦崩焉。"王济和汉灵帝是遭王济侍者"某甲"和宋皇后或刘悝之冤魂获神祇许可后报复而死，还是遭神罚而死？这两篇小说语焉不详，故无从得知。问题在于有相当部分的小说在这一环节上是语焉不详的。

如同获得神祇许可的冤魂报冤之于神罚，神启与鬼启之间也很可能界限不清。神启和鬼启皆为超自然力量的启示。尽管启示的主体不同，但启示的客体则完全相同。笔者将"冤魂诉冤"中的两种子模式"遗鬼迹诉冤"和"托梦诉冤"视为鬼启。《型世言》中《匿头计占红颜　发棺立苏呆婿》的入话描述道："我朝名卿甚多，如明断的有几个。当时有个黄绂，四川参政。忽一日，一阵旋风在马足边刮起，忽喇喇只望前吹去。他便疑心，着人随风去，直至崇庆州西边寺，吹入一个池塘里才住。黄参政竟在寺里，这些和尚出来迎接。他见两个形容凶恶，他便将醋来洗他额角，只见洗出网巾痕来。一打一招，是他每日出去打劫，将尸首沉在塘中。塘中打捞，果有尸首。又有一位鲁穆，出巡见一小蛇随他轿子，后边也走入池塘。鲁公便干了池，见一死尸缒一磨盘在水底。他把磨盘向附近村中去合，得了这谋死的人。还有一位郭子章，他做推官，有猴攀他轿杠。他把猴藏在衙中，假说衙人有椅，能言人祸福，哄人来看。驼猴出来，扯住一人，正是谋死弄猢狲花子的人。这几位都能为死者伸冤。不知更有个为死者伸冤，又为生者脱罪的。"①
"旋风"引路之类在明清公案小说中比比皆是,它们究竟神启还是鬼启(遗鬼迹诉冤)？只有天晓得了。

　　清朱𬤇传奇《十五贯》的剧情转折点是况钟履任苏州太守。上任伊始,况钟先在祭城隍时得到梦警,梦见两野人各衔一鼠,长跪案前,于是对两个已经定案的十五贯案产生了怀疑。后在过堂审讯时,熊友兰、熊友蕙、苏戌娟、侯玉姑四人又大喊冤枉,这加持了他的怀疑。经仔细踏勘和察访,况钟终于破了这两个疑案。在祭城隍时得到如此梦警,应该是神启了吧。但"两野人各衔一鼠,长跪案前"又该如何解释呢？比较合理的推测是,况钟梦见的两个老鼠,一个当为熊冯两家共同的墙脚下鼠洞里的老鼠,另一当为娄阿鼠;况钟梦见的两个野人,一个当为熊友蕙的灵魂,另一当为游葫芦的鬼魂和熊友兰的灵魂之合体。游葫芦的鬼魂和两个即将成为冤鬼的熊氏兄弟的鬼魂长跪祈求,这难道不是鬼启吗？

　　西谚曰：条条大路通罗马。赏善罚恶是所有彰显完全艺术正义(即西人所谓的 poetic justice)的中国古代小说和戏曲之预设的目标,换句话说,罗马早已确定,但通向罗马的大路是可以选择的,甚至是可以开拓的。于是,我们在这些小说和戏曲中看到了形形色色的"大路"。如何选择通向罗马的"大路"？如何开拓通向罗马的"大路"？概言之,如何才能在锻造通向罚恶结局的超自然情节时做到"运用之妙"？说句大而化之的话：这实在是"存乎一心"的事了。

---

① 陆人龙：《型世言》,中华书局,2002 年,第 210 页。

三级隐性隐喻：
兼比较《诗经》与萨福诗之隐喻性

官感性、隐喻性和词语的反常性是好的抒情诗的三种属性，易言之，一首好的抒情诗不外乎有上述三种属性之一种，或兼有两种甚至三种。所谓官感性即高度的意象性。所谓隐喻性即具有隐喻意味的意象性。① 而词语的反常性则是由词语的陌生化（奇特化或反常化）手法所造成的。在俄国形式主义者看来，词语的反常性正是诗歌语言有别于实用语言和散文语言的主要标志之一。平心而论，19世纪中叶之前的西方抒情诗在官感性和隐喻性方面皆乏善可陈，而独独在词语的反常性方面却有可圈可点之处。正因为西方传统的抒情诗在官感性和隐喻性方面乏善可陈，因而发端于19世纪中叶的西方诗歌第二次转型重点要解决的便是官感性和隐喻性问题。②

---

① 官感性和隐喻性最易混淆。关于官感性与隐喻性既相联系又有区别的情状，参见拙著《西方前现代泛诗传统：以中国古代诗歌相关传统为参照系的比较研究》，复旦大学出版社，2005年，第396—398页。
② 拙著《西方前现代泛诗传统：以中国古代诗歌相关传统为参照系的比较研究》指出：西方诗歌的理论和实践在18世纪中叶至20世纪初这一百五十年左右的时间里接连发生了两次大转型，从而形成了一个"诗歌自觉时代"。第一次转型大约发生于18世纪中叶至19世纪中叶，在这次转型中，西方人在诗歌本质论方面以表现说取代了模仿说；在诗歌体裁等次理论方面基本上扭转了重戏剧诗或史诗而轻抒情诗的倾向；在创作方面具有浪漫主义色彩的抒情诗在很大程度上取代了史诗和戏剧诗，从而占据了诗歌的主流地位。第二次转型大约发生于19世纪中叶至20世纪初，在这次转型中，西方人（转下页）

就获取隐喻性和官感性而言,象征主义诗歌运动和意象派诗歌运动的侧重点略有不同。在笔者看来,前者主要解决的是隐喻性问题,它把解决官感性问题作为解决隐喻性问题的一个手段。而后者主要解决的则是官感性问题,它把解决隐喻性问题作为解决官感性问题的自然延伸。由于西方诗歌第二次转型的发生,隐喻性便成为日后人们检测诗歌品质优劣的重要指标之一。然而,隐喻性恰恰又是一个不太说得明白的诗歌属性,尤其在判定一首诗有多大的隐喻性时往往人言人殊。本文试图通过对隐喻的定量分析在理解和把握诗歌隐喻性上有所突破。

诗歌的隐喻性源自诗歌中的隐喻,因而隐喻性的等级也在很大程度上取决于隐喻的等级。隐喻自然也是一种意象,不过它是一种隐喻性的或者具有隐喻意味的意象:把甲说成乙,或者明说乙却暗指甲(借用一西方批评家论美国诗人弗罗斯特《修墙》时所说的话,即 Poetry provides a possible way of saying one thing but meaning another)。笼而统之地谈论隐喻容易使隐喻性一词含糊不清,因而笔者在这里尝试着提出一种关于隐喻的理论,笔者姑且将这种理论称之为"三级隐性隐喻理论"。

在阐述这一理论之前,笔者必须就这里所谓的"隐喻"给出一个定义。在中国修辞学家看来,比喻类的修辞格大致有四类,即明喻、隐喻(暗喻)、借喻和比拟。① 然而,在西方修辞学家看来,比喻类的修辞格大致有两类,用英语来说,也就是 simile 和 metaphor。simile 对应于汉语中的"明喻";而 metaphor 的意义却极其宽泛,它

(接上页)在诗歌抒情理论方面以假借客体言情达意的学说,即关于隐喻性和官感性之学说来反对直露的抒情和议论,在创作方面象征主义诗歌和意象派等现代主义诗歌取代了浪漫主义诗歌。这两次转型充分地表现出西方人对于真正意义上的诗歌之自觉意识。前者解决了抒情与叙事何为诗歌本性的问题,后者解决了诗歌如何抒情的问题。

① 刘大为:《比喻、近喻与自喻》,上海教育出版社,2001 年,目录第 4—5 页。

实际上对应于中国修辞学家所谓的"隐喻""借喻""比拟"甚至近喻类修辞格中的"借代"(即"提喻"),尽管隐喻、借喻、比拟的逻辑基础是相似即同一,借代的逻辑基础是相关或相近即同一。

从亚里士多德的《诗学》和《修辞学》所举的实例来看,亚里士多德就是在这样的意义上使用"隐喻"一词的。① 其实,他在这两部著作中说得很明白:隐喻是一个词替代另一个词来表达同一意义的一种语言手段,因而他所谓的隐喻一词是可以把中国人所谓的隐喻、借喻、比拟以及借代都归入其中的,出于同样理由,他甚至认为,明喻也是隐喻之一种。② 汉语中"隐喻"与英文中 metaphor(以及西方各语种中对应于 metaphor 的其他词,下同)的差异,在很大程度上造成了语言学理论研究和实际应用中的混乱,这种混乱甚至可以让一个专攻修辞格的学者都觉得头疼。

本文所谓的隐性隐喻,基本上采取了 metaphor 之宽泛定义,但却把中国修辞学家所谓的隐喻排除在外,也就是说,这里所谓的隐性隐喻实际上是指借喻、比拟、借代尤其是指借喻。笔者之所以杜撰"隐性隐喻"一词,是出于以下几方面的考虑。一是因为有利于与西方关于 metaphor 的论述衔接起来。二是因为汉语中没有一个词可以统领借喻、比拟和借代。笔者以为,西方的 metaphor 有显性和隐性两种:中国修辞学家所谓的隐喻只是一种显性的 metaphor,因为它不仅有着本体,而且在大多数情况下还有着"是"之类的比喻语词;反之,中国修辞学家所谓的借喻、比拟和借代却是一种隐性的 metaphor。借喻既无本体又无比喻语词,比拟和借代或有本

---

① 参见亚里士多德《诗学》,《诗学·诗艺》,人民文学出版社,1962年,第73、79页;《亚历山大修辞学》,《修辞术·亚历山大修辞学·论诗》,中国人民大学出版社,2003年,第171页。

② 参见《语言学纲要》,申小龙主编,复旦大学出版社,2003年,第301页;束定芳:《隐喻学研究》,上海外语教育出版社,2000年,第52—53页。

体或无本体,即使有本体,也由于无连接语词或与比拟体、借代体不相邻等而与比拟体、借代体之关系比较松散。三是因为有意要将中国修辞学家所谓的隐喻排除出局。笔者以为,真正能表明一首诗隐喻性的是隐性的 metaphor 而非显性的 metaphor 以及 simile。四是因为有旧例可循。据陈望道先生《修辞学发凡》,宋陈骙在《文则》中用"隐喻"一词来指称借喻,元陈绎和清唐彪分别在《文说》和《读书作文谱》中用"隐语"和"暗比"来指称借喻,[①] 而英语世界的人们则把借喻说成是 cryptic metaphor(隐蔽的隐喻)。有成例可援,这多少给了笔者一点胆量。

在阐述这一理论之前,我们还应该来了解一下诗歌艺术的语言系统。任何一种艺术的语言系统都是由两大部分即语言构件和语言法则所组成的,诗歌艺术的语言系统也不例外,具体的大致如下表:

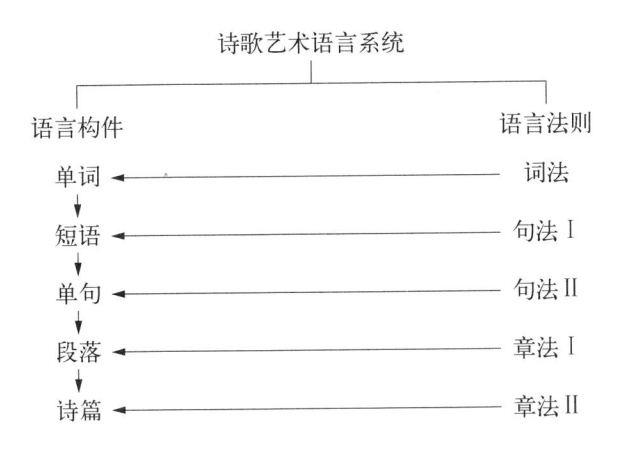

```
              诗歌艺术语言系统
         ┌──────────┴──────────┐
      语言构件                  语言法则
       单词    ◄──────────────► 词法
        ▼
       短语    ◄──────────────► 句法Ⅰ
        ▼
       单句    ◄──────────────► 句法Ⅱ
        ▼
       段落    ◄──────────────► 章法Ⅰ
        ▼
       诗篇    ◄──────────────► 章法Ⅱ
```

《文心雕龙》章句篇曰:"夫人之立言,因字而生句,积句而为章,积章而成篇。"[②] 由此可见,任何文字作品皆由最小的语义单

---

① 参见陈望道:《修辞学发凡》,上海教育出版社,1997年,第78、80页。
② 《文心雕龙译注》,王运熙、周锋撰,上海古籍出版社,1998年,第307页。由于古代汉语中多为单音节词,因而这里的"字"基本意义为词。

位累积而成。从上表中我们还可以看出,一般来说,由若干个单词构成一个短语(词组),由若干个短语构成一个单句,由若干个单句构成一个段落,由若干个段落构成一首诗歌。句法Ⅰ、句法Ⅱ、章法Ⅰ和章法Ⅱ都有结合功能,它们都能把上一级或者上二级的语言构件按照一定的规律组合成与自身同级的语言构件。如句法Ⅱ能够把短语或者直接把单词组合成单句。在上表中,唯有词法是一个例外,它当然也有结合功能,即能够把构词成分(语素)组合成单词。构词成分是没有语义的,因而没有被列入上表。

在上表所显示的五个等级中,单词、单句和诗篇这三个等级是不可或缺的,而短语和段落这两个等级是时有时无的。如果这是一首仅有一个段落的诗篇,就不会有段落这一等级,这种情况比较常见;如果这是一个比较短的单句,就有可能缺乏短语这一等级,这种情况比较少见。一般来说,在构成短语(词组)的一组词中必有一个主要的词,其余的词都是附着于它的,因而短语的性质与词的性质非常接近,这大概也就是短语被称作"扩词"的重要原因。为方便起见,笔者把短语级的隐性隐喻和单词级的隐性隐喻归入同一级隐性隐喻一并讨论。要之,笔者以为,就考察隐喻或隐喻性而言,单词(短语)、单句和诗篇是最有效的思考单位。

唐孟棨《本事诗·情感第一》引某怨女题梧桐叶诗云:"一入深宫里,年年不见春。聊题一片叶,寄与有情人。"这里的"春"显然是一个单词级的隐性隐喻。明杨慎《临江仙》云:"滚滚长江东逝水,浪花淘尽英雄。是非成败转头空。青山依旧在,几度夕阳红。白发渔樵江渚上,惯看秋月春风。一壶浊酒喜相逢。古今多少事,都付笑谈中。"这里的"秋月"或"春风"显然都是短语级的隐性隐喻。单词级或短语级的隐性隐喻也就是笔者所谓的第一级隐性隐喻。

钱锺书先生在《汉译第一首英语诗〈人生颂〉及有关二三事》一文中说:

英、法语可用同一字(beat, battre)表达心的怦怦"跳"和鼓的砰砰"敲",郎费罗和波德莱尔都不费气力,教那个字一身二任。①

而吴宓先生则在《诗学总论》一文中指出:

同一个字,文中用之,则以其确切之本义为训,(Intellectual Denotation)诗中用之,则指其就吾人日常习惯,所能引起之感情而言。(Emotional Association or Connotation)例如"父"字,用之于文,则仅明甲为乙之子之关系而已;而用之于诗,则并宣乙于甲生身之恩、教训之德、慈爱之怀等等,而读诗者,立即忆及我自己之父之种种情形及平日相待之感情矣。②

"那个字一身二任"是钱锺书对第一级隐性隐喻之特征的概括。不过,钱锺书所谓的"一身二任"是由这个词本身具有的多义所导致的。有时确实如此,如第一例之"春"在中国文化中本身就含有情爱甚至性爱的意味;但有时并不如此,如第二例之"秋月"和"春风"本身并不含有"人间沧桑"的意味,只在特定的语境中才呈现出如此涵义。在吴宓所列举的这个例子中,"父"之引申义并没有脱离其本义,也就是说,确确实实有父子关系,只是同时强调父亲的"生身之恩、教训之德、慈爱之怀"。但在大多数情况下,一个词的引申义是与其本义完全脱离的。第一例中常见的引申义和第二例中特定的引申义皆如此,写的是"春",实际上并无"春天"之意思,写的是"秋月春风",实际上并无"秋天的月"和"春天的风"之意思,否则,"年年不见春"岂非诳语,"惯看秋月春风"岂非废话。由此可见,"二任"中的本义一任完全可以是虚化的。

---

① 钱锺书:《七缀集》(修订本),上海古籍出版社,1997年,第148页。
② 吴宓:《会通派如是说》,徐葆耕编选,上海文艺出版社,1998年,第220—221页。

唐李贺《雁门太守行》云："黑云压城城欲摧,甲光向日金鳞开。角声满天秋色里,塞上燕脂凝夜紫。半卷红旗临易水,霜重鼓寒声不起。报君黄金台上意,提携玉龙为君死。"这里的"黑云压城城欲摧"显然是一个单句级的隐性隐语。唐李商隐《无题》云："相见时难别亦难,东风无力百花残。春蚕到死丝方尽,蜡炬成灰泪始干。晓镜但愁云鬓改,夜吟应觉月光寒。蓬山此去无多路,青鸟殷勤为探看。"这里的"夜吟应觉月光寒"同样是一个单句级的隐性隐喻。单句级的隐性隐喻也就是笔者所谓的第二级隐性隐喻。

梁宗岱先生在《保罗梵乐希先生》一文中强调:

> 在一首诗中吟咏数事,或一句诗而暗示数意,正是象征派诗底特别色彩。①

"一句诗而暗示数意"是梁宗岱对第二级隐性隐喻之特征的概括。第一例表面上是说城头黑云笼罩,实际上是指敌人大军压境。第二例表面上是说月下吟诗一定会感受到丝丝寒意,实际上是指夜晚怀人不得不生发出缕缕愁思。

汉班婕妤《怨歌行》云："新裂齐纨素,鲜洁如霜雪,裁为合欢扇,团团似明月。出入君怀袖,动摇微风发。常恐秋节至,凉飚夺炎热。弃捐箧笥中,恩情中道绝。"这首诗显然是一个诗篇级的隐性隐喻。宋陆游的《卜算子·咏梅》云："驿外断桥边,寂寞开无主。已是黄昏独自愁,更著风和雨。 无意苦争春,一任群芳妒。零落成泥碾作尘,只有香如故。"这首词同样是一个诗篇级的隐性隐喻。诗篇级的隐性隐喻也就是笔者所谓的第三级隐性隐喻。

朱光潜先生在《诗论》中说:

> 此外汉魏诗渐有全章以意象寓情趣,不言正意而正意自

---

① 梁宗岱:《诗与真·诗与真二集》,外国文学出版社,1984年,第13页。

见的,班婕妤的《怨歌行》以秋风弃扇隐寓自己的怨情是著例。这种写法也是《国风》里所少见的。①

而余宝琳先生则在《讽喻与〈诗经〉》一文中指出:

> 他们一旦发现了意象的某种象征功能,便可能进一步将这种象征功能用于整首诗。②

"全章……不言正意而正意自见"是朱光潜对第三级隐性隐喻之特征的概括。在第一例中,作者以团扇自比,暗写自己受冷落后的悲苦心情;在第二例中,作者以梅花自喻,暗写自己的坎坷经历和高洁情操。

在传统的修辞学看来,第一级隐性隐喻才真正是修辞学研究的对象,而第二和第三级隐性隐喻不过都是第一级隐性隐喻在非修辞学意义上延伸之产物。诚如陈望道先生在《修辞学发凡》中所说:"借喻如上所引,有只用一二个词的,有用全句全段的,那用全句全段的,就是通常所谓'借题发挥'。"③ 亚里士多德同样是把隐喻限定在词这一等级上的。然而,现代修辞学已经将第一级隐性隐语之外的其他隐性隐喻全都网罗在内。《隐喻学研究》称:"从理论上说,隐喻可以是词、词组,可以是句子,也可以是篇章。"④ 这样的变化始于20世纪理查兹(Richards)、布莱克(Max Blake)、雅各布森(R. Jakobson)和利科(P. Ricoeur)等人关于隐喻的理论。

在明确了三级隐性隐喻之后,我们可以把明喻、显性隐喻、第

---

① 朱光潜:《诗论》,上海古籍出版社,2001年,第61页。
② 《神女之探寻:英美学者论中国古典诗歌》,莫砺锋编,上海古籍出版社,1994年,第22页。
③ 陈望道:《修辞学发凡》,上海教育出版社,1997年,第79页。
④ 束定芳:《隐喻学研究》,上海外语教育出版社,2000年,第12—13页。《隐喻学研究》中的理论部分几乎都来自西方尤其是20世纪西方的隐喻理论。这本著作中的"隐喻"对应于metaphor,也即西方意义上的隐喻。

一级隐性隐喻、第二级隐性隐喻和第三级隐性隐喻从低到高地排列起来,组合成一个序列(其实,显性隐喻也可以分为两个等级,即单词或短语级和单句级。只是如此划分在检测诗歌隐喻性上并没有多少意义)。笔者以为,这一序列可用来检测一首诗歌之隐喻性的。一般来说,如果一首诗仅仅只有明喻,那么它基本上无隐喻性可言,如果一首诗是一个诗篇级隐喻,那么它便有着最高程度的隐喻性。两极之间,自有若干等差。

应该指出的是,如果一首诗是一个诗篇级隐喻,那么它在实际阅读效果上有可能走向反面,因为读者可能并不知道它是一个诗篇级隐喻。朱光潜说班婕妤的《怨歌行》"不言正意而正意自见",这一评语是中肯的。因为读者完全可以根据它的标题(《怨歌行》)和它的某些诗句及其所使用的拟人化手法(如"常恐秋节至""恩情中道绝")做出正确的判断。即使在文字所构成的语境即诗歌内部的语境中全无线索,我们还可以参照诗歌外部的语境,班婕妤的生平毕竟是广为人知的。

然而,并非所有这类诗都可以"不言正意而正意自见"的。唐朱庆馀有一首题为《闺意献张水部》的诗。诗曰:"洞房昨夜停红烛,待晓堂前拜舅姑。妆罢低声问夫婿,画眉深浅入时无?"周发祥先生在论新批评派时以此诗为例:"如果按照新批评派的做法,只从字面求解,那么诗中所写无非如题目所示,是新嫁娘的闺房情事。但实际上,这却是一首温卷之作。据称,朱庆馀曾经向张籍投献文章,后来又寓问于诗,探询他的看法。后者亦答之以诗,深许其才……这首诗的本意,以及在特定历史条件下所形成的这种寓托形式,仅从字面上,无论如何是看不出来的。"[①] 由此可见,解读这类诗时我们不得不借助于诗歌外部的语境。然而,有多少读者

[①] 周发祥:《西方文论与中国文学》,江苏教育出版社,1997年,第176页。

是先备好作者生平资料等才开始读诗的呢？

有时借助于外部语境也未必奏效。在这方面，最极端的一个例子是《旧约全书》中的《雅歌》。《雅歌》究竟是所罗门的情诗还是所罗门献给上帝的圣诗？若是后者，它当然具有最高程度的隐喻性。然而所罗门的生平资料等并没有向我们提供有价值的线索，所以它究竟是情诗还是圣诗，也只有上帝知道了。

如果用明喻、显性隐喻、第一级隐性隐喻、第二级隐性隐喻和第三级隐性隐喻这五个指标来衡量西方前现代抒情诗和中国古代抒情诗，① 我们可以清楚地看到，西方前现代抒情诗使用的比喻主要是明喻、显性隐喻和第一级隐性隐喻，而第二级隐性隐喻和第三级隐性隐喻则非常少见。反观中国古代抒情诗，我们可以发现，它不仅频繁使用明喻、显性隐喻和第一级隐喻，而且还频繁地使用了第二级和第三级隐性隐喻，其中第二级隐性隐喻最为常见。这样的差异正是导致西方前现代抒情诗和中国古代抒情诗在抒情方式上直露与含蓄之别的本质原因之一。

钱锺书先生曾把中国古代抒情诗称为早慧的诗歌。他在《谈中国诗》一文中说，"纯粹的抒情，诗的精髓和峰极，在中国诗里出现得异常之早。所以，中国诗是早熟的。"② 笔者以为，中国诗歌的早慧源自中国人对诗歌本质特性的准确把握。一部《诗经》就足以表明，中国人在先秦时代就已经认识到，诗歌是隐喻性的文学作品。《诗经》中不仅有"战战兢兢，**如临深渊，如履薄冰**"(《小雅·小旻》)这样的明喻，有"**我心匪石**，不可转也；**我心匪席**，不可卷也"(《邶风·柏舟》)这样的显性隐喻，有"兄弟阋于**墙**，外御其务"

---

① 这里所谓的西方前现代抒情诗是指从古希腊直至 19 世纪中叶的西方抒情诗，也即西方诗歌由传统向现代转型之前的西方抒情诗。
② 钱锺书：《写在人生边上·人生边上的边上·石语》，生活·读书·新知三联书店，2002 年，第 162 页。

(《小雅·常棣》)这样的第一级隐性隐喻,而且还有"昔我往矣,**杨柳依依**"(《小雅·采薇》)这样的第二级隐性隐喻和《小雅·鹤鸣》《郑风·硕鼠》这样的第三级隐性隐喻。其中第二级隐性隐喻比比皆是,如《大雅·抑》:"不僭不贼,鲜不为则。**投我以桃,报之以李**。"《召南·草虫》:"**喓喓草虫,趯趯阜螽**。未见君子,忧心忡忡。"《江有汜》:"**江有汜**,之子归,不我以。"等等。

《诗经》中多有第二级和第三级隐性隐喻这一特点为某些西方文学批评家所注意。美国的布鲁斯·布鲁克斯在《〈诗品〉解析》(1968)一文中指出:

> 《诗大序》中关于兴的意义,指的是从自然界中索取一种能引起联想的形象,而与它相对应的人物紧跟在后面的诗句中,《诗经》中第六首《桃夭》就是典型的例子:
>
> 桃之夭夭,灼灼其华。之子于归,宜其室家。
> 桃之夭夭,有蕡有实。之子于归,宜其家室。
> 桃之夭夭,其叶蓁蓁。之子于归,宜其家人。
>
> 这种自然意象的作用不仅是通过和它所喻指的东西交替出现,而且还可以扩展成为一首完整的诗,这就是"比"。《诗经》第五首《螽斯》即为其例。这首诗完全是写螽斯(蝗虫类),虽然主要是用以象征王族的子孙众多。
>
> 螽斯羽,诜诜兮。宜尔子孙,振振兮。
> 螽斯羽,薨薨兮。宜尔子孙,绳绳兮。
> 螽斯羽,揖揖兮。宜尔子孙,蛰蛰兮。[1]

由于《诗经》在中国诗歌史上具有至高无上的地位,因而对后世抒情诗运用第二和第三级隐性隐喻产生了强大的路径依赖效

---

[1]《神女之探寻:英美学者论中国古典诗歌》,莫砺锋编,上海古籍出版社,1994年,第254页。

应,换句话说,中国古代的抒情诗人相比较而言更倾向于在单句和诗篇这两个层面尤其是前一个层面上以隐喻性的语言替代透明性的语言。南唐冯延巳《谒金门》云:"风乍起,吹皱一池春水。闲引鸳鸯香径里,手挼红杏蕊。斗鸭阑干独倚,碧玉搔头斜坠。终日望君君不至,举头闻鹊喜。""风乍起,吹皱一池春水"这两句的字面意思是,一阵春风使池塘中的水荡漾起来。实际上它们具有隐喻意味:那因为风吹而荡漾着的水纹也就是那女子内心深处的涟漪。所以这两句既写了女主人公眼中的自然景色,又写了女主人公惆怅迷乱的情绪。陆游《南唐书·冯延巳传》:"元宗尝因曲宴内殿,从容谓曰:'吹皱一池春水,干卿何时?'延巳对曰:'安得如陛下小楼吹彻玉笙寒之句!'"正因为"吹皱一池春水"是一个第二级隐性隐喻,中主李璟才会与冯延巳开这样的玩笑。

宋秦观《踏莎行》云:"雾失楼台,月迷津渡,桃源望断无寻处。可堪孤馆闭春寒,杜鹃声里斜阳暮。 驿寄梅花,鱼传尺素,砌成此恨无重数。郴江幸自绕郴山,为谁流下潇湘去?""雾失楼台,月迷津渡"这两句的字面意思是,楼台失于雾(楼台消失在弥漫的雾气中),津渡迷于月(渡口消失在朦胧的月色中)。实际上它们也具有隐喻意味:前途渺茫,真不知何去何从。秦观藉此表达了他连续遭贬,一再远徙后怅惘迷茫的愁苦心情,诚如清黄了翁在《蓼园词话》中所说:"雾失月迷,总是被谗写照。"在中国古代诗歌史上,类似这种第二级隐性隐喻的例子可谓举不胜举。

在中国古代抒情诗中也有相当多的作品达到了第三级隐性隐喻的境界,除了上文提及的《怨歌行》《卜算子·咏梅》和《闺意献张水部》之外,如汉蔡邕在《翠鸟诗》中,以"幸脱虞人机"并"得亲君子庭"的翠鸟自比,表达遭受迫害后得到友人庇护的感激之情;再如唐秦韬玉在《贫女》中,借"年年压金钱"而"为他人作嫁衣裳"的贫女之遭遇,暗喻自己做幕僚时之不得意;又如先秦屈原的《九章·桔颂》、唐张九龄的《感遇》之一(兰叶春葳蕤)、唐张籍的《节妇吟》、唐刘禹锡的《白鹭儿》、唐曹邺的《官仓鼠》、宋苏轼《水龙吟》(似花还似非花)、宋朱熹的《观书有感》之一(半亩方塘一鉴开)、宋辛弃疾的《青玉案·元夕》,等等。

诗歌的隐喻性是中国古代诗歌抒情艺术最重要的内容之一。"诗贵于意在言外。""言在此而意在彼。""句中无其词,而句外有其意。"这些言论固然表达了一种诗歌理想,但它们首先是对中国古代抒情诗隐喻性的总结。正因为中国古代的抒情诗在很大程度上具有隐喻性,所以才会有"诗家总爱西昆好"的说法,才会有"诗无达诂"的说法,甚至才有可能出现清代骇人听闻的文字狱。相对而言,西方前现代抒情诗中第二和第三级隐性隐喻非常少见,因而从总体上看西方前现代抒情诗是没有多少隐喻性的。

萨福是古希腊最著名的抒情诗人,也是古希腊最早的抒情诗人之一。柏拉图称她为"名列第十的缪斯",据说雅典的政治家和诗人梭伦希望"自己能学会萨福的一首歌后离开人世"。由此可见萨福声望之高,其诗歌抒情艺术之精湛。萨福原著有九卷抒情诗,仅其中一卷就有1320行之多,但如今皆已散佚。现存的除相对完整的一首以外,是大约两百篇残章断简。现任教于哈佛大学东亚系的田晓霏女士几年前在中国内地出版了《"萨福":一个欧美文学传统的生成》一书。该书收有作者从各种英译本转译的萨福最好的抒情诗凡113首。其中101首肯定为萨福所作,另12首在归属问题上有争议。这是一本相对而言篇目数量最多的萨福诗汉译本。①

从这101首诗歌中,我们可以清晰地看到,萨福作品的抒情方

---

① 参见田晓霏编译:《"萨福":一个欧美文学传统的生成》,生活·读书·新知三联书店,2003年,第43、39页。

式主要是直抒胸臆。鲁迅先生曾在《"题未定"草》一文中说:"沙乎的恋歌,是明白而热烈的……"① "明白"在很大程度上与直抒胸臆相关。萨福的这些诗歌共使用了十多个明喻,如"她的乳房/好似幽谷芳兰","我们的睡眠/将少似清澈的夜莺","好似山风/摇撼一棵橡树,/爱情摇撼我的心","纯洁的美惠女神,手臂好似蔷薇","好似清泉水中升起一朵/纯洁的百合——","她的发辫是比松明火把/更金黄","你的眼睛好似/蜂蜜","你好像一棵/挺拔的白杨","女王般的黎明","比蛋壳更洁白"等。

她共使用了十多个一级隐性隐喻,如"血管里奔流着/细小的火焰","(月亮)用它圆满的光辉/把世界锻成白银","足穿金屦的曙光","声音充满了渴望的夜莺","黄昏星/收敛起所有/被黎明驱散的——/收敛起绵羊/收敛起山羊/也收敛起孩子到母亲身旁"等。② 笔者唯一觉得有可能是第二级隐性隐喻的是来自《品达评点》的两行残诗:"它们的心渐渐冷却,/任双翅垂落下来。"尽管品达"称萨福曾如是描写鸽子"。③

不过,在古希腊的抒情诗中,我们确乎看到过一首堪称三级隐性隐喻的诗歌,那便是西摩尼德斯碑铭体的《温泉关口墓碑铭》,全诗共两行:"过路人,请传句话给斯巴达人:/为了听从他们的嘱咐,我们躺在这里。"尽管这首诗基本上是以抽象语言写成的,但确乎有着隐喻意义。第一行的意思是,我们无比自豪,因为我们无愧于斯巴达人。第二行的意思是,我们无比忠诚,因而长眠于此。在古希腊的抒情诗中这是绝无仅有的。笔者个人认为,正因为它篇

---

① 鲁迅:《且介亭杂文二集》,人民文学出版社,1973 年,第 177 页。
② 田晓霏本人也是一个诗人,她会不会以自己的诗才在转译过程中为萨福的诗增美呢? 因为有些一级隐性隐喻在其他人的译文中是看不到的。
③ 参见田晓霏编译:《"萨福":一个欧美文学传统的生成》,生活·读书·新知三联书店,2003 年,第 87 页。

幅极其短小,才成就了它的诗篇级隐喻性。在古希腊抒情诗中只要篇幅稍长一点的总要点破主题的。

笔者还想指出的是,这首诗对于分析西方前现代诗歌史上少量的第二级和第三级隐性隐喻具有样本意义。古代中国人往往以比较具象的语言也即景语来造成第二和第三级隐性隐喻,因而中国古代抒情诗的隐喻性往往伴随着官感性;而与此形成对照的是,前现代西方人往往以比较抽象的语言也即情语来造成第二级和第三级隐性隐喻,因而西方前现代抒情诗的隐喻性往往与官感性相分离。

正如《诗经》之于中国古代的抒情诗,以萨福作品为代表的古希腊抒情诗对西方前现代抒情诗之抒情方式也产生了深刻的影响。以直抒胸臆为主的古希腊式的抒情方式一直为西方人沿用至19世纪上半叶,甚至可以这样说,在西方前现代,古希腊抒情诗之抒情方式所达到的高度几乎没有为后人所超越。普希金在《纪念碑》中说:"在人们走向那儿的路径上,青草不再生长。"这句诗与"桃李不言,下自成蹊"有异曲同工之妙,普希金藉此表达的隐喻意义是,日后来瞻仰普希金纪念碑的人非常之多。比之于中国古代诗歌,这样的第二级隐性隐喻在西方前现代诗歌中是弥足珍贵的,而第三级隐性隐喻则更难见到。历经两千多年的中国古代诗歌和西方前现代诗歌的隐喻性之程度竟然在中西诗歌开局的年代里就已经被预设,这不能不让人感叹文化传承中路径依赖之伟力!

诗词赋呈现音乐美的三重维度

《礼记·乐记》:"夫乐者,乐者,人情之所不能免也。"① 这大约是世上几乎所有民族都推崇音乐的基本理由,然而,不同民族推崇音乐的深层理由各不相同。《论语·子路》记孔子语曰:"礼乐不兴,则刑罚不中;刑罚不中,则民无所措手足。"② 而《礼记·乐记》则云:"故礼以道其志,乐以和其声,政以一其行,刑以防其奸。礼、乐、刑、政,其极一也,所以同民心而出治道也。"③ 音乐乃治国平天下的工具,这是儒家为其重视音乐而给出的深层理由。儒家思想在古代意识形态中占据主流地位,而这一深层理由又契合"政治正确",因而即使墨家"非乐",也丝毫未能动摇儒家的音乐价值观,自然也未能动摇古代中国人对音乐超乎寻常的推崇。正因为如此,古代诗人创作了大量呈现音乐美的诗词赋。④

不过,描述音乐绝非文字所长。美国音乐学家克丽斯汀·福尼和约瑟夫·马克利斯在其《音乐的乐趣》中说:"音乐语言不易被迻译成自然语言。你不可能从言说音乐的文字中推知某一段音

---

① 孙希旦:《礼记集解》下册,中华书局,1989年,第1032页。
② 刘宝楠:《论语正义》下册,中华书局,1990年,第522页。
③ 孙希旦:《礼记集解》下册,中华书局,1989年,第977页。
④ 显见一些呈现音乐美的诗词赋受到过儒家礼乐思想的影响。唐吴筠《听尹炼师弹琴》:"郑声久乱雅,此道稀能尊。"唐吕温《奉和张舍人阁中直夜思闻雅琴因书事通简僚友》:"忆尔山水韵,起予仁智心。"唐《箜篌赋》:"且礼则常履,乐焉可阙。"

乐本真的声音……"① 文字无法还原音乐,哪怕在最小程度上,但这些诗词赋却又要借助文字来描述音乐形象,并进而让人领略音乐的美。古代诗人是如何成功地做到这一点的？阅读这些诗词赋,不难发现它们共同的策略:以某一(些)具体的艺术手法令人联想音乐形象并进而感受音乐美。本文试图从音乐的特征、音乐的效果、音乐的由来这三个维度总领这些诗词赋呈现音乐美的十种具体艺术手法,从而对它们及其赖以形成的原理做出全面而系统的总结。

一、以音乐的特征彰显音乐美

苏轼《前赤壁赋》写箫声:"其声呜呜然,如怨如慕,如泣如诉。""泣""诉"和"呜呜"谓箫声所含有的音调之特色,"怨"和"慕"谓箫声所抒发的情感之特质。这似乎告诉我们,诗词赋所描摹的音乐特征不外乎此二者,前者形而下,后者形而上,且后者往往由前者所彰显。若没有猜错,上引"泣"与"怨"、"诉"与"慕"之间应该有着一一对应关系。与西方19世纪中叶之前的诗歌直抒胸臆这一抒情方式大异其趣的是,② 中国古代诗歌往往借景、事、物言情,因而有着高度的意象性。欧阳修《琴》:"琴声虽可状,琴意谁可听？"把音乐之"声"状写得具体可感总要比把音乐之"意"

---

① Kristine Forney and Joseph Machlis. *The Enjoyment of Music: An Introduction to Perceptive Listening*. New York: W. W. Norton & Company, 2011, p. 5. *The Enjoyment of Music*: "The language of music cannot easily be translated into the language of words. You cannot deduce the actual sound of a piece from anything written about it . . ."
② 这里特指西方抒情诗。西方传统的"诗歌"是广泛意义上的诗歌(inclusive poetry),也即文学。它有三大类别:史诗(或其他叙事诗)、戏剧诗和抒情诗,前二者实质上是格律体或押韵文体的小说和戏剧而非真正意义上的诗歌。

状写得具体可感容易得多。出于以上两个原因,中国古代诗词赋大多以具象的也即隐喻性的语言来描摹音乐的音调特色,甚至进而显示音乐的情感特质,鲜见仅仅以抽象的也即透明性的语言直接描摹音乐的情感特质。

其一,以自然声响描摹音乐的音调特色,从而令人联想音乐形象并进而感受音乐美。音乐的内容源自人们的思想情感,而音乐的形式则源自自然声响,用朱谦之先生的话来说,那便是"宫商虽千变万化,却都是大自然的音乐之流之一波"。① 说到底,音乐不过是音乐家从自然声响中提炼出来的,用以表达人们思想情感的音调化、节奏化了的声音,因而人们就有可能以比较和谐的自然声响(接近于音调化、节奏化了的自然声响)来模拟乐声的音调特色。

琴(古琴)既是地位最崇高的乐器,也是传说中历史最悠久的乐器之一,故呈现古琴声之美的诗词赋数量最多。北齐萧悫《听琴》:"弦随流水急,调杂秋风清。"唐刘长卿《幽琴咏上礼部侍郎》:"泠泠七弦上,静听松风寒。"唐李颀《听董大弹胡笳声》(另名《听董大弹胡笳弄兼寄语房给事》):"幽音变调忽飘洒,长风吹林雨堕瓦。迸泉飒飒飞木末,野鹿呦呦走堂下。"欧阳修《琴》:"飒飒骤风雨,隆隆隐雷霆。"因"高山流水"典和《风入松》曲,故以水声、松涛和山籁来模拟古琴声的诗句不胜枚举,但看多了,总觉得它们不如李白的"为我一挥手,如听万壑松"(《听蜀僧濬弹琴》)气势恢宏;不如明高启的"应留西涧水,千载写余音"(《夜访苕蟾二释子因宿西涧听琴》)含蓄蕴藉;不如岑参的"此曲弹未半,高堂如空山;石林何飕飗,忽在窗户间"(《秋夕听罗山人弹三峡流泉》)余味曲包。琴声然,其他乐声亦然。欧阳修《生查子·弹筝》:"雁柱十三弦,一一春莺语。"明刘基《水龙吟·吹箫曲用东坡韵》:"露咽秋蝉,霜

---

① 朱谦之:《中国音乐文学史》,上海人民出版社,2006年,第18页。

凄白鹤。"在以自然声响呈现其他乐声之美的诗词赋中,宋刘过《听阮》别具一格:"却将江上风涛手,来听纱窗摘阮声。"

如果说"西涧水"和"万壑松"等还都是大自然原本就有的声响,那么下引诗歌中的声响却大多是有了"人化了的自然界"后才产生的声响。唐张祜《楚州韦中丞箜篌》:"千重钩锁撼金铃,万颗珍珠泻玉瓶。"唐韦应物《五弦行》:"古刀幽磬初相触,千珠贯断落寒玉。"白居易《琵琶行》:"银瓶乍破水浆迸,铁骑突出刀枪鸣。曲终收拨当心画,四弦一声如裂帛。"苏轼《琴》:"风生瀑布已清绝,更爱玉珮声琅珰。""钩锁""金铃""玉瓶""古刀""幽磬""银瓶""刀枪"和"帛"皆非自然物,因此它们受外力影响或它们之间相互影响而产生的声响显然不是大自然原本就有的。

其二,以视觉形象描摹音乐的音调特色,从而令人联想音乐形象并进而感受音乐美。从创作角度看,文字塑造视觉形象和塑造听觉形象都是间接的,都必须借助于人的第二信号系统,在这两者之间,前者恐怕更容易。从接受角度看,用文字塑造的视觉形象要比用文字塑造的听觉形象赋予了受众更大的想象空间。因此诗人在描述音乐形象时,往往将其诉之于一定的视觉形象。

王昌龄《琴》:"仿佛弦指外,遂见初古人;意远风雪苦,时来江山春。"王昌龄《箜篌引》:"弹作蓟门桑叶秋,风沙飒飒青冢头;将军铁骢汗血流,深入匈奴战未休。"韩愈《听颖师弹琴》:"划然变轩昂,勇士赴敌场;浮云柳絮无根蒂,天地阔远任飞扬。"在这类以视觉形象状写乐声的作品中,以花状写乐声(尤其琵琶和笙之乐声)的并不鲜见,如南朝梁徐勉的"含花已灼灼,类月复团团"(《咏琵琶》);唐郎士元的"重门深锁无寻处,疑有碧桃千树花"(《听邻家吹笙》);唐殷尧藩的"玉桃花片落不住,三十六簧能唤风"(《吹笙歌》)。难道琵琶和笙的音色更易令人联想"红杏枝头春意闹"不成?

以视觉形象来呈现音乐美之所以能取得较好的艺术效果,乃因为人类有着联觉(synesthesia)这一特殊的联想能力。钱锺书先生将联觉称作"通感"或"感觉挪移",他的《通感》对中西文学作品中的联觉现象,尤其视听联觉(在声音作用下产生某种视觉形象)现象多有深刻阐发。实际上,中国人早就意识到这一心理现象。《礼记·乐记》记师乙语曰:"故歌者,上如抗,下如队(坠),曲如折,止如槁木,倨中矩,句(勾)中钩,累累乎端如贯珠。"孔颖达疏:"此一经论感动人心形状,如此诸事。……言声音感动于人,令人心想形状如此。"① 此言若换成汉马融的话,那便是"听声类形"。马融《长笛赋》:"尔乃听声类形,状似流水,又象飞鸿。泛滥溥漠,浩浩洋洋;长矕远引,旋复回皇。"在他的笔下,长笛吹奏出的乐声忽而让人仿佛目睹浩浩洋洋之流水,忽而又仿佛目睹旋复回皇之飞鸿。《通感》评说道:"马融自己点明以听通视。"② 显见他在使用这一手法时颇具自觉意识。

　　在描摹音调特色时,自然声响和视觉形象难免拼合或糅合在一起。李白《示金陵子》:"金陵城东谁家子,窃听琴声碧窗里。落花一片天上来,随人直度西江水。"忽见天坠一片花,又闻西江流水声,故此为拼合。唐五代韦庄《听赵秀才弹琴》:"巫山夜雨弦中起,湘水晴波指下生;蜂簇野花吟细韵,蝉移高柳迸残声。"谁又能将雨、波、蜂、蝉的声音从巫山、湘水、野花、高柳的景象中彻底剥离出来,故此为糅合。有时要辨识一句诗是否糅合型还真不容易。李颀《听董大弹胡笳声》:"空山百鸟散还合,万里浮云阴且晴。"后一句无疑是视觉形象,前一句究竟是视觉形象还是自然声响,抑或二者兼而有之,也只能见仁见智了。《通感》援引了不少把乐声比

---

① 郑玄、孔颖达:《礼记正义》第3册,北京大学出版社,2000年,第1340页。
② 钱锺书:《七缀集》(修订本),上海古籍出版社,1994年,第67页。

作"珠"的中西诗句或文句,且说它们大多意谓乐声"仿佛具有珠子的形状,又圆满又光润"。若要挑选一种乐声最像珠子,那无疑是琵琶了,因为琵琶的音色最具颗粒感。然《通感》却从语境的角度认定白居易的"大珠小珠落玉盘"(《琵琶行》)仅仅"是说珠玉相触那种清而软的声音"。① 如是判断大可存疑。

其三,以抽象概念直接点出音乐的情感特质,且辅之以视觉形象,从而令人联想音乐形象并进而感受音乐美。宋晏几道《菩萨蛮·筝》:"纤指十三弦,细将幽恨传。"这段筝声所传递的情感之特质无疑是"幽恨",但这是一种怎样的幽恨呢? 晏几道既未赋予其形象,也未暗示受众联想的路径。这终究不是注重意象性的古代诗词赋的主流写法。欧阳修《琴》:"用兹有道器,寄此无景情。"唐孟郊《楚竹吟》:"欲知怨有形,愿向明月分。"音乐所抒发的情感一定是"无景情",然它却可能"有形",即被赋予形象。

张祜《听筝》:"分明似说长城苦,水咽寒云一夜风。"唐顾况《听角思归》:"故园黄叶满青苔,梦破城头晓角哀。"白居易《五弦》:"又如鹊报喜,转作猿啼苦。"唐郑愔《胡笳曲》:"曲断关山月,声悲雨雪阴。"宋赵汝鐩《闻舟中笛》:"吹怨芦管惨,含凄雁影寒。"明何景明《吹笛》:"关山月落肠应断,楼阁秋生响易悲。"这些诗句中的"苦""哀""喜""悲""怨""凄"等因有形象的烘托皆具体可感。在这类诗句中,最令人叫绝的应为明陈继儒的"有时弦到真悲处,古战场中蟋蟀声"(《鼓琴》)。以"蟋蟀声"来模拟古琴声实在俚俗得有点不伦不类,然以"古战场中蟋蟀声"来诠释古琴声的"真悲"却足以化大俗为大雅,它不仅令人发思古之幽情,而且使"真悲"完全落到实处。

除了直接将抽象的情感特质形象化外,另有间接形象化之法,

---

① 钱锺书:《七缀集》(修订本),上海古籍出版社,1994年,第67—68页。

那便是用典。李颀《听董大弹胡笳声》:"乌孙部落家乡远,逻娑沙尘哀怨生。"意谓古琴声中的哀怨之情仿佛如远嫁乌孙国的汉江都公主和解忧公主、远嫁吐蕃国的唐文成公主和金城公主的异乡哀怨之情。不过,这四位公主中唯有江都公主的异乡哀怨之情正史中有明确记载。江都公主即谋反未成后自杀身亡的江都王刘建之女刘细君,元封六年,汉武帝为笼络乌孙国以便与其联手抗击匈奴,便将她作为和亲公主嫁给乌孙昆莫(国王)猎骄靡。《汉书·西域传》:"公主至其国……昆莫年老,语言不通,公主悲愁,自为作歌曰:'吾家嫁我兮天一方,远托异国兮乌孙王。穹庐为室兮毡为墙,以肉为食兮酪为浆。居常土思兮心内伤,愿为黄鹄兮归故乡。'"① 今人称其歌为《悲愁歌》。

以典故使抽象的情感特质形象化之手法源远流长。韦应物《五弦行》:"燕姬有恨楚客愁,言之不尽声能尽。"唐杨巨源《宿藏公院听齐孝若弹琴》:"离声怨调秋堂夕,云向苍梧湘水深。"宋陈普《鼓瑟》之一:"凄凉楚客新愁断,清切湘灵旧怨多。"元赵孟頫《闻角》:"抑扬如自诉,哀怨不堪闻。……只今霸陵尉,那识旧将军。"明吴俨《听郑伶琵琶》:"江头商妇愁无限,塞外明妃恨不同。"上引诗句分别用了"燕姬"、②"楚客"、③ 娥皇和女英、"湘灵"、④"旧将军"(汉李广将军)、"江头商妇"、⑤"塞外明妃"(王

---

① 班固:《汉书》第12册,中华书局,1964年,第3903页。
② 前539年,燕惠公欲尽去诸大夫而重用宠臣宋,诸大夫攻杀宋,燕惠公惧而奔齐。齐联合晋伐燕,并送其返国。《左传·昭公七年》:"燕人归燕姬。"意即燕国人将燕惠公的一个宠姬嫁与齐景公。
③ 屈原有多次被流放的经历,故有此称。《史记·屈原列传》:"信而见疑,忠而被谤,能无怨乎?"
④ 屈原《远游》:"使湘灵鼓瑟兮,令海若舞冯夷。"宋洪兴祖《楚辞补注》:"……此湘灵乃湘水之神,非湘夫人也。"湘夫人即娥皇和女英。
⑤ 江头商妇即《琵琶行》中浔阳江头那位"老大嫁作商人妇"的琵琶女。

昭君)之典,有了这些典故,便在此文本与他文本之间建构起互文性,正是这种有意建构的互文性,让受众拥有了联想路径,想见了历史场景,从而间接地获得了形象感。

二、以音乐的效果映衬音乐美

以文字描述音乐形象之美勉为其难。对于世上任何难以描述的形象美,有时避免对其进行直接描述而代之以对其效果的描述不失为明智之举。莱辛《拉奥孔》说:"诗人就美的效果来写美。""诗人啊,替我们把美所引起的欢欣,喜爱和迷恋描绘出来吧,做到这一点,你就已经把美本身描绘出来了!……既然感觉到只有最完美的形象才能引起的情感,谁不自信亲眼看到那种最完美的形象呢?"①

其四,以听者的反应描述音乐效果,从而令人联想音乐形象并进而感受音乐美。听者最典型的反应莫过于被感动得泪流满面甚至泪沾衣襟。白居易《琵琶行》:"凄凄不似向前声,满座重闻皆掩泣,就中泣下谁最多,江州司马青衫湿。"白居易既描述自己流泪,也描述他人流泪,但大多数诗人仅执其一端。岑参《秦筝歌送外甥萧正归京》:"清风飒来云不去,闻之酒醒泪如雨。"此为自己流泪。唐严维《相里使君宅听惠澄上人吹小管》:"今夕襄阳山太守,坐中流泪听商声。"此为他人流泪。孟郊《听琴》:"闻弹正弄声,不敢枕上听。"为何不敢枕上听?难道怕泪水沾湿了睡枕,难道怕浮想联翩以至长夜无眠?

白居易《五弦》:"坐客闻此声,形神若无主;行客闻此声,驻足不能举。"欧阳修《玉楼春·琵琶》:"不知商妇为谁弹,一曲行人留

---

① 莱辛:《拉奥孔》,朱光潜译,人民文学出版社,1979年,第119—120页。

未发。"宋王武子《玉楼春·闻笛》:"一声落尽短亭花,无数行人归未得。"如同驻足倾听,生发乡愁也是听者典型的反应。李白《春夜洛城闻管》:"此夜曲中闻折柳,何人不起故园情。"唐李益《夜上受降城闻笛》:"不知何处吹芦管,一夜征人尽望乡。"唐卢纶《湖口逢江州朱道士因弹琴》:"引坐霜中弹一弄,满船商客有归心。"比之于上引三联,同样写生发乡愁的以下三联皆意在言外。李益《从军北征》:"碛里征人三十万,一时回首月中看。"明杨载《闻邻船吹笛》:"江山万里不归家,笛里分明说鬓华。"张祜《听李简上人吹芦管》:"月落江城绕树鸦,一声芦管是天涯。"一声芦管,便让听者有身处天涯之感,显见言外有乡愁。

唐常建《高楼夜弹筝》:"曲度犹未终,东峰霞半生。"一夜听不足的筝声该是怎样的筝声?如果说最夸张的是唐施肩吾的"却令灯下裁衣妇,误剪同心一半花"(《夜笛词》),那么最具奇思妙想的当属唐徐安贞的"银锁重关听未辟,不如眠去梦中看"(《闻邻家理筝》)。听者可以是经验世界中的人,也可以是超验世界中的神仙或鬼妖。岑参《秋夕听罗山人弹三峡流泉》:"幽引鬼神听,静令耳目便。"李颀《听董大弹胡笳声》:"董夫子,通神明,深山窃听来妖精(应读作'深山妖精来窃听')。"李贺《李凭箜篌引》:"吴质不眠倚桂树,露脚斜飞湿寒兔。"居然可让神仙鬼妖凝神倾听,吴刚彻夜不眠,显见古琴声和箜篌声之大美。

其五,以假想中的经验世界或超验世界的变化描述音乐效果,从而令人联想音乐形象并进而感受音乐美。曹丕《善哉行》:"淫鱼乘波听,踊跃自浮沉;飞鸟翻翔舞,悲鸣集北林。"南朝陈江总《赋咏得琴》:"戏鹤闻应舞,游鱼听不沉。"唐李峤《笛》:"逐吹梅花落,含春柳色惊。"经验世界或超验世界的变化不仅表现于动植物对优美乐声的反应,有时还表现于无机的自然物对优美乐声的反应。李颀《听董大弹胡笳声》:"川为净其波,鸟亦罢其鸣。"李贺《李凭箜篌引》:"十二门前融冷光,① 二十三弦动紫皇。"上引两联的前一句皆描述了无机自然物的反应。孟郊《楚竹吟》:"昔为潇湘引,曾动潇湘云;一惊凤改听,再惊鹤失群;江花匪秋落,山日当昼曛。"动物、植物和无机自然物的反应三者齐全。在以假想中的世界变化来描述音乐效果的诗句中,想象最大胆,意象最奇诡的无疑是李贺的"女娲炼石补天处,石破天惊逗秋雨"(《李凭箜篌引》)。②

其六,以关于音乐的典故暗写音乐效果,从而令人联想音乐形象并进而感受音乐美。古代的音乐典故几乎都与音乐效果密切相关。李白《听蜀僧濬弹琴》:"为我一挥手,如听万壑松。客心洗流水,遗响入霜钟。"据嵇康《琴赋》中的"伯牙挥手,钟期听声",显见此诗暗用了《列子·汤问》中人们耳熟能详的伯牙和钟子期的典故。"高山流水"四字也因此典故而成了优美琴音之代称。此诗中的"客心洗流水"应读作"流水洗客心",它有两层涵义:蜀僧濬的优美琴音洗涤了诗人的客中情怀;通过优美琴音这一媒介,蜀僧濬与诗人有了知己之感。虽用典,然文字却毫不艰涩,显示了李白高超的语言技巧。

同样暗用《列子》中典故的有李贺《李凭箜篌引》和苏轼《前赤壁赋》。《李凭箜篌引》:"吴丝蜀桐张高秋,空山凝云颓不流。"《列子·汤问》:"薛谭学讴于秦青,未穷青之技,自谓尽之,遂辞归。秦青弗止,饯于郊衢。抚节悲歌,声振林木,响遏行云。薛谭乃谢求反,终身不敢言归。"③"空山凝云颓不流"显然从"响遏行云"脱胎而来。《前赤壁赋》:"余音袅袅,不绝如缕。"《列子·汤问》:"昔

---

① 长安城四面各三门,共有十二门。此句意谓乐声的暖意仿佛消融了长安城里的寒气。
② 这一类手法在西方文学中也不鲜见,如奥维德对俄耳甫斯歌声之效果的描述:"他的歌声引来了许多树木,野兽听了也都着了迷,石头听了跟着他走。"(奥维德:《变形记》,杨周翰译,人民文学出版社,1958年,第221页)
③《列子译注》,严北溟、严捷译注,上海古籍出版社,1986年,第127页。

韩娥东之齐,匮粮,过雍门,鬻歌假食,既去而余音绕梁欐,三日不绝,左右以其人弗去。"①"余音袅袅,不绝如缕"显然从"余音绕梁欐,三日不绝"衍化而来。伯牙的古琴声、秦青的歌声、韩娥的歌声如此美妙,那么,蜀僧濬的古琴声、李凭的箜篌声、"客"的箫声又焉能不美妙。上述三个典故都是为诗人反复运用的熟典。李峤《琴》:"子期如可听,山水响余哀。"明常伦《琵琶》:"白雪调终宴,青云遏远天。"李白《拟古》:"弦声何激裂,风卷绕飞梁。"

北周庾信《和淮南公听琴闻弦断》:"一弦虽独韵,犹足动文君。"韦庄《听赵秀才弹琴》:"不须更奏幽兰曲,卓氏门前月正明。"它们皆使用了司马相如琴挑卓文君的典故(《史记·司马相如列传》)。李白《金陵听韩侍御吹笛》:"王子停凤管,师襄掩瑶琴。"元倪瓒《王都事家听周子奇吹笙》:"风流自有王子晋,留取清樽吸月明。"它们皆使用了王子乔(王子晋)吹笙作凤凰鸣的典故(《列仙传·王子乔》),李诗同时还使用了春秋卫乐官师襄子(孔子曾从其学琴)的典故(《史记·孔子世家》)。与王子乔一样,王母侍女董双成也善吹笙(《浙江通志》卷一九八),故唐曹唐在《小游仙》中说:"花下偶然吹一曲,人间因识董双成。"

三、以音乐的由来暗示音乐美

音乐从何而来?音乐自然是人演奏或演唱出来的。如果不是声乐,一定是人凭借着乐器演奏出来的。如果既非声乐,也非即兴创作,一定是人凭借着乐器和乐谱演奏出来的。此外,演奏音乐还与某种场所有关。作为创作主体的人,作为创作工具的乐器和乐谱,作为创作空间的场所都是音乐创作的因素,也即本文所谓的音

---

① 《列子译注》,严北溟、严捷译注,上海古籍出版社,1986年,第127—128页。

乐由来。古代诗人有时正是利用了这些因素来暗示音乐美的。

其七，通过描述音乐家的内心情感和人生遭遇，令人联想音乐形象并进而感受音乐美。《礼记·乐记》："凡音者，生人心者也。情动于中，故形于声；声成文，谓之音。"① 音乐家在创作过程中是否饱含情感对于音乐的质量至关重要。孟郊《听琴》："闻弹一夜中，会尽天地情。"若音乐家无情，何以让受众"会尽天地情？"因而明示饱含情感的创作状态便成了暗写音乐美的一种手段。卢纶《宴席赋得姚美人拨筝歌》："有时轻弄和郎歌，慢处声迟情更多。"李白《拟古》："含情弄柔瑟，弹作陌上桑。"宋张炎《法曲献仙音·听琵琶有怀昔游》："听到无声，谩赢得情绪无剪。把一襟心事，散入落梅千点。"比之于上引三联，以下诗句似更能让人获得现场感。南朝梁简文帝《赋乐名得箜篌》："欲知心不平，君看黛眉聚。"白居易《代琵琶弟子谢女师曹供奉寄新调弄谱》："珠颗泪沾金捍拨，红妆弟子不胜情。"白居易《夜筝》："紫袖红弦明月中，自弹自感暗低容。弦凝指咽声停处，别有深情一万重。"就暗示音乐美而言，具体明确的情感要比笼而统之的情感更具指向性。白居易《夜调琴忆崔少卿》："今夜调琴忽有情，欲弹惆怅忆崔卿。"明王弼《赠庞生吹箫》："秋来见月苦思归，不觉悲凉指间作。"因忆友而惆怅，因思乡而悲凉，音乐之美便愈加具体可感。

《礼记·乐记》："凡音之起，由人心生也。人心之动，物使之然也。""乐者，音之所由生也，其本在人心之感于物也。"② 人生遭遇也是一种"物"，音乐家的内心情感因此"物"而生，进而抒发于音乐。从"自言本是京城女"直至"梦啼妆泪红阑干"，白居易《琵琶行》以二十二句之篇幅"转述"了这位少为"长安倡女"，"年长色

---

① 孙希旦：《礼记集解》下册，中华书局，1989年，第978页。
② 孙希旦：《礼记集解》下册，中华书局，1989年，第976页。

衰委身为贾人妇"的琵琶女关于自己身世的"自叙"。她的身世以及与之相呼应的"弦弦掩抑声声思,似诉平生不得意"等诗句有力地映衬了不时显现"幽愁暗恨"的琵琶声。同样,王昌龄《箜篌引》也以一个身经"百战",而今却"颜色饥枯掩面羞,眼眶泪滴深两眸"的老兵之身世映衬了其弹奏出的以"苦幽"为基调的箜篌声。

如果说上引二诗以演奏家的人生遭遇来映衬乐声,那么,李颀《听董大弹胡笳声》则以作曲家的人生遭遇来映衬乐声。此诗两种标题中的"胡笳声"或"胡笳弄"即蔡琰(字文姬)参照胡笳调而写成的古琴曲《胡笳十八拍》。《后汉书·列女传》:"兴平中,天下丧乱,文姬为胡骑所获,没于南匈奴左贤王,在胡中十二年,生二子。曹操素与(蔡)邕善,痛其无嗣,乃遣使者以金璧赎之。"[1] 由《胡笳十八拍》歌词(宋郭茂倩《乐府诗集》)和蔡琰归汉后创作的五言体《悲愤诗》可知,此曲抒发的正是蔡琰对自己的人生遭遇,尤其是归汉前"别稚子"这一经历的"愤怨"和"悲嗟"。《听董大弹胡笳声》开篇便说:"蔡女昔造胡笳声,一弹一十有八拍。胡人落泪沾边草,汉使断肠对归客。古戍苍苍烽火寒,大荒沉沉飞雪白。"且不论作者有无主观意图,这些诗句客观上在蔡琰的人生遭遇与董廷兰的古琴声之间建构了互文关系。蔡琰的身世以及与之相呼应的"嘶酸雏雁失群夜,断绝胡儿恋母声"等诗句有力地烘托了以"幽音"为基调的古琴声。

其八,通过描述音乐家的演奏技能和容姿服饰,令人联想音乐形象并进而感受音乐美。苏轼《书李伯时山庄图后》:"有道而不艺,则物虽形于心,不形于手。"[2] 没有起码的物化技能,就不可能有音乐;没有精湛的物化技能,就不可能有美的音乐。易言之,精

---

[1] 范晔:《后汉书》第 10 册,中华书局,1965 年,第 2800 页。
[2] 《苏轼文集》第 6 册,孔凡礼编,中华书局,1986 年,第 2211 页。

湛的物化技能是产生音乐美的必要条件。既然如此,那么描述了这一必要条件,也就在一定程度上暗示了音乐美。

李颀《听董大弹胡笳声》中的董大(董庭兰,或董廷兰)是唐玄宗和唐肃宗时期的著名琴师。在李颀笔下,他的弹琴技艺十分了得:"言迟更速皆应手,将往复旋如有情。"手法如此娴熟,古琴声焉能不美? 白居易《琵琶行》序:琵琶女师出名门("尝学琵琶于穆、曹二善才"),且又"名属教坊第一部",① "曲罢曾教善才伏",显见其演奏技艺之高超。《琵琶行》描述道:"转轴拨弦三两声,未成曲调先有情。……低眉信手续续弹,说尽心中无限事。"居然可以"未成曲调先有情",居然可以"信手续续弹",却又"说尽心中无限事",琵琶声之美则不言而喻。

以精湛技能暗示音乐美的适例很多。卢纶《宴席赋得姚美人拊筝歌》:"忽然高张应繁节,玉指回旋若飞雪。"元朱德润《和赵季文觱篥吟》:"缓急应节如解牛,清风席上寒飀飀。"元揭傒斯《李宫人琵琶行》:"一见世皇称绝艺,珠歌翠舞忽如空;君王岂为红颜惜,自是众人弹不得。"倪瓒《听袁员外弹琴》:"两忘弦与手,流泉松吹声。"明黄姬水《听查八十弹琵琶歌》:"抑扬按捻擅奇妙,从此人称第一声。……据床拂袖奋逸响,叩商激羽高梁上。……回飙惊电指下翻,三峡倒注黄河奔。"技艺如此精湛,音乐自然精美。

南朝梁沈约《咏筝》:"徒闻音绕梁,宁知颜如玉。"此联意谓,只闻筝曲之美,难道不知弹筝者之美? ② 沈约由音乐之美涉及或

---

① 此琵琶女年少时只是"长安倡女",又常与"五陵年少"打交道,因此不太可能是宫里的"内人"(在宫内服役的歌舞伎),应该是"外供奉"(临时被召入宫内服役的歌舞伎),尽管这里说"名属教坊第一部"。
② 此诗中的"宁知"即"宁不知"的缩略语。沈约《夜夜曲》之一:"河汉纵且横,北斗横复直。星汉空如此,宁知心有忆?"清张玉穀注:"星汉写夜景也,却即慨其不知心忆……"(张玉穀:《古诗赏析》,上海古籍出版社,2000年,第444页)

推知音乐家之美,然更多的诗人却以音乐家之美暗示音乐之美。音乐家的容姿服饰美,她弹奏出的音乐就一定美吗?诗人们的答案是肯定的。宋张先《剪牡丹·舟中闻双琵琶》:"酒上妆面,花艳媚相并。"明王穉登《长安春雪曲》:"煖玉琵琶寒玉肤,一般如雪映罗襦。"明石沆《夜听琵琶》:"娉婷少妇未关愁,清夜琵琶上小楼。"在此类诗句中,最具秾艳香软之品质的,恐怕要数明许观的"六孔恍疑娇黛润,几斑还带粉香温"(《咏湘妃竹箫应教》)。

大多数诗人干脆连音乐之美也一并写出,真可谓各美其美,美美与共。南朝陈吴尚野《咏邻女楼上弹琴》:"青楼谁家女,开窗弄碧弦。貌同朝日丽,装竞午花燃。"她的琴声果然不同凡响:"一弹哀塞雁,再抚哭春鹃。"白居易《筝》:"云髻飘萧绿,花颜旖旎红。双眸剪秋水,十指剥春葱。"她的筝声果然美轮美奂:"猿苦啼嫌月,莺娇语泥风。"宋僧惠洪《临川康乐亭听琵琶坐客索诗》:"玉容娇困拨仍插,雪梅一枝初破腊。"那么她的琵琶声呢?"日烘花底光似泼,娇莺得暖歌唇滑;圆吭相应啼恰恰,须臾急变花十八。"写女性音乐家然,写男性音乐家亦然。王弼《赠庞生吹箫》:"青年白皙吹者谁,庞子风流妙音乐。"

其九,通过描述音乐家所使用的乐器和所演奏的乐曲,令人联想音乐形象并进而感受音乐美。李白《听蜀僧濬弹琴》:"蜀僧抱绿绮,西下峨眉峰。"此联不仅表现了蜀僧濬的非凡气派,而且还点出了他手中那把名贵古琴。晋傅玄《琴赋》序:"齐桓公有鸣琴曰号钟,楚庄有鸣琴曰绕梁,中世司马相如有绿绮,蔡邕有焦尾,皆名器也。"绿绮原本就是四大名琴之一,更因为司马相如的传奇人生和精湛琴艺,故"绿绮"在后世成了名贵古琴的别称。李峤《琴》:"风前绿绮弄,月下白云来。"倪瓒《听袁员外弹琴》:"郎官调绿绮,谷雪赏初晴。"琴好,抚琴的技艺自然也好,否则何以匹配?琴好,抚琴技艺好,音乐自然就美。音乐美就是这样被烘托出来的。与

"绿绮"异曲同工的是李贺"吴丝蜀桐张高秋"(《李凭箜篌引》)中的"吴丝蜀桐"。蚕丝和桐木不仅是制作古琴的最佳材料,也是制作箜篌的最佳材料,而吴地所产之蚕丝和蜀郡所产之桐木又为优中之优,显见李凭所用的是品质优良的箜篌。刘禹锡《武昌老人说笛歌》:"当时买材恣搜索,典却身上乌貂裘。"价格不菲且千方百计搜寻而得,这自然是品质优良的笛子。

如同名器,名曲同样可以烘托音乐之美。白居易《琵琶行》:"轻拢慢捻抹复挑,初为《霓裳》后《绿腰》。"《霓裳羽衣曲》即《霓裳羽衣舞》,是唐朝歌舞中的集大成之作。白居易似乎特别钟情于它,他在《霓裳羽衣舞歌》中说,"千歌万舞不可数,就中最爱《霓裳舞》"。《绿腰》(《六幺》《录要》)亦为唐朝著名的歌舞大曲。元王士熙《李宫人琵琶引》:"琼花春岛百花香,太液池边夜色凉。一曲六幺天上谱,君王曾进紫霞觞。"作为古琴名曲,《胡笳十八拍》等也经常现身于呈现音乐美的诗歌。一首名曲,又遇上一个出色的演奏家,他会演奏出何等美的音乐?一切皆不言自明。

其十,通过描述音乐家演奏音乐的环境,令人联想音乐形象并进而感受音乐美。在演奏音乐的环境中,主角自然是音乐,主要配角当为"江"和"月"。唐刘沧《江楼月夜闻笛》:"南浦蒹葭疏雨后,寂寥横笛怨江楼。思飘明月浪花白,声入碧云枫叶秋。"张祜《瓜州闻晓角》:"寒耿稀星照碧霄,月楼吹角夜江遥。"石沆《夜听琵琶》:"裂帛一声江月白,碧云飞起四山秋。"杨载《闻邻船吹笛》:"江空月寒江露白,何人船头夜吹笛。"如果说"江"和"月"是主要配角,那么,"树"(木)、"云"(霞)、"山"(峰)、"风"和"花"等则为次要配角。李颀《琴歌》:"月照城头乌半飞,霜凄万树风入衣。"常建《江山琴兴》:"江上调玉琴,一弦清一心。泠泠七弦遍,万木澄幽阴。"唐丁仙芝《剡溪馆闻笛》:"山空响不散,溪静曲宜长。"宋韩维《再和尧夫饮杨路分家听琵琶》:"春湖水渌花争发,好引红妆上画船。"赵汝鐩《闻舟中笛》:"孤音起水面,余韵到云端。"金郭彦邦《秋夜闻弹箜篌》:"露重花香飘不远,风微梧叶落无声。"元郭钰《无题》:"游丝风煖颭飞花,窈窕箫声隔彩霞。"

借景言情是中国古代诗歌的主流抒情方式。描述的是美景,抒发的却是闻音听乐之后赞赏的情感;描述的是美景,抒发的却是因被音乐感动而生发的愉悦、惆怅和凄凉等情感。正是这样的情感令人在不经意间领略了音乐的美。在这类诗歌中,唐钱起的"曲终人不见,江上数峰青"(《省试湘灵鼓瑟》)最耐人寻味;刘禹锡的"扬州市里商人女,来占江西明月天"(《夜闻商人船上筝》)最含蕴灵动。

艺术正义的社会效应

艺术正义是在应对社会非正义(social injustice)的过程中生成的,是对社会非正义的一种虚拟的"矫正",因而它必然会产生一定的社会效应。艺术正义有着怎样的社会效应?我们无法为此提供一个概而言之的答案。这是因为艺术正义有着不同的类型与亚类型,不仅不同类型的艺术正义有着不同的甚至相反的社会效应,而且同一类型中的不同亚类型的艺术正义之社会效应都可能存在差异。因此,艺术正义有着怎样的社会效应,首先取决于它是什么类型的艺术正义。

一、艺术正义的类型与亚类型

故事性(演故事和说故事)艺术只要呈现社会生活的图景,就不免描述发生于人群之间的善恶行为甚至善恶冲突。这类艺术的创造者只要以正确的道德立场来描述发生于人群之间的善恶行为甚至冲突,他们的作品就一定会彰显艺术正义。不过,它们所彰显的艺术正义可能分属两种不同的类型。笔者将这两种类型分别命名为"完全艺术正义"与"不完全艺术正义"。它们的异同在于,皆有分配性正义这一要素,但前者同时又有补偿性正义这一要素,而后者却付之阙如。

分配性正义是强调合理分配权利的原则。有些权利是基本权利,譬如生命权和财产权等,这些是在人群中平均分配的也即人人都享有的权利;而有些则是非基本权利,譬如残障人、老年人和未成年人有获得社会特殊关照或保护的权利,这些权利因人群而异,并非人人都能享有。法律等强制性规范如果体现了合理分配权利的原则,那便是严格或广泛意义上的"善法"。在任何一个社会中,绝大多数成员都会依照善法行事,但也必有极少数成员为了获取不正当利益而违背善法,从而损害他人(自然人和法人)的权利。这就需要补偿性正义予以救济。

　　补偿性正义是强调以实质性的救济维护正当权利的原则,它从分配性正义衍生而来。善法既体现了后一种原则,也体现了前一种原则。亚里士多德说:"……矫正的公正也就是得与失之间的适度。"① "矫正的公正"也即后世学者所谓的"补偿性正义"。西季威克说:亚里士多德将"正义"拆分为两类:"分配性的正义"和"补偿性的正义"。② 作为严格意义上善法的法律主要通过矫正正当权利被侵犯而导致的恶果来维护正当权利,而作为广泛意义上善法的法令和规章同时通过矫正正当权利被侵犯而导致的恶果和弥补因维护他人正当权利而导致的损失来维护正当权利。分配性正义和补偿性正义是笔者区分完全艺术正义与不完全艺术正义的哲学(政治哲学、伦理学和法哲学)依据。

　　从创作论角度看,作为形而上之道的完全艺术正义(分配性正义和补偿性正义)观念主导了作为形而下之器的"褒善贬恶"和"赏善罚恶"这两种情节的生成,而从作品论角度看,这两种情节又呈现了完全艺术正义的状态,并继而彰显了完全艺术正义的观念。不完全艺术正义(分配性正义)观念与"褒善贬恶"情节之关系亦复如此。西方思想家大多同时在形上(观念)和形下(情节)这两

---

① 亚里士多德:《尼各马可伦理学》,廖申白译,商务印书馆,2003年,第138页。
② 亨利·西季威克:《伦理学史纲》,熊敏译,江苏人民出版社,2008年,第60页。

个层面讨论艺术正义问题,而中国思想家大多仅在情节层面讨论这一问题。严格地说,也只有王国维和朱光潜等少数中国思想家才把观念和情节这两个层面显性地勾连起来。需要强调的是,无论仅在情节层面上,还是仅在观念层面上讨论艺术正义问题,相对这一层面的另一层面都是隐性地存在着的,都是"不在场"的在场。

中国古代戏曲和小说、好莱坞电影往往以分配性正义观念即正确道德立场来描述人的善恶行为甚至冲突,从而建构褒善贬恶情节,然后它们又往往以补偿性正义观念来建构赏善罚恶情节(大多出现于结局处)。大异其趣的是,西方戏剧和小说、清末以来的中国戏剧和小说也往往以分配性正义观念建构褒善贬恶情节,但大多缺乏以补偿性正义观念建构起来的赏善罚恶情节。

完全艺术正义也即西方人所谓的"诗的正义"。① 英国批评家托马斯·莱默在《上一个时代的悲剧》(1678)中说:"在历史上不难发现,正义者与非正义者往往遭遇相同的结局,美德被遏制,而邪恶却登上了王位;他们(指西方古代作者)认为,这些过去确实存在的事实是不完美和不恰当的,以至很难阐明他们本想阐明的普遍而永恒的真理。在历史上还不难发现,这种不公正的赏罚分配确实令最具智慧的人困惑,令无神论者诋毁神圣的天意,于是他们得出结论:如果诗人想要寓教于乐,就必须使正义完全得到伸张。"② 这里的"正义"(justice)也即该著所谓的相对于"历史正义"(historical justice)的"诗的正义"(poetical justice,该词组于19

---

① poetic justice 的其他汉译词为"诗歌的正义""诗的公正""诗的公道""诗的报应""诗意的公道""诗歌国的正义""诗学正义""诗性正义""诗教正义""文学正义""文艺中的正义"和"理想的正义"等。其中最为人们熟知的莫过于朱光潜的"诗的公道"。
② T. Rymer, "The Tragedies of the Last Age" in C. A. Zimansky, ed., *The Critical Works of Thomas Rymer*, Westport, Connecticut: Greenwood Press, 1971, p. 22.

世纪下半叶被英语学界修正为 poetic justice)。①。

英语国家的文学术语词典如是界定 poetic justice："表达了这样的观念：坏人受到应有的惩罚，好人受到应有的奖赏。"② "指的是这样一种安排：在一部文学作品的结尾，让各种人物分别获得与其善行或恶行相称的……奖赏或惩罚。"③ 美国学者琼·格雷斯指出："诗的正义并非亚里士多德的哲学原则而是可追溯至柏拉图《理想国》……中隐含的信条。"④ 信哉斯言！尽管这一概念由莱默创立，但这种思想的首创权无疑属于柏拉图。⑤

完全艺术正义可细分为两种亚类型："经验性完全艺术正义"与"超验性完全艺术正义"。⑥ 前者是由自然力量(主要是人的力量)主导的褒善贬恶和赏善罚恶情节彰显的完全艺术正义，而后者则是由自然力量和(或)超自然力量(主要是鬼神的力量)主导的褒善贬恶和(或)赏善罚恶情节彰显的完全艺术正义。详言之，它可能由三种情节组合彰显出来：(1) 经验性褒善贬恶情节和超验性赏善罚恶情节；(2) 超验性褒善贬恶情节和经验性赏善罚恶情节；(3) 超验性褒善贬恶情节和超验性赏善罚恶情

---

① T. Rymer, "The Tragedies of the Last Age" in C. A. Zimansky, ed., *The Critical Works of Thomas Rymer*, Westport, Connecticut: Greenwood Press, 1971, p. 27.
② J. A. Cuddon, et al., *The Penguin Dictionary of Literary Terms and Literary Theory*, London: Penguin Books Ltd., 1999, p. 681.
③ M. H. Abrams, *A Glossary of Literary Terms*, 外语教学与研究出版社, 2004 年, 第 230 页。
④ J. C. Grace, *Tragic Theory in the Critical Works of Thomas Rymer, John Dennis, and John Dryden*, Cranbury: Associated University Presses, 1975, p. 43.
⑤ 柏拉图：《理想国》，张竹明译，译林出版社，2009 年，第 85 页。
⑥ "超验的"(transcendental)释义有二：宗教上"超自然的"(supernatural)和哲学上"先验的"(a priori)，本文在宗教意义上使用该词。

节。其中第一种情节组合居多。不完全艺术正义也可细分为两种亚类型:"经验性不完全艺术正义"与"超验性不完全艺术正义"。前者是由自然力量主导的褒善贬恶情节彰显的不完全艺术正义,而后者则是由超自然力量主导的褒善贬恶情节彰显的不完全艺术正义。

经验性(不)完全艺术正义是纯粹的,不掺杂超验因素,而超验性(不)完全艺术正义大多不纯粹,大多掺杂经验因素,因为描述社会生活的图景毕竟是艺术的基本取向。① 虽说"褒善贬恶"与"赏善罚恶"皆为复合词组,但其时常沦为偏义复合词组:仅有"贬恶"和"罚恶"而无"褒善"和"赏善"。无论哪种艺术正义的发生皆与社会非正义导致的人的安全感被破坏密切相关。与善的缺失相比,恶的存在更容易破坏人的安全感,因而艺术家也永远会将重心置于"贬恶"和(或)"罚恶"之上。艺术正义类型结构及相关基础性理论是本文的前提性问题,舍此则无法就艺术正义的社会效应进行富有成效的讨论。

就讨论艺术正义之社会效应而言,仅仅知悉艺术正义类型结构仍是不充分的,我们还必须选取能有效透视艺术正义之社会效应的角度,因为事实总是在特定的视角中才呈现出来,事实永远是特定的有效视角中的事实。依照不同艺术正义及其赖以彰显的不同情节产生社会效应之实际情况,笔者选取了以下三个有效视角。

二、视角一: 认识社会与改造社会

若仅从认识社会与改造社会这一角度来看,那么不完全艺术

---

① 详见拙文:《艺术正义的类型与亚类型》,《文艺理论研究》,2019 年第 6 期。

正义远胜于完全艺术正义：前者有利于人们全面而深刻地认识社会,也有利于人们改造社会;后者仅仅有利于人们部分地认识社会,却不利于人们改造社会。说起不完全艺术正义有利于人们全面深刻地认识社会,很容易想起恩格斯和列宁。前者指出,巴尔扎克的《人间喜剧》"提供了一部法国'社会',特别是巴黎上流社会的无比精彩的现实主义历史",① 而后者则强调,列夫·托尔斯泰的"后期作品""具有力求'追根寻底'找出群众苦难的真正原因的大无畏精神"。② 可见彰显不完全艺术正义的作品确实容易让人正确认识社会的现象和本质。

"哲学家们只是用不同的方式**解释**世界,问题在于**改变**世界。"③ 认识社会最重要的目的之一是改造社会。进而言之,不能认识社会弊端,就不可能铲除它们。鲁迅曾如是阐明这两者之间的关系："自然,在这中间,也不免夹杂些将旧社会的病根暴露出来,催人留心,设法加以疗治的希望。"④ "我的取材,多采自病态社会的不幸的人们中,意思是揭出病苦,引起疗救的注意。"⑤ 首先要揭出病苦或暴露病根,然后才有疗治或疗救的可能。鲁迅所设想的不完全艺术正义的这一正面社会效应曾经并将继续为艺术实践所证明。

斯陀夫人的《汤姆叔叔的小屋》(1852)是一部典型的彰显不

---

① 恩格斯:《致玛格丽特·哈克奈斯》,《马克思恩格斯文集》第 10 卷,人民出版社,2009 年,第 570 页。
② 列宁:《列·尼·托尔斯泰和现代工人运动》,《列宁全集》第 20 卷,人民出版社,2017 年,第 41 页。
③ 马克思《关于费尔巴哈的提纲》,《马克思恩格斯文集》第 1 卷,人民出版社,2009 年,第 502 页。
④ 鲁迅:《〈自选集〉自序》,《鲁迅全集》第 4 卷,人民文学出版社,2005 年,第 468 页。
⑤ 鲁迅:《我怎么做起小说来》,《鲁迅全集》第 4 卷,人民文学出版社,2005 年,第 526 页。

完全艺术正义的小说。它对蓄奴制的血泪控诉震撼了美国社会,从而促成了这一社会对蓄奴制之罪恶的广泛共识。《不列颠百科全书》(国际中文版)"Stowe, H. B."条说:这部小说的刊载和出版"在启发民众的反奴隶制情绪方面起过重大作用,被列为美国南北战争的起因之一"。① 同样促进了社会正义之实现的是美国社会主义作家厄普顿·辛克莱的长篇小说《屠场》(The Jungle, 1906)和韩国电影《熔炉》(首映于2011年9月22日),前者促使美国国会于1906年6月30日通过《纯净食品和药品法》,后者促使韩国国会于2011年10月28日通过《性暴力犯罪处罚特别法修正案》。

关汉卿《窦娥冤》等无数中外作品所彰显的完全艺术正义确实也能让人们认识社会。不过,与不完全艺术正义能让人们全面而深刻地认识社会并鼓动其积极地改造社会相比,完全艺术正义仅能让人们部分地认识社会,但却往往打消其改造社会的念头。如前所述,前者仅由褒善贬恶情节彰显出来,而后者却由褒善贬恶和赏善罚恶这双重情节彰显出来。按理说后者比前者更具优势,其实不然。在很大程度上妨碍褒善贬恶情节发挥正面效应的正是赏善罚恶情节。

鲁迅在《论睁了眼看》(1925)中指出,中国古代戏曲和小说并非没有描述"社会的缺陷",也并非没有表达"不满",但"一经作者粉饰,后半便大抵改观",换言之,结局处几乎都会出现赏善罚恶情节,这就使人"以为世间委实尽够光明",谁如果还有"不幸"的感觉,那也只能是"自作,自受"了。正因为结局处让人"看见一切圆满","于是无问题,无缺陷,无不平,也就无解决,无改革,无反抗"。至于那些超验性赏善罚恶情节,更让人觉得"冥冥中自有安

---

① 《不列颠百科全书》(国际中文版),中国大百科全书出版社,1999年,第239页。

排",因而也就"不必别人来费力了"。一部作品如是做倒也罢了,问题在于,几乎所有的作品都如是做。"因为凡事总要'团圆',正无须我们焦躁;放心喝茶,睡觉大吉。"正是在这样的意义上,鲁迅将如是艺术贬为"瞒和骗的文艺"。①

胡适《文学进化观念与戏剧改良》(1918)强调:"中国文学最缺乏的是悲剧的观念。无论是小说,是戏剧,总是一个美满的团圆。……明知世上的真事都是不如意的居大部分……不是颠倒是非,便是生离死别,他却偏要……说善恶分明,报应昭彰。他闭着眼不肯看天下的悲剧惨剧,不肯老老实实写天公的颠倒惨酷,他只图说一个纸上的大快人心。这便是说谎的文学。更进一层说,团圆快乐的文字,读完了,至多不过能使人觉得一种满意的观念,决不能叫人有深沉的感动,决不能引人到彻底的觉悟,决不能使人起根本上的思量反省。"② 没有如是"感动""觉悟"和"思量反省",就不可能全面而深刻地认识社会,更遑论积极地改造社会了。

改编自契诃夫三篇短篇小说、以死亡为主题的《安魂曲》是以色列戏剧大师列文的代表作。剧中有一个还不满17岁的年轻"母亲",她的一个女亲戚为了"遗产的事"竟然"把一桶开水浇在他(这个母亲半岁的婴儿)身上","他哭叫了大概一个钟头,然后就睡着了"。母亲怀抱着实际上已经"死去的婴儿"走了"整整一天"去求医,结果自然可想而知。她抱着死婴连夜走了回来,第二天早晨再次遇上刚死了妻子的,年轻时死了女儿的,做棺材的孤寡"老人"。母亲拒绝了老人替孩子做棺材的好意,径直把死婴"埋在土里",然后对老人说了一句意味深长的话:"跟所有人的生活一样,

---

① 鲁迅:《论睁了眼看》,《鲁迅全集》第1卷,人民文学出版社,2005年,第251—252、254—255页。
② 《胡适文集》第2册,欧阳哲生编,北京大学出版社,1998年,第122—123页。

先生。我站在长长的队里领我那一小把糖,队很长,我没排到。"老人用双手抚摸了母亲的脸,说:"我抚摸了你,好让你能哭出一点儿来。要是你哭出来,你会轻松些。"如是情景在戏剧和小说中再也普通不过。然而,不普通的,非常出乎人们意料的是母亲的回应:"要是我哭出来,先生,这世界就会轻松些。他们就会说:'是有不公,可是也有解脱。'我不要哭。……我站在我孩子的墓前,我可以哭泣也可以沉默,我做了选择。"当老人远去,母亲终于"爆发出哭声"。①

是否应该让自己和世界获得解脱,让自己和世界轻松些?这样的选择对"母亲"来说并不容易,对艺术家来说又何尝不如此。从某种意义上说,选择完全艺术正义,也即在褒善贬恶情节之后呈现赏善罚恶情节就是选择一种解脱,它会让世界轻松些。正是这种解脱和轻松导致了胡适所说的不会从根本上去"思量反省"这个社会的弊端,更导致了鲁迅所说的不去"解决"问题,"改革"缺陷和"反抗"不平。清末民初,中国社会转型最需要的不就是认识社会和改造社会吗?从这一点看,胡适和鲁迅分别以"说谎的文学"和"瞒和骗的文艺"贬损完全艺术正义自在情理之中。

不可否认的是,完全艺术正义所蕴含的善恶必有报这一执念也会点燃起人们心中的希望,鼓舞人们与社会非正义进行斗争的勇气。但善恶必有报毕竟不是社会的规律,在社会的真相面前,这种执念能持续多久?由此可见,就认识社会和改造社会而言,完全艺术正义的正面社会效应毕竟是有限的,而负面社会效应却是无限的。

---

① 汉诺赫·列文:《安魂曲》,《安魂曲:汉诺赫·列文戏剧精选集》,张平等译,商务印书馆,2017年,第23—35页。

三、视角二：培育正义感与塑造道德人格

这里的"道德人格"是指一个人整体上的道德心理，也即一个人在道德方面的整体精神面貌，包括道德直觉、道德情感、道德意识。正义感是道德人格的最重要的组成部分，前者是狭义的，而后者则是广义的，前者仅仅是后者在看待或对待人的权利尤其基本权利时的道德心理。如果仅从培育正义感与塑造道德人格这一角度来审视艺术正义，那么，完全艺术正义略胜于不完全艺术正义。不完全艺术正义在力图唤起人的良知之基础上，增强人们对社会正义之伦理价值的认同，从而培育人们的正义感和塑造人们的道德人格，而完全艺术正义在力图唤起人的良知和尊重人的趋利避害本性之基础上，增强人们对社会正义之伦理价值和功利价值的双重认同，从而培育人们的正义感和塑造人们的道德人格。应该说这两种不同的艺术正义提供的两条路径都是合理的，因而在达成目标方面也都是有效的，但它们的有效性还是存在着一定的差异。

或问上述两条路径中哪一条更合理，因而在达成目标方面更有效，人们又将给出怎样的答案呢？柏拉图首先回答了这一问题。《理想国》说："诗人们和说故事的人在关于人的重大问题上说法有错误。他们说，许多不正义的人快乐，正义的人痛苦；还说，做不正义的事有利可图，只要不被发现；正义对别人有利对自己有害。这些话我们应该禁止他们讲，应该命令他们去歌唱去述说与此相反的话……"①

---

① 柏拉图：《理想国》，张竹明译，译林出版社，2009 年，第 85 页。参照朱光潜译文："诗人们和做故事的人们关于人这个题材在最重要的关头都犯了错误，他们说，许多坏人享福，许多好人遭殃；不公正倒很有益，只要不让人看破，公正只对旁人有好处，对自己却是损失。我以为我们应该禁止他们说这类话，命令他们在诗和故事中所说的话要恰恰和这类话相反……"（柏拉图：《文艺对话集》，朱光潜译，人民文学出版社，1963 年，第 46 页）

《理想国》倡导了完全艺术正义,明确地批判了艺术非正义(artistic injustice),① 并隐性或间接地否定了不完全艺术正义。按理说,艺术非正义本身也是不完全艺术正义的对立面,但它们有一点是相同的,那就是描述"许多不正义的人快乐,正义的人痛苦",或者"许多坏人享福,许多好人遭殃"。由此可知,不完全艺术正义同样是柏拉图否定的对象。

柏拉图为何不遗余力地倡导完全艺术正义?柏拉图建立理想国的一个首要任务就是要把青年人训练成理想国合格的"保卫者"(或译"护卫者",即统治者),而在他看来,古希腊史诗和悲剧中那些彰显了艺术非正义或不完全艺术正义的人物描写和情节设置恰恰不利于培育理想国合格的"保卫者"之性格。② 如果说这一理由仅仅关乎达成何种功能,那么,下列理由便是回答了要达成这一功能何种路径更有效。在柏拉图看来,人大多趋利避害,③ 如果艺术作品一味地表现"不正义的人快乐,正义的人痛苦",一味地宣扬"做不正义的事有利可图……正义对别人有利对自己有害",那么,还有多少人愿意做好人,还有多少人不会做坏人?用该对话中阿得曼托斯的话来说,那便是"还有什么理由让我们选择正义,而舍弃极端的不正义呢"。④

冯梦龙的思路与柏拉图的思路可谓异曲同工。《人兽关叙》

---

① 《理想国》对艺术非正义的批判是十分明确的。"苏格拉底"对玻勒马霍斯说:"……荷马很欣赏奥德修斯的外公奥托吕科斯(希腊神话中臭名昭著的盗贼),说他在偷吃扒拿和背信弃义、过河拆桥方面,简直是盖世无双的。所以,照你跟荷马和西蒙尼得的意思,正义似乎是偷窃一类的东西。"(柏拉图:《理想国》,郭斌和等译,商务印书馆,1986年,第11—12页)
② 柏拉图:《理想国》,郭斌和等译,商务印书馆,1986年,第72—73、81、90、92—93、102、107页。
③ 这是《理想国》在讨论艺术正义时的一个隐含的前提。
④ 柏拉图:《理想国》,郭斌和等译,商务印书馆,1986年,第54页。

曰:"支那世界,大抵德怨之薮也。然有一大利焉,曰:报。报者,动于人心之不自已,而治天下者藉为不斧不钺之劝惩者也。德而无报,谁相劝于树德? 怨而无报,谁相惩于造怨?"① 最后两句的意思是说,若行善而无善报,有多少人还会劝告他人多行善;若施恶而无恶报,有多少人还会警戒他人勿施恶。如果略作推理,应该可以说:若行善而无善报,有多少人还会常行善;若施恶而无恶报,有多少人还会不施恶。

如前所述,同样为了培育人们的正义感和塑造人们的道德人格,不完全艺术正义遵循的路径是在力图唤起人的良知之基础上,增强人们对社会正义之伦理价值的认同,而完全艺术正义遵循的路径却是在力图唤起人的良知和尊重人的趋利避害本性的基础上,增强人们对社会正义之伦理价值和功利价值的双重认同。要达成的目标相同,但遵循的路径有差异。然而,路径选择的合理性必然影响目标达成的有效性。路径是作用于人的,因此评价这两条路径的合理性实质上也就是评价人的本性。

《孟子》记孟子语曰:"人之所不学而能者,其良能也;所不虑而知也,其良知也。"② 《墨子》曰:"我为天下所欲,天亦为我所欲。然则我何欲何恶? 我欲福禄而恶祸祟。"它还认为,人总是于"利之中取大",于"害之中取小"。③ 由此可见,有良知和趋利避害都是人的本性。④ 这两种人之本性都值得肯定吗? 人有良知这一本性自然值得肯定。只要不建立在损害他人权益的基础上,人趋利避害这一本性同样值得肯定,说到底,它就是人类社会发展的根本

---

① 冯梦龙:《人兽关叙》,《历代曲话汇编:新编中国古典戏曲论著集成》明代编第三集,俞为民等编,黄山书社,2009年,第40—41页。
② 焦循:《孟子正义》,沈文倬点校,中华书局,1987年,第965页。
③ 孙诒让:《墨子闲诂》,孙启治点校,中华书局,2001年,第191、404页。
④ 孟子是性善论者,故认定人有良知这种"本然之善",荀子等性恶论者自然不会同意这种说法。笔者认同性善论。

动力。

富于生活经验的人应该会知道,有良知与趋利避害这两种本性非常容易发生冲突,而一旦起冲突,占上风的往往是趋利避害的本性。有良知是人脆弱的本性,在与趋利避害的本性起冲突的情况下,良知会死亡、会昏睡,会假装昏睡(否则唤起人们的良知就是一个悖谬的说法);而趋利避害却是人最顽强的本性,尽管有可能去超越这一本性,但在与趋利避害尤其在与避害不能兼顾的情况下,超越它的永远是少数人甚至极少数人。柏拉图与冯梦龙基于对人性的评估而推崇完全艺术正义,这是不无道理的。我们有可能对人性做出更高或更乐观的评估吗?

孔子同样对人性做出了客观的评估。《吕氏春秋》记载了孔子的两件轶事:"鲁国之法,鲁人为人臣妾于诸侯,有能赎之者,取其金于府。子贡赎鲁人于诸侯,来而让,不取其金。孔子曰:'赐失之矣。自今以往,鲁人不赎人矣。取其金则无损于行,不取其金则不复赎人矣。'子路拯溺者,其人拜之以牛,子路受之。孔子曰:'鲁人必拯溺者矣。'"① 子贡赎回鲁人于其他诸侯国,却不按惯例去国库支取金钱。孔子的批评不可谓不严厉:从今往后,"鲁人不赎人矣"。子路救了一个落水者,且接受了一头作为酬礼的牛。孔子赞赏说:将来"鲁人必拯溺者矣"。如果不是对普遍意义上的人性做出实事求是的评估,孔子又如何能推导出这两个结论?

真正穿透了这一话题的是纪昀在三百年前于一则笔记中"组织"的一次对谈。林生是一个品行端正的老儒生,寄居于佛寺中读书。"一日,夜半不寐,散步月下。忽一客来叙寒温。林生方寂寞,因邀入室共谈……偶及因果之事,林生曰:'圣贤之为善,皆无所为而为者也。有所为而为,其事虽合天理,其心已纯乎人欲矣。故佛

---

① 许维遹:《吕氏春秋集释》(上),梁运华整理,中华书局,2009年,第419页。

氏福田之说,君子弗道也。'"① 显见这次对谈肇始于林生对佛教的指责,他大意是说,圣贤行善,皆无功利目的。有功利目的而行善,事虽合乎天理,但内心动机却完全出自人的欲望。所以佛教种福田之说,君子是不屑的。

面对林生的指责,"客"从以下两个角度做出了回应。其一,儒家规范人的行为,同样利用了"人欲",这与佛教没有任何区别。"客"曰:"圣人之立教,欲人为善而已。其不能为者,则诱掖以成之;不肯为者,则驱策以迫之。于是乎刑赏生焉。能因慕赏而为善,圣人但与其善,必不责其为求赏而然也。能因畏刑而为善,圣人亦与其善,必不责其为避刑而然也。苟以刑赏使之循天理,而又责慕赏畏刑之为人欲……人且无所措手足矣。况慕赏避刑,既谓之人欲,而又激劝以刑赏,人且谓圣人实以人欲导民矣,有是理欤?"②

其二,儒家和佛教皆以大多数社会成员的道德水准来反推普遍意义上的人性,并着眼于如是人性来"设教"或"说法"。在这点上它们同样没有任何区别。"客"曰:"先生之言……用以律己则可,用以律人则不可;用以律君子犹可,用以律天下之人则断不可。……盖天下上智少而凡民多,故圣人之刑赏,为中人以下设教。佛氏之因果,亦为中人以下说法。儒释之宗旨虽殊,至其教人为善,则意归一辙。先生……驳佛氏之因果,将并圣人之刑赏而驳之乎?"③

对于深刻理解柏拉图和冯梦龙的观点,纪昀"组织"的对谈非常富于启发性,它将柏拉图和冯梦龙的未尽之言,甚至将孔子轶事

---

① 纪昀:《阅微草堂笔记》,上海古籍出版社,2010年,第28页。
② 纪昀:《阅微草堂笔记》,上海古籍出版社,2010年,第28页。
③ 纪昀:《阅微草堂笔记》,上海古籍出版社,2010年,第28页。

的内在意蕴和盘托出。"客"的两种观点皆深中肯綮,其中后一种观点因其具有根本性而成了前一种观点的逻辑前提:正因为趋利避害是更顽强的"人欲"即人性,因此世上任何有效的道德劝诫实践都会将重点置于这一具有普遍意义的人性之上。从某种意义上说,在艺术作品中彰显艺术正义,从而培育人的正义感,塑造人的道德人格同样是道德劝诫实践。尽管完全艺术正义和不完全艺术正义都能产生道德劝诫效应,但在任何一个社会中纪昀所谓的"凡民"永远占据了绝大多数,因此从总体上看前者产生的效应毕竟略胜一筹。

实际上,精英主义思想家未尝不知道趋利避害本性与赏善罚恶情节及其彰显的完全艺术正义之间的密切关联。朱光潜先生在《西方美学史》中如是概述文艺复兴时期意大利文学批评家瓦尔齐的观点及其理路:在哲学、历史和诗这三种提升人之道德品质的手段中,"以诗所用的摹仿为最有效,因为它提高人的道德品质,不是通过抽象的教条,而是通过具体的典范,使读者从活生生的具体事例中看到善有善报,恶有恶报(这就是'诗的公道'),因而自己也就会趋善避恶"。① 何以会自觉地趋善避恶,无非因为人有趋利避害的本性。

即使深谙这一点,朱先生既不会认同赏善罚恶情节及其彰显的"诗的公道",② 也不会认同趋利避害本性。或许在他看来,这样的本性正是人的弱点,而这样的情节正是迁就这一弱点的必然结果。也就在《西方美学史》中,朱先生迻译了亚里士多德《诗学》

---

① 朱光潜:《西方美学史》(上),《朱光潜全集》(新编增订本)。中华书局,2013年,第181页。
② 朱光潜批判赏善罚恶情节以及"诗的公道"(张隆溪译《悲剧心理学》时将"诗的公道"改译为"诗的正义")的话语在其《悲剧心理学》《文艺心理学》和《西方美学史》等著述中屡见不鲜。

的一段话:"例如《奥得赛》就用了善有善报,恶有恶报的双重情节。由于观众的弱点,这种结构才被人看成是最好的;诗人要迎合观众,也就这样写。"① 从朱先生一贯的言论看,② 他无疑认同这一说法。一厢情愿地把受众设想成理想的受众,或者以一种严苛的标准来要求受众,这是天下所有精英主义思想家为自己准备的一口陷阱。

四、视角三:满足安全感需要与赋予道德安慰

如果仅从满足安全感需要与赋予道德安慰这一角度来审视艺术正义,那么完全艺术正义远胜于不完全艺术正义:前者满足了人们的安全感需要,并因此而赋予人们以道德安慰;而后者却几乎不产生如是效应。马斯洛在《动机与人格》认为,人有五种基本需要:"生理需要""安全需要""归属和爱的需要""自尊需要"和"自我实现的需要"。③ 它们既是客观意义上的需要,也是主观意义上的需要,换言之,"这些需求是心理的,而不仅仅是生理的"。④ 如果缺乏心理方面的涵义,那么基本需要说也不可能成为人本主义心理学的核心内容。马斯洛说:"安全需要的满足会特别产生一种主观上的安全感、更安稳的睡眠、危险感消失、更大胆、勇敢等。"⑤ 这里的"安全"和"主观上的安全感"分别是客观意义上的

---

① 朱光潜:《西方美学史》(上),《朱光潜全集》(新编增订本),中华书局,2013年,第95—96页。
② 参见朱光潜《文艺心理学》第八章等。
③ 马斯洛:《动机与人格》(第3版),中国人民大学出版社,2007年,第19—29页。
④ 戈布尔:《第三思潮:马斯洛心理学》,上海译文出版社,2006年,第32页。
⑤ 马斯洛:《动机与人格》(第3版),中国人民大学出版社,2007年,第44—45页。

安全和主观意义上的安全。与此相应的是,"安全需要"和"安全感"需要分别是客观意义上的安全需要和主观意义上的安全需要。

主客观意义上的安全需要有着如下复杂关系:其一,如马斯洛所言,满足了客观意义上的安全需要,也必然同时满足主观意义上的安全需要。换言之,人在社会生活中是安全的,也必然会有安全感。其二,无法满足客观意义上的安全需要,必然无法同时满足主观意义上的安全需要。人在社会生活中不安全,也必然会有不安全感。其三,满足了主观意义上的安全需要,未必能同时满足客观意义上的安全需要。人有安全感,并不意味着他在社会生活中一定是安全的。其四,无法满足主观意义上的安全需要,未必无法满足客观意义上的安全需要。人有不安全感,并不意味着他在社会生活中一定不安全。前两种关系告诉我们,客观意义上安全需要之满足在前引路,主观意义上安全需要之满足必然尾随其后;而后两种则告诉我们,主观意义上安全需要之满足在前引路,客观意义上安全需要之满足未必尾随其后,这是因为安全感可以是虚幻的,安全感需要之满足相对独立。

主客观意义上的安全需要既互相联系又相对独立,这给艺术和宗教留下了用武之地。如前所述,无论哪种艺术正义的发生皆与人的安全感被破坏密切相关,也就是说,它们皆因上述第二种关系的发生而发生。然而,不完全艺术正义与完全艺术正义对人的安全感被破坏的应对是截然不同的:前者选择了进入上述第一种关系作为应对之策(即如前所述的通过改造社会从而使之回归正常状态,并在此基础上使人们客观和主观意义上的安全需要相继得到满足),而后者则选择了进入上述第三种关系作为应对之策。

当人们在社会生活中不安全,因而获得安全感的正常途径被阻断且无望被恢复时,人们便会不由自主地撇开正常途径而从非正常途径让自己的安全感需要获得满足,换言之,直接从艺术作品和宗教典籍(传说)所呈现的赏善罚恶情节中获得安全感。人们在缺失性体验(对缺失状态的体验)的基础上普遍拥有的这种缺失性需要(补偿缺失状态的心理需要)最终必然从艺术消费端传导至艺术生产端,使一些艺术家产生(强烈的)缺失性创作动机(以创作补偿缺失状态的动机),从而创作出彰显完全艺术正义的作品。

如是心理机制曾被人无意间点破过。郑振铎说:"平民们去观听公案剧,不仅仅是去求得故事的怡悦,实在也是去求快意,去舞台上求法律的公平与清白的!当这最黑暗的少数民族统治的年代,他们是聊且快意的过屠门而大嚼。"他甚至不无偏激地认为,元代之所以会有相当数量"摘奸发覆,洗冤雪枉"的公案剧,似乎没有其他理由可说,只是因为元代是"一个最黑暗、最恐怖的无法律、无天理的时代"。① 顾炎武曰:"国乱无政,小民有情而不得申,有冤而不见理,于是不得不诉之于神……则王政行乎上,而人自不复有求于神,故曰:有道之世,'其鬼不神'。"② 鲁迅竟然也总结过如是心理机制,《无常》指出:绍兴的草根民众从"积久的经验"中得知,人间维护公平正义的可能性"遥遥茫茫",故"不得不发生对于阴间的神往"。他们"可以不假思索地"认定,"公正的裁判是在阴间!"③

从道德心理学的角度看,从非正常途径寻求安全感需要之满足也就是寻求道德安慰。在"黑无天日"的日子里,到剧场去"求法律的公平",在"有冤而不见理"的情况下"诉之于神",其目的都

---

① 郑振铎:《元代"公案剧"产生的原因及其特质》,《郑振铎全集》第4卷,花山文艺出版社,1998年,第492—494页。
② 顾炎武:《日知录集释》上册,黄汝成集释,上海古籍出版社,2006年,第108—109页。
③ 鲁迅:《无常》,《鲁迅全集》第2卷,人民文学出版社,2015年,第278—279页。

是为了获得道德意义上的安慰。对于完全艺术正义能够赋予人们以道德安慰这一效应，西方批评家多有提及。叔本华如是抨击约翰逊的诗的正义思想："只有那种肤浅的、乐天派的、清教徒理性主义的观点，或者基本上是犹太人的人生观，才会要求诗的正义，并在满足这一要求上找寻自我安慰。"① 克里斯·鲍迪克在界定诗的正义时说："作为一种道德安慰，分别将幸福和不幸的命运赋予善良和邪恶的人物……"② 伏尔泰在讨论哈姆雷特之父的阴魂显形时发挥道："人们将高兴地看到，无论在什么年代、无论在什么国家里，神会惩罚那些凡人无法审判的人的罪恶。这是对弱者的安慰，是对强悍的恶棍的制裁。"③

满足安全感需要和赋予道德安慰体现了艺术的人文关怀，这是艺术可能发挥也应该发挥的社会效应。或许精英主义思想家会说，这是一种"虚假的补偿"，这是一种"麻醉剂"，这是一种"迷幻剂"，总而言之，这是一种"乌托邦"。殊不知"人在任何时代都是需要乌托邦的"，④ 因为受众不都是钢铁战士，不都是能够"直面惨淡的人生"和"正视淋漓的鲜血"的"猛士"。这同样关乎我们对人性的客观评估。也正因为看到了人性有其软弱的一面，鲁迅才会在《无常》《铸剑》和《女吊》中充分认同主要由超自然恶报彰显的超验性完全艺术正义。

就满足安全感需要和赋予道德安慰这一效应而言，完全艺术

---

① 叔本华:《意志和表象的世界》，蒋孔阳译，《西方文论选》下卷，伍蠡甫主编，上海译文出版社，1979 年，第 333 页。

② Chris Baldick, *The Oxford Dictionary of Literary Terms*. New York: Oxford University Press Inc. 2006. p. 261.

③ 伏尔泰:《〈凯撒之死〉序》，黄晋凯译，《莎士比亚评论汇编》（上），杨周翰编选，中国社会科学出版社，1979 年，第 353 页。

④ 陈思和:《中国现当代文学名篇十五讲》，北京大学出版社，2003 年，第 180 页。

正义的长处也就是不完全艺术正义的短处。陈思和先生说:"我们中国文学也好,世界文学也好,所谓批判现实主义作品,就是不给人透一点气,写到最后总是一群污七八糟的人得逞。"① 中西"批判现实主义作品"几乎都是彰显不完全艺术正义的作品。如同很难想起完全艺术正义有什么正面社会效应,我们也很难想起不完全艺术正义有什么负面社会效应。这是五四一百年我们被精英主义思想反复灌输的必然结果。第一次读到这番话时,笔者着实吃了一惊,因为从未有人如是评价过"批判现实主义作品"。

陈思和无意间点中的正是不完全艺术正义容易产生的负面社会效应:无法满足人们的安全感需要,无法赋予人们以道德安慰,相反,它甚至令人们丧失生活的希望和勇气,让人们觉得他们身处的是一个万劫不复的世界,进而觉得生不必恋,死不足惜。为阐明自己的观点,陈思和还把《骆驼祥子》作为例证:"老舍写完以后他很得意,给那些洋车夫看,老舍有很多朋友是洋车夫。那些人说,我读了你的小说,一点希望都没有,我活着干嘛?"② 时至1950和1954年,老舍还在陈述他当年亲身经历的那件事:"在'祥子'刚发表后,就有工人质问我:'祥子若是那样的死去,我们还有什么希望呢?'我无言对答。"③ "出书不久,即有劳动人民反映意见:'照书中所说,我们就太苦,太没希望了!'这使我非常惭愧!"④ 20世纪60年代初,老舍"想为《骆驼祥子》写一出话剧续集"。有了初稿之

---

① 陈思和:《中国现当代文学名篇十五讲》,北京大学出版社,2003年,第179页。
② 陈思和:《中国现当代文学名篇十五讲》,北京大学出版社,2003年,第179—180页。
③ 老舍:《〈老舍选集〉自序》,《老舍全集》第17卷,人民文学出版社,2013年,第523页。
④ 老舍:《〈骆驼祥子〉后记》,《老舍全集》第17卷,人民文学出版社,2013年,第668页。

后,北京人艺"开了几个座谈会,三轮车的车夫们感到看话剧《骆驼祥子》太压抑,感到吐不出气来……"听了车夫们的反馈意见,老舍甚至都想在该话剧中重新安排祥子的最终命运。①

结　语

　　有些思想家评判艺术正义是着眼于艺术效应,而有些则着眼于社会效应,他们评判艺术正义——无论是倡导完全艺术正义甚至同时贬损不完全艺术正义,还是倡导不完全艺术正义甚至同时贬损完全艺术正义——的初衷都是好的,他们都希望艺术正义发挥正面社会效应,从而推动社会的进步。无奈的是,任何一种艺术正义都是一枚硬币,长处与短处、强项与弱项、优越性与局限性集于一身。对于不同类型甚至不同亚类型的艺术正义,重要的是奉行兼容并包主义,而非褒一种而贬一种,取一种而舍一种。也只有奉行兼容并包主义,才能使不同的艺术正义形成一个平衡、和谐和健康的生态系统。在如是生态系统中,不完全艺术正义所产生的正面社会效应可以在一定程度上抵消完全艺术正义所产生的负面社会效应;完全艺术正义所产生的正面社会效应也可以在一定程度上抵消不完全艺术正义所产生的负面社会效应。它们之间互相补台,互相成全,从而使艺术正义在最大程度上发挥其整体上的正面社会效应:间接或直接地促成社会正义(更大程度上)的实现。

---

① 陈徒手:《人有病,天知否:1949 年后中国文坛纪实》(修订版),生活・读书・新知三联书店,2013 年,第 127—128 页。

中编

正义与义：
《赵氏孤儿》核心价值观的重构

元纪君祥《赵氏孤儿》是最早被译介至西方的中国戏剧。自1735年马若瑟的法文节译本面世以来，欧洲不仅有诸多西语译本，① 而且还产出了不少改编本。② 就中西戏剧交流而言，它的重要意义不言而喻。在这些改编本中，伏尔泰《中国孤儿》（法兰西喜剧院剧团1755年8月20日首演于巴黎的法兰西喜剧院）和詹姆斯·芬顿《赵氏孤儿》（皇家莎士比亚剧团2012年10月30日首演于斯特拉特福的天鹅剧院）最具革命意义。它们皆通过重构《赵氏孤儿》核心情节而重构了其核心价值观。本文以西方现代正义观念和儒家义的观念为视角，讨论伏尔泰和芬顿为何要重构、如何重构和以怎样的观念重构《赵氏孤儿》核心价值观？通过如是讨

---

① 范存忠：《中国文化在启蒙时期的英国》，上海外语教育出版社，1991年，第57、107—110页。
② 《赵氏孤儿》的主要改编本至少有以下八种：英国剧作家威廉·哈彻（William Hatchett）的英文改编本《中国孤儿》（The Chinese Orphan，1741）、意大利歌剧作家梅塔斯塔齐奥（Metastasio）改编的歌剧剧本《中国英雄》（L' Eroe Cinese，1748）、法国舞蹈家若望-乔治·诺维尔（Jean-Georges Noverre）改编的舞剧剧本《中国的节日》（Les Fêtes Chinoises，1755）、法国伏尔泰的法文改编本《中国孤儿》（L' Orphelin de la Chine，1755）、法国戏剧家布晒（Bou Cher）的法文改编本《瓷菩萨》（Les Magols）、英国戏剧家阿瑟·默非（Arthur Murphy）的英文改编本《中国孤儿》（The Orphan of China，1759）、德国歌德的德文改编本《埃尔潘诺》（Elpenor，未完成，1783）、英国剧作家詹姆斯·芬顿（James Fenton）的英文改编本《赵氏孤儿》（The Orphan of Zhao，2012）。

论,期冀达成海外经验能为本土"推陈出新"提供借鉴之目的。

一、伏尔泰和芬顿为何要重构 《赵氏孤儿》核心价值观?

伏尔泰和芬顿之所以要重构《赵氏孤儿》核心价值观,简言之,是因为他们无法接受程婴舍子救孤这一核心情节。尽管他们都没有明确说过,但《中国孤儿》和芬顿版《赵氏孤儿》的剧情已经将他们的想法和盘托出,且有一人充当了他们的代言人。2013年3月,英国利兹大学举办了名为"寰球舞台上演中国:人、社会与文化"(Performing China on the Global Stage: People, Society and Culture)的国际研讨会,笔者躬逢其盛。该研讨会两个议题之一是"中国形象:《赵氏孤儿》的跨文化研究"(Chinese Image: An Intercultural Study of *The Orphan of Zhao*)。由于皇家莎士比亚剧团在2012-2013冬季演出季首次推出芬顿版《赵氏孤儿》,因而该剧导演也即该剧团艺术总监格雷戈里·多兰(Gregory Doran)也应邀在会上发言。他在发言中两次强调说,对于程婴舍子救孤,他很不理解,因而他导演的这部戏的结尾是,程婴之子的鬼魂问程婴:你为何要舍弃我?这番话在很大程度上能够代表伏尔泰和芬顿以及西方受众对舍子救孤这一情节的看法。

从表面上看,他们是无法接受《赵氏孤儿》的核心情节,实质是无法接受这一核心情节所彰显的核心价值观。这部杂剧现存3种版本,《元刊杂剧三十种》本的"正名"为"义逢义公孙杵臼,冤报冤赵氏孤儿"。依据这部杂剧,明徐元曾撰写过传奇《八义记》。这一"正名"和传奇名皆彰显了《赵氏孤儿》形而上的主题:"义"。我们甚至可以说,"义"是纪君祥为撰写这部杂剧而预设的核心理念。"义"字曾多次出现于该剧,且大多是作为儒家四德或五常之一的

"义"。在第二折中,公孙杵臼向程婴剖白心迹:"只当做场短梦,猛回头早老尽英雄。有恩不报怎相逢,见义不为非为勇。"而程婴则对公孙杵臼表达了歉疚之意:"甘将自己亲生子,偷换他家赵氏孤;这本程婴义分应该得,只可惜遗累公孙老大夫。"① 如果将这些说白或曲词与这部戏的剧情联系起来看,那么,说"义"为其核心理念应该是持之有故的。②

何谓"义"?《中庸》记孔子语曰:"义者,宜也。"③ 以"宜"训"义"的传统源远流长。郭店楚墓竹简《语丛三》、汉贾谊《新书》、汉桓宽《盐铁论》、唐韩愈《原道》、宋朱熹编《河南程氏遗书》、宋朱熹《孟子章句集注》、明王阳明《传习录》和清方东树《原义》等皆如是界定"义"。由此可知,所谓义,也即应该的或合适的事,或者做了应该做的或合适做的事。

何谓应该,又何谓合适?这可是见仁见智的问题。若不对这个最初颇具主观性的"义"进行规范,人们就无法赋予其确切涵义。故先秦儒家往往以"仁"来规范"义"的内涵。《孟子·离娄上》记孟子语曰:"仁,人之安宅也;义,人之正路也。旷安宅而弗居,舍正路而不由,哀哉!"④ 孟子意谓,要踏上"义"这条正路,还得从"仁"这个安宅出发。此言要旨,孟子曾先后三次表述过,且两次用"居仁由义"(《孟子·尽心上》等)概括过。"居仁"与"由义"之间有何逻辑关系?孟子没有明说,但程颢和程颐的一番话却将它们

---

① 纪君祥等:《赵氏孤儿》,上海古籍出版社,2010年,第22—23页。《论语·为政》记孔子语曰:"见义不为,非勇也。"
② 《八义记》中同样不乏作为儒家四德或五常之一的"义"。如第三十二和三十六出的出目分别为"韩厥死义"和"公孙赴义";说白或曲词中有"常怀义胆忠肝,定把奸雄祛扫""真烈士义气舒,他怒执金瓜将犬击死"和"将军义勇,自刎放孤儿"等。
③ 《礼记译注》,杨天宇译注,上海古籍出版社,1997年,第910页。
④ 焦循:《孟子正义》,中华书局,1987年,第507页。

的逻辑关系揭示了出来:"孟子言仁,必以义配,盖仁者体也,义者用也。"① 显见"仁"才是最根本的道德范畴,义只不过是仁的具体表现。

《论语·颜渊》:"樊迟问仁,子曰'爱人'。"② 显见"仁"以及为其规范的"义"一定是好东西。然而,鲁迅先生却不这样认为。《狂人日记》中有一段大家都耳熟能详的话:"我翻开历史一查,这历史没有年代,歪歪斜斜的每叶上都写着'仁义道德'几个字。我横竖睡不着,仔细看了半夜,才从字缝里看出字来,满本都写着两个字是'吃人'!"③ 这又是怎么回事呢?

问题的要害在于,义在受到"仁"规范的同时,还受到了"礼"的规范。《孟子·万章下》记孟子语曰:"夫义,路也;礼,门也。惟君子能由是路,出入是门也。"④ 不穿越这道门又如何?不穿越就不是"君子"。如果说孟子的话还多少留有余地,那么,荀子之言可谓斩钉截铁:"义有门。……义非其门而由之,非义也。……行义以礼,义也。"⑤ 此言看似孟子之言的翻版,其实二者重心全然不同:孟子强调"义"与"礼"的相互规范,而荀子只强调"礼"对"义"的规范。类似观点非荀子一人所有,《国语·周语上》记春秋时周内史兴语曰:"行礼不疚,义也。"⑥

即便作为根本道德范畴的仁,同样要受到礼的制约。《礼记·曲礼上》曰:"道德仁义,非礼不成。"⑦ 而《论语·颜渊》则云:"颜

---

① 朱熹编:《河南程氏遗书》,商务印书馆,1935年,第80页。
② 刘宝楠:《论语正义》,中华书局,1990年,第511页。
③ 鲁迅:《呐喊》,人民文学出版社,1973年,第10页。
④ 焦循:《孟子正义》,中华书局,1987年,第723页。
⑤ 王先谦:《荀子集解》,中华书局,1988年,第580—581页。
⑥ 《国语译注》,邬国义等撰,上海古籍出版社,1994年,第34页。邬国义等译文:"行礼无误,是义。"
⑦ 孙希旦:《礼记集解》,中华书局,1989年,第8页。

渊问仁。子曰:'克己复礼为仁。一日克己复礼,天下归仁焉!'"① 按朱熹"仁包四德"(《朱子语类》卷六)或"仁包五常"(《论语或问》卷十五)的说法,仁是统摄仁义礼智信的关键性范畴。仁是"全体",义礼智信为"四支"。然在孔子看来,"克己复礼"也就是"仁",一旦这样做了,天下人也就归向了"仁"这一境界。② 可见他是多么地看重"礼"。

比之于子产等,孔子还是说得比较克制的。《左传·昭公二十五年》记子产语曰:"夫礼,天之经也,地之义也,民之行也。""礼,上下之纪,天地之经纬也,民之所以生也。"③《荀子·礼论》曰:"礼者,人道之极也。"④ 李觏认为:"夫礼,人道之准,世教之主也","曰乐,曰政,曰刑,礼之支也","曰仁,曰义,曰智,曰信,礼之别名也"。⑤ 显见子产等都把"礼"视作中国古代社会的政治制度、生活方式和道德规范之根本或总体。

在儒家四德五常中,重要的是仁义礼,而在这三者中,最具民族特色且决定了仁义礼整体面貌或伦理走向的则是礼。作为哲学范畴,"仁"和"义"分别对应于西方人的"善"和"正义",而"礼"却无法在西方找到相对应的范畴,但它却在这三者当中发挥了关键作用。钱穆先生曾敏锐地指出:"在西方语言中没有'礼'的同义词。它是整个中国人世界里一切习俗行为的准则,标志着中国的特殊性。""中国的核心思想就是'礼'。"⑥

那么何谓礼呢? 按通常理解,礼即中国古代的宗法等级制度

---

① 刘宝楠:《论语正义》,中华书局,1990年,第483页。
② 有人将此语读作,一旦这样做了,天下人就会称你为仁人。
③ 孔颖达:《春秋左传正义》,北京大学出版社,2000年,第1666、1675页。
④ 王先谦:《荀子集解》,中华书局,1988年,第421页。
⑤ 李觏:《礼论第一》,《李觏集》,中华书局,1981年,第5页。
⑥ 邓尔麟:《钱穆与七房桥世界》,社会科学文献出版社,1998年,第8—9页。

以及与此相应的礼节仪式和道德规范。礼的最大功用是维护甚至固化宗法等级制度以及由此衍生的社会等级制度。① 《礼记·哀公问》曰:"非礼无以辨君臣、上下、长幼之位也。"② 《荀子·礼论》曰:礼使"贵贱有等,长幼有差,贫富轻重皆有称者也。"③ 礼使贵贱有等,无礼则使贵贱无序。孔子曰:"贵贱无序,何以为国?"④ 这也就是孔子如此看重"礼"的真正原因。要做到贵贱有等,关键是规范贱者,故《国语·鲁语上》记曹刿语曰:"夫礼,所以正民也。"⑤ 民者,普通百姓之谓也。

"仁近于乐,义近于礼。"⑥ 礼有怎样的功用,被礼规范过的义也就有怎样的功用。《礼记·祭义》曰:"天下之礼……致义也……致义,则上下不悖逆……"《礼记·乐记》曰:"礼义立,则贵贱等矣。"⑦ 而《孔子家语·五刑解》则曰:"义所以别贵贱,明尊卑也。贵贱有别,尊卑有序,则民莫不尊上敬长。"这最后四个字告诉我们,与礼一样,义之功用的重点同样是规范贱者。要之,礼就是要把人分成三六九等,故"礼"永远与"别"和"异"密切相关。礼如此,义亦如此。

礼有什么具体内容?《左传·昭公二十六年》记晏子语曰:"君令臣共,父慈子孝,兄爱弟敬,夫和妻柔,姑慈妇听,礼也。"⑧ 《荀子·大略》曰:"礼也者,贵者敬焉,老者孝焉,长者弟焉,幼者

---

① 宗法等级制度和社会等级制度实质上是一回事,这便是冯友兰先生"中国的社会制度便是家族制度"(《中国哲学简史》)一语的要义。
② 孙希旦:《礼记集解》,中华书局,1989年,第1258页。
③ 王先谦:《荀子集解》,中华书局,1988年,第410页。
④ 孔颖达:《春秋左传正义》,北京大学出版社,2000年,第1741页。
⑤ 《国语译注》,邬国义等译注,上海古籍出版社,1994年,第113页。
⑥ 孙希旦:《礼记集解》,中华书局,1989年,第992页。
⑦ 孙希旦:《礼记集解》,中华书局,1989年,第1218、987页。最后一句引语中的"等"是"分等级"而非"等同"。
⑧ 孔颖达:《春秋左传正义》,北京大学出版社,2000年,第1703页。

慈焉,贱者惠焉。"① 礼有怎样的具体内容,被礼规范过的义也有怎样的具体内容。《礼记·礼运》记孔子语曰:"何谓人义?父慈、子孝、兄良、弟弟、夫义、妇听、长惠、幼顺、君仁、臣忠十者,谓之人义。"②《荀子·非十二子》曰:"遇君则修臣下之义,遇乡则修长幼之义,遇长则修子弟之义,遇友则修礼节辞让之义,遇贱而少者则修告导宽容之义。"③ 处于高位的人对处于低位的人好,反之亦然。

多么美好的社会图景!实际上,它只不过是美好的社会愿景,甚至是根本无法实现的社会愿景。大凡在强调等级制度的社会中,最终被弱化甚至被虚化的永远是高位的人对低位的人的义务,被强化的永远是低位的人对高位的人的义务。明白义之重心所在,也就不难理解中国古人津津乐道的为何总是"忠臣"而非"仁君",为何总是"义仆"而非"明主"。忠臣如隐于首阳山,"义不食周粟"(《史记·伯夷列传》)的伯夷和叔齐等,义仆如挖空心思为知伯复仇,"以明君臣之义"(《战国策·赵策一》)的豫让等。④ 等到汉儒的"君为臣纲,父为子纲,夫为妻纲"确立于世,天平则完全倾斜,因为狭义的,也即只强调低位的人对高位的人尽义务之"义"完全占据了主流地位。

上述这些是我们理解舍子救孤这一情节的文化背景。没有这海面下的"冰山",就不可能有海面上"冰山之一角":在《赵氏孤儿》第四折中,程婴利用他所制作的画卷为赵氏孤儿痛说家史。说到"程婴"时,赵氏孤儿问:"这壁厢爹爹,你敢就是他么?"程婴说:

---

① 王先谦:《荀子集解》,中华书局,1988年,第579页。
② 孙希旦:《礼记集解》,中华书局,1989年,第606—607页。
③ 王先谦:《荀子集解》,中华书局,1988年,第117页。
④ 事实上,豫让和程婴都是门客中的佼佼者。门客自然与家仆不同,然他们都是奴才,只是不同类型的奴才而已;就替主人效力、效命、效死而言,门客中的佼佼者要远甚于义仆。因此把他们说成"义仆"都可能低估了其在践行"义"方面的价值。

"天下有多少同名同姓的人,他另是一个程婴。"赵氏孤儿问:"他那个程婴肯舍他那孩儿么?"程婴说:"他的性命也要舍哩,量他那孩儿,打甚么不紧?"①"打甚么不紧"意即有什么要紧。

在程婴看来,人的生命价值是有等级差的。因为是主人与门客的关系,因此赵氏孤儿的生命价值自然比程婴贵重,为了前者的存活,后者自然应该献出自己的生命。因为是父亲与儿子的关系,因此程婴的生命价值自然比其儿子贵重,连前者都应该做出牺牲,难道后者就不应该被牺牲? 这是程婴的逻辑,这是被礼规范过的、倾向于强调低位的人对高位的人尽义务的"义"的逻辑,这也就是《赵氏孤儿》的核心价值观。如果赵氏孤儿只是普通人家的孩子而不是程婴的小主人,程婴还会舍子救孤吗?

王国维先生在评论《窦娥冤》和《赵氏孤儿》时说,"而其蹈汤赴火者,仍出于其主人翁的意志"。② 必须指出的是,程婴之子代赵氏孤儿而死,并非出自他自身的意志。程婴有什么权力为他儿子的生命做主? 这样的疑问在古代中国人看来都不是疑问。既然"义"意在维护等级制度,那么,人一定没有独立而自由的人格,一定依附于某种社会体制或家族体制。君(晋灵公)要臣(赵盾)死,臣不得不死,父(程婴)要子(程婴之子)亡,子不得不亡,因为臣和子分别是君和父的附庸。

"义"这一核心理念最终衍生出了以"礼"为内核,以"义"为标识的核心价值观。没有这种价值观,又怎么可能有舍子救孤这最令我们"感动"的一幕。然而,这样的价值观却是任何受过现代西方正义观念熏染的人所无法接受的。伏尔泰和芬顿之所以会起心动念去重构《赵氏孤儿》核心情节并以此重构其核心价值观,根本

---

① 纪君祥等:《赵氏孤儿》,上海古籍出版社,2010 年,第 34 页。
② 王国维:《宋元戏曲考》,《王国维集》第三册,周锡山编校,中国社会科学出版社,第 79 页。

原因即在于此。

二、伏尔泰和芬顿如何重构《赵氏孤儿》核心价值观?

《中国孤儿》和芬顿版《赵氏孤儿》有着相同的重构策略,那便是——如前所述——通过重构《赵氏孤儿》核心情节而重构其核心价值观。但是,这两部剧作具体的重构方法却截然不同。芬顿版《赵氏孤儿》在保存《赵氏孤儿》核心情节的基础上撰写了一个与其遥相呼应的新结局。为了给这个延续了核心情节的新结局做铺垫,芬顿不仅增设了程婴之妻这一角色,而且还增设了程妻与程婴以及公孙杵臼之间的冲突。当程婴说要用自己儿子换下赵氏孤儿,要让赵氏孤儿长大成人后伸张正义时,程妻回应说:"我不敢相信孩子的父亲竟会说出这种话。""对他的家族来说是正义,对我来说却是谋杀。"当公孙杵臼跪着要程妻交出孩子,并称其为闺女时,程妻回应说:"这是什么样的人啊!杀死我的时候,他叫我闺女。"[①] 正是诸如此类的铺垫让新结局的出现有水到渠成之感。那么,这究竟是一个怎样的新结局呢?

程婴为了向其儿子谢罪,打算在其儿子的墓地自杀,可是刚踏进这个墓园,他便撞上了其儿子的鬼魂。

鬼魂　…………
程婴　…………
鬼魂　他们恨你。你恨你的儿子。
程婴　没有父亲会恨一个还在襁褓中的儿子。为什么我要恨

[①] 詹姆斯·芬顿:《赵氏孤儿》,陈恬译,《戏剧与影视评论》,总第 001 期(2014 年 7 月),第 98、100 页。

我的儿子？

鬼魂 这是18年来我一直在问自己的问题。

【程婴思考了一会儿。】

程婴 你认识我儿子？你看起来太年轻，不可能认识他。

鬼魂 我是你的儿子。你背叛了我。你让我被杀。你爱赵氏孤儿。你把他藏起来，爱护他，像亲生儿子一样把他养大，让他享受宫廷的保护。想到这些，总会让我流泪。

【鬼魂哇的一声哭了。】

为什么你要恨我？为什么你爱赵氏孤儿？

程婴 这是树。这是石阶。也许坟墓还在前面。现在我已经老了，可能开始忘事了。但我不记得曾经恨过我的儿子。如果恨过我的儿子，我应该会记得。我应该会问自己，我是什么怪物，竟然恨自己的儿子？

鬼魂 你爱赵氏孤儿。你给了他一切。许多个夜晚，我回到家里，看着他玩耍。我看着他在你的关爱中慢慢长大。你给他玩具。给他画故事书。每个人都喜欢他——当然了，他是一个漂亮的孩子。可是你难道不明白，这对我来说是多大的伤害？为了赵氏孤儿，你忘了我。你忘了山间霜林里的一抔白骨。

程婴 这是树。重新从树开始找。这是石阶。可是我老了，我需要你的帮助。给我指出坟墓的位置。你必须帮我死在你的墓前。

鬼魂 你没有资格找到我的坟墓。

程婴 是的——我没有资格得到任何东西。这是非分之想。我知道很久以前亏待了你，事实上，我已经记不得为了什么。我感到一定有个理由。我感到当时别无选择。但是我再也不能告诉你为什么。我老了，请你帮我。

鬼魂　你就站在我的坟墓上。石头上三条短短的刮痕,是人们掘墓时留下的。除此之外,什么都没有了。

程婴　可怜的孩子,我的宝贝,把你冰凉的手放到我怀里,教我该怎么握刀。我不是没有勇气,但我怀疑我的力气。帮我。

鬼魂　霜刃映着月光。把刀放在这儿,这根肋骨下面。如果你真的爱我,从你心头流出的鲜血,我能尝到你的爱。

程婴　握着我的手。帮我对准。

鬼魂　去吧。

【鬼魂尝了尝程婴心头的鲜血。】

你爱我,你一直都爱我。从现在起,你永远都属于我了。

【完。】①

老故事,新结局,一个令人无法释怀的新结局,一个令人无法不深思遐想的新结局。

程婴恨过他儿子吗?确实没有。"没有父亲会恨一个还在襁褓中的儿子。为什么我要恨我的儿子?"这是大白话,也是真话。那么,程婴爱他儿子吗?程婴无疑是爱他儿子的,② 这一点最终也获得了已沦为鬼魂的他儿子的认同:"你爱我,你一直都爱我。"令程婴无奈的是,他还有人要爱,那便是他的主人:赵朔、公主和赵氏孤儿。赵朔和公主不在了,他就要加倍地爱赵氏孤儿。因为爱这些大大小小的主人,是他义不容辞的责任,这是礼法所规定的。多少年来它几乎已经成为历朝历代门客们的集体无意识。

爱主人与爱儿子可以兼顾吗?在正常情况下确实可以,在某

---

① 詹姆斯·芬顿:《赵氏孤儿》,陈恬译,《戏剧与影视评论》,总第 001 期,第 119—120 页。

② 程婴:"自从我的孩子死后,死亡对我来说只是解脱。"(詹姆斯·芬顿:《赵氏孤儿》,陈恬译,《戏剧与影视评论》,总第 001 期,第 107 页)

些特殊情况下也许不可以。于是程婴必须做出选择。在这两种行为之间,程婴选择了爱主人。从根本上说,这不是他的选择,而是文化的选择,是礼法替他做出的选择,是儒家伦理替他做出的选择。从这点来看,程婴还真是恩格斯所谓的"典型环境中的典型人物"。① 在他的身上凝聚着恩格斯所谓的"意识到的历史内容",② 在他的身上凝聚着马克思所谓的以"艺术方式加工过的……社会形式"。③

在《赵氏孤儿》的规定情境下,爱主人与爱儿子这两种行为之间的选择实质上也就是义薄云天的门客与慈父这两种身份之间的选择。程婴选择了爱主人,也就是说他选择了义薄云天的门客而非慈父。这意味着他放弃了做一个父亲应该承担的义务,连一个普通父亲都做不了,更遑论慈父;反过来说,假如他选择慈父,他仍不失为一个门客甚至出色的门客。做出色的门客并非都要以自己儿子的生命为代价的。在《赵氏孤儿》第一折中,程婴已经抱着暗藏赵氏孤儿的药箱闯过了韩厥将军把守的公主府门,用戏本中的话来说,那便是"脱却天罗地网灾"。在极无把握的情况下冒着生命危险带着赵氏孤儿闯关,按理说,程婴已经是出色的门客了。问题的关键是,程婴要确保赵氏孤儿万无一失,于是他在不经意间成了义薄云天的门客。

在纪君祥为程婴设置的道德困境中,做慈父可以兼顾做出色的门客,做义薄云天的门客却连一个普通父亲都做不了。显然后者比前者更不易,但程婴偏偏选择了后者。当然,纪君祥为程婴设

---

① 恩格斯:《致玛·哈克奈斯》,《马克思恩格斯选集》第4卷,人民出版社,1972年,第462页。
② 恩格斯:《致斐·拉萨尔》,《马克思恩格斯选集》第4卷,人民出版社,1972年,第343页。
③ 马克思:《〈政治经济学批判〉导言》,《马克思恩格斯选集》第2卷,人民出版社,1972年,第113页。

置了道德困境,也为他设置了摆脱如是道德困境的行为。他这样做的初衷无非为了彰显程婴的义薄云天,进而彰显儒家核心价值观的千古光芒。然而,如是设置在不经意间也暴露了儒家核心价值观的致命伤。如前所引,鲁迅从"仁义道德"这几个字的字缝里看出"吃人"这两个字来。实际上,"仁义道德"不仅吃了程婴的儿子,而且还吃了程婴本人。

一个人固然可以没有先进的道德意识(在元代要拥有今人认同的先进道德意识恐怕是强古人所难),但一个父亲却很难没有做父亲的道德直觉。程婴何尝不知道自己"亏待"了自己的儿子,"背叛"了自己的儿子,"伤害"了自己的儿子,他只是一开始不愿意承认罢了。在不愿意承认的背后,是历朝历代门客们集体无意识的强大力量,这种集体无意识强大到足以能够把一个门客的意识逼入其精神世界深邃的底层。

无意识逼迫意识进入它预定的层面是通过选择性遗忘这一心理机制来实现的。① "现在我已经老了,可能开始忘事了。但我不记得曾经恨过我的儿子。如果恨过我的儿子,我应该会记得。我应该会问自己,我是什么怪物,竟然恨自己的儿子?"程婴45岁(芬顿版《赵氏孤儿》对其当时年龄的设定)的时候,程婴送自己儿子走上断头路的时候就不记事了吗?程婴想死在他儿子墓前这一举动表明,他已经"恢复"了记忆,但他依然选择了不承认,这实在是习惯使然。在其儿子鬼魂的反复纠缠下,他开始忏悔:"我没有资格得到任何东西。这是非分之想。我知道很久以前亏待了你……"但接着又说:"事实上,我已经记不得为了什么。我感到一定有个理由。我感到当时别无选择。但是我再也不能告诉你为什么。"耐

---

① 布鲁姆:"据弗洛伊德之见,逃避隐含着压抑,是无意识的却是有目的的遗忘。"(哈罗德·布鲁姆:《西方正典》,译林出版社,2005年,第12页)

人寻味,于此为甚。明明当时有选择,却"感到当时别无选择",这是集体无意识的力量;明明"感到一定有个理由",却"记不得为了什么",却"再也不能告诉你为什么",这同样是集体无意识的力量。程婴就是这样被"仁义道德"吃掉的!

在《赵氏孤儿》问世以来的400多年间,海内外至少有过数十个改编本,但几乎没有剧作家替程婴之子说过话,完全没有剧作家让程婴之子开口说过话。他成了一个无名的人物、缄默的人物、工具式的人物。并非程婴一人"亏待"了他,"背叛"了他,"伤害"了他,我们所有人都"亏待""背叛"和"伤害"了他!今天芬顿终于让他在舞台上发出了自己的声音。在芬顿版《赵氏孤儿》中,公孙杵臼称程婴舍子救孤之举为"崇高的牺牲",程婴之子的鬼魂恰恰对这"崇高的牺牲"提出了强烈的质疑。他质疑的过程实质上也就是芬顿颠覆《赵氏孤儿》核心理念,重构其价值观的过程。根据笔者的阅读或观赏经验,在所有改编自《赵氏孤儿》的艺术作品之结局中,芬顿版《赵氏孤儿》的结局最为出色,它以具有细节美感的生动对白喊出了正义的声音。这声音音量很小,却有着穿透人心的魅力。

如果可以将芬顿采用的方法称为"附加情节式",那么,伏尔泰采用的方法则无疑是"模仿情节式"。参照《赵氏孤儿》中程婴舍子救孤这一核心情节,伏尔泰创造了《中国孤儿》的核心情节:一个中国大臣臧惕为了中国皇帝最小的儿子不被杀害而打算牺牲自己儿子的生命。何其相似乃尔!大异其趣的是,程婴打算牺牲自己儿子生命这一动作并没有遭遇任何反动作,结果是他顺利地完成了"使命",但臧惕打算牺牲自己儿子生命这一动作却遭遇了强烈的反动作,并因此形成了强烈的戏剧冲突,结果是他只能放弃这一动作。正是来自臧惕之妻伊达美的反动作将《赵氏孤儿》中西方现代正义观念与儒家义的观念在程婴之子生命权问题上的,为中国古代主流意识形态所遮蔽了的冲突彰显了出来。

在《中国孤儿》第二幕中,臧惕对伊达美说,"你未有母子之情,已先有君臣之义。……君臣义重父恩轻;我应该牺牲一切,临危时忠君报国。这孩子是我生的,比皇子又算什么。"① 这番话与前引程婴所说的"他的性命也要舍哩,量他那孩儿,打甚么不紧"简直如出一辙。人的生命价值是由其身份估定的,身份的高低决定了生命价值的高低;为了保住身份高的人之生命,就应该牺牲身份低的人之生命。这是被"礼"规范过的"义"所衍生的逻辑。偏偏伊达美不买这个账,她如是回应臧惕:

> 不,我不懂那一套骇人的忠肝义胆。……人家不要你的儿,你偏要双手奉上……你向他发给过誓吗,要杀你的亲生子?唉!有什么贵和贱,又有什么主和臣,都不过一点虚荣定了一时的名分;天生来大家平等,倒了运大家相同。每个人都只负担自己的一份伤痛……②

我们特别应该注意"有什么贵和贱"和"天生来大家平等",这些话本身就是西方现代正义观念直白的表述。

在同一幕中,臧惕还对伊达美说:"我只怕有亏天职。……你毁罢,我的誓言,毁罢,我们的纲纪,断送你的亲夫罢,和你的君王后裔。"不料伊达美竟这样回应:

> 君王么?呸!告诉你,他们根本就无权:凭什么把活儿子拿给死鬼作贡献?呸!什么臣呀妾呀,我们看这套名分哪抵得上父和夫两个名称的神圣!父子之亲夫妇情,这才是根

---

① 伏尔泰:《中国孤儿》,范希衡译,纪君祥等:《赵氏孤儿》,上海古籍出版社,2010年,第131页。
② 伏尔泰:《中国孤儿》,范希衡译,纪君祥等:《赵氏孤儿》,上海古籍出版社,2010年,第131—132页。

本纲纪。才是整个民族的天然义务和维系。这纲纪是神授的,其余的都是人为。……本来,从鞑子手里我们该救那孤儿;但是救孤儿不要把亲生儿断送掉;只要不把我儿命拿去替下他的命,我自要奔去救他,绝不是漠不关情;我怜惜他,但是你也要怜惜你自己,怜惜那无辜的儿,怜惜这爱你的妻。①

三纲之中最根本的是"君为臣纲"。但伊达美却从根本上否定了它,说它"是人为的"而不"是神授的",不"是整个民族的天然义务"。这番话说得何等酣畅淋漓!

在第四幕中,臧惕对伊达美说:"我的唯一的责任就是把幼君救起:要为他牺牲一切,精力、身家和性命,一直到儿子,因为,他生下来就是臣民。"伊达美的回应更加凛然:"你那副铁石心肠,一天连作两个恶:逆天性杀子全忠,反爱情休妻救国。"② 程婴舍子救孤,不少人中国人称之为"义薄云天",臧惕打算舍子救孤,伏尔泰却称之为"作恶",这对比委实太鲜明!为了映衬某些儒家伦理的荒谬性,伏尔泰甚至不惜在第五幕中借伊达美之口美化日本:"我们该效法邻邦那种刚毅的作风:他们都是高亢的,坚持着天赋人权,他们生要有自由,死要凭他们自愿。"③ 在汉蒙对抗的 13 世纪,即使晚至伏尔泰生活的 18 世纪,日本哪里有"天赋人权"的观念,这完全是伏尔泰臆想的结果。

要之,芬顿版《赵氏孤儿》通过增设新结局质疑了程婴舍子救孤的正当性,而《中国孤儿》则通过增设反动作阻断了臧惕舍子救

---

① 伏尔泰:《中国孤儿》,范希衡译,纪君祥等:《赵氏孤儿》,上海古籍出版社,2010 年,第 133—134 页。
② 伏尔泰:《中国孤儿》,范希衡译,纪君祥等:《赵氏孤儿》,上海古籍出版社,2010 年,第 168 页。
③ 伏尔泰:《中国孤儿》,范希衡译,纪君祥等:《赵氏孤儿》,上海古籍出版社,2010 年,第 180 页。

孤的行为。它们皆以新增戏剧冲突而重构了《赵氏孤儿》核心情节,从而颠覆了其以"礼"为内核,以"义"为标识的核心价值观。有必要指出的是,由于伏尔泰有意或无意的误导,在不少中国学者心目中,《中国孤儿》是一部称颂中国古代文化,赞美儒家伦理的剧作。这实在是天大的误会!这一误会源自意图谬误(Intentional Fallacy),即过分依赖伏尔泰声称的"作者意图"来判定《中国孤儿》的"作品意图"。

三、伏尔泰和芬顿以怎样的观念重构《赵氏孤儿》核心价值观?

"正义"与"义"皆旨在确立合理分配权利和义务之标准,但它们毕竟是中西民族不同文化的产物,因而它们既同又异。就讨论《赵氏孤儿》而言,它们的绝大多数异同皆无关宏旨,姑且略而不论;倒是有一种异同至关重要,故需仔细分辨。台湾"中央研究院"历史研究所研究员陈弱水《说"义"三则》说:"与中国古代的'义'明显不同的是,*dikē* 所代表的核心价值是平等。①……以'平等'为 *dikē* 内涵的思想,在 *dikē* 正式成为哲学议题前就已出现,到亚里士多德将其作了清楚而有系统的发挥,这个取向,往后成为西方正义观念的基石。中国古典的'义',重点在维护既有的阶层秩序,古希腊也非绝无仅有,柏拉图的思想就有此倾向,但在希腊是异数。"② 对于西方古典正义观念与中国古代义的观念在核心价值内涵上的差异,这番话中不少立论失之偏颇,其中主要的是它过高评价了亚里士多德及此后近两千年的西方正义观念。

---

① *dikē* 是拉丁化希腊词,意即 justice(正义)。
② 陈弱水:《公共意识与中国文化》,新星出版社,2006 年,第 185 页。

就浓厚等级色彩而言,亚里士多德的正义学说也不遑多让,然极具迷惑性的是,他陈述过不少关于平等的主张,这与柏拉图形成了鲜明对照。在西方正义思想史上,平等成为正义的另一要素,与亚里士多德的倡导有莫大关系,兹事甚大,厥功甚伟。但我们一定不要因此而误读他,他所谓的平等绝对不是今天意义上的平等而是特定条件下的平等,即有着浓厚等级色彩的"平等"。

亚里士多德是奴隶制度的坚定维护者。他不仅视奴隶为"财产""工具""用品"和"他人的所有物",认为不应该赋予其公民所享有的一切权利,而且还竭力为奴隶制度辩护。在他看来,出于"不具备自由意志"等原因,有些人"自然而为奴隶"或"天然是奴隶",因而奴隶制度是"合法的制度"或"有益而合乎正义"的制度。① "自由人"是与"奴隶"相对的概念,自由人是否都应该是公民,是否都应该被赋予公民所享有的一切权利?如果同为公民,总应该有同等的政治权利吧?亚里士多德给出的答案全都是否定的。既要主张平等,又强调把人分成三六九等,这其中的矛盾又该如何消弭呢?为自圆其说他自有一套关于平等的哲学观:"公正被认为是,而且事实上也是平等,但并非是对所有人而言,而是对于彼此平等的人而言;不平等被认为是,而且事实上也是公正的,不过也不是对所有人而是对彼此不平等的人而言。"②

由此可见,始于古希腊的古典正义观念和源自先秦的儒家义的观念之共同缺陷是缺乏"平等"这一要素。关键在于中西这两种观念往后的命运。义的观念发展史可谓源远而不流长,到了汉代几乎停滞不前了,③ 这就使其原本存在着的缺陷和错误没有机会

---

① 亚里士多德:《政治学》,吴寿彭译,商务印书馆,1965 年,第 5、12—19 页。
② 亚里士多德:《政治学》,颜一等译,中国人民大学出版社,2003 年,第 87 页。人大版译为"公正"处,商务版大多译为"正义"。
③ 陈弱水:《公共意识与中国文化》,新星出版社,2006 年,第 186 页。

得到弥补或修正。但正义观念却一直在发展,并于17和18世纪由古典正义观念进化为现代正义观念。若无如是质变,伏尔泰和芬顿也不可能成功地重构《赵氏孤儿》的核心价值观。

得所当得和平等(一视同仁)是现代意义上正义的两大要素,① 然而,在古希腊及此后1800多年中,平等这一要素是薄弱的、残缺的甚至阙如的。因此西方正义观念的发展主要体现于补足自身这一缺陷,为何平等必须成为正义的一个要素?因为没有平等,正义就不可能真正具有客观规定性,因而也就不可能真正具有善的价值。得所当得在一定程度上具有主观性。何为应当,何为不应当,这很难说得清楚。即使用"善"来定位它,它的客观规定性依然是不充分的,因为"善"同样在一定程度上具有主观性。在《赵氏孤儿》中,程婴舍子救孤体现了得所当得了吗,体现了善了吗?为了让得所当得在最大程度上具有客观规定性,就不得不引入"平等"。

西方正义观念最终之所以能补足自身这一缺陷,主要因为基督教文化而非亚里士多德的学说。基督教在其发端时基本上是穷人等弱势群体的宗教。在最初的一百多年间,"基督教会几乎全部由贫苦阶层组成,绝大多数基督徒都是农民、匠人、妇女、儿童、乞丐、奴隶"。② 正因为如此,基督教的正义内含极其鲜明的平等意识。《使徒行传》记彼特语曰:"现在我确实知道,上帝对所有的人都平等看待。只要是敬畏他,行为正直的人,无论属哪一种族,他都喜欢。"③ 基督教如此这般的宗教正义对西方社会产生了难以

---

① 得所当得(每个人皆获得他应获得的东西)的确切涵义是每个人皆享有正当权利,承担应尽义务。
② 王晓朝:《中译本导言》,德尔图良:《护教篇》,上海三联书店,2007年,导言第iii页。
③《新约全书》,《圣经》(现代中文译本),联合圣经公会,1979年,第259页。

估量的深刻影响。勒鲁说:耶稣"期待着平等的实现",他"是西方的菩萨,是社会等级的摧毁人。十八个世纪后苏醒了的世界对他作出反响,把他尊为最崇高的革命者,法兰西革命承认他为革命的准则和源泉"。① 基督教文化是我们认识西方平等观念乃至正义观念时应充分关注的一个背景。

为何 17 和 18 世纪的西方人——如勒鲁所说——更加重视基督教伦理中的平等观念?此乃时势使然。始于 16 世纪的资本主义生产方式,尤其是始于 18 世纪 30 年代的工业革命极大地提高了社会生产力,从而促使了生产关系和经济基础的变革,继而又促使了包括意识形态在内的上层建筑的变革。因此资产阶级平等观念既是资本主义商品生产关系在思想上的反映,也是为了牢固建立如是生产关系而汲取基督教人文主义传统的思想成果。正是在社会和宗教双重因素的推动下,随着资产阶级登上历史舞台,平等观念才真正融入了正义观念。

17 世纪末至 18 世纪末是西方确立平等观念,尤其是权利平等观念,进而确立现代正义观念的关键的一百年。在这一百年中,与基督教精神有着不解之缘的西方两种思想资源,即以洛克《政府论》下篇(1690)、卢梭《社会契约论》(1762)为代表的欧洲政治哲学著作和以《弗吉尼亚权利宣言》(1776)、《独立宣言》(1776)为代表的美洲政治宣言都在大力宣扬平等观念,它们最终汇合于法国大革命以及《人权与公民权利宣言》。"法国革命把政治归结为这三个神圣的词:自由、平等、博爱。我们先辈的这个格言不仅写在我们的纪念性建筑物、钱币和旗帜上,而且铭刻在他们的心中,他们把它看作神的意旨。"② 经过法国大革命,平等的观念深入人

---

① 皮埃尔·勒鲁:《论平等》,王允道译,商务印书馆,1988 年,第 130 页。这一引文的着重号为原作者所添加。
② 皮埃尔·勒鲁:《论平等》,王允道译,商务印书馆,1988 年,第 12 页。

心。于是,"平等"才真正地成为正义的另一要素,这标志着现代正义学说的成熟。

自此而往,西方现代意义上的"正义"和儒家的"义"成了两个有着天渊之别的范畴:前者即受到"善"和"平等"(一视同仁)双重规范的"得所当得";而后者则是受到"仁"(近乎"善")和"礼"(差等)双重规范的"宜"。伏尔泰和芬顿用以重构《赵氏孤儿》之核心价值观的思想武器正是现代正义观念。在上述时代背景下来看首演于1755年的《中国孤儿》,那么我们可以说,伏尔泰主要是以一部戏剧作品参与了西方政治和伦理思想的这一大变革。陈乐民先生在《欧洲文明十五讲》中说:《中国孤儿》"不过是伏尔泰的一个游戏之作,并不是真正反映他思想的东西。"① 如是判断是笔者万万不敢苟同的。

若从现代正义观念的角度看,舍子救孤这一核心情节极其可疑。赵氏孤儿的生命是生命,难道程婴之子的生命就不是生命了吗?既然权利平等,那么他们的生命应该同样宝贵,又为何要厚此而薄彼?也许有人说程婴若不舍子,那么当时晋国内所有的婴孩都将遭屠岸贾之毒手。程婴舍子是为了救孤还是救所有婴孩?《赵氏孤儿》可是说得明明白白的。就算救所有的婴孩,程婴就有权力牺牲自己儿子的生命吗?答案若是肯定的,这答案的背后难道不是功利主义正义观在作怪?在笔者看来,这些理由都是一些精致的借口,都是不能成立的。退一万步来说,即使这些理由都能成立,都与高尚的目标相联系。我们也应该明白,再高尚的目标之实现也不能在一个无辜之人不知情的情况下以牺牲他的生命为代价。

按照现代正义观念,人来到这个世界,就有着天赋人权,其中

---

① 陈乐民:《欧洲文明十五讲》,北京大学出版社,2004年,第145页。

最重要的是生命权,这是神圣而不可侵犯的权利。也就是说,任何人在没有正当而又充分理由的情况下都不可以剥夺它。然而,程婴为了挽救赵氏孤儿免遭杀害,却煞费苦心地将自己的儿子送入虎口。程婴的理由是正当而又充分的吗?程婴的行为是正义的吗?程婴之子如果在知情的情况下甘愿做出这样的牺牲,我们自然无话可说。但实际情况是,程婴之子不是牺牲,而是被牺牲。康德《道德形上学探本》强调:"人……自身是个目的,并不是只供这个或那个意志任意利用的工具。"程婴之子被牺牲,这意味着程婴"把他只当做工具",而他"也只有工具所有的相对价值"。①

程婴有什么权力为其儿子的生命做主?现代正义观念给出的答案是否定的。卢梭《社会契约论》指出:"即使每个人可以转让他自己,但他不能转让他的孩子。孩子们生来也是人,并且是自由的;他们的自由属于他们,除他们本人以外,谁也无权处置。在他们达到有理智的年龄以前,他们的父亲为了他们的生存和增进他们的幸福,是可以代表他们订一些条约的,但绝对不可以不可挽回地和无条件地把他们奉送给别人。因为这样一种奉送是同大自然的意愿相违背的,而且超出了做父亲的权利。"② 类似的观点卢梭在更早出版的《论人与人之间不平等的起因和基础》中也阐述过。③

作为一个人,程婴之子有着与生俱来的生命权,容不得包括程婴在内的任何人任意处置甚至剥夺。如果愿意,程婴尽可以牺牲他自己的权利,但他没有权力牺牲他儿子生命权这一最重要的基

---

① 康德:《道德形上学探本》,唐钺译,商务印书馆,2012年,第45—46页。这一引文的着重号为原作者所添加。
② 卢梭:《社会契约论》,李平沤译,商务印书馆,2011年,第11—12页。
③ 卢梭:《论人与人之间不平等的起因和基础》,李平沤译,商务印书馆,2007版,第108—109页。

本权利。尽管程婴之子还在襁褓之中,但他已经是一个享有人权的人了,不得到他的同意,谁都无权牺牲他的人权。程婴牺牲其儿子的生命——从实质上说——也即侵犯其儿子的生命权。对于"存孤弃子老程婴"的这一行为,我们固然应该从历史的眼光来看,固然应该有"同情之理解",然而,引发我们深刻反思无疑是十分必要的。

《清风亭》中雷殛之文化阐释

说《清风亭》为清花部之代表性作品殆无疑义。清代经学家焦循(1763—1820)在其《花部农谭》(1819)中说:

> 余忆幼时随先子观村剧,前一日演《双珠》《天打》,观者视之漠然。明日演《清风亭》,其始无不切齿,既而无不大快。铙鼓既歇,相视肃然,罔有戏色;归而称说,浃旬未已。彼谓花部不及昆腔者,鄙夫之见也。①

焦循竟然可以从观赏一出花部戏的经验中导出花部不必不如昆腔之结论,由此可见《清风亭》之魅力。《清风亭》魅力何在?笔者以为,若单从情节编撰的角度看,它的魅力在于令人"无不切齿"的情节与令人"无不大快"的情节之完美结合。这实际上也是包括《赵氏孤儿》和《窦娥冤》在内的大多数中国式经典悲剧的共同魅力。

在《清风亭》中,令人"无不切齿"的是一对最善良的养父母张元秀夫妇遭受最无情的打击;令人"无不大快"的是一个最卑劣的养子张继保(或张继宝)遭受最严厉的惩罚。他究竟遭受了什么样的惩罚?雷殛!雷殛无疑是《清风亭》最重要的情节之一,故《清风亭》有《天雷报》或《雷殛张继保》之别名。多年来,笔者对《清风亭》等中国古代戏曲和小说中的雷殛这一情节始终抱有浓厚兴趣,故时常自问自答。本文书写的便是笔者在这自问自答过程中的若干心得。

---

① 《中国历代文论选》第3册,郭绍虞主编,上海古籍出版社,1980年,第573页。

一、遭雷殛之人何以双膝跪地

《清风亭》中有一个细节非常值得玩味：张继保遭雷殛之时双膝跪地。《花部农谭》复述《清风亭》剧情云："乃作天雷雨状，而此坊甲者冒雨至亭下，见有披发跪者，乃雷殛死人也。视之，则前之贵官，右手持钱二百，左手持血书。坊甲乃大声数其罪而责之。"① 马连良藏本《天雷报》写道："四云童、雷、电先上。张继保拿二百钱及血书上，跪介。起鼓，殛张。张托钱及血书跪僵死介。"② 这两则材料表明，从清嘉庆至民国这一百年左右的时间里，《清风亭》的演出中始终有着张继保遭雷殛时双膝跪地这一细节。

同样的细节一而再，再而三地出现于有恶人遭雷殛之情节的古代戏曲和小说中。如清俞蛟《雷击逆妇记》（《梦厂杂著》）讲述了两个故事，在其中之一的结尾处作者写道："……而女诟詈声犹与雷声相间杂也。忽然趋跪阶下，一声而毙，珠翠罗绮淋漓雨中。"再如在清纪昀《雷击毒母者》（《阅微草堂笔记》）的开始处作者写道："……河间西门外桥上雷震一人死，端跪不仆……"又如清许奉恩《雷击邵伯民》（《里乘》）的结局为："忽霹雳一声，天顿晴霁。……有二人跽墓侧……至是，仲与妪被击……"这里的"跽"即"双膝着地，上身挺直"。明陆人龙《八两银杀二命 一声雷诛七凶》（《型世言》）也是以雷殛作结的："……一会子天崩地裂，一方儿雾起天昏，却是一个霹雳过处，只见有死在田中的，有死在路上的，跪的，伏的，有的焦头黑脸，有的遍体乌黑。"

何止遭雷殛之人，受其他阴谴冥罚之人偶尔亦如此。长白浩

---

① 《中国历代文论选》第 3 册，郭绍虞主编，上海古籍出版社，1980 年，第 573 页。
② 《京剧汇编》第 9 集，北京市戏曲编导委员会编辑，北京出版社，1957 年，第 123 页。

歌之《庞眉叟》(《萤窗异草》)结尾处写二冤魂获准于阎王,尔后向当年导致他们自尽的卢某索命。"已而询其死状,则长跪中庭,宛如向人乞命者,且口鼻有血痕,及殁而膝犹未伸,筋骸拘挛,遂拳曲而纳于椁。"这最后一笔尤其令人发矂:连睡在棺材里腿都伸不直,仍要保持跪的姿态。是鬼魂怨之毒,还是卢某悔之深?双膝跪地遭雷殛而亡很容易让人联想起古代法场上最经典的一幕:待决犯跪于前,刽子手立于后。难道遭雷殛之人犯的都是死罪?除了表明遭雷殛之人是否该死之外,双膝跪地还有什么别的寓意?

二、遭雷殛之人所犯何罪

在中国古代戏曲和小说中,遭雷殛之人犯的大多为命案,他们都直接或间接地导致了受害人的死亡。上文提及的《八两银杀二命 一声雷诛七凶》讲述了七个恶人为泄愤和谋财,不仅杀死两个无辜之人,而且还嫁祸于另两个无辜之人。如前所引,这七个恶人最终皆为一个霹雳击死。清袁枚《雷诛营卒》(《子不语》)说的是乾隆三年二月"雷震死一营卒"。二十年前浙江余杭皋亭山下,此人逼奸一尼姑未遂,继而引发一系列连锁反应,最终导致三口之家两人自缢,一人被杖毙。清宋永岳《雷击》(《志异续编》)说的是乾隆五十六年五月发生于江苏无锡的事。一贫苦人家已断炊两天,好不容易借到一点钱,于是年逾六旬的祖母和约十岁的孙儿在塘口镇买了一斗米。谁不料在返家途中竟为一盗贼抢走。在追赶盗贼过程中,孙儿溺死于一小港中。祖母"见孙不起,呼天大哭。俄阴云四合,霹雳一声,将负米者提至水侧击死……"上文提及的《雷击邵伯民》亦如是。江苏邵伯有兄弟两家分炊而同居。兄病重濒死时,恳请弟照顾有娠的嫂子和将出生的孩子。为谋家产,弟以一百金贿赂接生妪,曰:"女也则已,男也则为计戕之。"后嫂产一男儿,接生妪以针纳此小儿脐中,致使其夭亡。

小说然,戏曲亦然。明沈嵊传奇《绾春园》有两条线索:主线为元末杨珏与崔倩云、阮茜筠之间的错合姻缘,次线为元末威远伯阮翀与丞相伯颜之间的不和。伯颜在元帝前诬告阮翀与苗寇勾结,谋为内应,致使阮氏满门被戮,惟阮翀远贬广东香山,阮茜筠侥幸逃脱灭门之灾。后朝中情势大变,一些忠直朝臣为阮翀力辨冤屈,元帝命将伯颜流放河南。行至中途,伯颜以及助其为恶的纳速剌为雷所殛而死。

在《清风亭》中,张继宝同样也间接地导致了其养父母张元秀夫妇自尽。其间经过我们仍以《花部农谭》中的复述表之:"张自此子出逃,其妇日诟,以思儿得疾,不复能磨豆。张日扶其病妇至清风亭望此儿归。盖年皆七十许矣。久之,愈衰老,困苦行乞,而食暇则仍延颈于清风亭。一日,传有贵官至,将憩于亭。坊甲洒扫见二老人,因曰:'吾昨见此官,殊与翁媪之逃子面相似,明日官憩此,翁媪其潜于近处,吾验视诚然,来为翁媪告也。'二老人喜甚。明日,坊甲验视不错,乃欣然招二老人,二老人欣然至,入亭视之,良是。往呼儿,其子怒曰'是何乞儿,妄谬至此。'翁媪乃历述十余年养育事,仍不动。惟曰:持据来!据则已窃去,固无有也。于是二老人乃蒲伏叩头曰:'公贵人,我小民岂敢以抚育微劳冒认父子;但十数年相依,姑作一家仆乳婢,携我两人,生食之,死棺之,免饿毙于路,他无敢望矣。'其侍从奴仆感动,跪代为乞。此子曰:'此两乞丐,得二百钱足矣。'乃以钱二百给之,扔于亭外。媪让翁曰:'儿恨尔,尔素督责其读书过切,我则保持之,虽长,未尝一日离诸怀也。尔姑退,我独求之,伊当怜念我。'媪复入,此子怒骂益甚,媪大哭,以钱击其面,触亭而死。翁见媪久不返,往视,见媪死,亦大恸,以首触地死。此子转诃斥坊甲勾引,坊甲亦强项不服,此子竟携骀从去。"①

《太平经》曰:"天地之性,万二千物,人命最重。"② 美国《独立宣言》强调:"人人生而平等,造物主赋予他们若干不可剥夺的权利,其中包括生命权、自由权和追求幸福的权利。"③ 这些中外经典文献告诉我们,生命权是人最重要的基本权利。既然如此,那么非法(或合乎恶法)地剥夺他人生命也即人世间最大的恶。以此观之,在一个法制不健全却动辄使用重典的年代里,直接或间接导致他人死亡(即使未遂)被戏曲和小说创作者视为死罪应该是不难理解的。

三、雷殛前张继宝养父母何以自尽

要回答节标题所示问题,我们首先应该知道,张元秀夫妇为何要收养张继保。《孟子》记孟子语曰:"所以谓人皆有不忍人之心者,今人乍见孺子将入于井,皆有怵惕恻隐之心——非所以内交于孺子之父母也,非所以要誉于乡党朋友也,非恶其声而然也。"④ 在自元宵花灯大会返家途中,张元秀夫妇捡到了一个弃婴(张继保),于是便收留了他。我们完全可以推测说,张元秀夫妇收养张继保是因为动了恻隐之心。其实,这至少不是张元秀夫妇收养张继保的主要动机。遇上弃婴之前,张元秀唱道:"年老无儿苦难忍,奔波自顾口和身。"⑤ 遇上弃婴之时,张元秀对妻子贺氏说道:"恭

---

① 《中国历代文论选》第3册,郭绍虞主编,上海古籍出版社,1980年,第572—573页。
② 《太平经》上册,杨寄林译注,中华书局,2013年,第132页。
③ 《美国建国时期政法文献选编》,柯岚等编译,清华大学出版社,2016年,第370页。
④ 焦循:《孟子正义》,中华书局,1987年,第233页。
⑤ 马连良藏本《青风亭》,《京剧汇编》第9集,北京市戏曲编导委员会编辑,北京出版社,1957年,第85页。马连良藏本《青风亭》和马连良藏本《天雷报》为两个前后承接的京剧剧本,也即今之京剧《清风亭》或《天雷报》剧本的前半部分和后半部分。

喜妈妈,贺喜妈妈!……想这婴孩,定是家贫无力抚养,抛在此处。你我将他抱回,抚养成人,日后你我二老,暮年有靠。"① 十三年后,张元秀夫妇依然为当年的收养之举而庆幸。张元秀唱道:"我二老年古稀无后实惨,周梁桥拾一子接传香烟。"② 贺氏唱道:"有子无钱也高兴。"张元秀接唱道:"无钱有子不为贫。"③ 由此可见,皆已年届六旬的张元秀夫妇收养张继保的主要动机是希望"暮年有靠",是希望将来有人为他们养老送终。

然而,这样的愿景最终化为了泡影。张继保十三岁那年,被其亲生母亲周桂英领走,赴京投奔他做官的父亲去了。周桂英认领张继保时,张元秀唱道:"你今一家同欢庆,辜负我恩养一片心。你今成人归她去,(哎呀,儿呀!)哭得为父血泪淋。"④ 在张继保走后的三年左右时间里,张元秀夫妇朝夕盼望,始终不见归来,他们渐为老病所缠,沦为乞丐。张元秀唱道:"老来无后有谁怜……举目无亲无所靠。"贺氏唱道:"恩养一子去不还……只落得乞讨宿庙庵。"⑤ 十六岁时,张继保状元及第,随即奉旨归乡祭祖,张继保亲生父母特意叮嘱张继保接回二老以报抚养之恩,然而,当张继保与张元秀夫妇在清风亭相遇时,非但不肯相认,而且还斥责养父母冒认朝官。于是张元秀说道:"我二老纵然沾你一点余光,也是夕阳西下,瞬息而已。就是打你几下,为你成人长大,使我二老终身有靠。谁想你今日荣归,一概不认……"⑥ 最后,张元秀夫妇只得哀求张继保把他们"当作老家人收留在身旁",然张继保却只打算以

---

① 马连良藏本《青风亭》,《京剧汇编》第9集,北京出版社,1957年,第87页。
② 马连良藏本《青风亭》,《京剧汇编》第9集,北京出版社,1957年,第89页。
③ 周信芳演出本《清风亭》,《周信芳演出剧本选集》,中国戏剧家协会编,中国戏剧出版社,1960年,第189页。
④ 马连良藏本《青风亭》,《京剧汇编》第9集,北京出版社,1957年,第99页。
⑤ 马连良藏本《天雷报》,《京剧汇编》第9集,北京出版社,1957年,第113页。
⑥ 马连良藏本《天雷报》,《京剧汇编》第9集,北京出版社,1957年,第118页。

二百钱打发二老了事。三年间数次打击,一次比一次严酷。这最后一次打击彻底地扑灭了张元秀夫妇心中的希望之火。

张元秀夫妇为何要自尽呢?张元秀自尽前痛斥张继保:"张继保,小畜生!你母为你撞死亭上,你还坐在上面祥祥不眹,我与你永诀了罢。哎呀列位呀!有子不怕手无钱,有钱无子苦难言。我今无钱又有子,恩养一子接香烟。身荣不把爹娘报,双双逼死在亭前。奉劝世人莫继子,哎呀列位呀,这报恩只得二百钱。我今遇此不孝子。呀呀呸!不孝名儿万古传。张继保!为父多谢你了。哎呀妻呀!你的阴魂休散,我赶你来也!苍天呀,苍天!这是我无儿子的下场哇……(磕头介)气死我也!"①

"气死我也"或"气煞我也"不止一次地出现在自尽前张元秀的台词中。难道是二老一时气愤不过或被气糊涂了才寻此短见,难道他们的自尽是即兴式的情绪冲动式的举动?笔者以为,他们的自尽是平时深思熟虑的必然结果。对于丧失了谋生能力而只能以行乞苟存的七十六岁的老人来说,可谓天天命悬一线。唯一能够支撑他们活下去的是对张继保归来的期望,但恰恰是张继保归来后的无情无义让二老看到了自己的"下场",借用荀子的话来说,那便是"不免于冻饿,操瓢囊为沟壑中瘠者也"。为沟壑中瘠者的"下场"与自杀的"下场"又有何异?正是情绪冲动背后的这种理性权衡彻底轰垮了他们活下去的仅存的理由和心理支撑,从而给了他们以致命的一击。

四、忤逆然不犯命案何以也遭雷殛

如果张元秀夫妇没有自尽,张继保还该不该遭雷殛?答案是

---

① 马连良藏本《天雷报》,《京剧汇编》第 9 集,北京出版社,1957 年,第 121—122 页。

肯定的。上文提及的《雷击逆妇记》写了两个故事。一个是"郭姓者"之妻的故事,另一个是"李氏妇"的故事。郭"妻颇悍,不孝于姑"。有一次,郭为经商离家三日,郭妻竟然"戏以粪为糟,置肉其中,每餐蒸以食姑"。郭回家后,因此事而"詈其妻,妻反肆诟淬,且语侵其姑"。最终,"霹雳一声","越日而毙"。李氏妇嫁了一个家道极殷的丈夫。她四十岁生日那天,亲邻毕集,馈遗丰隆。其孤寡之母"白头龙钟,鹑衣百结",右手拄杖,左手提着从村外池塘中捕捞上来的一篮虾,也前来祝女儿寿。面对贫穷老母的一番好意,李氏妇却大怒曰:"何物老妪!吾父墓木拱矣,偏汝为阎王所弃,长留世上作乞丐。吾面皮如甲,被汝刮去几十层。"夺其篮掷堂下,虾跳跃满地。母俯首而泣,客人或劝,或叹,或去。女益怒,诟詈不绝声。最终,"轰然震激","一声而毙"。不犯命案竟也遭雷殛,这是为的哪一般?①

在物质生活普遍贫乏,社会保障机制付之阙如的社会中,唯一能确保老年人得到赡养的是家庭保障机制,也即成年的子女供给老年父母,甚至父母的父母生活所需。在如此社会中,遗弃一个丧失了谋生能力的老人无异于杀害他们,而忤逆不孝者就是潜在的遗弃老人者。为了维护最基本的社会秩序,忤逆不孝者为其他社会成员深恶痛绝理所当然。以此观之,即使张元秀夫妇没有自尽,张继保还是该"受"惩罚的。然而,与其他民族的戏剧和小说相比,汉民族的戏曲和小说中的忤逆不孝者往往"遭受"了最严厉的惩罚。这就不是物质生活普遍贫乏而社会保障机制付之阙如这一点所能完全解释的,因为几乎所有的民族都经历过这样的历史阶段。

---

① 明《谢知府旌奖孝子》(《新刊诸司廉明奇判公案》)写了一个妨碍他人行孝之人焦黑遭雷殛的故事。在中国古人看来,此等人与不孝之人同样可恶。诚如小说中知州谢达在申报上司的公文中所言:"焦黑窃银远走,自取震于雷。非纯孝之格天,胡殛诛凶人以显节。"

一个民族的文化根源往往是地缘文化。黄河流域是汉民族的摇篮。何炳棣先生认为,黄河流域尤其华北的黄土有着"特殊物理和化学性能"即"自我加肥的性能",因而汉民族先民早在新石器时代就已经废弃游耕制(砍烧法),并进而"奠定村落定居的农业",最终使"累世生于兹,死于兹,葬于兹"成为可能,使三世同堂、四世同堂甚至五世同堂成为可能。正是在如是基础上,中国逐渐形成了"人类史上最高度发展的家族制度"。① 冯友兰先生强调:"中国的社会制度便是家族制度。传统中国把社会关系归纳成五种,即君臣、父子、兄弟、夫妇、朋友。在这五种社会关系中,三种是家庭关系,另两种不是家庭关系,却也可以看作是家庭关系的延伸。"② 为了维护这种家国同构的社会结构和制度,一种意识形态应运而生,那便是儒家学说。诚如冯友兰所说:"由此发展起中国的家族制度,它的复杂性和组织性是世界少有的。儒家思想在很大程度上便是这种家族制度的理性化。"③

孝道是儒家伦理之核心即礼所衍生的两个支点之一,对于维护中国古代家国同构的社会结构和制度,它所发挥的作用最基本,最直接,也最具辐射性。《孝经》记孔子语云:"夫孝,德之本也,教之所由生也。""夫孝,天之经也,地之义也,民之行也。""人之行,莫大于孝。"④ 孝道被孔子强调到了无以复加的地步。这是因为"孝"字的后面往往还藏着一个"忠"字(礼衍生的另一支点),儒家提倡孝道,在很大程度上旨在以孝劝忠。"夫孝,始于事亲,中于事

---

① 何炳棣:《读史阅世六十年》,广西师范大学出版社,2005年,第409—411、422页。
② 冯友兰:《中国哲学简史》,赵复三译,天津社会科学院出版社,2007年,第20—21页。
③ 冯友兰:《中国哲学简史》,赵复三译,天津社会科学院出版社,2007年,第20页。
④ 《孝经译注》,胡平生译注,中华书局,1996年,第1、12、19页。

君,终于立身。""……故以孝事君则忠。""子曰:'君子之事亲孝,故忠可移于君。'"① 由此可见,孝敬父母以及其他长辈事小义不小。移家为国,移孝为忠,这正是儒家高度重视孝道,《孝经》先后被列入儒家"七经""十经"和"十三经"的重要原因。

中国古代的"主流宗教不仅借鉴了儒家伦理中最具策略性的价值精华,而且不断与之相妥协"。② 在儒家的带动下,道教和中国佛教也前后有了专门阐发孝道的经典。道教在南北朝末至宋之间编撰了《元始洞真慈善孝子报恩成道经》《太上老君说报父母恩重经》《太上真一报父母恩重经》《玄天上帝说报父母恩重经》和《文帝孝经》。中国佛教早在汉末魏晋就翻译引进了《佛说父母恩难报经》和《于兰盆经》,并编撰了《佛说父母恩重难报经》。③ 这些经典在不同程度上尊崇孝道,如《文帝孝经》记文昌帝君语云:"奉行诸善,不孝吾亲,终为小善;奉行诸善,能孝吾亲,是为至善。"④ 又如《佛说父母恩重难报经》记佛陀语云:"父母恩情重,恩深报实难。"⑤

既然孝被提升到如此高度,那么,不孝之人也即世间最大的罪人了。《孝经》记孔子语云:

五刑之属三千,罪莫大于不孝。⑥

此语意即,应当处以墨、劓、剕、宫、大辟这五种刑法的罪行有三千条,而不孝是其中最严重的罪行。两汉以降,儒家的德主刑辅思想

---

① 《孝经译注》,胡平生译注,中华书局,1996年,第1、10、31页。
② 杨庆堃:《中国社会中的宗教:宗教的现代社会功能与其历史因素之研究》,上海人民出版社,2007年,第256页。
③ 《佛说父母恩重难报经》未收录于《大藏经》,故被怀疑是有人托鸠摩罗什之名编撰的佛典,也即中国化的佛典。笔者姑从其说。
④ 《劝善书今译》,唐大潮等注释,中国社会科学出版社,1996年,第104页。
⑤ 《佛教道德经典》,蒲正信注,巴蜀书社,2005年,第54页。
⑥ 《孝经译注》,胡平生译注,中华书局,1996年,第27页。

在中国古代法制发展过程中居于主导地位,因此引礼入法就成为了一种普遍倾向。隋代的《开皇律》把"恶逆"和"不孝"列为"十恶"之二,① 以后历朝的刑律都因袭沿用了"十恶"这一说法及具体的罪行名目。对于"恶逆",历朝的刑律规定要处以死刑中最重的刑罚。② 历朝的刑律对于"不孝"的处罚要复杂得多,原因有二:一是被视作"不孝"的罪行名目很多,不同罪行自有不同刑罚相配伍;二是不同朝代对同一罪行会处以不同的刑罚。然从总体上说,对"不孝"的处罚还是很严厉的。如《唐律疏议》卷二十二规定:"诸詈祖父母、父母者,绞。"③ 仅仅骂祖父母或父母,就要被判处绞刑。

在现实世界中,不孝要被处以严厉的刑罚。在虚拟的宗教世界中,不孝同样也难逃冥诛阴罚。《文帝孝经》记文昌帝君语云:"抑知冥狱,首重子逆,开罪本慈,人自罪犯,多致不孝,自罹冥法。"④ 而《佛说父母恩重难报经》记佛陀语云:"不孝之人,身坏命终,堕于阿鼻无间地狱。此大地狱,纵广八万由旬,四面铁城,周围罗网。其地亦铁,盛火洞然,猛烈火烧,雷奔电烁。烊铜铁汁,浇灌罪人,铜狗铁蛇,恒吐烟火,焚烧煮炙,脂膏焦燃,苦痛哀哉,难堪难

---

① "十恶"即十种最严重的罪行名目,指谋反、谋大逆、谋叛、恶逆、不道、大不敬、不孝、不睦、不义、内乱。"恶逆"即极严重的不孝罪,指殴打及谋杀祖父母、父母,杀死伯叔父母、姑、兄、姊、外祖父母、夫、夫之祖父母、夫之父母。显见"恶逆"虽大多为谋杀亲属尤其谋杀长辈亲属罪,但殴打祖父母或父母亦为"恶逆"。

② 在中国古代,死刑中最重的刑罚在理论上为斩刑,但五代及以后,在实际执行中为凌迟刑。唯有元代刑律对"恶逆"中犯罪情节最轻的殴打父母之行为有可能从轻发落。《元史·刑法志》载:"诸醉汉殴其父母,父母无他子,告乞免死养老者,杖一百七,居役百日。"要免除殴打父母者死刑,酒醉、独生子和父母乞请这三个条件缺一不可。

③ 《唐律疏律》,刘俊文点校,法律出版社,1999年,第446页。

④ 《劝善书今译》,唐大潮等注释,中国社会科学出版社,1996年,第112页。

忍。钩竿枪槊,铁锵铁串,铁槌铁戟,剑树刀轮,如雨如云,空中而下,或斩或刺,苦罚罪人,历劫受殃,无时暂歇。又令更入余诸地狱,头戴火盆,铁车碾身,纵横驶过,肠肚分裂,骨肉焦烂,一日之中,千生万死。受如是苦,皆因前身五逆不孝,故获斯罪。"① 从以上引述中,我们可以清晰地看到,忤逆不孝者之所以在汉民族的戏曲和小说中"遭受"最严厉的惩罚,既有普遍性的原因,又有特殊性的原因;既有由生产力水平所制约的社会发展水平方面的原因,又有汉民族文化方面的原因。

五、张继保若不遭雷殛按律该当何罪

在《清风亭》中,张继保遭雷殛而亡。若不遭雷殛,按明清法律他该当何罪?说他犯了忤逆不孝之罪固然没错,但从古代法律的角度看,这一说法过于笼统。细读《清风亭》结尾处,可以发现,他犯了三宗罪。第一,谩骂养父母。张继保骂张元秀:"你这老乞丐,冒认朝官,该当何罪?""哽,大胆老乞丐,在此冒认朝官。若不看你年老,一定要重办。轰下去!"他骂贺氏(唱):"老乞丐心太偏,万般无耻造虚言。休贪我荣华你安享,休想猫鼠两同眠。我本是堂堂蟾宫折桂客,怎认你这乞丐是我椿萱!"② 第二,不供养养父母。如前所述,张元秀夫妇要张继保认亲的主要目的是为了使自己得到供养,但他就是不愿相认。万般无奈之下,两位老人只得哀求他说,"从今以后,不要当作恩父恩母……只当作没用的老家人。吃不了的残茶剩饭,与我二老充充饥,穿不了的旧衣旧衫,与我二老遮遮寒。我二老死在九泉之下,也是感你的大恩。请上受我二老

---

① 蒲正信注:《佛教道德经典》,巴蜀书社,2005年,第58页。
② 马连良藏本《天雷报》,《京剧汇编》第9集,北京出版社,1957年,第117—118、120页。

一拜!"① 即使两位老人如此低声下气,张继保依然没有回心转意。第三,逼死养父母。如前所述,张元秀夫妇最终被迫双双撞死在清风亭上。

针对骂父母、不供养父母、逼死父母这三宗罪,历朝的刑律都有着相应的刑罚条款。然《清风亭》诞生于清代,剧中时代背景为明代,因而我们似乎更应注意考察明律和清律。按明律和清律,这三宗罪该受何种刑罚呢?首先,骂父母该受何种刑罚?《大明律》卷第二十一"骂祖父母、父母"条规定:"凡骂祖父、父母,及妻、妾骂夫之祖父母、父母者,并绞。(须亲告乃坐。)"②《大清律例》卷第二十一"骂祖父母父母"条规定:"凡骂祖父母、父母,及妻妾骂夫之祖父母、父母者,并绞。须亲告乃坐。""律后注"云,上述人等有此等行为"皆悖逆之甚者"。③

其次,不供养父母该受何种刑罚?《唐律疏议》卷二十四规定:"诸子孙违反教令及供养有缺者,徒二年。"④《大明律》卷第二十二"子孙违犯教令"条规定:"凡子孙违犯祖父母、父母教令及供养有缺者,杖一百。(谓教令可从而故违,家道堪奉而故缺者,须祖父母、父母亲告乃坐。)"⑤《大清律例》卷第二十二"子孙违犯教令"规定:"凡子孙违犯祖父母、父母教令及奉养有缺者,杖一百。(谓教令可从而故违,家道堪奉而故缺者,须祖父母、父母亲告乃坐。)""律后注"云:"服劳奉养,必尽其力。""律上注"云:"贫难者容有不获尽之力,断无不能尽之心。""条例"云:"子贫不能营生养赡其

---

① 马连良藏本《天雷报》,《京剧汇编》第9集,北京出版社,1957年,第120—121页。
② 《大明律》,怀效锋点校,法律出版社,1999年,第173页。
③ 沈之奇撰:《大清律辑注》,法律出版社,2000年,第792页。
④ 《唐律疏律》,刘俊文点校,法律出版社,1999年,第472页。
⑤ 《大明律》,怀效锋点校,法律出版社,1999年,第179页。

父,因致自缢死,子依过失杀父律,杖一百,流三千里。"① 供养有缺并非不供养而是供养不到位,它或者指有条件让祖父母、父母吃穿得好一些,但却只向他们提供较次的衣食,或者指有条件让祖父母、父母吃饱穿暖,却使他们缺衣少食。②《大明律》卷第一"断罪无正条"规定:"若断罪而无正条者,引律比附。应加应减,定拟罪名,转达刑部,议定奏闻。"③《大清律例》卷第一"断罪无正条"规定:"若断罪无正条者,引律比附。应加应减,定拟罪名,转达刑部,议定奏闻。"④ 根据这两条的精神,我们完全可以来做一次"引律比附"。比杖一百流三千里重一等的刑罚就是死刑之一的绞刑。儿子因贫穷不能赡养其父从而"致自缢死"要处以杖一百流三千里的刑罚,那么儿子有钱却不肯赡养其父从而"致自缢死"应处以怎样的刑罚呢?答案不言自明。

其三,逼死父母该受何种刑罚?《大明律》卷第十九"威逼人致死"条规定:"若威逼期亲尊长致死者,绞;大功以下,递减一等。"⑤ 明朝《真犯死罪充军为民例》规定:"子孙威逼祖父母、父母,妻妾威逼夫之祖夫母、父母,致死者,俱比依殴者律,斩,奏请定夺。"⑥ 明朝《问刑条例》刑律二"威逼人致死条例"规定:"凡子孙威逼祖父母、父母,妻、妾威逼夫之祖夫母、父母致死者,俱比依殴者律,斩。……俱奏请定夺。"⑦ 在明朝,"即使子孙并未加害,父母因对子孙不满意而气忿自杀的,也认定为逼死父母罪。明律规

---

① 沈之奇撰:《大清律辑注》,法律出版社,2000年,第838—839页。
② 史凤仪:《中国古代婚姻与家庭》,湖北人民出版社,1987年,第189页。
③《大明律》,怀效锋点校,法律出版社,1999年,第23页。
④ 沈之奇撰:《大清律辑注》,法律出版社,2000年,第116页。
⑤《大明律》,怀效锋点校,法律出版社,1999年,第157页。
⑥《大明律》,怀效锋点校,法律出版社,1999年,第297页。
⑦《大明律》,怀效锋点校,法律出版社,1999年,第418页。

定这种情况比照殴打祖父母、父母的条文处理,判处斩刑,奏请批准。"① 清律对此罪的轻重程度略有所区分:"凡子孙不孝致祖父母、父母自尽之案,如审有触忤干犯情节,以致忿激轻生窘迫自尽者,即拟斩决;若无触忤情节,但行为违反教令,以致抱怨轻生自尽者,但拟绞候。"②

也许有人会说,张元秀夫妇毕竟不是张继保的亲生父母而是养父母。在中国古代,就孝敬父母而言,与儿女有血缘关系的父母和没有血缘关系的父母是没有多大差异的。《文帝孝经》记文昌帝君语云:"生我之母,我固当孝,后母庶母,我亦当孝。母或过黜,母或转嫁,生我劳苦,亦不可负。生而孤苦,恩育父母,且不可忘,何况生我。"③ 这里的"恩育父母"也即养父母。在明清律中,"母"既指亲母,也指嫡母、继母、慈母和养母;不履行对后四者应尽的义务或者侵犯后四者的权利完全等同于不履行对亲母应尽的义务或者侵犯亲母的权利。《大明律》卷第一"称期亲祖父母"条规定:"其嫡母、继母、慈母、养母与亲母同。"④《大清律例》卷第一"称期亲祖父母"条规定:"其嫡母、继母、慈母、养母与亲母同。"⑤ 况且张继保原为弃婴,张元秀夫妇倾全力抚养他了十三年,这其中还包括供养他上学。救命之恩和抚育之恩相叠加,真可谓恩同再造。《清风亭》中的"九天应元雷音普化天尊"和"地方"皆称二老为张继保的"恩父恩母",且二老在他面前也自称"恩父恩母"。⑥ 这称谓是

---

① 史凤仪:《中国古代婚姻与家庭》,湖北人民出版社,1987年,第192页。
② 史凤仪:《中国古代婚姻与家庭》,湖北人民出版社,1987年,第192页。
③ 《劝善书今译》,唐大潮等注释,中国社会科学出版社,1996年,第104页。
④ 《大明律》,怀效锋点校,法律出版社,1999年,第21页。
⑤ 沈之奇撰:《大清律辑注》,法律出版社,2000年,第107页。关于养母,明清法律有两种不同的解释,一种强调她是收养"同宗之子"的女性,另一种认为她是收养任何"自幼过房"的孩子的女性。
⑥ 马连良藏本《天雷报》,《京剧汇编》第9集,北京出版社,1957年,第120、123页。

相当准确的。清沈之奇在注清律时曾经说过,"在遗弃子,身受抚养之恩,无异所生"。① "无异所生"意即无异于养父母所亲生。

六、艺术家为何要编造雷殛这一情节

既然这三宗罪皆为死罪,为何《清风亭》不在结尾处表现明嘉靖官府依律判处张继保绞刑、斩刑甚至凌迟刑,而非要奉玉帝敕旨巡查人间善恶的九天应元雷音普化天尊带领着雷公、电母、风伯、雨师等来施法。② 换言之,艺术家为何要编造雷殛这一情节?

若《清风亭》真成了清官戏,若《清风亭》真在结尾处表现了官府依律判处张继保死刑,观众会有怎样的感受? 一言以蔽之,不过瘾。张继保犯这三宗罪的情节极其严重。说他骂养父母当然没错,然更准确的说法应该是谩骂养父母。所谓谩骂,也就是以轻慢和嘲笑的态度骂。当二老乞求张继保把他们当作"家仆乳婢",为他们提供最起码的衣食时,他依然冷眼相待。贺氏自杀身亡,他丝毫不为所动,听任张元秀自杀。二老气绝身亡后,他的内心独白是:"可叹二老心太偏,(妄想)张家无子薛家传。二百文钱无福受,反把残生赴九泉。"③ 张继保之忘恩负义简直令人发指! 当代中国社会有一句耳熟能详的话,那便是"不杀不足以平民愤"。若套用这句话,那我们可以说,不用雷劈死张继保不足以平人神之共愤。《清风亭》的创作者们之所以要编造雷殛这一情节,这恐怕是原因之一。然笔者以为,更重要的原因还不在于此。

上文提及的《八两银杀二命 一声雷诛七凶》入话和结语云:

---

① 沈之奇撰:《大清律辑注》,法律出版社,2000年,第28页。
② 马连良藏本《天雷报》,《京剧汇编》第9集,北京出版社,1957年,第88、122—123页。
③ 马连良藏本《天雷报》,《京剧汇编》第9集,北京出版社,1957年,第122页。

"暗室每知惧,雷霆恒不惊。人心中抱愧的,未有不闻雷自失。只因官法虽严,有钱可以钱买免,有势可以势请求。独这个雷,那里管你富户,那里管你势家。""谁知天理昭昭,不可欺昧,故人道是问官的眼也可瞒,国家的法也可徇,不知天的眼极明,威极严,竟不可躲。"① 说到底还是"公正"二字,说到底还是不相信人世间有公正的审判。这倒很容易让人联想起鲁迅先生《无常》(1926)一文所说的一段话:

> 他们——敝同乡"下等人"——的许多,活着,苦着,被流言,被反噬,因了积久的经验,知道阳间维持"公理"的只有一个会,而且这会的本身就是"遥遥茫茫",于是乎势不得不发生对于阴间的神往。……若问愚民,他就可以不假思索地回答你:公正的裁判是在阴间!②

中国的成文法诞生于春秋时期,春秋以降哪朝哪代没有法律,哪朝哪代没有法制(rule in law),然而哪朝哪代又有过真正意义上的法治(rule by law)。究其原因,中国古代社会的法律皆为法律工具主义意义上的法律。"法律工具主义的特点是,只看到或仅承认法律的工具性价值,而看不到或不尊重法律的伦理性价值。……既然法律只是手段和工具,那便是可以用也可以不用的。……同时,否认法律的伦理价值,不将其视为人类社会文明的一大标志,就势必视其为可有可无的东西,而且将法律所体现的公平正义与人权保障等价值追求在立法、司法、执法活动中置于不顾。"③

法律工具主义上述两端最终必然在司法环节导致广泛的自由

---

① 陆人龙:《型世言》,中华书局,2002 年,第 342、350—351 页。
② 鲁迅:《朝花夕拾》,北京:人民文学出版社,1973 年,第 33—36 页。
③ 李步云:《"五个主义"的摒弃与中国法学的未来》,《现代法学》,2009 年第 5 期。

裁量权。在中国古代社会,司法的自由裁量权的执掌者是统治阶层,这决定了它的受惠者也同样是统治阶层。在官官相护这种官场潜规则的支配下,统治阶层的成员就可能享有法外特权。试想明朝嘉靖年间真有一个张继保,他会不会受到法律的制裁呢?也许会,也许不会。后者的可能性要远远大于前者的可能性。张继保是何等人物,当朝状元;他的生身父亲薛荣又是何等人物,当朝进士和翰林官。张元秀夫妇这两个以行乞为生的老人能够告倒张继保吗(注意明清律中的"须亲告乃坐")?我们只能说这种可能性微乎其微。

既然在现实生活中告倒张继保的可能性微乎其微,那么,把《清风亭》写成清官戏,在其结尾处表现官府依律判处张继保死刑,观众会有怎样的感受?这感受应该是复杂的。郑振铎先生《元代"公案剧"产生的原因及其特质》(1934)一文说:"法律不是为他们而设的。不得已,百姓们只好在包拯(甚至降格以求之,在张鼎)那些人的身上去,求得法律上的公平;然而不知包拯却只是属于宋的那一代的!更空虚些的,却找到了鬼与神。那自然益发可悲!""把鬼魂报冤的事,当作了全剧的最要紧的关头,明显的可见当时对于这一类作奸犯科的令史们,用人力是无法加以制裁的。故不得不用了人力以外的力量。"①

这两段话首先告诉我们,完全艺术正义在某种程度上充当了社会正义的代偿品。社会正义越是不可得,人们越是需要得到一种心理补偿。社会正义不能在现实世界中实现,那么,某些艺术家就会通过想象让它在艺术世界中实现,以满足某些艺术受众的心理需求。为了补偿社会正义之不足,艺术家当然可以让不义的权贵们在艺术作品中受到官府的严厉惩罚,从而彰显完全艺术正义,

---

① 《郑振铎全集》第4卷,花山文艺出版社1998版,第506、510页。

但是，要让对实际生活中"刑不上大夫"有着深切感受的受众认可这种结局的真实性却是相当不容易的。如果《清风亭》在结尾处表现了官府依律判处张继保死刑，受众看了当然也会高兴。但这样的高兴是缺乏真实认同这一理性支持的，因而必定也是有限的。

中国古代戏曲总体上是雅俗共赏的演故事艺术。从某种意义上说雅俗共赏的艺术也就是通俗艺术，只不过是一种精致化了的通俗艺术。不管如何精致化，它们的通俗艺术之本性不可或缺。通俗艺术在其生产和消费过程中最不容易从市场之外的渠道获得财政支持，因而它也更需要听从市场的指令。听从市场的指令也就是听从受众的指令，听从受众的指令实质上也就是满足受众的心理需要。为了满足受众的心理需要，艺术家完全应该让不太可能在现实生活中受到官府严厉惩罚的张继保们在艺术作品中受到官府的严厉惩罚。然而，艺术作品毕竟有一个真实性的问题，哪怕它需要的仅仅是虚构的真实，假定的真实。当补偿性和真实性产生矛盾的时候，艺术家应该也必须寻找到两全其美的方法：既让张继保们在艺术作品中受到官府的严厉惩罚，又让受众面对这样的艺术图景宁肯信其有不肯信其无，既要满足受众心理需要中的情感需要，又要满足受众心理需要中的理智需要，既要呈现"人同此心"的艺术图景，又要呈现"心同此理"的艺术图景。否则就不能在争取受众方面做到最大化。

惩罚不义的权贵们的戏曲和小说如何才能在补偿性和真实性之间寻找到最佳平衡点？有两种手法司空见惯，一是对清官进行神圣化，譬如赋予包公"日断阳，夜理阴"之特异才能，从而暗示包公不仅是皇帝的下属和"王法"的执行者，而且还是玉帝的下属和"神法"或"阴司法令"的执行者。[①] 中国古代戏曲和小说中的清官

---

① 《百家公案》第五十八回中还真出现了包公灵魂直达天门，上奏玉帝的情节。

大多在不同程度上有着超凡通神的禀赋。超凡通神的官员自然只能做清官,自然也有底气面对不义的权贵们秉公执法。二是以超自然的"官府"取世俗的官府而代之。世俗的官府也许奈何不得不义的权贵们,也许奈何得了却又要徇私枉法。超自然的神祇尤其是天神不仅权力超乎世俗的官员甚至皇帝之上,而且几乎个个公正廉明。面对神祇,不义的权贵们也只能受刑伏法。这两种手法可以用上引郑振铎的话概括之:"用人力是无法加以制裁的。故不得不用了人力以外的力量。"《清风亭》采用的正是后一种手法,采用这种手法无非为了在补偿性和真实性之间占据最佳平衡点。

七、雷殛与忤逆的关系是偶然的吗

张继保犯了忤逆之罪,遭受神罚理所当然。然神罚的形式多种多样,为何偏偏选择了雷殛这一项?难道雷殛与忤逆之间存在着一定的必然性?上文提及的《八两银杀二命 一声雷诛七凶》的入话讲述了五种体现人之道德意志的雷,即"诛奸之雷""剿逆之雷""翦暴之雷""惩贪之雷"和"殄贼之雷"。① 其中的"剿逆之雷"就是专门用来劈杀忤逆之子(或儿媳)的。可见雷殛与忤逆之间确实存在着一定的必然性。

也正因如此,表现忤逆之子(或儿媳)被雷击杀的古代小说层出不穷。清袁枚就写过不少这样的小说,其中一篇题为《署雷公》:"婺源董某,弱冠时,暑月昼卧,忽梦奇鬼数辈审视其面,相谓曰:'雷公患病,此人嘴尖,可替代也。'授以斧,纳其袖中。引至一处,壮丽如王者居,立良久,召入。冠冕旒者坐殿上,谓曰:'乐平某村妇朱氏,不孝于姑,合遭天殛,适雷部两将军俱为行雨过劳,现在患

---

① 陆人龙:《型世言》,中华书局,2002年,第342页。

病,一时不得其人。功曹辈荐汝充此任,汝可领符前往。'董拜命出,立视足下生云,闪电环绕,公然一雷公矣。顷刻至乐平界,即有社公导往。董立空中,见妇方诟谇其姑,观者如堵。董取袖中斧一击,毙之,声轰然,万众骇跪。……遂醒,急语所亲,诣乐平县验之,果然震死一妇,时日悉合。"① 雷公有恙,不能视事,弱冠之人也行。就是"天殛"逆妇一事等不得!

如前所引,清俞蛟《雷击逆妇记》讲述了雷击"郭姓者"之妻和"李氏妇"这两个逆妇的故事,其结语曰:"噫!孰谓天公梦梦哉?虽然,世之逆子悍妇,宜撄雷殛者不鲜,而彼苍曾不施一震之威,且俾终身富贵逸乐,抑又何也?余终不可解也。"② 俞蛟在这里既赞赏天公不糊涂,又表达了对某些宜遭雷殛的逆子悍妇天公不施一震之威,且使其终身富贵逸乐的极度不解。这段话反过来看,我们看到的又何尝不是雷殛与忤逆有着对应关系之观念在中国民间是何等的根深蒂固。

其实雷殛与忤逆的必然关系之更有力的证明可见于中国古代的各类宗教典籍和童蒙读物。《文帝孝经》假托文昌帝君之口劝人尽孝,其中《孝感章第六》有这样一段话:

> 不孝之子,百行莫赎;至孝之家,万劫可消。不孝之子,天地不容,雷霆怒殁,魔煞祸侵;孝子之门,鬼神护之,福禄畀之。③

《醒世要言》是一部由清代名儒宫南庄编撰的童蒙读物,它如是说:

> 生身父母比青天,敢向青天骄慢。逆子雷霆一击,佳儿富

---

① 袁枚:《子不语》,上海古籍出版社,2012年,第69—70页。
② 《清代笔记小说类编》劝惩卷,陆林主编,黄山书社,1994年,第224页。
③ 《劝善书今译》,唐大潮等注释,中国社会科学出版社,1996年,第110页。

贵双全。①

由此可见,雷殛与忤逆这二者的关联在很大程度上有着必然性。

八、雷殛有着怎样的宗教背景

马克思《〈政治经济学批判〉导言》说:

> 在避雷针面前,丘必特又在哪里?② ……任何神话都是用想象和借助想象以征服自然力,支配自然力,把自然力加以形象化;因而,随着这些自然力之实际上被支配,神话也就消失了。③

各民族的神话时代也就是各民族的原始宗教或古代宗教时代。④ 马克思这段话暗示我们,把雷电现象视作雷神施法所导致的,甚至进而把雷电现象视作雷神惩恶所引发的观念大多萌生于各民族的原始宗教或古代宗教时代。这完全可以从各民族原始宗教和古代宗教中得到印证。

---

① 《白话蒙学十三篇》,齐蒙编译,三秦出版社,1991年,第116页。
② 丘必特是罗马神话中的主神兼雷神,相当于希腊神话中的宙斯。
③ 《马克思恩格斯选集》第2卷,人民出版社,1972年,第113页。
④ 原始宗教(Primitive Religion)指"处于初始状态的宗教。存在于尚不具有成文历史的原始社会中。就此意义来说,与史前宗教同"。古代宗教(Archaic Religion)指"古代文明社会的宗教。专指存在于古代而今已不再流传,但有文字可考的宗教;不包括虽始于古代但今仍继续存在的各教,如印度教、佛教、犹太教等"。(任继愈主编:《宗教词典》(修订本),上海辞书出版社,2009年,第809、242页)原始宗教和古代宗教有时很难截然分开。神话是原始宗教和古代宗教的重要组成部分,是这两种宗教的"经书""哲学"和"文学",是这两种宗教信仰的诠释和演义。(参见牟钟鉴等:《中国宗教通史》(修订版),中国社会科学出版社,2007年,第43页)有些神话在原始宗教时期口耳相授,到了古代宗教时期才被记录下来。因而我们所能看到的神话往往是原始宗教的原生性和古代宗教的后起性交渗叠加的产物。

在中国的原始宗教中有雷神(雷公、雷师)。《山海经·海内东经》说:"雷泽中有雷神,龙身而人头,鼓其腹。"雷神开始是雷兽(动物神),后来演变为雷公(人格神)。① 从殷墟甲骨卜辞中可以看到,在夏商形成的中国古代宗教中已经出现了一个法力无穷、威力无比的至上神,他便是上帝(或称帝)。上帝统帅着两大神祇系统,一为天神(天上诸神)系统,另一为地示(地上诸神)系统。雷神就是天神系统中的一员。②《楚辞·远游》:"左雨师使径侍兮,右雷公而为卫。"《楚辞·离骚》:"鸾皇为余先戒兮,雷师告余以未具。""吾令丰隆乘云兮,求宓妃之所在。"③ 这里的"雷公""雷师"和"丰隆"皆为雷神的不同称谓。

雷神在先秦时本为唯一主管雷霆之神,但随着它的人格化进程,人们逐渐认为雷神不止一个,因而想象在天神系统中有雷部这样一个子系统,进而雷神也就成了雷部诸天将(天君)的泛称。如此变化突出地表现在诞生于汉末的道教之神谱中。南宋白玉蟾《修真十书·武夷集》第47卷载雷部各级天将竟然达八十多位,《西游记》第4回载雷部有八员天君,《封神演义》第99回载雷部有二十四员天君,明代常熟致道观雷部前殿供奉着十二员天君。然道教中更具权威的说法是五雷神之说和三十六雷神之说。不管雷部有多少位天将,总有一个人性特征更显著的大神主宰着雷部,他便是九天应元雷声普化天尊。"九天应元雷声普化天尊"的说法最早出自南宋洪迈的《夷坚志》,④ 时至明清,他被普遍认为是总

---

① 牟钟鉴等:《中国宗教通史》(修订版),中国社会科学出版社,2007年,第49页。
② 牟钟鉴等:《中国宗教通史》(修订版),中国社会科学出版社,2007年,第65、67、69页。
③ 王逸注:丰隆,云师,一曰雷师。后世的学者认为,"丰隆"为雷声"隆隆"的谐音。
④ 洪迈:《夷坚志》第1册,何卓点校,中华书局,1981年,第415页。

领雷部诸神之神。①

在雷神系统衍化的过程中,雷神也被赋予了惩恶的功能。《朝天谢雷真经》谓天、地、人各有十二雷公,在这三十六个雷公中,有执掌"食祟""吞鬼""伏魔""纠善""罚恶""巡天""察地""除害""打鬼"和"荡怪"等的雷公。南宋白玉蟾《修真十书》第47卷云:皇天所以建雷城,设雷狱,立雷官,分雷治,布雷化,示雷刑,役雷神,统雷兵,施雷威,动雷器,"是皆斡赏罚之柄,宰生杀之权,以之于阴界可以封山破洞,斩妖鹹毒,以之于阳道可以除凶诛逆,伐奸戮虐,宜乎发道用也,彰天威也"。道教关于雷的典籍极多。除上文提及的《朝天谢雷真经》和《修真十书》之外,还有《太上说青玄雷令法行因地妙经》《无上九霄玉清大梵紫微玄都雷霆玉经》《九天应元雷声普化天尊玉枢宝经》《九天应元雷声普化天尊玉枢宝忏》《雷霆玉枢宥罪法忏》《神霄五雷玉书》《雷律》《雷法议玄篇》《太乙月孛雷君秘法》《诸品灵章雷君秘旨》《诸阶火雷大法》和《天罡玄秘都雷法》等。

"道教最与民间信仰接近,有许多崇拜对象是共同的互渗的……"② 与道教一样,中国各地的民间信仰也继承了原始宗教和古代宗教的雷神信仰。"其他如日神、月神、星辰之神、山神、河神、风神、雷神、户神、灶神等诸神,皆起源甚古而绵延不绝,形成了普遍的民间信仰。"③ 各地民间信仰中的雷神(雷公)基本上只有一个,不过这一雷神有着很强的惩罚不义行为之功能。故民间起誓时往往把雷殛预设为背誓的结果。清宣鼎《金虾蟆》(《夜雨秋灯录》)中的虾蟆发誓道:"虾蟆活一日送一日,若间断,霹雳击我顶。"类似的誓词在过去的年代中比比皆是,只是近几十年来由于

---

① 参见张廷玉等:《明史》第5册,中华书局,1974年,第1307页。
② 牟钟鉴等:《中国宗教通史》(修订版),中国社会科学出版社,2007年,第198页。
③ 牟钟鉴等:《中国宗教通史》(修订版),中国社会科学出版社,2007年,第198页。

唯物主义深入人心，这样的设誓方式才日趋式微。葛剑雄在接受《南方周末》记者采访时感叹道："民间信仰本身在变化，大家不相信干了坏事会被雷劈。原来农业社会时人是真信，现在心里不信了。"① 道教中的雷神与民间信仰中的雷神在普通民众的心目中往往混杂夹缠在一起，"天打雷劈"与"天打五雷轰"这两种说法在普通民众听来庶几相同，其实后者才真正具有道教特征。那么《清风亭》中的雷殛有哪一种宗教背景呢？在该剧结局处我们可以看到，正是在九天应元雷音（声）普化天尊的指使下，张继保才遭雷殛而亡。② 因此准确地说该剧中的雷殛有着鲜明的道教背景。

九、雷殛是何种等级的刑罚

在几乎所有的文化中，有着惩恶功能的雷殛都是最高等级的刑罚。在希腊宗教中，宙斯既是主神。也是"主宰雷电之神"。罗马宗教中丘比特（朱庇特）的地位和职能与宙斯基本相同。古希腊诗人赫西俄德在其《工作与时日》和《神谱》这两首长诗中称宙斯为"雷电之神""雷神宙斯""奥林波斯的闪电之神""高处打雷的宙斯""在高空发出雷电的宙斯"，说宙斯"拥有闪电和霹雳"，说"雷霆、闪电和惊人的霹雳"是宙斯的"武器"，说"电闪雷鸣和可怕的霹雳"是"伟大宙斯的箭簇"。③《神谱》描述了宙斯手下的一个工

---

① 朱又可：《不是迷信，而是不信：中国传统节目的尴尬》，《南方周末》，2010年6月17日D20。
② 马连良藏本《天雷报》，《京剧汇编》第9集，北京出版社，1957年，第122—123页。
③ 赫西俄德：《工作与时日·神谱》，商务印书馆，1991年，第1—3、28、38、40、42—44、46—47、50—51页。正因为宙斯或丘比特为雷神，故英语国家的人有时也用the Thunderer（本义是"施放雷电的神"）来指称宙斯或丘比特。赫西俄德说电闪雷鸣是宙斯的"箭簇"。中国民间亦有类似想象，如《剪灯余话·胡媚娘传》中有"押赴市曹，毙于雷斧"一语。

作团队,它主要是"库克洛佩斯——赠给宙斯雷电、为宙斯制造霹雳的布戎忒斯、斯忒罗佩斯和无比勇敢的阿耳戈斯"。① 实际上,这三个神依次分管了雷霆、闪电和雷电隆隆之声。库克洛佩斯之外的另一个成员是神马佩伽索斯,"他住在宙斯的宫殿里,把霹雳和闪电传送到英明的宙斯手里"。②

《工作与时日》把宙斯"发出雷电"与"伸张正义"联系在一起,它说:"这就是那位住在高山,从高处发出雷电的宙斯。宙斯啊,请你往下界看看,侧耳听听,了解真情,伸张正义,使判断公正。"③《神谱》记载了宙斯用雷电轰击过提坦神(提坦族)、墨诺提俄斯和提丰。不过,以今人的眼光来看,这些都谈不上是正义之举。倒是《变形记》等古希腊、古罗马一些文献记载的宙斯用雷电劈死阿波罗的两个儿子即自己的两个孙子法厄同和阿斯克勒比斯还真有大义灭亲的味道。④

据《旧约全书》,雷霆也是希伯莱人的上帝耶和华的武器。《撒母耳记上》:"与耶和华争竞的,必被打碎,耶和华必从天上以雷攻击他。"⑤《以赛亚书》:"万军之耶和华必用雷轰、地震、大声、旋风、暴风,并吞灭的火焰,向她讨罪。"《约伯记》:"他以电光遮手,命闪电击中敌人。所发的雷声显明他的作为……"据《出埃及记》,为了拯救希伯莱人,使他们摆脱埃及人的奴役和迫

---

① 赫西俄德:《工作与时日·神谱》,商务印书馆,1991年,第30页。这三个神"都仅有一只圆眼长在额头上,故又都号称库克洛佩斯"。"库克洛佩斯"意即"圆目者"。
② 赫西俄德:《工作与时日·神谱》,商务印书馆,1991年,第35页。
③ 赫西俄德:《工作与时日·神谱》,商务印书馆,1991年,第1页。
④ 奥维德:《变形记》,人民文学出版社,1958年,第30页。柏拉图:《理想国》,商务印书馆1986版,第118页。
⑤ 本文引自《旧约全书》和《新约全书》的诸语均出自基督新教的和合本,恕不详注。

害,耶和华曾十次降灾于埃及人。其中一次是雹灾。"耶和华就打雷下雹。……雹与火搀杂,甚是厉害。"《撒母耳记上》:"撒母耳正献燔祭的时候,非利士人前来要与以色列人争战。当日,耶和华大发雷声,惊乱非利士人,他们就败在以色列人面前。"

在新约时代,雷电似乎不是由耶和华直接发出的。《新约全书·启示录》:"天使拿着香炉,盛满了坛上的火,倒在地上;随有雷轰、大声、闪电、地震。""第七位天使把碗倒在空中,就有大声音从殿中的宝座上出来,说'成了。'又有闪电、声音、雷轰、大地震,自从地上有人以来,没有这样大、这样利害的地震。"虽然雷电不是由耶和华直接释放的。但释放雷电的指令显然来自耶和华。

在马连良藏本《青风亭》第十场,"雷公、闪电、风婆、雨师、四云童、雷祖上"。雷祖说:"人间私语,天闻若雷,暗室亏心,神目如电。我乃九天应元雷音普化天尊是也。奉玉帝敕旨,巡查人间善恶。众云童,驾云前往!"① 在马连良藏本《天雷报》第五场,"四云童、风、雨、雷、电'急急风'引普化天尊上"。普化天尊说:"吾乃九天应元雷音普化天尊是也。今有汉中府紫阳县薛荣,② 不认恩父恩母,反逼死亭前。今遣雷、电二将,将薛荣文星摘去,剥去衣巾,抓来见我!"张继保"让雷给霹"后,普化天尊说:"来!将他的灵魂押在阴山背后,永不超生。众云童! 回复上帝去者!"③ 如前所述,"九天应元雷声普化天尊"的说法最早出现于南宋,明清时他被普遍认为是总领雷部诸神之神。天尊在这里自称他直接听命于玉皇大帝(玉皇上帝)。这是有案可稽的。按照某些道教流派的说法,九天应元雷声普化天尊和太乙寻声救苦天尊"为玉皇大帝二胁

---

① 马连良藏本《青风亭》,《京剧汇编》第9集,北京出版社,1957年,第88页。
② 薛荣即张继保回到其亲生父母身边后的姓名。
③ 马连良藏本《天雷报》,《京剧汇编》第9集,北京出版社,1957年,第122—123页。

侍,常侍立其左右"。①

那么,玉皇大帝在道教神谱和民间信仰神谱中又有着怎样的地位呢?如前所述,中国在殷商时就有了至上神(最高神)即上帝的观念。在中国宗教史上有很多神充任过上帝的角色,如先秦至清的昊天上帝(皇天上帝)、西汉的五方帝(东方苍帝、南方赤帝、中央黄帝、西方白帝、北方黑帝)和太一、东汉末的天皇大帝、唐至清的三清(元始天尊、太上道君、太上老君)等。

玉皇或玉帝最初是道教的神。"玉皇"或"玉帝"之称最早见于南朝梁陶弘景的《真灵位业图》,在南北朝、唐朝和宋朝初期的道教神谱中,他不是道教的最高神而仅仅是最高神属下的诸神之一。唐朝文人骚客常称天帝为"玉皇"或"玉帝",久而久之,民间信仰中的最高神天帝与道教诸神的玉皇或玉帝合而为一。自唐至20世纪中叶,玉皇或玉帝一直是民间信仰神谱中至高无上的天神。然玉皇或玉帝在某些道教流派的神谱中成为最高神却一波三折。宋真宗把民间信仰中的玉皇正式列为国家的奉祀对象,宋徽宗则干脆把玉皇与国家奉祀的最高神昊天上帝合为一体,上尊号曰"昊天玉皇上帝"。至此国家信仰、民间信仰和道教在此问题上正式合流。然如此局面未能保持多久,又一分为三:国家信仰依然把昊天上帝视作至上神;民间信仰依然把玉皇大帝视作至上神;道教依然把三清视作至上神。大约在明代,某些道教流派为了维护天界最高统治者孤家寡人式的尊严,也为了与佛教相抗衡,才像佛教尊如来佛一样尊玉皇大帝为至高无上的天神。

从以上的论述中我们可以清晰地看到,《清风亭》中的雷殛是神界所施行的最高等级的刑罚。这与不孝之人即世间最大的罪人

---

① 仇德哉:《台湾之寺庙与神明》,转引自栾保群:《中国神怪大辞典》,人民出版社,2009年,第483页。

这一传统理念是相吻合的。这也可以用来回答笔者最初提出的问题：遭雷殛之人何以双膝跪地。遭雷殛之人双膝跪地除了表明他犯了死罪之外，还暗示我们雷殛是在神界最高统治者的旨意下所施行的刑罚。赫赫威严之下，不容遭雷殛之人不跪。在某些有着雷殛情节的中国古代戏曲中，也许没有九天应元雷声普化天尊，但施行雷殛的权力几乎都由玉皇大帝授予。如在清尤侗传奇《钧天乐》中，沈白、杨云和李贺被授予巡按地府监察御史等职，并奉玉帝之旨巡视凡尘。他们至人间京城查实了科考之弊，进而让雷公电母击杀了考官何图。

　　围绕着《清风亭》中的雷殛，笔者还自问自答了另一个重要问题，即焦循、慈禧太后、钱穆和毛泽东何以对《清风亭》中的雷殛感兴趣。因阐明这一问题需较大篇幅，故将付诸另文。

他们为何对《清风亭》中的
雷殛感兴趣

这里的"他们"是指清朝经学家焦循、清朝晚期统治者慈禧太后、20世纪国学家钱穆和中共领袖毛泽东。他们都谈论过《清风亭》(又名《天雷报》或《雷殛张继保》),且他们谈论《清风亭》的着眼点皆为其中的雷殛这一情节。这不能不引起笔者的注意。

一

焦循在《花部农谭》中说:

> 乃作天雷雨状,而此坊甲者冒雨至亭下,见有披发跪者,乃雷殛死人也。视之,则前之贵官,右手持钱二百,左手持血书。坊甲乃大声数其罪而责之。此即张处士郁恨而死,仁龟得阴谴之所演也。郁恨而死,淋漓演出,改自缢为雷殛,以悚惧观者,真巨手也。据昆腔剧中,雷殛二事:一为《双珠》之李克成、张有得。克成以营长谋奸营卒之妇,罗致卒死罪,致其妇以死明节——此事见《辍耕录》——卒虽因妇死得释,所卖子亦归,惟营长未有报,故思得天雷殛之为快耳。然作《双珠》剧者,营卒妻卖子,投渊之后,既得神救不死,父子夫妻后俱完聚,则李克成固亦天所不必诛也,故《双珠》之李克成、张有得虽遭雷殛,尚不足以警动观者。至《西楼》之赵不将,祇以口笔

之嫌构其父,父禁于叔夜不许私妓,在赵固泄私忿,而其言非不说正,以其而遭雷殛,真为枉矣。……余忆幼时随先子观村剧,前一日演《双珠》《天打》,观者视之漠然。明日演《清风亭》,其始无不切齿,既而无不大快。铙鼓既歇,相视肃然,罔有戏色;归而称说,浃旬未已。彼谓花部不及昆腔者,鄙夫之见也。①

细读《花部农谭》中关于《清风亭》的论述,显见焦循阐发的重点是"雷殛"。

慈禧也特别喜爱《清风亭》。光绪二十六年(1900)三月十五日、四月初一日、四月初五日和四月十一日,她在颐年殿接连四次观赏了由谭鑫培、罗寿山主演的《清风亭》。② 不仅如此,她还在那一年的三月十五日、四月初五日和五月初六日下了三道懿旨,其中前两道懿旨的全文分别是:

老佛爷传:《天雷报》添五雷公、五闪电,张继保魂见雷祖打八十后,改小花脸,添开道锣,旗牌各四个,中军一名。众人求赏,白:"求状元老爷开恩,赏给二老几两银子,叫他二老回去吧。"碰死后,状元白:"撇在荒郊!"

王得祥传旨:《天雷报》添风伯、雨师。③

慈禧要求添置的角色都与"雷殛"有关,要求增加的念白也都是为"雷殛"作铺垫的。

钱穆先生在题为《中国京剧中之文学意味》的讲演中如是议论《清风亭》:

---

① 《中国历代文论选》第 3 册,郭绍虞主编,上海古籍出版社,1980 年,第 573 页。
② 王政尧:《清代戏剧文化史论》,北京大学出版社,2005 年,第 195—196 页。
③ 光绪二十六年《昇平署旨意档》,转引自王政尧:《清代戏剧文化史论》,北京大学出版社,2005 年,第 195 页。

焦循看了花部,他曾特别举出一出为例,此戏名《清风亭》,在京剧中又称《天雷报》。此剧叙述一青年,蒙义父母养大,科举应试得中,成了大官还乡,却忘恩负义,连义父母要求以佣仆人身份请收留也遭拒绝了。结果一阵天雷把他击毙。焦循说,这出戏任谁看了都会感动和兴奋得流泪。若说中国戏剧情节不科学,有些都是迷信成分,这是不明白中国戏剧之妙义。①

在《清风亭》中,要说"情节不科学",有"迷信成分"的,也仅有"雷殛"了。

1957年1月27日,党中央召开省、直辖市和自治区党委书记会议,毛泽东同志在那次会议上发表了讲话。讲话指出:

> 我们坚持对立统一的观点,采取百花齐放、百家争鸣的方针。在放香花的同时,也必然会有毒草放出来。这并不可怕,在一定条件下还有益。
>
> 有些现象在一个时期是不可避免的,等它放出来以后就有办法了。比如,过去把剧目控制得很死,不准演这样演那样。现在一放,什么《乌盆记》《天雷报》,什么牛鬼蛇神都跑到戏台上来了。这种现象怎么样?我看跑一跑好。许多人没有看过牛鬼蛇神的戏,等看到这些丑恶的形象,才晓得不应当搬上舞台的东西也搬上来了。然后,对那些戏加以批判、改造,或者禁止。有人说,有的地方戏不好,连本地人也反对。我看这种戏演一点也可以。究竟它站得住脚站不住脚,还有多少观众,让实践来判断,不忙去禁止。②

---

① 钱穆:《中国文学论丛》,生活·读书·新知三联书店,2002年版,第175—176页。
② 毛泽东:《在省市自治区党委书记会议上的讲话》,《毛泽东文集》第7卷,人民出版社,1999年,第195—196页。

在《清风亭》中,与"牛鬼蛇神"这四个字扯得上关系的也只有"雷殛"了。

综上所引,这四位中国重要的学问家和政治家论述《清风亭》的着眼点皆为雷殛这一情节。他们为何对此如是感兴趣?笔者以为,对此感兴趣是他们的共同点,然对此感兴趣的动机却是各各不同的。赞赏也好,反对也罢,"雷殛"无疑是他们表达一己之政治、宗教、道德或艺术等观念的一个具体的引发点。拿"雷殛"说事,说的却是价值观那点事,而他们的价值观又与他们的身份相吻合,甚至与他们的个人经历密切相关。

二

焦循之所以对《清风亭》中的"雷殛"感兴趣,首先因为他是一个经学家。清代主流学术是以经学研究为核心的朴学,乾嘉两朝为朴学全盛时期,扬州学派是重要的朴学流派之一。时空两方面的便利为焦循一人所占尽。焦循生于乾隆二十八年(1763)的扬州,殁于嘉庆二十五年(1820)的扬州,他一生中大部分时间是在扬州度过的。作为扬州学派的一个代表人物,作为一个经学家,焦循"于学无所不通……于经无所不治",[1] 故被称为"通儒"。[2]

既为通儒,而孝道又是儒家伦理之核心即礼所衍生的两个支点之一,那孝道必然会成为焦循经常谈论的话题之一。他在《良知论》中指出:"人心之分,邪正而已矣,世道之判,善恶而已矣。正则

---

[1] 阮元:《通儒扬州焦君传》,《焦循全集》第 12 册,刘建臻整理,广陵书社,2016 年,第 5609 页。

[2] 阮元:《通儒扬州焦君传》,《焦循全集》第 12 册,刘建臻整理,广陵书社,2016 年,第 5614 页。

善,善则事上顺,事亲孝,事长恭。"① 他的《孟子正义》对孝道多有阐发,譬如:"今之孝者,能养而不能敬,固不可以为大孝;② 舍厚养而但空言克谐,亦未必其即谐矣。"③ 他之所以冒着政治风险在《花部农谭》(1819)中赞赏清代花部戏,④ 其中一个重要原因是"其事多忠孝节义,足以动人"。⑤ 他曾写有《番薯吟》一诗,以褒扬"家赤贫"却"谨于事母"的李生。⑥ 焦循赞赏《清风亭》中罚恶的雷殛,当与他一贯弘扬孝道有密切关联。

焦循对《清风亭》中的"雷殛"感兴趣,其次因为他是一个孝子。焦循出身于书香门第,其父焦葱为太学生。焦葱娶妻谢氏,谢氏多年没有生育,故纳妾殷、陈两房。乾隆二十七年(1762)妾殷氏有孕,翌年焦循出生。阮元《通儒扬州焦君传》如是称赞焦循:"君性诚笃直朴,孝友最著。"⑦ 这样的评价是恰如其分的。

乾隆五十年(1785)农历四月,焦循之父焦葱因旧病发作而吐

---

① 《焦循全集》第12册,刘建臻整理,广陵书社,2016年,第5785页。
② 此前三句源自《论语·为政》:"子游问孝。子曰:'今之孝者,是谓能养。至于犬马,皆能有养;不敬,何以别乎?'"
③ 焦循:《孟子正义》上册,沈文倬点校,中华书局,1987年,第536页。
④ 焦循高度赞赏清代花部戏是需要有非凡胆识的。据《江苏省明清以来碑刻选集》载。嘉庆三年(1798)的一道禁令说:"苏州、扬州向习昆腔,近有厌旧喜新,皆以乱弹等腔为新奇可喜,转将素习昆腔抛下,不可不严行禁止。……嗣后民间演唱戏剧,只许演昆、弋两腔,其有乱弹等戏者,定将演戏之家及在班人等,均照违制律,一体治罪,断不宽贷。"
⑤ 焦循:《花部农谭》,《中国古典戏曲论著集成》第8卷,中国戏剧出版社,1960年,第225页。
⑥ 《焦循全集》第12册,刘建臻整理,广陵书社,2016年,第5629页。焦循在该诗的序中说:"定海诸生李巽古,家赤贫,谨于事母。授徒数里外,每食必归,食已,复至。主人怪之,诘以故,久之乃曰:'家贫,母食番薯,何忍独饭也?'学使访得实,表之。又给以金。始却不肯受,语以归养母,乃感泣再拜持去。"
⑦ 阮元:《通儒扬州焦君传》,《焦循全集》第12册,刘建臻整理,广陵书社,2016年,第5614页。阮元是焦循一生的挚友,乾隆和嘉庆二朝的重臣,曾任漕运总督、湖广总督、云贵总督和体阁大学士等,焦循娶阮元族姐为妻。

血,卧床不起二十多天。恰好此时县里有告示:五月初一日举行童子试。焦循遵父命入城。也就在第二天晚上焦葱仙逝。焦循离家仅一天半,竟与父亲阴阳阻隔。父亲去世后,焦循经常在梦中呼唤父亲,念父之情至深至切。焦循在以后所著的《忆书》中痛言:"一保结,一课文,有何大紧要而必入城,致此终天之恨,时欲自杀……今已距三十年,生平第一大咎,梦寐中所不能安也!"①

焦循父亲四月去世,嫡母谢氏悲伤过度,一病不起,九月初五也跟着去世。嫡母去世前患有痢疾,每次便溺焦循必亲自审察,观其形与色,以便与医生商讨治疗方案,可见焦循拳拳之心。这年农历十二月二十四日,焦循将父亲与嫡母合葬在家宅东首,以安在天之灵。从焦循父亲和嫡母相继离世直至安葬,共八个多月。其间,为尽孝道,焦循没有梳头洗脸,饮食起卧不离灵柩。②

嘉庆十年(1805)正月,郑耀庭劝焦循入京参加会试,并且资助其应试费用,结果焦循没有赴试,郑耀庭及许多老友都为之惋惜。焦循在《答郑耀庭书》中道出苦衷:"但循不北行之故,实有苦心。壬戌正月北行,家母送至舟中,③ 舟已过桥甚远,望见吾母尚立岸侧,翘首而望,心甚凄恻。五月归,家母甚欢。及秋间往浙,与母别,家母则曰:'归家才两月,又行,吾近年多病,甚不似往年强健矣。'明日上船,家母以鲜鲭鱼四尾盛水桶中,令婢携置船上,家母曰:'恐路上澹泊,可烹食之。'循时恻然,留二尾在家,带二尾行。既行,念念在心,遂屡思归。故冬月归来,决意家居训蒙,不复作远游计矣。……一旦远行,两地悬挂,此实弟不出之苦心,非乐安佚

---

① 《焦循全集》第 11 册,刘建臻整理,广陵书社,2016 年,第 5350 页。
② 阮元:《通儒扬州焦君传》,《焦循全集》第 12 册,刘建臻整理,广陵书社,2016 年,第 5608 页。
③ 这里的"家母"即焦循生母殷氏。

而轻仕进也。"① 类似的话阮元也说过:"岁乙丑,有劝君应礼部试且资之者。君以书辞之,曰:'生母殷病,虽愈而神未健,此不北行之苦心,非乐安佚,轻仕进也。'"②

同年四月,焦循生母殷氏罹病在床,焦循日夜侍于榻前,端汤喂药,恪守孝道。殷氏终因医治无效,于十月去世。焦循在《忆书》中回忆道:"乙丑,会试不赴,而吾母终于是年。……而余实心痛于先君之终,不获侍侧,尚不致再抱此痛耳。"③ 焦循曾对其子廷琥说:"向使吾竟北行,岂非终天之痛欤!"④ 焦循不仅高度重视孝道,不仅身体力行孝道而为孝子,而且时时以"移风化"或"有裨于风化"作为衡量艺术作品的重要标准。既然如此,那么对《清风亭》中惩戒天下不孝之子的"雷殛"感兴趣也就不足为奇了。

焦循对《清风亭》中的"雷殛"感兴趣,还有着一个非常特殊的原因,即他是一个对无血缘关系的母亲之母爱有着深切感受的人。自三岁至十五岁期间,焦循由嫡母谢氏亲自抚育。谢氏视焦循如己出,疼爱有加,其中某些详情我们还是以焦循《先妣谢孺人事略》表之:

> 循生母殷孺人,生循三岁,谢孺人抚育之至十五岁,凡十有二年,寝食未尝离侧。循幼多疾,谢孺人怀抱行,十四夜不寐,足尽肿,婢媪请代,孺人曰:'先姑在日,望孙不得,临终以是为憾。今得儿,敢委诸乃辈乎?'……循生子虎儿,孺人抱持之如抱循。辛之夕,呼妇抱孙至榻前,抚孙之手曰:'何冷如

---

① 《焦循全集》第 12 册,刘建臻整理,广陵书社,2016 年,第 5908 页。
② 阮元:《通儒扬州焦君传》,《焦循全集》第 12 册,刘建臻整理,广陵书社,2016 年,第 5608 页。
③ 《焦循全集》第 11 册,刘建臻整理,广陵书社,2016 年,第 5350 页。
④ 焦廷琥:《先府君事略》,《焦循全集》第 18 册,刘建臻整理,广陵书社,2016 年,第 8726 页。

是?'慈惠之性,至死不变,盖泣涕终身而不能报。①

焦循不止一次地在文章中怀念过谢氏。嘉庆十八年(1813),焦循读《徐文长集·感梦祭嫡母文》,忆及己之旧梦,因而作《书徐文长集后》。该文说:"循三岁依嫡母谢孺人,至十六岁未暂离。乾隆乙巳,嫡母以滞下病不起,时余年二十有三。明年丙午,大饥。又明年丁未,始糊口授徒于城中寿氏宅。甫之馆之夕,梦嫡母自门外至,如幼时抚摩鞠育,呼乳名曰:'桥庆,被薄,吾忧尔寒!'急开目,无所见,一灯在几上尚明。迄今二十有七年,余年且五十有一矣。阅《文长集》所为《感梦祭嫡母文》,忆旧时梦,痛楚不能已,因而书之。"② 焦循与谢氏的感情之深由是可见一斑。

实际上,谢氏还是焦循的第一个启蒙老师。焦循还是幼童时,谢氏就教他书数,临摹字帖,并口授《毛诗》及古代孝悌忠信的故事。③ 焦循一生的学问由此起步。谢氏的母爱既体现于生活上的呵护,又体现于学业上的教诲,这不能不让焦循常怀"泣涕终身而不能报"的心情。在现实生活中,焦循与嫡母谢氏没有血缘关系;在《清风亭》中,张继保与养父母张元秀夫妇同样没有血缘关系。焦循既然体验了谢氏深厚的母爱,也必能对张元秀夫妇的父爱和母爱感同身受。焦循既然有如此强烈的反哺之情,也必然会对张继保的忤逆之举愤慨不已。而"雷殛"恰恰可以宣泄焦循的愤慨。焦循赞赏《清风亭》中的这一情节,应该与他自己的这一亲身经历不无关系。

然而,《清风亭》中的"雷殛"毕竟是超自然力量,难道焦循真地相信有超自然力量吗?这里有必要引入焦循的一段往事。嘉庆

---

① 《焦循全集》第 13 册,刘建臻整理,广陵书社,2016 年,第 6083—6084 页。
② 《焦循全集》第 12 册,刘建臻整理,广陵书社,2016 年,第 5994 页。
③ 《焦循全集》第 13 册,刘建臻整理,广陵书社,2016 年,第 6084 页。

十二年(1807),焦循大病一场,百余日不能行走。六月间,焦循坐着轿子去扬州,在扬州北门外街市他下轿步行。步行间他看到一年轻人将一老妇人按在地上,拳打脚踢。围观者甚多,但无人劝阻。经询问得知。老妇人是年轻人之母。竟有如此大逆不道之人!焦循气愤之极,竟然忘记自己有病在身,用尽全身力气一连扇了那个逆子十几个耳光,逆子在惊吓和击打之下,在围观者的喝彩声中轰然倒地。老妇人被众人救走,逆子也在众人的责骂声中逃之夭夭。焦循后来回忆道:

> 既往,余颓弱如故,不知先此力从何来,其鬼神恶不孝,余平日力不能如是也。①

在焦循看来,孝道不仅是人之道,而且还是天之道;既然"鬼神恶不孝",那么一个"平日力不能如是"的"颓弱"之人平添"此力"丝毫不足为怪。落实在《清风亭》中"雷殛"这一话题上,我们可以说,既然"鬼神恶不孝",那么一个忤逆之子为具有超自然色彩的雷所击毙绝对是顺理成章的。若非,又何以彰显"鬼神恶不孝"呢。

三

慈禧之所以对《清风亭》中的"雷殛"感兴趣,首先因为她是一个政治家。《周易》记孔子语曰:"圣人以神道设教,而天下服矣。"② 钱锺书先生称此语为"古人政理之要言也",③ 旨哉斯言!"以神道设教"是进入现代社会之前大多数中外统治者都倚重的政治辅助手段,钱锺书在《管锥编》中援引了大量中外典籍以证明

---

① 《忆书》,《焦循全集》第11册,刘建臻整理,广陵书社,2016年,第5331页。
② 《周易义疏》,邓秉元撰,上海古籍出版社,2011年,第142页。
③ 钱锺书:《管锥编》第1册,中华书局,1979年,第18页。

这一观点。

他援引的中国典籍主要有《礼记》《管子》《淮南子》《论衡》《墨子》和《日知录》等。如《礼记》："因物之精,制为之极,明命鬼神,以为黔首则,百众以畏,万民以服。"《淮南子》："为愚者之不知其害,乃借鬼神之盛,以声其教。"《论衡》："夫忌讳非一,必托之神怪,若设以死亡,然后世人信用。"《墨子》："今若使天下之人偕若信鬼神之能赏贤而罚暴也,则夫天下岂乱哉?"魏禧《地狱论》："刑罚穷而作《春秋》,笔削穷而说地狱。"魏源《学篇》："鬼神之说有益于人心,阴辅王教者甚大;王法显诛所不及者,惟阴教足以慑之。"顾炎武《日知录》："国乱无政,小民有情而不得申,有冤而不得理,于是不得不恝之于神,而诅盟之事起矣。……于是赏罚之柄,乃移之冥漠之中,而蚩蚩之氓,其畏王鈇,不如其畏鬼责矣。乃世之君子,犹有所取焉,以辅王政之穷。"①

在援引上述言论的基础上钱锺书总结道："夫设教济政法之穷,明鬼为官吏之佐,乃愚民以治民之一道。""遭荼毒而不获申于人世,乃祷诸鬼神以冀疾苦之或苏。"② 也就是说,"以神道设教"不仅是治人者维护社会秩序的需要,而且还是治于人者获得心理补偿的需要。治人者和治于人者在这一问题上是"共谋"者。若按上引顾炎武的观点,应该是治于人者获得心理补偿的需要在先,治人者维护社会秩序的需要在后,治人者"以神道设教"确实出于自身的需要,不过也利用了治于人者的需要,后者才是"以神道设教"的广泛社会基础。

在中国古代,"以神道设教"往往与艺术的"政教功用"有着亲缘性。《礼记·乐记》曰:"夫乐者,乐也,人情之所不能免

---

① 钱锺书:《管锥编》第 1 册,中华书局,1979 年,第 18、20 页。
② 钱锺书:《管锥编》第 1 册,中华书局,1979 年,第 18—19、21 页。

也。……先王耻其乱,故制《雅》《颂》之声以道之,使其声足乐而不流,使其文足论而不息,使其曲直、繁瘠廉肉、节奏,足以感动人之善心而已矣,不使放心邪气得接焉,是先王立乐之方也。"①《毛诗序》曰:"故正得失,动天地,感鬼神,莫近于诗。先王以是经夫妇,成孝敬,厚人伦,美教化,移风俗。"② 这些先秦两汉的著述开创了政教功用说的传统。这一学说被后世各种不同类型的艺术家尤其戏曲家和小说家所践行,遂发扬光大为艺术创作上的政教功用传统。

"政教功用"是政治功用和道德教化功用的合称。"政教功用"中有"教","以神道设教"中亦有"教",而且艺术作品比纯粹说教更易深入人心。于是,"以神道设教"便借助艺术作品作为自己的媒介。朱元璋《三教论》认为,佛仙所求不验,并不存在,但"佛仙之幽灵,暗理王纲,益世无穷"。通过佛仙天堂地狱之说,劝善惩恶,可以让老百姓畏天,畏王法,对朝廷教化颇有作用。洪武三十五《御制大明律》明确规定:"凡乐人搬做杂剧戏文,不许妆扮历代帝王后妃、忠臣烈士、先圣先贤神像,违者杖一百;官民之家,容令妆扮者与同罪。其神仙道扮,及义夫节妇,孝子顺孙、劝人为善者,不在禁限。"③

清纪昀在《阅微草堂笔记·姑妄听之(一)》自序中说他的这部笔记小说集"大旨期不乖于风教",④ 可见他撰写这些笔记小说意在道德教化。鲁迅先生如是评论纪昀及其《阅微草堂笔记》:"据我看来,他自己是不信狐鬼的,不过他以为对于一般愚民,却不得不以神道设教。但他很有可以佩服的地方:他生在乾隆间法纪

---

① 孙希旦:《礼记集解》下册,中华书局,1989年,第1032页。
② 《中国历代文论选》第1册,郭绍虞主编,上海古籍出版社,1980年,第63页。
③ 王汉民:《道教神仙戏曲研究》,人民文学出版社,2007年。第46、48页。
④ 纪昀:《阅微草堂笔记》,上海古籍出版社,2010年,第268页。

最严的时代,竟敢借文章以攻击社会上不通的礼法,荒谬的习俗,以当时的眼光看去,真算得很有魄力的一个人。可是到了末流,不能了解他攻击社会的精神,而只是学他的以神道设教一面的意思,于是这派小说差不多又变成劝善书了。"① 朱元璋和纪昀都是统治阶级的主要成员,他们借助于艺术作品"以神道设教"实际上是所有古代中国统治阶级成员皆热衷于做的事情。

慈禧是清朝同治和光绪二朝的实际统治者,她不会不懂得治人者皆懂的"以神道设教"的妙处,也不会不懂得借助艺术作品"设教"的必要性。徐珂《清稗类钞》曰:"颐和园之戏台,穷极奢侈,袍笏甲胄,皆世所未有。所演戏,率为《西游记》《封神传》等小说中神仙鬼怪之属,取其荒幻不经,无所触及,且可凭空点缀,排引多人,离奇变诡,诚大观也。"② 在光绪年间清宫的这类"荒幻不经""离奇变诡"的剧目中,除神仙戏外,不乏《乌盆记》《孝感天》《双钉案》《探阴山》《施公新传》和《清风亭》等借助超自然力量褒善贬恶和赏善罚恶的戏。由此可知慈禧的审美趣味。

《清风亭》原本是花部戏,只是徽班进京之后,它才成了宫廷戏。《清风亭》中借助超自然力量而造就的罚恶结局原本是民间艺术家所为。对于《清风亭》的创作者而言,借助超自然力量呈现罚恶结局只是为了在补偿性和真实性之间占据最佳平衡点,从而在争取受众方面做到最大化。③ 然对于慈禧等清朝统治者而言,借助超自然力量呈现罚恶结局却暗合了"以神道设教"的旨趣,慈禧自然会对此感兴趣。

与焦循一样,慈禧对《清风亭》中的"雷殛"感兴趣也有她个人

---

① 鲁迅:《中国小说的历史的变迁》,《鲁迅全集》第 9 卷,人民文学出版社,2005 年,第 344 页。
② 王政尧:《清代戏剧文化史论》,北京大学出版社,2005 年,第 90 页。
③ 参见拙文《〈清风亭〉中雷殛之文化阐释》。

的原因,且这种个人原因应为主要原因。张伯驹先生是袁世凯内弟之子,与张学良、溥侗和袁克文合称"民国四公子",集收藏鉴赏家、书画家、诗词学家和京剧艺术研究家于一身。张伯驹的《红毹纪梦诗注》收有他所撰的一百九十九首七绝及注。其中一首绝句和注如下:

> 供奉内廷最有名,时时涕泪感恩承,慈宫亲点天雷报,演与今皇默默听。
>
> 清光绪帝继同治大位乃西太后那拉氏所主持。及光绪引用康有为及"六君子"行新政,母子间积不相能。每遇宫廷庆宴,西太后则点谭鑫培演天雷报一剧,以刺光绪帝,谓其忘恩负义,帝观之默然。①

咸丰十一年(1861),咸丰帝去世,传位给他唯一的儿子即年仅六岁的载淳,是为同治帝。谁知同治十三年年底(1875),载淳却一命呜呼。因载淳没有儿子,故大清朝一脉相承的帝系至此中断。按常理新皇帝应在同治帝下一辈的近支宗室中择立,然在慈禧的提议和坚持下,醇亲王奕譞和慈禧胞妹年仅四岁的儿子载湉却继承了大统,是为光绪帝。光绪十三年(1887),载湉举行了亲政典礼,但慈禧玩弄政治伎俩又训政了两年,才允许他亲政。中日甲午之战(1894)是载湉亲政后最受刺激的一件事。甲午之战时,他极力主战,反对妥协,但终因朝廷腐败以战败告终。

甲午之战后,载湉痛定思痛。在康有为等维新派人士的鼓动下,他于光绪二十四年(戊戌年)四月二十三日(1898年6月11日)颁布了《明定国是诏》,正式向中外宣告推行变法维新。然而变法维新触动了以慈禧为首的后党利益,而以光绪为核心的帝党

---

① 张伯驹:《红毹纪梦诗注》,中华书局香港分局,1978年,第6页。

因无实力又未能控制政局,反被后党发动戊戌政变(光绪二十四年八月初六即1898年9月21日),从而导致戊戌变法失败。此后朝廷大权再次落入慈禧之手,她对外宣称光绪罹病不能理事,但事实上光绪被幽禁于西苑瀛台。除八国联军入侵北京时随慈禧逃往西安一年外,光绪沦为无枷之囚的情形一直延续至他去世为止。

慈禧在光绪二十六年(1900)接连四次观赏《清风亭》,接连三次就《清风亭》下懿旨都是在戊戌变法失败后一年半左右的时间里。且晚至光绪三十四年(1908)九月初十日,"伺候"的剧目中仍有《清风亭》。① 此时离光绪与慈禧去世仅一月有余。慈禧之所以借《清风亭》"以刺光绪帝",首先是因为张继保与张元秀夫妇的关系类似于光绪与慈禧的关系。张元秀夫妇是张继保的养父母,而慈禧则是光绪的"养父",② 唯一不同的是慈禧与光绪有着较密切的血缘关系。张伯驹所谓的"刺"大约有以下三重涵义。

其一,如张伯驹所言,慈禧假借《清风亭》暗骂光绪帝"忘恩负义"。戊戌政变那天,慈禧训斥光绪道:"我抚养汝二十余年,乃听小人之言谋我乎?"③ 此语可为注脚。戊戌政变前三天即八月初

---

① 王政尧:《清代戏剧文化史论》,北京大学出版社,2005年,第103页。
② 慈禧后宫的女官德龄分别在其回忆录《光绪泣血记》和《慈禧后宫实录》(Imperial Incense)中说:"太后有一个非常奇怪的思想。她不是作为养母而是作为养父来领养光绪!一开始,她坚持要光绪称呼她'亲爸爸',这有两点理由。尽管她的确希望有某个人代替她的儿子当政,因而嗣立一个与同治同辈的男孩,但她已做过同治的母亲,出于对同治最深切的爱,她不希望任何人取代她的亲生儿子而叫她母亲。这种奇怪的、自相矛盾的做法是难于解释的。她要成为光绪的养父还有另一个理由:她从来就希望自己是一个男人。她能像男子一样地治理国家,为此她一直感到自豪。让皇帝叫她'亲爸爸'至少可聊以自慰。甚至光绪长大成人以后,仍称慈禧为'父亲大人'。""光绪出世后没几年,他的母亲便去世了;太后收养他为干儿子。"(德龄:《光绪泣血记》,江苏教育出版社,2006年,第42页;德龄:《慈禧后宫实录》,学林出版社,2002年,第59页)
③ 《光绪传》,宋乃秋主编,中国戏剧出版社,2007年,第233页。

三深夜,谭嗣同至袁世凯住处,拿出光绪帝的密谕,命令袁迅速举兵,"杀荣某(荣禄),围颐和园"。此实非光绪的本意,但戊戌政变后慈禧自然要把账算在光绪头上。

实际上,慈禧还利用过其他戏暗骂光绪帝。沃丘仲子《慈禧传信录》说:"一日偶观剧,特传伶人何九演《打龙袍》。俗谓宋仁宗母为刘后所害。逃居民间。后为包孝肃所知,言于帝,始迎归宫掖。后以帝临御久,竟忘所生。令孝肃杖帝。孝肃乃取帝袍鞭之。其词颇俚俗,而皆太后让帝不孝语也。命下,左右皆知后意在德宗。万目向之矣。至鞭袍时,后顾谓近侍曰:'子既忘母,臣亦可忘君。虽鞭其人何害,奚必袍也?'又谓帝:'尔临天下久,素爱贤重才。抑知近臣中谁可继武包拯者?'帝颜赧,不能对。既罢演,后更诘帝曰:'尔观今日《打龙袍》何如?'帝对:'甚佳。'后笑曰:'吾恐其不佳耳。'帝益惭悚。时宫中所行多类是。予闻颇富,而亦有群竖所附会者。此则闻之桂祥言,祥妻适亦入座听戏也。"① 叶赫那拉·桂祥(1849—?)即慈禧太后之弟、隆裕皇后之父、光绪帝之舅舅和岳父。沃丘仲子即晚清文豪王闿运的弟子费行简(1871—1954)之笔名。

其二,慈禧假借《清风亭》丑化光绪帝的形象。光绪二十六年三月十五日慈禧的懿旨中有"张继保魂见雷祖打八十后,改小花脸"的字样,这里的"改小花脸"也即改为丑角。慈禧暗比光绪为张继保,又将张继保之鬼魂最后的角色定位为小丑。其意不言自明。如果说"改小花脸"是为了丑化光绪外在的形象或者实际意义上的形象,那么,同一懿旨中的"众人求赏,白:'求状元老爷开恩,赏给二老几两银子,叫他二老回去吧。'碰死后,状元白:'撇在荒郊'",则是为了丑化光绪的内心,也即丑化光绪内在的形象。面对

---

① 沃丘仲子:《慈禧传信录》卷下,广文书局,1980年,第23—24页。

张元秀夫妇的乞求,张继保的仆从也看不下去了,但张元秀夫妇自杀后,张继保却要将他们"撇在荒郊",这实在是丧尽天良。慈禧暗讽光绪的手段委实高明。

其三,慈禧假借《清风亭》诅咒光绪帝天打雷劈,不得好死。38岁的光绪和74岁的慈禧先后死于光绪三十四年十月二十一日(1908年11月14日)酉时和二十二日(15日)未时,其间相距不到20小时。2008年中国原子能科学研究院和北京市公安局法医检验鉴定中心等单位的专家已查明急性肠胃型砒霜中毒系光绪的死因。如果不是慈禧下令处死光绪,也一定是李莲英揣测老佛爷的旨意而处死光绪。在当时的清宫中也只有此二人能致光绪于死地。以这些史实来推测慈禧当年要求光绪与她一起看《清风亭》的动机,应该是八九不离十的。

慈禧假借《清风亭》诅咒光绪帝的心思还可见其懿旨。光绪二十六年三月十五日和四月初五日慈禧的懿旨中分别有"《天雷报》添五雷公、五闪电"和"《天雷报》添风伯、雨师"的内容。这些都是为了强化雷击时的舞台效果。舞台上电闪雷鸣,风狂雨暴,把张继保打得灵魂出窍,方能发泄慈禧的心头之愤恨。慈禧也借助过其他戏来诅咒光绪。王政尧《清代戏剧文化史论》说:"《连营寨》,一名《哭灵牌》,又名《火烧连营》,演的是蜀汉刘备为其弟关羽、张飞兴兵报仇、讨伐东吴之事。最后,刘备在东吴陆逊的火攻之中,伤亡惨重,刘备险遭不测,幸有赵云相救,退至白帝城。戏中有句出名的唱词,即'白盔白甲白旗号',从服装到道具,舞台上均是白黑二色。是年十月一日,① 慈禧生日的前九天,她再次观看了这出戏,其发自内心诅咒光绪,已是昭然若揭。"② 该著还引王芷章《清

---

① "是年"即光绪三十四年。此年十月初一日分别距光绪和慈禧去世仅20天和21天。

② 王政尧:《清代戏剧文化史论》,北京大学出版社,2005年,第103—104页。

代伶官传》语曰：光绪帝既遭幽禁。"而后之凌厉未已,尝特命鑫培(演)刘先主死白帝城事"。①

四

钱穆为何对《清风亭》中的雷殛感兴趣？钱穆生于1895年,他生活的年代正是中国人开始重构自己文化的年代。1840年以后,中国积贫积弱之真相暴露无遗。于是救亡图存便成了当时中国知识精英的最高使命。要救亡图存,就要向西方强国甚至日本学习,要向它们学习,就要明白它们是如何强盛的。半个多世纪的探索最终引发了五四新文化运动。诚如杨庆堃先生所说:"在第一次世界大战结束之际,中国知识分子在经历了半个世纪对西方进步与强大的原因的探讨后,得出这样的结论:科学和民主是西方文明的两个关键因素。具有划时代意义的中国新文化运动的整个主旋律就是以科学与民主为基础的,这场运动为中国社会秩序的发展前景奠定了方向。"②

"科学以怀疑主义和经验知识为基础,与此相对的宗教则以信仰和非经验的想像为基础。"③ 既然科学是中国社会前进的两大路标之一,那么,当时的中国知识精英必然会以此为标准审视中国以往的艺术和规范中国未来的艺术。中国古代的艺术尤其是其中的故事性艺术(讲故事和演故事的艺术)充斥了超自然因素或宗教因素,这似乎有悖于科学的精神,中国的知识精英自然要予以

---

① 王政尧:《清代戏剧文化史论》,北京大学出版社,2005年,第85页。
② 杨庆堃:《中国社会中的宗教:宗教的现代社会功能与其历史因素之研究》,上海人民出版社,2007年,第325页。
③ 杨庆堃:《中国社会中的宗教:宗教的现代社会功能与其历史因素之研究》,上海人民出版社,2007年,第325页。

批判。

于是陈独秀在《论戏曲》(1905)中强调:"不可演神仙鬼怪之戏。鬼神一语,原属渺茫,煽惑愚民,为害不浅。庚子之义和拳,即是学戏中天兵、天将。""至于国家之治乱,有用之科学,皆勿知之。此所以人才缺乏,而国家衰弱。"① 他还在《致张镣子》(1918)中诘问道:"吾国之剧,在文学上、美术上、科学上果有丝毫价值邪?"然后又自答道,"愚诚不识其优点何在也。"② 王钟麒《剧场之教育》(1908)说:"其所演者,则淫亵也,劫杀也,神仙鬼怪也。……求其与人心世道有关者,百无一二焉。"③ 李良材《甄别旧戏草》(1913)说:"鬼神,吾不谓其无有也。古人神道设教,足以助法律所不及,以其人犹有醇朴之风焉。今人心浇漓,往往假之以作奸犯科,得收其效者盖寡矣。义和拳之祸,世谓由戏产出,实非妄评。"④ 周作人《论中国旧戏之应废》(1918)说:"中国旧戏没有存在的价值。""中国戏多含原始的宗教的分子,是识者所共见的。""旧戏应废的第二理由,是有害于'世道人心'。我因为不懂旧戏,举不出详细的例。但约略计算,内中有害分子,可分作下列四类:淫、杀、皇帝、鬼神。"⑤ 要之,这些知识精英批判鬼神戏的主要理由也就是钱穆所提及的"中国戏剧情节不科学,有些都是迷信成分",因而无助于世道人心。

类似批判在西方也曾发生过。"封·伏尔泰先生说:'人们从

---

① 《中国历代文论选》第 4 册,郭绍虞主编,上海古籍出版社,1980 年,第 351 页。
② 《陈独秀文章选编》上册,生活·读书·新知三联书店,1984 年,第 266 页。
③ 《中国历代剧论选注》,陈多、叶长海选注,上海古籍出版社,2010 年,第 539—540 页。
④ 《中国历代剧论选注》,陈多、叶长海选注,上海古籍出版社,2010 年,第 572—573 页。
⑤ 《周作人散文全集》第 2 册,钟叔河编订,广西师范大学出版社,2009 年,第 68—69 页。

四面八方写文章来指责说，人们不再相信鬼魂，死者的出现，在文明开化的民族眼目中，无疑是幼稚的。'他反驳说：'怎么？整个古代都曾经相信过这种奇迹，而现在就不准许再效仿古代吗？'"针对伏尔泰的观点，莱辛在 1767 年 6 月 5 日的剧评中指出："当然，整个古代是相信过鬼魂的。古代剧作家有权运用这种迷信；当我们在舞台上表演他们的剧中出现的死者时，如果按照我们的进步的见解来处理这个过程，那就不合理了。但是，持有我们这种进步见解的新的剧作家，因此就有同样的权力吗？当然没有。但是，假如他把自己的故事放到那个轻信的时代呢？即使这样也没有。""某些与迷信鬼魂相矛盾的无可辩驳的真理，已经是家喻户晓，甚至连农野村夫随时都能判断……"① 显然，莱辛这里所谓的"进步的见解"实质上也即将科学作为衡量艺术的标准之见解。

以科学作为标准来衡量艺术作品这一做法十分可疑。马克思《政治经济学批判导言》在论述理论活动时说："整体，当它在头脑中作为被思维的整体而出现时，是思维着的头脑的产物，这个头脑用它所专有的方式掌握世界，而这种方式是不同于对于世界的艺术的、宗教的、实践—精神的掌握的。"② 所谓的"掌握世界"的基本涵义是"认识世界"，马克思在这里提出了四种认识世界的方式，即理论的（哲学的、科学的）方式、艺术的方式、宗教的方式、实践—精神的方式。创作和欣赏艺术作品是人们"认识世界"的一种方式，即艺术的方式；创作和欣赏具有超自然因素的艺术作品也是人们"认识世界"的一种方式，即搀杂着宗教方式的艺术的方式。用科学与不科学这一标准来衡量艺术作品，实质上也就是用"认识世界"的科学的方式来衡量"认识世界"的艺术的方式。这样的批评

---

① 莱辛：《汉堡剧评》，上海译文出版社，1998 年，第 59—60 页。
② 《马克思恩格斯选集》第 2 卷，人民出版社，1972 年，第 144 页。

思维可取吗？如果我们认可这样的批评思维，那么，中外艺术史上相当部分的杰作都将被否定。《神曲》中游历地狱的情节科学吗，《牡丹亭》中死而复生的情节科学吗，《窦娥冤》中冤魂诉冤的情节科学吗？

对于中国古代的鬼神戏应持实事求是的批评态度。"戏不够，神来凑。"类似这种滥用鬼神因素的戏确实应该被否定；同样，利用鬼神因素一味地在戏中宣扬佛道思想，从而使自身沦为宗教宣传品的戏也应该被否定。因为它们都违背了艺术规律。然我们不能在泼脏水的时候连孩子也一起倒掉。鬼神戏中确有糟粕，但其中亦有精华。尤其是其中以超自然因素而铸造的罚恶结局，也即彰显超验性完全艺术正义的结局我们自然应该倍加珍惜。郑振铎《元代"公案剧"产生的原因及其特质》认为："用人力是无法加以制裁的，故不得不用了人力以外的力量。"① 中国古代故事性艺术的创作者在铸造罚恶结局时引入超自然因素是不得已而为之的事，是虚拟补偿性与艺术真实性博弈的必然产物，岂是说它有"迷信成分"就可以了事。

这里有必要引入廖沫沙先生的说法。1960 年，孟超先生将明周朝俊传奇《红梅记》改编成昆曲《李慧娘》，该剧于 1961 年 8 月 22 日由北方昆曲剧院在北京首演。该剧着重描写了裴禹对南宋腐败朝政的抨击和李慧娘对奸贼贾似道的反抗，成功地塑造了李慧娘这个爱憎分明，富有正义感的女魂形象。就在《李慧娘》首演后的第十天也即 1961 年 8 月 31 日，廖沫沙发表了题为《有鬼无害论》的文章，该文不仅从内容和形式两方面高度评价了《李慧娘》，而且还反驳了一些人认为这个戏宣传了迷信思想的观点。该文指出：

---

① 《郑振铎全集》第 4 卷，河北：花山文艺出版社，1998 年，第 506 页。

是不是迷信思想，不在戏台上出不出现鬼神，而在鬼神所代表的是压迫者，还是被压迫者；是屈服于压迫势力，还是与压迫势力作斗争、敢于战胜压迫者。前者才是教人屈服于压迫势力的迷信思想，而后者不但不是宣传迷信，恰恰相反，正是对反抗压迫的一种鼓舞。

李慧娘作为鬼魂在戏台上出现，我们不能单把她作为一个鬼，同时还应当看到她是一个至死不屈服的妇女形象，是能鼓舞人们的斗志的。这样的好戏，是不应当视为宣传迷信的。①

廖沫沙的"有鬼无害论"以及他对《李慧娘》的赞许实质上是对超验性艺术正义的极大肯定。尽管《李慧娘》和《有鬼无害论》在1963年及以后的岁月中屡遭围攻，但历史已经还了它们以公道。在这一问题上，钱穆的心意与郑振铎、廖沫沙是相通的，钱穆论《清风亭》，郑振铎论元代公案剧，廖沫沙论《李慧娘》，他们讨论的戏曲作品不同，然表达的观点却庶几相同。由此看来，钱穆对《清风亭》中的雷殛感兴趣，其背后有着对五四新文化运动以来在这一问题上教条式的流行观点不满，从而力图拨乱反正的动机。

五

毛泽东又为何对《清风亭》中的雷殛感兴趣呢？49年之后，毛泽东既是中国共产党的领袖，又是中国人民的政治领袖；唯物主义既是中国共产党意识形态的哲学基础，又是中国国家意识形态的哲学基础。而京剧《乌盆记》（改编自元杂剧《玎玎珰珰盆儿鬼》）

---

① 廖沫沙：《有鬼无害论》，《北京晚报》，1961年8月31日。

和京剧《清风亭》中都出现了借超自然力量而达成的罚恶结局,它们似乎有宣传唯心主义之嫌,而唯心主义自然是唯物主义的对立面。所以我们首先应该对毛泽东的观点有"同情之理解"。

实际上,早在延安开展的关于戏剧改革的讨论中,就出现过类似观点。如基崇(艾思奇)发表于1944年1月8日延安《解放日报》的文章明确提出,要"排除那些忠孝节义、怪力乱神的内容"。1948年11月23日,《新华日报》发表了题为《有计划有步骤地推行旧剧改革工作》的专论,专论认为,一些鬼神戏和神仙戏宣扬了"迷信",故应予以否定。1949年7月27日,在第一次文代会上,中央人民政府文化部宣布成立戏曲改进委员会,并制定了戏曲节目审定标准,标准之一认定,应修改甚至停演"宣扬麻醉与恐吓人民的封建奴隶道德与迷信者"。第一次文代会还公布了26部禁演剧目的名单,《奇冤报》(即《乌盆记》)出现在这一名单上。① 建国前后中共的这一系列观点和举措可被视作毛泽东1957年1月讲话的先声。

如前所述,批判某些中国古代戏曲宣扬迷信在五四前后就发生过,不过那时的批判主要是文化批判,是基于迷信与科学二元对立的批判,而自延安时间直至建国后中共人士的批判主要是政治批判,是基于唯心主义与唯物主义二元对立的批判。建国后,肃清唯心主义流毒对于确立唯物主义这一党和国家意识形态的哲学基础至关重要,毛泽东自然会对《清风亭》中的雷殛感兴趣。

《乌盆记》和《天雷报》究竟是不是在宣传唯心主义呢? 问题在于你是把这两部京剧看作宗教宣传品还是艺术作品。若是宗教宣传品,那么它们无疑在宣传唯心主义;若是艺术作品,那么说它

---

① 《中国戏剧研究》,叶长海主编,福建人民出版社,2006年,第145、147—149页。

们宣传唯心主义就显得非常勉强了。所谓艺术作品,按马克思的理解,也就是用"艺术方式加工过的自然和社会形式本身"。毛泽东的那番话很容易让人联想起马克思对希腊神话的喜爱和邓小平对蒲松龄《聊斋志异》的喜爱。马克思《政治经济学批判导言》高度评价了希腊神话以及作为希腊神话载体的希腊史诗和希腊艺术:

> 希腊神话不只是希腊艺术的武库,而且是它的土壤。……希腊艺术的前提是希腊神话,也就是已经通过人民的幻想用一种不自觉的艺术方式加工过的自然和社会形式本身。

> ……希腊艺术和史诗……仍然能够给我们以艺术享受,而且就某方面说还是一种规范和高不可及的范本。[①]

据马瑞芳《邓公和聊斋》一文说,卓琳曾因支助《红楼梦学刊》一事约中国红楼梦学会的负责人谈话。她在邓小平的书房里接待了冯其庸、张庆善等。"庆善看到书房里有个书橱全部是《红楼梦》方面的书,特感亲切,好奇地问:'您这儿有这么多红学的书,是小平同志喜欢《红楼梦》吗?''不是他,是我喜欢《红楼梦》。''小平同志喜欢什么书?''他喜欢写鬼的书。''《聊斋志异》?!'卓琳回答,是的。她说,邓小平同志喜欢《聊斋志异》。他不仅在北京时经常看《聊斋志异》,外出时还带《聊斋志异》。他让工作人员把《聊斋志异》拆成活页,外出时带几篇,闲暇时看。"[②] 转述过卓琳这番话的并非只有《邓公和聊斋》,吕启祥的《追忆卓琳老人的一席谈

[①] 马克思:《政治经济学批判导言》,《马克思恩格斯选集》第 2 卷,人民出版社,1972 年,第 113—114 页。
[②] 马瑞芳:《邓公和聊斋》,《文学自由谈》,2006 年第 4 期,第 133—134 页。

话》也转述了卓琳的话:"老邓没工夫看《红楼梦》,太长;但看短篇,如出门开会带着《聊斋》,空了就翻一段。"① 1997年10月24日上午,卓琳接待冯其庸等人时吕启祥也在场。

毫无疑问,与毛泽东一样,马克思和邓小平都是彻底的唯物主义者,只是他们把希腊神话和《聊斋志异》视作艺术作品或者以"艺术方式加工过的自然和社会形式本身"而已。由此可见,毛泽东在这一问题上显然过虑了。全本《乌盆记》和《天雷报》都曾在前十几年的上海京剧舞台上演出过,这说明这两出京剧经典名剧依然有着艺术魅力,依然受到了广大人民群众的喜爱,在这两出戏的受众中有多少人会把其中的超自然力量视作真实的力量。笔者以为,只要不把舞台形象搞得阴森恐怖,类似《乌盆记》和《天雷报》这样的戏总体上还是值得我们肯定的。

其实,毛泽东也不总是这样考虑问题的。《邓公和聊斋》说:"延安文艺座谈会前夕,毛泽东约见文艺界何其芳、陈荒煤等时曾谈到,聊斋可以做清朝的历史来读,鬼故事《席方平》其实写的就是官官相护、残害人民。"② 显然,如同马克思读希腊神话,延安时期的毛泽东是把《席方平》等"鬼故事"当作以"艺术方式加工过的自然和社会形式本身"来读的。

即使1949年以后,毛泽东也点看过牛鬼蛇神戏。"1950年春节,刚刚成立的北京人民艺术剧院接到通知:毛泽东亲自邀请著名昆曲表演艺术家韩世昌、白云生等演出《牡丹亭·游园惊梦》,并点名要看'堆花'舞。几位艺术家大喜过望。任务紧急,著名表演艺术家马祥麟率领16名青年演员随即投入'堆花'舞的排练。""除夕,中南海怀仁堂。毛泽东入神地看着戏,不时轻轻摇晃着头,

---

① 吕启祥:《追忆卓琳老人的一席谈话》,《人民政协报》,2009年8月10日C2。
② 马瑞芳:《邓公和聊斋》,《文学自由谈》,2006年第4期,第133—134页。

沉浸在昆曲的神韵中。"① 毛泽东想要观赏《牡丹亭》的欲望在很早以前就流露过。周华斌先生在接受《南方周末》记者采访时说:"毛泽东在北大时,曾想看韩世昌的《牡丹亭》,但他那时只是图书管理员,看不起。"②《牡丹亭》中既有鬼又有神,不是牛鬼蛇神戏又是什么呢。由此可见,在左倾思想占主流地位的年代里,作为党和国家领袖的毛泽东本人也是身不由己的。

最后,对于五四新文化运动以来靶标为具有超自然因素的赏善罚恶结局的文化批判和政治批判,笔者姑且借弗莱《批评的解剖》中的一段高论回应之:

> 诗人跟十足的数学家一样,其立足点不是如实地描述,而是力求符合自己假设的条件。《哈姆莱特》一剧中出现鬼魂,于是便存在"就算该剧中有个鬼"的假设;这样的假设与是否存在鬼毫不相干,也不涉及莎士比亚或他的观众是否相信有鬼。若有读者找这一假设的碴儿,不喜欢《哈姆莱特》这出戏,因为他不相信世上有鬼,也不信人们会用五音步说话,那么文学就显然没有他的份。这样的人分不清虚构与事实,这与有人汇钱给广播电台接济肥皂剧中受苦受难的女主角属同一类型。这里应该指出,那种大家认可的条件,读者在开始阅读作品之前已达到默契的事情,实际上已变成了约定俗成的惯例……③

---

① 夏榆:《白先勇:舞台是残酷的地方》,《南方周末》,2007 年 4 月 19 日 D25。
② 石岩:《中国戏剧缺点啥》,《南方周末》,2005 年 4 月 21 日 D25。笔者曾当面问过周华斌先生何谓"看不起",他答道:"买不起戏票。"
③ 诺思罗普·弗莱:《批评的解剖》,百花文艺出版社,2006 年,第 108—109 页。

《牡丹亭》中的皮格马利翁祈求

一

皮格马利翁是罗马神话中的塞浦路斯王。古罗马诗人奥维德在《变形记》卷十中说,古希腊歌手和诗人俄耳甫斯曾吟唱过皮格马利翁的故事。① 故事大意是,皮格马利翁平时十分厌恶塞浦路斯女性放荡不羁的生活,因而决心终身不娶。② 虽然没有爱的伴侣,但皮格马利翁并不感到太寂寞,因为他还是一位雕塑家。有一次,他以高超的技艺完成了一尊栩栩如生的象牙少女雕像。这象牙少女姿容绝世,以致令塞浦路斯的少女们黯然失色。皮格马利

---

① 皮格马利翁的故事系罗马神话的组成部分,但奥维德说这故事时却假借了希腊神话中俄耳甫斯之口。
② 说到塞浦路斯女性的放荡不羁,我们还得提一下希腊神话中爱神阿佛洛狄忒(即罗马神话中爱神维纳斯)的诞生。关于她的诞生有两种不同的说法,其中之一出自古希腊诗人赫西奥德的《神谱》,《神谱》说,克洛诺斯(即宙斯的父亲)为推翻其父乌拉诺斯的统治,用镰刀阉割了其父,并把割下的生殖器扔进了塞浦路斯岛附近的海域。生殖器中流出的精液在大海上形成了泡沫,阿佛洛狄忒就诞生于这精液泡沫中。欧洲文艺复兴时期佛罗伦萨画家波提切利的《维纳斯的诞生》正是根据这一传说创作的。阿佛洛狄忒诞生后,踏上的第一块土地便是塞浦路斯岛,因而阿佛洛狄忒也就成了当时塞浦路斯女性的主要崇拜对象。熟悉希腊神话的人都知道,阿佛洛狄忒有品行淫荡的一面,这深刻地影响了当时的塞浦路斯女性。英语单词 Cyprian 意即"塞浦路斯的;塞浦路斯人(的)",但它同时又有"淫荡的(人),放荡的(人)"等释义。当然,在强调"政治正确"的今天,西方已经很少有人会用 Cyprian 来指代"淫荡的(人)"或"放荡的(人)"了。

翁对自己的杰作十分欣赏,最后竟深深地爱上了这象牙少女。在爱神维纳斯节日那一天,皮格马利翁站在祭坛前祈求维纳斯把酷似这一雕像的女性赐给他为妻:"把一个像我那象牙姑娘的女子许配给我吧。"维纳斯恰好在场。她完全知道皮格马利翁的心思,于是,她赋予象牙少女以生命。在维纳斯的见证下,皮格马利翁如愿以偿地和她结为夫妇,九个月后她为皮格马利翁生下了女儿帕福斯。①

教育心理学中有"皮格马利翁效应"(Pygmalion effect)这一术语,人们将其界定为"教师对学生的殷切期望能戏剧性地收到预期效果的现象"。② 笔者更愿意以"皮格马利翁祈求"来概括一种艺术现象:故事性艺术作品中的"有情人"祈求某种奇迹出现,③ 好让他(她)与自己的心上人结成眷属或重新团聚,而奇迹最终如约而至。如果说"皮格马利翁效应"总结的是经验世界中可能发生的现象,那么"皮格马利翁祈求"总结的便是超验世界中才可能发生的现象;如果说前者所指之现象是借助自然的力量而导致的,那么后者所指之现象便是借助超自然的力量而导致的;如果说前者所指之现象是以客观世界的逻辑呈现出来的,那么后者所指之现象便是以非客观世界的逻辑呈现出来的。自然力量与超自然力量之差异是偏重于内容而言的;而客观世界逻辑与非客观世界逻辑之差异则是偏重于形式而言的。

在《马太福音》第七章中,耶稣曾对他的追随者说:"你们祈求,就给你们;寻找,就寻见;叩门,就给你们开门。因为凡祈求的,

---

① 奥维德:《变形记》,杨周翰译,人民文学出版社,1958年,第206—208页。
② 《心理学大辞典》,林崇德等主编,上海教育出版社,2003年,第891页。
③ 所谓故事性艺术大致有两类:一类是以具有直观性的形象来演示故事(represent stories)的艺术,如戏剧(含戏曲)和电影等;另一类是以不具直观性的文字来讲述故事(tell stories)的艺术,如小说和说唱艺术等。

就得着;寻找的,就寻见;叩门的,就给他开门。"①《论语·述而篇》记孔子语曰:"仁远乎哉?我欲仁,斯仁至矣。"② 现实生活中哪里有这样的方便法门,但宗教典籍中有,故事性艺术作品中也有,且源远流长。

二

在希腊神话和罗马神话中,"皮格马利翁祈求"不乏其例。如前所述,皮格马利翁的故事是由俄耳甫斯吟唱出来的,然俄耳甫斯本人也像皮格马利翁一样祈求过。在婚礼结束时,俄耳甫斯的新娘欧律狄刻因遭蛇咬而殒命。俄耳甫斯恸哭了一场之后,壮着胆子闯进了地府。面对冥王和冥后,他一边弹着竖琴,一边祈求道:"我的妻子,等她尽了天年,也终究会归你管辖的,我求你开恩,把她赏还给我。"感动之余,冥王和冥后允许他领回欧律狄刻……③

诡异的是,西罗马帝国崩溃之后,除了以希腊罗马神话为题材的艺术作品外,西方原创的"皮格马利翁祈求"几乎消失殆尽。然而,当中国的故事性艺术兴起之后,"皮格马利翁祈求"却在中国的这类艺术作品中遍地开花。唐杜荀鹤《松窗杂记》(或《松窗杂录》)中《画工》的情节与皮格马利翁的故事极为相似:

> 唐进士赵颜于画工处得一软障,图一妇人甚丽。颜谓画工曰:"世无其人也,如可令生,余愿纳为妻。"画工曰:"余神画也。此亦有名,曰真真,呼其名,百日昼夜不歇,即必应之;

---

① 《新约全书》,《圣经》(串珠·注释本),中国基督教协会,1995年,新约全书第17页。
② 刘宝楠:《论语正义》上册,中华书局,1990年,第278页。
③ 奥维德:《变形记》,杨周翰译,人民文学出版社,1958年,第200—202页。

应则以百家采灰酒灌之,必活。"颜如其言,遂呼之,百日昼夜不止。乃应曰:"诺。"急以百家采灰酒灌之,遂呼之活。下步言笑饮食如常,曰:"谢君召妾,妾愿事箕帚。"终岁,生一儿。

"皮格马利翁祈求"在这里变成了"赵颜祈求"。这画里真真的典故在《牡丹亭》第十四出《写真》和第二十六出《玩真》中曾出现过。"虚劳,寄春容教谁泪落,做真真无人唤叫。"杜丽娘于此意谓,真真还算是幸运的,好歹有人呼唤她;怕的是自己的画像无人品味鉴赏。柳梦梅日后的举动让杜丽娘的担心显得多余。"向真真啼血你知么?叫的你喷嚏似天花唾。动凌波,盈盈欲下——不见影儿那。"此外,在第二十六出《玩真》、第二十七出《魂游》和第二十八出《幽媾》中,柳梦梅不断地呼唤杜丽娘。由此可以推断,在设置杜丽娘画像这一贯穿物件上,汤显祖无疑受到过《画工》的深刻启迪。

"皮格马利翁祈求"在唐裴铏《传奇·张云容》中又变成了"张云容祈求"。张云容原是杨玉环侍女,为求仙道,服了申天师给她的绛雪丹。天师说:"后百年,得遇生人交精之气,或再生,使为地仙耳。"刘兰翘和萧凤台也是杨玉环时的宫女,遭九仙媛忌妒和毒杀,死后葬在张云容墓侧。一百年后,义士薛昭路过兰昌宫,得遇这三个美女鬼魂。当晚她们通过掷骰子的方式决定谁向薛昭"荐枕席",结果是张云容胜出。张云容欣喜地吟诗道:"不意薛生携旧律,独开幽谷一枝春。"几天同寝,如漆似胶。此后张云容对薛昭说:"但启榇,当自起矣。"意即只要你打开棺木,我就站起复活了。就这样,薛昭与张云容喜结连理。这兰昌宫的典故也被汤显祖用于《牡丹亭》。第二十五出《忆女》中有"道的个'仙果难成,名花易陨',恨兰昌殉葬无因"的唱词。此句的潜台词是人生无常,红颜尤其薄命,但它同时也暗示着杜丽娘将像张云容一样还魂回生。《牡丹亭》中第二十八出《幽媾》、第三十二出《冥誓》和第三十五出《回生》等告诉我们,汤显祖也一定受过《张云容》的影响。汤显祖之前,在中国古代故事性艺术作品中人鬼幽媾和还魂团圆均不鲜见,然兼具人鬼幽媾和还魂团圆的却不多见,《张云容》恰是这不多见的若干作品之一。

《牡丹亭》取材于明代拟话本小说《杜丽娘慕色还魂》,当然也最受其影响。呼唤画中人、人鬼幽媾和还阳回生是《牡丹亭》第二十出《闹殇》至第三十五出《回生》之间最精彩的情节,它们应该是汤显祖熔《画工》《张云容》和《杜丽娘慕色还魂》之基本情节于一炉并施点金术于其中的结果。在《杜丽娘情缘三境》一文中,陈多先生曾指出"八部作品"为《牡丹亭》的"故事来源",① 但恰恰遗漏了《张云容》。相反,说唐陈玄佑传奇《离魂记》和元郑德辉杂剧《倩女离魂》等为《牡丹亭》的"故事来源",似有牵强附会之嫌。

在《牡丹亭》中同样有"皮格马利翁祈求",不过这已经是"杜丽娘祈求"和"柳梦梅祈求"了。"杜丽娘祈求"最早出现于第十二出《寻梦》。杜丽娘祈求道:"只图旧梦重来,其奈新愁一段。""要再见那书生呵。""那雨迹云踪才一转,敢依花傍柳还重现。""待打并香魂一片,阴雨梅天,守的个梅根相见。"在第二十七出《魂游》和第二十八出《幽媾》中,杜丽娘又说:"仙真仙真,杜丽娘鬼魂稽首,魆魆地投明证明,好替俺朗朗的超生注生。""似俺孤魂独趁,待谁来叫唤俺一声。"

"柳梦梅祈求"始于第二十六出《玩真》:"待小生很很叫他几声:'美人,美人!姐姐,姐姐!'""俺孤单在此,少不得将小娘子画像,早晚玩之、拜之、叫之、赞之。""小姐小姐,则被你有影无形看杀我。"在第二十七出《魂游》和第二十八出《幽媾》中,柳梦梅又说:"俺的姐姐呵!俺的美人呵!""小姐小姐,则被你想杀俺也。"

---

① 《〈牡丹亭〉:案头与场上》,叶长海主编,上海三联书店,2008年,第8—10页。

"……有情人不在天涯。小生客居,怎勾姐姐风月中片时相会也。""我的姐姐呵。"杜丽娘的还魂回生正是在这"千呼万唤"中"始出来"的。

如前所述,"皮格马利翁祈求"由两部分组成,即祈求奇迹和奇迹诞生。对于奇迹的祈求既可以是形之于语言的祈求,也可以是形之于行动的祈求,甚至都可以是不形之于言行的心中暗暗的祈求。作品中人物的祈求实质上也即创造作品的艺术家之祈求,甚至都可能是观赏作品的受众之祈求,如果作为艺术生产主体的艺术家倾向于听从艺术市场的指令,倾向于尽可能满足作为艺术消费主体的受众之观赏需求。因此,即使一部艺术作品中并无人物形之于语言的祈求,祈求依然存焉。从这样的意义上说,所有借助超自然力量而导致的或者所有以非客观世界的逻辑而呈现的有情人结成眷属或重新团聚皆可被视作"皮格马利翁祈求"。

在中国古代故事性艺术作品中,我们可以看到形形色色的"皮格马利翁祈求"。譬如,在明杂剧《桃花人面》中,叶蓁儿为情而亡,因情而复生,最终如愿以偿嫁作崔护妻;在明杂剧《团圆梦》中,钱锁儿在军中不幸染疾弃世,钱妻周官保自缢身亡,最终两人在冥界团聚;在元杂剧《柳毅传书》中,柳毅帮助龙女三娘摆脱受虐遭难的处境,最终人神婚配;元杂剧《倩女离魂》中的张倩女一人化作两身,"身"辗转病榻,而"身外身"即魂则伴随恋人王文举;明传奇《玉环记》中的玉箫死后投胎托生为箫玉,与韦皋再续"两世姻缘";等等。

原创的"皮格马利翁祈求"为何在古罗马之后的西方几乎消失殆尽,而在唐朝以及此后的中国却遍地开花?换言之,借助超自然力量导致的或者以非客观世界的逻辑呈现的有情人结成眷属或重新团聚为何在《牡丹亭》等中国古代故事性艺术作品中层出不穷?要回答这一问题,我们须从以下两方面入手,一是中西婚姻自由程度的差异;① 二是中西艺术理论的差异。前者或许可以告诉我们"皮格马利翁祈求"的出现有没有必然性;而后者或许可以告诉我们"皮格马利翁祈求"的出现有没有正当性。

三

在中国古代社会中,婚姻是极度不自由的。这与中国古代婚姻制度的两大核心内容密切关联。这两大核心内容分别是"门当户对"和"父母之命媒妁之言"。如果仿照法学中"实质正义"和"程序正义"的差异,那么,前者为实质方面的内容,后者为程序方面的内容。在等级观念根深蒂固的古代社会中,出身于两个社会地位悬殊的家庭之青年男女几乎没有成为结发夫妇的可能性。何谓家庭的社会地位?陈顾远先生在《中国婚姻史》中说:

> 凡遇阶级存在之场合,彼此不通婚姻……此种阶级间之隔婚,或为良贱之关系,而以经济与政治之原因为主;或为士庶之关系,而以家望与世系之原因为主。②

由此可见,家庭的社会地位是由"经济与政治之原因"和"家望与世系之原因"这两方面因素构成的。

就拿《牡丹亭》来说吧。杜丽娘之父杜宝是杜甫杜工部的后代,且自己先后担任过南安太守、淮扬安抚使和同平章军国大事。杜妻为魏文帝曹丕皇后甄氏之后,且被封为南安郡夫人。无论从"家望与世系"还是从"经济与政治"来看,杜家都可谓门第高贵。门第越高贵,婚姻越不自由。杜丽娘说:"吾生于宦族,长在名门。

---

① 一般来说,恋爱旨在婚配,因而婚姻自由与恋爱自由基本上为同一问题,婚姻自由,恋爱也必自由;婚姻不自由,恋爱也必不自由。
② 陈顾远:《中国婚姻史》,上海书店,1984年,第30页。

年已及笄,不得早成佳配,诚为虚度青春。""则为俺生小婵娟,拣名门一例、一例里神仙眷。甚良缘,把青春抛的远。"真可谓高处不胜寒。

而柳梦梅呢?柳梦梅的父亲是柳宗元柳柳州的后代,且自己为朝散大夫,柳妻被封为县君。① 柳家虽不能与杜家门当户对,但无论视其"家望与世系"还是"经济与政治",总还勉强说得过去。恐怕柳梦梅的家史都是汤显祖刻意"伪造"的(在爱情题材的戏曲中"伪造"男主人公家史司空见惯)。在《牡丹亭》中有着不少关于柳梦梅穷困潦倒状的描写,这极易让人相信他是地地道道的一介寒儒,却很难让人相信他有如此出身。

只要门当户对,有情人就一定能终成眷属了吗?没有父母之命和媒妁之言,他们依然不能。中国有史以来,直至封建社会结束,先后出现了三种占主导地位的婚姻形式,即劫掠婚(掠夺婚、劫夺婚)、买卖婚和媒妁婚(聘娶婚)。② 大约至东周时,中国的主要婚姻形式演变成了媒妁婚。当然不排斥当时的社会中同时存在着劫掠婚和买卖婚,也不排斥媒妁婚的本身含有买卖婚的因素。要说劫掠婚和买卖婚,还真没有什么民族特色,然媒妁婚却实实在在地具有民族特色。

儒家是媒妁婚的主要倡导者,关于此种婚姻形式,孟子有一段非常有名的话:

> 丈夫生而愿为之有室;女子生而愿为之有家;父母之心,人皆有之。不待父母之命、媒妁之言,钻穴隙相窥,逾墙相从,则国人父母皆贱之。③

---

① 县君是唐代五品官的夫人所受的封号。
② 另有交换婚和服役婚之说,但一般认为前者是劫掠婚的变种,后者是买卖婚的变种。
③ 焦循:《孟子正义》上册,沈文倬点校,中华书局,1987年,第426页。

这段话的部分内容也出现于《牡丹亭》第三十六出《婚走》。还魂回生之后,杜丽娘对柳梦梅说:"秀才可记的古书云:'必待父母之命、媒妁之言。'"柳梦梅答道:"日前虽不是钻穴相窥,早则钻坟而入了。小姐今日又会起书来。"杜丽娘又说:"秀才呵,受的俺三生礼拜,待成亲少个官媒。"找一个人保媒又有何难,难的是"父母之命"。柳梦梅说:"要媒人,道姑便是。"但以后的剧情显示,要杜宝首肯,却是千难万难的。无论从中国婚姻制度的哪一项核心内容来看,杜丽娘与柳梦梅都是不该成眷属的,但为何汤显祖非要让他们成眷属不可呢?这委实是在研究《牡丹亭》以及其他一些表现有情人终成眷属的故事性艺术作品时经常叩问我们的一个瓶颈问题。

美国人本主义心理学家马斯洛在《动机与人格》中认为,人有五种基本需要,即"生理需要""安全需要""归属和爱的需要""自尊需要"和"自我实现的需要"。[①] 不少拙文都曾指出,除"生理需要"外,其他四种基本需要与通俗的故事性艺术作品中的三类圆满结局有着密切关联。[②] 具体地说,这类故事性艺术作品中之所以出现如此多的赏善罚恶结局,与人的"安全需要"密切相关;之所以出现如此多的有情人终成眷属结局,与人的"归属和爱的需要"密切相关;之所以出现如此多的事业成功结局,不仅与人的"自尊需要"密切相关,而且还与人的"自我实现的需要"密切相关。

应该强调的是,马斯洛所谓的基本需要兼具两种意义,即客观意义上的需要和主观意义上的需要,换言之,"这些需求是心理的,

[①] 亚伯拉罕·马斯洛:《动机与人格》(第三版),许金声等译,中国人民大学出版社,2007年,第18—29页。
[②] 中国古代戏曲和好莱坞电影等总体上是雅俗共赏的故事性艺术。从某种意义上说雅俗共赏的艺术也就是通俗艺术,只不过是一种精致化了的通俗艺术。不管如何精致化,它们的通俗艺术之本性不可或缺。

而不仅仅是生理的"。① 中国古代社会中婚姻极度不自由首先使当时的人们客观意义上的"归属和爱的需要"在很大程度上无法得到满足。既然无法满足自己客观意义上的这种需要,那么人们也只能通过满足自己主观意义上的这种需要来获得虚拟的补偿。如何满足主观意义上的这种需要呢? 最便捷的路径是,观赏有着有情人终成眷属之结局的故事性艺术作品。

理解马斯洛所谓的基本需要兼具主客观两重意义对于我们理解这类圆满结局与这种基本需要之间的关联性极为重要。艺术是虚构出来的,它是具有假定性的。看了艺术作品中的这类圆满结局,你的这种基本需要真地得到满足了吗? 实际上,你的基本需要并没有真正地得到满足,而是仅仅得到了虚拟的满足,心理上的满足。然这样的满足却是一种不可或缺的补偿。既然如此,那么作为艺术消费主体的受众必将产生相应的观赏需求,而这种观赏需求进而产生一种倒逼机制,迫使作为艺术生产主体的艺术家呈现如是结局。

艺术家可以不理睬这种倒逼机制吗? 从事高雅艺术生产的艺术家也许可以,但从事通俗艺术生产的艺术家却是万万不能的。通俗艺术在其生产和消费过程中最不容易从市场之外的渠道获得财政支持,因而它也更需要听从市场的指令。听从市场的指令也就是听从受众的指令。通俗的故事性艺术作品只有在一定程度上满足了受众的心理需要,才能在一定程度上争取到受众;只有在一定程度上争取到了受众,才能在一定程度上获得市场经济回报;只有在一定程度上获得市场经济回报,才有可能获得生存的权利。在这一由四环节构成的因果链上,第一个环节是终极原因,因而最为关键,它仿佛是多米诺骨牌阵中的第一块骨牌。正是在这样的

---

① 弗兰克·G·戈布尔:《第三思潮:马斯洛心理学》,吕明等译,上海译文出版社,2006年,第32页。

意义上,王国维先生的《红楼梦评论》说:

> 始于悲者终于欢,始于离者终于合,始于困者终于亨,非是而欲餍阅者之心,难矣。若《牡丹亭》之返魂,《长生殿》之重圆,其最著之一例也。①

这里所谓的"终于欢""终于合"和"终于亨"基本上也即三类圆满结局。其实王国维并不赞同如是结局,但他无奈地道出了真相。这也就是汤显祖一定要让本不该成眷属的杜丽娘和柳梦梅终成眷属的本质原因。值得注意的是,王国维还特别提及了《牡丹亭》。实际上《牡丹亭》不仅是"始于离者终于合",而且还是"始于困者终于亨"(状元及第)。

包括汤显祖在内的中国古代故事性艺术创作者在满足人们主观意义上"归属和爱的需要"的同时,也使自己的作品陷入了一个两难困境。一方面,婚姻极度不自由使艺术家倾向于或者表现门不当户不对的有情人终成眷属,或者表现有情人在父母之命媒妁之言缺位的情况下终成眷属,甚至二者兼而有之。不然的话则很难起到虚拟补偿的作用。因而在中国古代故事性艺术作品中,"有情人"往往来自两个相差甚大的家庭,或望族与微族,或高门与卑门,或富户与贫户。只要"有情",只要将爱情进行到底,他们总能冲破礼法之桎梏终成眷属。另一方面,尽管艺术作品是虚构出来的,但它毕竟有一个真实性的问题,哪怕它需要的仅仅是虚构的真实,假定的真实。艺术家当然可以让门不当户不对的有情人在父母之命媒妁之言缺位的情况下终成眷属,但是,要让对实际生活中婚姻极度不自由有着深切感受的受众相信这种结局的真实性却是相当不容易的。不能让受众认可,也就不能争取受众,这当然也是

---

① 《静庵文集》,辽宁教育出版社,1997年,第73页。

使不得的。要之,前者要求实际生活与艺术作品尽可能有反差,反差越大,补偿越有力,但也极其不可信;后者要求实际生活与艺术作品尽可能无反差,反差越小,越可信,但补偿却极其乏力。

为了摆脱如是两难困境,中国古代故事性艺术创作者往往采取三种手法。这三种手法在《牡丹亭》中都能见到。其一,或者伪造家史,或者伪造前程,或者二者兼而有之。这种手法可以用一句话来概括,那便是"落难公子中状元"。"落难公子"四个字表明,男主人公的血统是高贵的,艺术家力图以此来缩小男女家庭在社会地位上的差异;"中状元"三个字表明,男主人公的前程是光明的,艺术家力图告诉人们,尽管现在有差异,但这种差异在将来肯定可以消弭。① 其二,利用行政权力强行改变"有情人"的家长之意志,以突破"父母之命"这一屏障。一般来说,父母的社会地位越高,干预他们意志的行政权力之等级也就越高。杜宝最后差不多已位极人臣,当然也只有皇上"赐婚"才能使他改弦更张。这两种手法的侧重点有所不同,前者主要针对"门当户对",后者主要针对"父母之命媒妁之言"。摆脱两难困境正是汤显祖要"伪造"柳梦梅家史和前程,"杜撰"皇上赐婚情节的重要原因。

这两种手法用多了,不仅使这类艺术作品有雷同之感,而且也很难让人认可这类艺术作品中情节的真实性。于是,有些艺术家在展开想象之翼时便会暂且离开经验世界,到超验世界中去寻找解决方法。这种解决方法无非也就是以超自然的因素来构思,以非客观世界的逻辑来呈现有情人终成眷属的情节。一般来说,艺术家在创作故事性作品时,多少总要顾及客观世界及其形式和逻

---

① 尽管有唐白行简传奇《李娃传》这样的作品,但在大多数作品中都是女方门第高贵,男方出身低贱。理由非常简单,因为男子更容易在社会阶层间流动。当女方身份低贱时,艺术家有时也会做相应的调节。譬如唐蒋防传奇《霍小玉传》说,霍小玉为唐高祖子霍王李元轨庶出的女儿。

辑，以维持其作品的再现真实性。在一般情况下再现性真实比较容易取信于人。然而，当客观世界的形式和逻辑妨碍了他们表达情感和愿望时，他们也只能选择表现的真实性，选择超自然一途了。在这种特殊情况下表现性真实更容易取信于人。

在防闲甚严的中国古代社会，有几对出身悬殊的有情人可以在没有"父母之命"的情况下"私订终身后花园"？偶尔在艺术作品中看到如此情景，你还有可能认可它的真实性，因为凡事总有例外。看多了，你自然不敢相信，即使如此情景极其符合你的心愿。在现实生活中，像杜丽娘这样的高门小姐即便有与青年男子在后花园里缠绵一番的心，也未必有这样的胆。沦为鬼魂之后，情形全然不同。鬼魂基本上不受人世间法则的制约，自然可以纵情恣意。在现实生活中，像柳梦梅这样的贫寒之士几乎没有与高门小姐缠绵一番的机会，但与沦为鬼魂的高门小姐幽媾却顺理成章，鬼魂总不会再受礼法约束。且鬼魂为阴质，阳尊阴卑，即使以前是高门小姐，而今也高贵不再。

大多数受众也愿意相信如此超验图景，一来符合自己的心愿，二来因为缺乏做鬼的经验或与鬼打交道的经验而无从判断如此图景的真实性。面对艺术作品中任何符合自己心愿的图景，受众本能的倾向是避免去判断它的真实性。现在因为缺乏作为判断之参照系的经验，受众自然乐得省事——姑且相信了吧。由此看来，中国古代故事性艺术作品中的"皮格马利翁祈求"往往在补偿性和真实性之间占据了最佳平衡点。①

---

① 艺术作品的真实性说穿了也即艺术作品所建构的图景令人宁可信其有不肯信其无的性质。至于如何才能让人愿意相信，不同的艺术家有不同的做法。中西皆有不少关于艺术真实的理论，西方的理论未必能解释中国的艺术作品，反之，中国的理论也未必能解释西方的艺术作品。即使你把这些理论都读了，也未必能对艺术真实或艺术真实性有一个透彻的理解。笔者有一个偏激的观点："艺术真实"或"艺术真实性"是伪概念。纵然如此，笔者依然不能免俗地使用了这两个概念，只是在一定程度上赋予了它们以特定的内涵。

在20世纪之前的西方社会中,个人在婚姻问题上的自由程度远远胜过了中国古代社会。美国传教士Holcombe Chester(何天爵)在《真正的中国佬》(1895)中说:"在中国,年轻的已婚女子的命运非常悲惨,绝对不值得称羡。结婚之前,她根本无权选择将与之结合的那个男子。而且至少从理论上讲,与她结婚者是她从未谋面,从未交谈过一句话的人。在选定结婚的良辰吉日,她就被送到丈夫的家里。可以毫不夸张地说,在那一交接仪式中,她就像囊中之物,装在口袋里的小猫一般,因为从头到脚,她都被'包装'得严严实实。作为另一角色的新郎官,在事先他同样也没有见过未来的妻子,因为他也同样无权参与选择配偶的份儿,所以,他与她的关系形同路人,彼此无关痛痒,甚至非常冷漠,除此之外不会再有其他的结果。当然,他们在婚后也许会逐渐产生一些好感甚至爱情。但是,在婚前他们之间绝对不存在什么感情。将两人拴在一起的那条婚姻纽带与恋爱没有丝毫的瓜葛。"[1] 从一个西方人对清末婚姻的观察中,尤其从他那显而易见的猎奇心态和惊讶口吻中,我们完全可以反推20世纪之前西方社会在婚姻问题上的自由程度。

马斯洛认为,归属和爱的需要为"匮乏性需要"。[2] 所谓匮乏性需要,也就是"因匮乏而产生的需要"。[3] 换句话说,如果一个人(群)在很大程度上有着归属和爱的需要,也就意味着这个人(群)在很大程度上没有获得归属和爱;反之,如果一个人(群)在很大程度上获得了归属和爱,也就决定着这个人(群)在很大程度上没有

---

[1] 何天爵:《真正的中国佬》,鞠方安译,光明日报出版社,1998年,第55页。
[2] 许金声:《译者前言:关于马斯洛的需要层次说》,亚伯拉罕·马斯洛:《动机与人格》(第三版),许金声等译,中国人民大学出版社,2007年,译言前者第6—7页。
[3] 弗兰克·G·戈布尔:《第三思潮:马斯洛心理学》,吕明等译,上海译文出版社,2006年,第42页。

归属和爱的需要。马斯洛说：

> 一个被剥夺了爱的人之所以恋爱，是因为他需要爱、渴望爱，因为他缺乏爱，所以他就被驱使去弥补这一致病的匮乏。①

如何来"弥补这一致病的匮乏"呢？当然最好的方法是通过日常生活获得真实的补偿：一个缺乏爱而寻找爱的人因为他人爱他而寻找到了爱。如果不能获得真实的补偿，那么一个有着如此匮乏的人应该可以从某些艺术图景中获得虚拟的补偿。最能提供这种虚拟补偿的大概莫过于故事性艺术作品中的有情人终成眷属这一圆满结局了。尽管这一圆满结局补偿的仅仅是某一种"归属和爱"即核心家庭归属和两性间情爱的匮乏，但这种归属和爱的需要却是整个归属和爱的需要之核心组成部分。

若用这样的原理来推导，我们则会看到20世纪之前的西方社会在此问题上的一根因果链：因为在婚姻问题上的自由程度比较大，因而比较容易获得归属和爱；因为比较容易获得归属和爱，因而没有强烈的归属和爱的需要；因为没有强烈的归属和爱的需要，因而故事性艺术作品的创作者没有强烈的相关缺失性创作动机。笔者以为，西方20世纪之前故事性艺术作品之所以缺乏呈现有情人终成眷属特别是其中的"皮格马利翁祈求"之强烈倾向性，应该可以从这一因果链中寻找到部分原因。

四

"皮格马利翁祈求"之所以在中国古代故事性艺术作品中层

---

① 亚伯拉罕·马斯洛：《动机与人格》（第三版），许金声等译，中国人民大学出版社，2007年，第197页。

出不穷,不仅与中国古代的婚姻自由程度密切相关,而且还与中国古代的艺术理论密切相关。中国古代占主流地位的艺术本质论是表情说。表情说强调艺术是情感的表现,但艺术家表现情感的目的却是为了在接受过程中激发起受众的情感。德国艺术史家格罗塞在《艺术的起源》中指出:"一切诗歌都从感情出发也诉之于感情,其创造与感应的神秘,也就在于此。"① 古罗马批评家贺拉斯的《诗艺》也认为:"一首诗……必须能按作者愿望左右读者的心灵。你自己先要笑,才能引起别人脸上的笑,同样,你自己得哭,才能在别人脸上引起哭的反应。你要我哭,首先你自己得感觉悲痛……"②

从某种意义上说,激发受众的情感也就是满足受众的情感需求。满足受众的情感需求是充分激发受众情感的前提,不能满足受众的情感需求也就无以充分激发受众的情感。就这点而言,表情说无疑是有情人终成眷属频繁呈现这一现象背后的推手。但必须指出的是,表情说并非必然地导向后者。朱光潜先生在《谈中西爱情诗》中说,中西爱情诗最大的区别是"怨"和"慕"。③ 何谓"怨",简言之,生离之愁死别之恨。表情说是中国古代诗歌与故事性艺术共同的理论基础,何以一个表现生离死别,另一个表现包括有情人终成眷属在内的团圆?

明屠隆《章台柳玉合记叙》曰:

> 传奇之妙,在雅俗并陈……极才致则赏激名流,通俗情则娱快妇竖。斯其至乎!④

"通俗情则娱快妇竖"一语着实点中了要害。戏曲的最低目标是

---

① 格罗塞:《艺术的起源》,蔡慕晖译,商务印书馆,1984年,第175页。
② 贺拉斯:《诗艺》,杨周翰译,《诗学·诗艺》,人民文学出版社,1962年,第142页。
③ 《朱光潜全集》第9卷,安徽教育出版社,1987年,第484—485页。
④ 《中国历代剧论选注》,陈多、叶长海选注,上海古籍出版社,2010年,第153页。

"娱快妇竖",为达此目标就要"通俗情",所谓俗情,也就是普通民众在观赏戏曲过程中包括情感需求在内的心理需求,所谓通俗情,也就是满足这样的需求。那么如何才能做到这一点呢？还是要像王国维所说的那样,呈现"始于悲者终于欢,始于离者终于合,始于困者终于亨"之情节。由此可见,有情人终成眷属这一圆满结局在中国古代故事性艺术中频繁呈现是表情说与通俗艺术创作思想合力的结果。

表情说总体上充分肯定艺术家的主观创造,强调创造性再现的真实甚至表现的真实,因此它与想象说有着天然的联系。古罗马郎加纳斯在《论崇高》中指出:"所谓想象作用……现在用以指这样的场合：即当你在灵感和热情感发之下仿佛目睹你所描述的事物,并且使它呈现在听众的眼前。"① 而王国维《屈子文学之精神》则强调:"要之,诗歌者,感情的产物也,虽其中之想像的原质（即知力的原质）,亦须有肫挚之感情为之素地,而后此原质乃显。"② 这两段话都道出了感情与想象的相关性。感情其实也就是想象的内在动力,在艺术创作活动中,感情越浓烈,越激越,想象也就越丰富,越奇特。当现实世界中的事物不足以承载艺术家的感情和愿望时,那么不同程度理想化了的事物在艺术家心中乃至作品中出现也就成为必然了。汤显祖地下有知,一定会赞同上述说法。《牡丹亭记题词》曰：

> 天下女子有情,宁有如杜丽娘者乎！梦其人即病,病即弥连,至手画形容,传于世而后死。死三年矣,复能溟莫中求得其所梦者而生。如丽娘者,乃可谓之有情人耳。情不知所起,一往而深。生者可以死,死可以生。生而不可与死,死而不可

---

① 《西方美学主潮》,周来祥主编,广西师范大学出版社,1997年,第266页。
② 《静庵文集》,辽宁教育出版社,1997年,第173页。

> 复生者,皆非情之至也。梦中之情,何必非真?天下岂少梦中之人耶!……人世之事,非人世所可尽。自非通人,恒以理相格耳!第云理之所必无,安知情之所必有邪!①

汤显祖说杜丽娘是有情人,实际上却告诉人们他自己是有情人,这番话表面上指杜丽娘为与柳梦梅团圆而从死亡中复生,实际上却言说了感情之极与想象之奇的相关性。由此看来,中国古代故事性艺术作品中的"皮格马利翁祈求"依然与表情说密不可分。

从根本上说,中国古人是没有"真"(现象真实与本质真实)这个概念的,他们有的只是"诚"(感情真实)。有时使用的是"真"这个词,但指代的还是"诚"。艺术家在真实且淋漓尽致地表达一己之感情时往往会突破"理"的藩篱,从而使艺术作品所呈现的生活现象变形,使这种生活现象看似不真实。然而,只要感情真实,即使这种生活现象看似不真实,我们还是可以妥协地视之为"真实"的。正是在这样的意义上,冯梦龙《墨憨斋新定洒雪堂传奇》说:"情到真时事亦真。"②

大异其趣的是,反映论(模仿说、再现说)是西方在 19 世纪之前占主流地位的艺术本质论。用美国文学理论家艾布拉姆斯的话来说,它是"从柏拉图到十八世纪的主要思维特征"。③ 用美国文学理论家厄尔·迈纳的话来说:"西方诗学的区别性特征正在于由摹仿衍生出来的一系列观念。"④ 反映论强调艺术是客观世界(自然或社会生活)的反映(模仿或再现)。大多数反映论者主张艺术作品不仅应该反映客观世界的现象,而且还应该反映寓于其中的

---

① 《中国历代剧论选注》,陈多、叶长海选注,上海古籍出版社,2010 年,第 156 页。
② 叶长海:《中国戏剧学史稿》,中国戏剧出版社,2005 年,第 235 页。
③ 艾布拉姆斯:《镜与灯:浪漫主义文论及批评传统》,郦稚牛等译,北京大学出版社,1989 年,第 2 页。
④ 厄尔·迈纳:《比较诗学》,王宇根等译,中央编译出版社,1998 年版,第 36 页。

本质,或者认为若艺术作品正确地反映了客观世界的现象,也必然会反映寓于其中的本质。只是对于客观世界的本质各家各派的表述有所不同,柏拉图称之为"理式",亚里士多德称之为"必然律",而马克思则称之为"经济基础"。尽管这些概念有一般和特殊之别,但反映论者在艺术应该反映客观世界本质这一点上无疑有着共识。

在一些低级形态社会(奴隶社会和封建社会等)的生活中固然存在着有情人终成眷属之现象,然并非每一对有情人都能终成眷属,甚至不如愿者反倒占多数。从中可以推断,有情人终成眷属并不是相关社会生活的全部规律而仅仅是某一种规律。事物的本质往往是由一系列规律来体现的。如果某一历史时期的艺术作品过多地甚至一味地表现某一种规律,那么它们也就无法真正地体现社会生活的本质,用叔本华的话来说,"是对于世界本身性质的误解"。[①] 由此可见,反映论在根本上与呈现有情人终成眷属这一圆满结局的倾向性相抵牾。理论是后置的,是对实践进行总结的产物,但它一旦成形,必然会对实践产生指导作用。在反映论的影响范围内,高频度地呈现这种圆满结局的创作冲动必然被大大地压抑。

西方人习惯于将诗一分为三:戏剧诗、史诗和抒情诗(当韵文体文学即诗体文学式微之后,它便演变成文学的三种主要体裁,即戏剧文学、叙事文学和抒情诗)。约19世纪30年代之前,西方人的主要倾向是重戏剧诗、史诗而轻抒情诗,在前二者之间尤重戏剧诗。而推崇戏剧诗的理论家又大多推崇其中的悲剧。亚里士多德《诗学》说:"显而易见,悲剧比史诗优越,因为它比史诗更容易达

[①] 叔本华:《意志与表象的世界》,蒋孔阳译,《西方文论选》下卷,上海译文出版社,1979年,第332—333页。

到它的目的。"① 而弗·施莱格尔、叔本华和别林斯基等都认为悲剧是最高级、最重要的诗的样式。既然如此推崇悲剧,那么有情人终成眷属这种圆满结局自然难有容身之地,因为它们不宜出现于西方式的悲剧。

古希腊以后的一些西方理论家和五四以后的一些中国理论家在反对有情人终成眷属这一圆满结局时所使用的理论武器大多是由古希腊哲学家开创的模仿说和以《诗学》为其滥觞的西方悲剧观。如胡适在《文学进化观念与戏剧改良》中说:"中国文学最缺乏的是悲剧的观念。""这种'团圆的迷信'乃是中国人思想薄弱的铁证。做书的明知世上的真事都是不如意的居大部分,他明知世上的事不是颠倒是非,便是生离死别,他却偏要使'天下有情人都成了眷属'。……他闭着眼不肯看天下的悲剧惨剧,不肯老老实实写天公的颠倒惨酷,他只图说一个纸上的大快人心。这便是说谎的文学。"②

古希腊和古罗马之后,西方故事性艺术作品中有情人终成眷属之情节原本就不算多(尤其与中国古代故事性艺术作品相比较),而"皮格马里翁祈求"几乎绝迹。这同样与反映论有关。反映论是一个相当混杂的理论,其中有一路我们应称之为自然主义反映论,它把反映理解为照相式的反映,而除此之外的其他反映论则在不同程度上肯定了艺术家在反映过程中的主观创造。然而,不管它们之间有多大差异,有一点是它们共同拥有的,那便是强调再现的真实而非表现的真实。这在很大程度上制约了创作者的艺术想象,尤其制约了他们以非客观世界的逻辑呈现有情人终成眷

---

① 亚里士多德:《诗学》,罗念生译,《诗学·诗艺》,人民文学出版社,1962年,第107页。
② 《胡适文集》第2卷,欧阳哲生编,北京大学出版社,1998年,第122页。

属的创作冲动。

综上所述,身处婚姻极度不自由的社会中的艺术家才会有借助超自然因素和非客观世界的逻辑来呈现有情人终成眷属的强烈动机;一个信奉表情说并进而在很大程度上信奉想象说的民族才会赋予这一艺术现象以正当性。中国古代的故事性艺术最大限度地满足了上述两个条件,这也就是"皮格马里翁祈求"在中国古代这类艺术作品中层出不穷的根本原因。而20世纪之前西方的故事性艺术几乎不能满足上述两个条件,于是,"皮格马里翁祈求"便随着西方神话时代的消逝而无可奈何地消逝。

道教承负说与佛教不代受说：
《子不语》和《续子不语》研究

无论道教还是佛教都强调善恶有报，只是各自认定的报应方式和报应客体等有所不同。在恶报客体认定这一问题上，道教和佛教有着两种大相径庭的观念。道教认为，恶报的客体不只是或不必是恶行的主体；而佛教则认为，恶报的客体必须是恶行的主体。读清袁枚（1716—1797）《子不语》（《新齐谐》）和《续子不语》（《续新齐谐》），笔者不无惊讶地发现，道教和佛教的这两种观念在《子不语》和《续子不语》中都留下了深刻的痕迹，甚至形成了戏剧性冲突。

一

《续子不语》卷八中有《韩六三事后又缀一事》。这一小说以曾经是山阴活无常的冥役韩六为贯穿人物，连缀起发生在山阴的三个相对独立的故事，其中第三个故事如下：

> 戴七亦山阴役，好嫖赌，辄月余不归。其妻某氏托其邻王三寄口信，云要钱米度日。王三寻见戴七狭邪，则戏云："尔在此贪花，尔妇有信，尔无钱寄归，尔妇亦要养汉矣。"戴七信以为真，曰："伊妇人，乃与王三作此言，伊必有故。"是夜二更归，急叩门，妇披衣起开门，怒其久出，故作色不语而入室卧。戴

以为有所私在室也,提灯遍烛之不得,坐而疑之。适有吴某者,亦同役,过其巷,偶磕烟灰于其壁者三声,其夫方疑,谓是必有所约而至也,开门逐之。吴怪之,急走,戴逐里余,及吴,各相视而散。戴归,谓妇与吴私,殴之,妇方妊月余,毙。是年冬,王三病死。辛亥正月初旬,① 吴晚饭罢,口噤,遂绝音。昏睡去。诘朝起,则曰:"我当往谢韩六,我当往告戴七。"盖噤时见两冥差,其一为韩六也。摄至冥司,见主者暖帽如显官服,谳王某以口舌戏嘲,酿人命,寿既尽,当杖四十,枷三年,另案再结。吴以非法饮食之灰,不应夜深磕人门壁;戴既开门出,尤不应急走;戴既逐里余相见,亦当说明其故以释疑。吴当夺算半纪,掌责百二十。戴游荡不归,以疑杀妻,当得绝嗣穷饿。检冥籍,戴已有子七岁,命五鬼摄取其魂。且云:"韩六读谳词与伊听,需费八百,乃诣韩家焚楮谢。"戴闻之骇,挈子叩祷于神,第三日,子无病猝死。吴面上掌痕四阅月而青褪。

作为父亲的戴七作孽,戴七之子七龄童却代其父受冥司严惩,以致丢了性命。以今人的眼光看,这个故事实在是荒唐之甚。

然而,这故事在《子不语》和《续子不语》中并非孤例。② 譬如《续子不语》卷七中的《杀一姑而四人偿命》:周某兄弟二人娶妻后各有一子。周某父母殁后,遗一小妹。两个哥哥都不喜欢她,两个嫂子尤其虐待她。小妹已许配给一教书先生的儿子,只因教书先生家境贫寒,无力迎娶。于是,教书先生的儿子只能入赘于周家。两个嫂子常暗中商量:养活一个小姑已经够累人了,现又多了一个吃白食的,总要设法赶他们走才好。不久,周某兄弟去城外佛寺读书,妹夫

---

① 袁枚在世期间有两个辛亥年,即雍正九年(1731)和乾隆五十六年(1791)。
② 疑似有"父债子偿"情节的另有《子不语》卷十中的《卖浆者儿》。除"父债子偿"外,还有"夫债妻偿",如《子不语》卷十三中的《鬼势利》。

也恰好回家探望双亲。见此情景,两个嫂子也借故回了娘家,临走前把柴米食物都锁了起来。次日,小姑入厨房,无以为饮,忍饿两日,实在没脸向邻居求援,左思右想,苦无良策,最终只能以自缢了事。听说小姑已死,两个嫂子皆从娘家归,并召回了她们的丈夫。她们对丈夫谎称小姑得病而死,于是周家将其草草殡殓,并寄书至其夫家,让他们派人来取走棺柩。正当这两个恶嫂自以为得逞之时,周家开始频繁地出现冤鬼啾啾的哭声。数月后,大嫂母子俱暴病而亡。不久,二嫂母子亦病。二嫂恐惧极了,嘱丈夫日夜守之。尽管如此,某晚二更天时,一赤发蓝面、手持钢叉的鬼卒还是当着二哥的面攫取了其子的性命。次日黎明,二嫂亦殁。①

这两则笔记小说的共同特征是"父债子偿",即父辈直接或间接地剥夺了他人的生命,父辈与儿辈或仅仅儿辈反被超自然力量剥夺了生命。夺人财物,还人财物;害人性命,偿人性命。这在信奉"以眼还眼,以牙还牙,以血还血"之原始复仇观念和朴素正义观念的中国古代社会往往被视为天理或天道,我们无法对此苛责。但施害者与受罚者,也即恶行的主体与恶报的客体总该相契合才对呀。先人作孽,后代又何罪之有呢?在道教看来,先人作孽,后代确实谈不上有什么罪过,但后代会因此而遭受无罪之殃。何以如此?要回答这一问题,我们还需引入道教的承负说。

二

道教承负说肇始于《太平经》,而《太平经》则问世于东汉后

---

① 清金捧阊《客窗偶笔》(《客窗笔记》)中有《一命四偿》,其故事和文字均与此则小说大同小异。《子不语》初次刊印于乾隆五十三年(1788),《续子不语》初次刊印年份不详,应该在袁枚生前。《客窗偶笔》初次刊印于嘉庆二年(1797),那一年也即袁枚卒年。据此推算,金捧阊做"文抄公"的可能性远大于袁枚。

期,是现存最早的道教经典,因此承负说可谓道教关于善恶报应最古老的理论之一。《太平经》卷三十九《解师策书诀》云:

> 承者为前,负者为后。承者,乃谓先人本承天心而行,小小失之不自知,用日积久,相聚为多,令后生人反无辜蒙其过谪,连传被其灾,故前为承,后为负也。①

《太平经》卷十八至卷三十四《解承负诀》云:

> 凡人之行,或有力行善,反常得恶,或有力行恶,反得善,因自言为贤者非也。力行善反得恶者,是承负先人之过,流灾前后积来害此人也。其行恶反得善者,是先人深有积蓄大功,来流及此人也。能行大功万万倍之,先人虽有余殃,不能及此人也。②

《太平经》认为,先人的善恶行为会给其后代即"后生人"带来相应的祸福报应;任何一个人都要承受五代先人的善恶行为所带来的祸福报应,此为"承";任何一个人的善恶行为都将福及或祸及五代子孙,此为"负"。③"承"与"负"一体两面:"承"着眼于后代与先人的关系,而"负"则着眼于先人与后代的关系。正因为有"承"与"负",所以才会有"行善反得恶(报)"和"行恶反得善(报)"这种反常现象的发生。当然,《太平经》并未否定"后生人"行善去恶的价值。"后生人"亦有其"后生人",他的善恶行为同样会给其后代带来相应的祸福报应。不仅如此,"后生人"的善恶行为也会给自己带来相应的祸福报应,从而抵消其先人的余殃和余福。若"后生人"有极大的善行,那么即使其先人有恶行,也不能殃

---

① 《太平经合校》,王明编,中华书局,1960年,第70页。
② 《太平经合校》,王明编,中华书局,1960年,第22页。
③ 《太平经》:"因复过去,流其后世,成承五祖,一小周十世,而一反初。"此语意即,前"承"五代,后"负"五代;前后十代,才算完成了一个承负周期。

及他;反之,若他有极大的恶行,那么即使其先人有善行,也不能福及他。

《太平经》所建构的承负说在道教思想发展史上造成了强大的路径依赖效应。后世诸多道教经典皆表达了承负观念。汉(或魏晋)《赤松子中诫经》记赤松子语曰:"此乃祖宗之罪,遗殃及后。自古英贤设教,留在《仙经》,皆劝人为善,知其诸恶,始乃万古传芳,子孙有福。""积恶之殃满盈,祸及数世矣。此为司命夺筭,星落身亡,鬼拷丰都,殃流后世。"① 宋《太上感应篇》记太上老君语曰:"如是等罪,司命随其轻重,夺其纪算。算尽则死,死有余责,乃殃及子孙。"② 宋(或明)《文昌帝君阴骘文》记文昌帝君语曰:"诸恶莫作,众善奉行,永无恶曜加临,常有吉神拥护,近报则在自己,远报则在儿孙。"③ 清《关圣帝君觉世宝训》记关圣帝君语曰:"近报在身,远报子孙,神明鉴察,毫发不紊,善恶两途,福祸攸分,行善福报,作恶祸临。"④ 在自东汉后期至清末这约一千七百年时间里,道教一直大力宣称,先人作恶,后代就会遭受无罪之殃。由此观之,《韩六三事后又缀一事》中的戴七之子和《杀一姑而四人偿命》中的周氏兄弟之子被鬼神剥夺生命也自在"情理"之中了。

道教的承负说在一定程度上影响了中国古代的小说创作,从而使"父债子偿"式的情节在古代小说中屡见不鲜。如清褚人获(1635—?)《坚瓠集》中的《金锭》:洞庭东山有金驼子,他背曲如弓,人称金锭。因相信其能给他人带来好运,所以每逢他人家里

---

① 《劝善书今译》,唐大潮等注释,中国社会科学出版社,1996年,第12—13、15页。
② 《劝善书今译》,唐大潮等注释,中国社会科学出版社,1996年,第55页。
③ 《劝善书今译》,唐大潮等注释,中国社会科学出版社,1996年,第66页。
④ 《劝善书今译》,唐大潮等注释,中国社会科学出版社,1996年,第151页。

有喜事,必邀请之。金锭每至他人家里,主人必奉上金钱,馈赠酒食,一来二去,金锭渐渐富足起来,有良田二十余亩。金锭某同乡欲谋其良田,便暗中陷害金锭,使他倾其囊,卖其田。金锭遂贫,也无人再邀请他,而某同乡竟如愿得其良田。事后金锭获知真相,某晚怀利刃于道旁侍某同乡夜饮归,忽转念一想,他昧心,我又何必作恶,于是掷刀于河,返家途中金锭不小心触桥柱而跌倒在地,这一跌竟使金锭从此挺直腰背。也就在金锭掷刀之时,某同乡七龄之子为家中屏风绊倒,遂成背曲难伸的驼子,翌年竟不治而亡。作者以短短六字作结:"报施不爽如此。"如果借用《太平经》中的话来说,那便是"比若父母失至道德,有过于邻里,后生其子孙反为邻里所害,是即明承负之责也"。① 有着类似超自然恶报情节的还有南北朝颜之推《冤魂志》中的《徐铁臼》、宋郭彖《睽车志》中的《章思文》、明《轮回醒世》中的《孽子历四难而奋迹》、清纪昀《阅微草堂笔记》中的《夙世冤愆》和清潘纶恩《道听途说》中的《李二妈》,等等。

三

先人作恶后代遭殃,其实质也就是株连无辜。宗教的某一观念往往与产生这一宗教之社会的正相关观念有着源流关系。道教承负观念无非是当时中国社会的法律领域中株连观念在宗教领域中的变体,是株连观念神圣化的产物。何谓株连?汉刘熙《释名·释丧制》曰:"罪及余人曰诛。诛,株也,如株木根,枝叶尽落。"② 作为一种法律现象,株连早在商朝末年就出现了。据《尚书·泰誓》,周

---

① 《太平经合校》,王明编,中华书局,1960年,第54页。
② 刘熙:《释名》,中华书局,2016年,第119页。

武王就曾指责商纣王"敢行暴虐,罪人以族"。① 作为一项法律制度,族刑及其他形式的连坐肇始于春秋时期,盛行于战国时期。

《法经》是中国历史上第一部系统性的成文法典,制定者为战国时期魏国的李悝(前455—前395)。《法经》云:"越城,一人则诛;十人以上夷其乡及族。""杀人者诛,籍其家及其妻氏;杀二人,及其母氏。"② 商鞅(约前390—前338)是怀揣《法经》去秦国,并获秦孝公重用的,故其变法主张中亦有族诛的内容:"守法守职之吏有不行王法者,罪死不赦,刑及三族。……重刑,连其罪,则民不敢试,故无刑也。"③ 这一主张在变法中落到了实处。先秦的连坐制度是以后历朝历代连坐制度的"范本"。《新唐书·吉温传》曰:"于是慎矜兄弟皆赐死,株连数十族。"④ 如此这般的记载在中国古代正史中比比皆是。族刑等连坐制度一直持续至清末因沈家本(1840—1913)等奏请废除"缘坐"(即连坐)等不合理刑律而寿终正寝。⑤

从某种意义上说,笔记小说也是史书,不过是"稗官野史"或"正史之余"而已。笔记小说中不乏对古代社会株连案的记载。《续子不语》卷六中有《赵友谅宫刑一案》。它讲述的便是一桩株连案的本末:

---

① 参考译文:"竟敢施行残暴虐杀,以灭族之法惩罚民众。"另《尚书·甘誓》有"弗用命,戮于社,予则孥戮汝",《尚书·汤誓》有"尔不从誓言,予则孥戮汝,罔有攸赦"。古代学者对这两段中"孥"字的解释有严重分歧,故很难断定夏启和商汤在讨伐之前曾以族诛威胁过手下将士。
② 夏曾佑:《中国古代史》,河北教育出版社,2000年,第197—198页。
③ 《商君书》,石磊评注,中华书局,2013年,第124页。
④ 欧阳修等:《新唐书》第19册,中华书局,1975年,第5916页。
⑤ 光绪三十一年三月二十日(1905年4月24日),沈家本等上奏《删除律例内重法折》。该奏折说:"一案株连,动辄数十人。夫以一人之故而波及全家,以无罪之人而科以重罪,汉文帝以为不正之法,反害于民。……其言皆笃论也。"(沈家本:《寄簃文存》,商务印书馆,2015年,第3页)

赵成者,陕西山阳城中人。素无赖,老而益恶,奸其子妇,妇不从,持刀相逼,妇不得已从之,而心终不愿,私与其子友谅谋迁远处以避之。其戚牛廷辉住某村,离城三十里,遂往其村,对山筑舍而居,彼此便相叫应。居月余,赵成得信追踪而往,并持食物往拜牛廷辉。牛设馔款待,乡邻毕集,席间,客严七与牛至好,问牛近况,牛告以生意不好,卖两驴得银三十两,以十金买米修屋,家中仅存二十金等语。赵成欲通其媳,厌友谅在傍,碍难下手,知邻人有孙四者,凶恶异常,且有膂力,一村人所畏也。乃往与谋杀牛廷辉,分其所剩金。孙四初不允,赵成曰:"我媳妇甚美,汝能助我杀牛廷辉,嫁祸于友谅,友谅抵罪则我即以媳妇配汝。不止一人分十金也。"孙四心动,竟慨然以杀牛为己任。是夜与赵成持刀直入牛家,友谅见局势不好,逃入山洞中。孙、赵两人竟将牛氏一家夫妇子女,全行杀尽,而往报官,云是友谅所杀。县官路学宏急遣役往拿,见友谅匿山洞中,形迹可疑,遂加刑讯。友谅不忍证其父,而又受刑不起,遂痛哭诬服。然杀牛家之刀,原是孙四家物,赵家所无也。屡供藏刀之处,屡搜不得。路公以凶器未得,终非信谳,遂叠审拖延,连累席间饮酒乡邻十余人,家产为空。一日捕役方带赵成覆讯,成自喜案结矣,策蹇高歌。其媳见而骂曰:"俗云虎毒不食儿,翁自己杀人,嫁祸于儿子,拖累乡邻,犹快活高唱曲耶?一人作事一人当,天地鬼神肯饶翁否?"赵成面赤口噤,捕役以其情急闻于官。官始穷问。赵成初犹不服,烧毒烟熏其鼻方输实情。按律,杀死一家五人者,亦须一家五人抵偿。按察使秦公与抚台某伤其子之孝,狱奏时为加夹片,序其情节,奉上谕:赵友谅情似可悯,然赵成凶恶已极,此等人岂可使之有后?赵成着凌迟处死,其子友谅可加宫刑,百日满后,充发黑龙江。

自己的妻子为恶父奸污,自己为恶父诬陷,而赵友谅始终恪守亲亲相隐的原则,但最终却遭受了皇上所钦定的"宫刑"和"充发黑龙江"这两项刑罚。这样的判决要说多荒唐就有多荒唐,但它在很大程度上反映了古代社会的实情。

四

西方社会在其发展过程中也曾出现过株连,譬如古罗马时期。这说明株连现象在一定程度上具有普世性。大凡低级形态的社会都有可能出现这种现象。这主要因为低级形态的社会治理能力弱,因而不得不通过要挟来威慑潜在的犯罪者和违法者。株连的实质也就是要挟,它把潜在的犯罪违法者的亲属作为"人质",把人类原始的亲属之爱作为压制潜在的犯罪违法者的筹码,从而最大限度地增加犯罪违法成本,塑造国家机器的威严形象,最后力图达到减少犯罪违法现象的目的。① "……连其罪,则民不敢试,故无刑也。"前引商鞅的这段话颇能显示这样的治理思路。

然而,诡异的是,中国的株连现象有着非西方社会可比的三大特征:第一,充分制度化。自《法经》问世以来,中国历朝历代的刑律中大多有"族诛""缘坐"(即"连坐")和"禁锢"(即"籍门")等内容。② 第二,持续时间长。如前所述,株连现象一直从商代延续

---

① 这里的"犯罪"和"犯罪者"有时还真要打上"引号"。无论善法还是恶法,违反它都是违法,实施这一行为的主体自然都是违法者。相形之下,"犯罪"和"犯罪者"有着浓厚的价值判断之意味,违反恶法并非真正意义上的"犯罪",实施这一行为者也并非真正意义上的"犯罪者"。
② "族诛"和"连坐"是两种主要的株连方式,这两个概念的外延有大小之别。族诛主要以血缘关系的远近为确认标准,而连坐以包括血缘关系在内的一切关系的远近为确认标准。某人违法或犯罪,邻里受牵连,这只能是连坐。以今天的眼光看,"族诛"就是"连坐"之一种。

至清末。第三，波及区域大。秦朝以降，中国在大部分时间里是中央集权国家，一旦国家刑律允许株连，那便是全国一体推行。反观西方，我们可以发现，株连现象基本上随着古罗马帝国的陨落而消失，由于在很大程度上缺乏制度支持，① 西方后世的株连总体上呈现出偶发性特征。②

面对中西的这一差异，如果我们仅仅着眼于社会发展水平，可能还无法解释它们的全部成因。要合理地解释中国古代社会中株连"充分制度化"和"持续时间长"这两大特征，我们还需要考察中国古代社会的特殊性。黄河流域尤其华北的黄土有着"特殊物理和化学性能"即"自我加肥的性能"，因而汉民族先民早在新石器时代就已经废弃了游耕制（砍烧法），并进而"奠定村落定居的农业"。③ 村落定居农业使世世代代居住于一地成为现实，继而使三世同堂、四世同堂甚至五世同堂成为现实，最终使家族的出现成为现实。为了调节家族内部关系和维护家族内部秩序，从而达到实现家族整体利益或家族统治者利益最大化的目的，④ 家族制度就成了家族内部治理必不可少的保障。中国的家族制度萌生于商代

---

① 从公元 2 至 6 世纪，罗马法经历了一个不断补充和完善的过程。公元 534 年，在东罗马帝国国王查士丁尼的主持下编撰完成并颁布实施了新的罗马法典，后人称之为《民法大全》。该法典的一些基本思想和原则对后世西方各国的法律产生了巨大影响。《民法大全》有如是条款："父亲的罪名或所受的惩罚不能玷污儿子的名声，因为每一方的命运均取决于自己的行为，而任何一方都不得被指定为另一方所犯罪行的继承人。"这可被视作"罪责自负"原则的滥觞。
② 株连现象基本消失不等于完全消失。在特定历史条件下，即使已经进入 20 世纪，西方还曾发生过株连现象。如 1943 年德国的"白玫瑰"小组案。
③ 何炳棣：《读史阅世六十年》，广西师范大学出版社，2005 年，第 409—411 页。
④ 实现家族整体利益最大化应该是制定家族制度的最初宗旨。然由于家族内部缺乏分配正义，如此宗旨在实现过程中最终必将异化为家族统治者利益最大化。

后期,完备于西周。① 上述这一由三种因果关系组成的递进序列可借用何炳棣先生的话概括之:"只有在累世生于兹,死于兹,葬于兹的最肥沃的黄土地带,才有可能产生人类史上最高度发展的家族制度和祖先崇拜。"②

为了使家族制度在实际生活和人们心目中扎下根来,就必须有一种意识形态赋予其正当性,于是儒家学说应运而生。冯友兰先生说:"由此发展起中国的家族制度,它的复杂性和组织性是世界少有的。儒家思想在很大程度上便是这种家族制度的理性化。"③ 然后儒家又将这种家族制度和家族伦理推向社会,使之成为社会制度和社会伦理。诚如冯友兰所言:"中国的社会制度便是家族制度。"④ 于是"家—国结构"便成了中国古代社会的结构,"家是最小国""都说国很大,其实一个家",⑤ 此之谓也。既然是"家—国结构",那么,"有父子然后有君臣……"。⑥ 有"父为子纲"然后有"君为臣纲",⑦ "父子之道,天性也,君臣之义也"。⑧

这里涉及一个关键问题:儒家伦理是以"仁"还是以"礼"为核心范畴?还是让钱穆先生来回答吧:"中国的核心思想就是'礼'。"⑨ 古代中国独特的社会制度、社会伦理和社会结构决定了人一定被分成三六九等,人一定没有独立而自由的人格,人一定要依附于某一家族体制或社会体制,处于低等位的人也一定是处于

---

① 徐扬杰:《中国家族制度史》,武汉大学出版社,2012年,第70—71页。
② 何炳棣:《读史阅世六十年》,广西师范大学出版社,2005年,第411页。
③ 冯友兰:《中国哲学简史》,天津社会科学院出版社,2007年版,第20页。
④ 冯友兰:《中国哲学简史》,天津社会科学院出版社,2007年,第20—21页。
⑤ 这些歌词均出自成龙等首演于国庆60周年联欢晚会(2009年10月1日)的《国家》。
⑥ 《周易译注》(修订本),黄寿祺等撰,上海古籍出版社,2001年,第647页。
⑦ 陈立:《白虎通疏证》上,吴则虞点校,中华书局,1994年,第373页。
⑧ 《孝经译注》,胡平生译注,中华书局,1996年,第19页。
⑨ 邓尔麟:《钱穆与七房桥世界》,社会科学文献出版社,1998年,第8—9页。

高等位的人的附庸。这种普遍存在的人身依附关系最终必然导致一荣俱荣,一损俱损。一荣俱荣的极端表现是一人得道,鸡犬升天;一损俱损的极端表现是株连一族、三族、六族、九族乃至十族。在这样的情境中,"罪责自负"的思想自然很难生长发育。

五

如前所述,道教承负观念是当时中国社会法律领域中株连观念神圣化的产物。不过,古代小说中体现了承负观念的情节与现实生活中的株连情景还是存在着一定的差异。株连相对简单:犯罪违法的主体以及这一主体的亲属等一起受罚,对犯罪违法主体的惩罚在不同程度上要重于对其亲属等的惩罚。即使在反映了现实生活中株连情景的小说情节中亦复如此。在前引《赵友谅宫刑一案》中,"赵成着凌迟处死,其子友谅可加宫刑,百日满后,充发黑龙江"。

然而,小说中体现了承负观念的情节却要复杂得多,它大致有以下三类:其一,造恶孽者及其亲属遭受同样的惩罚。如在前引《杀一姑而四人偿命》中,"长妇母子骤病俱亡","次妇母子亦病……子已绝而妇犹呻吟也,黎明,妇亦殁"。其二,造恶孽者及其亲属均遭受惩罚,但重罚后者,却轻罚前者。如在前引《韩六三事后又缀一事》中,冥司判戴七"绝嗣穷饿",判戴七之子"无病猝死"。其三,造恶孽者不受惩罚,但其亲属却遭受惩罚,且往往是重罚。如在前引《金锭》中,"里中某"安然无恙,然其七龄之子先是"足挂屏风而仆,遂背曲难伸",后"七龄者竟死"。

综观这三类情节,显见超自然力量惩罚的重点在造恶孽者亲属而非造恶孽者本人,这太令人匪夷所思了!《阅微草堂笔记》中有《疡医》,它如此夹议夹叙:"南皮疡医某,艺颇精,然好阴用毒药,勒索重资。不餍所欲,则必死。盖其术诡秘,他医不能解也。一日,其子雷震死。今其人尚在,亦无敢延之者矣。或谓某杀人至多,天何不殛其身而殛其子,有佚罚焉?"① 显见古人对此类情景也有困惑,更遑论今人了。

该如何理解这种看似有悖情理的情节呢?我们还是从《疡医》说起。实际上对这则小说中的设问,纪昀提供了答案:"夫罪不至极,刑不及孥;恶不至极,殃不及世。殛其子,所以明祸延后嗣也。"② 纪大学士简直就是答非所问!他问的是"天何不殛其身而殛其子",然而,他的答案却是,因为疡医某罪孽深重,因而"祸延"其儿子。姑且不论罪孽深重是否应该连累疡医某的儿子,罪孽深重就应该放过疡医某本人吗?这种逻辑算什么逻辑?明《轮回醒世》中有《假他子还魂》,此则小说开篇即写道:"登州常志毅,每造罪孽,不由仁义,妻许氏劝之不从。生儿四岁,志毅一旦暴卒,阴司摄其魂,历数其罪,痛加楚挞,且谕曰:'追汝命,不足尽汝罪,还当断汝后。'志毅泪诉曰:'自作自受,罪亦何辞,惟不累及妻孥,使寡妻孤子得保令终可也。'阎罗曰:'若使恶人有后,何以见阴司报应?'遂不容分辩,竟驱入虎头门。"这里对常志毅及其子的处罚总要比仅仅对疡医某之子的处罚要合理一些。

既终结造恶孽者的生命也终结其儿子的生命;轻罚造恶孽者却终结其儿子的生命;不罚造恶孽者却终结其儿子的生命。看这三类情节,首先我们应该注意到,被终结生命的都是造恶孽者的儿

---

① 这最后两句的大意是说,老天为何不击杀疡医某自身而击杀其儿子,这是老天的过失吗?"佚罚"出自《尚书·盘庚》中"邦之臧,惟汝众;邦之不臧,惟余一人有佚罚"一语。此语中的"佚罚"有过失、过错或罪错之义。

② 参考译文:"如果不是罪大恶极,刑罚就不会延及其儿子;如果不是罪大恶极,灾殃就不会延及其后代。击杀其儿子,这正表明祸殃已经延及其后嗣了。"

子而非女儿。因为儿子才是"后"（延续血脉的后嗣），不关女儿什么事。其次我们也应该注意到,被终结生命的往往是能延续造恶孽者血脉的所有后嗣。如在清潘纶恩《李二妈》(《道听途说》)中,张大妈因不堪忍受李二妈的百般凌辱而上吊自尽,后张大妈冤魂获准于冥王,将李二妈一子三孙歼灭殆尽。上述"轻罚"和"不罚"也只能是今人的判断；说是轻罚,说是不罚,对古人来说,这才是重罚。出于骨肉之情,见自己的儿子无辜被夺去了生命,造恶孽者自然无比痛心,这还仅仅是一种惩罚。第二种惩罚是剥夺造恶孽者养老送终的资本。在物质生活普遍贫乏,社会保障机制付之阙如的社会中,唯一能确保老年人得到赡养的是家庭保障机制,也即成年的子女供给老年父母,甚至父母的父母生活所需。而第三种惩罚则与中国古人对孝与不孝的看法有关。

《孝经》记孔子语云:"夫孝,德之本也……""夫孝,天之经也,地之义也,民之行也。""人之行,莫大于孝。"① 孝道被孔子强调到了无以复加的地步。既然如此,那么,不孝之人也即世间最大的罪人了。《孝经》记孔子语云:"五刑之属三千,罪莫大于不孝。"② 此语意即,应当处以墨、劓、刖、宫、大辟这五种刑法的罪行有三千条,③ 而不孝是其中最严重的罪行。隋代的《开皇律》把"恶逆"和"不孝"列为"十恶"之二,④ 以后历朝刑律都因袭沿用了"十恶"这一说法及具体的罪行名目。对于"恶逆",历朝刑律规定要处以

---

① 《孝经译注》,胡平生译注,中华书局,1996年,第1、12、19页。
② 《孝经译注》,胡平生译注,中华书局,1996年,第27页。
③ 五刑之说源于《尚书·吕刑》。墨即在额上刺字后涂上墨色的刑法；劓即割掉鼻子的刑法；刖即砍断脚的刑法；宫即割掉男子睾丸或破坏女子生殖器官的刑法；大辟即死刑。
④ "十恶"即十种最严重的罪行名目,指谋反、谋大逆、谋叛、恶逆、不道、大不敬、不孝、不睦、不义、内乱。"恶逆"即极严重的不孝罪,指殴打及谋杀祖父母、父母,杀死伯叔父母、姑、兄、姊、外祖父母、夫、夫之祖父母、夫之父母。

死刑中最重的刑罚。① 历朝刑律对于"不孝"的处罚要复杂得多,主要原因是被视作"不孝"的罪行名目很多,不同罪行自有不同刑罚相配伍。然从总体上说,对"不孝"的处罚还是很严厉的,如《唐律疏议》卷二十二规定:"诸詈祖父母、父母者,绞。"② 仅仅骂祖父母或父母,就要被判处绞刑。现实世界然,虚拟的宗教世界亦然,不孝同样难逃极严酷的冥诛阴罚,显见不孝不仅是法律意义上的罪行(crime),而且还是道德意义上的罪孽(sin)。

《孟子》记孟子语曰:"不孝有三,无后为大。"③ 不管此语有多夸张,也不管此语中的"不孝"与孔子口中的"不孝"在外延上有多大差异,但"无后"肯定是"不孝"之一种。自己的儿子被剥夺了生命,不仅仅失去了儿子,失去了为自己养老送终的资本,而且还要背负极大的恶名。明乎此,你也就不难理解鬼魂复仇时或神祇惩恶时对施害者说的最狠的一句话往往是"我必绝尔嗣"或诸如此类(如清张培仁《妙香室丛话》中《记报应》),不难理解等到鬼神将施害者的子孙毁灭殆尽,作者的议论往往是"报应之惨,不堪回首"或诸如此类(如清百一居士《壶天录》中《见色思淫》)。

也正因为如此,在《韩六三事后又缀一事》中,"冥司"判戴七"绝嗣穷饿",在《假他子还魂》中,"阴司"谕常志毅"还当断汝后"。这里的"绝嗣"和"断后"绝非轻罚而是重罚。说到这里,再回过头去看纪昀在《疡医》中的设问和答案,也许他想说的是,让疡医某活着就是为了让他痛苦地活着。让罪人"活受罪"在古代社会

---

① 在古代中国,死刑中最重的刑罚在理论上为斩刑,但五代及此后,在实际执行中为凌迟刑。唯有元代刑律对"恶逆"中犯罪情节最轻的殴打父母之行为有可能从轻发落。《元史·刑法志》载:"诸醉汉殴其父母,父母无他子,告乞免死养老者,杖一百七,居役百日。"要免除殴打父母者死刑,酒醉、独生子和父母乞请这三个条件缺一不可。
② 《唐律疏律》,刘俊文点校,法律出版社,1999年,第446页。
③ 焦循:《孟子正义》上册,沈文倬点校,中华书局,1987年,第532页。

中并非没有社会心理基础。《太平经》卷四十《乐生得天心法》云:"为人先生祖父母不容易也,当为后生者计,可毋使子孙有承负之厄。"① 言者谆谆,然其威慑力却不容小觑,读多了这类小说,有谁还胆敢藐藐呢。

六

《子不语》和《续子不语》一再描述了先人作孽后代遭殃的情节,我们似乎可以推断说,袁枚是赞许承负思想的。如果真这样认为,我们实在是误解了他。如前所引,在《赵友谅宫刑一案》中,赵友谅的老婆骂其公公曰:"俗云虎毒不食儿,翁自己杀人,嫁祸于儿子,拖累乡邻,犹快活高唱曲耶?一人作事一人当,天地鬼神肯饶翁否?""一人作事一人当"的实质也就是罪责自负。而罪责自负既与古代法律领域中的"株连"针锋相对,也与古代宗教领域中的承负针锋相对。株连和承负的要害恰恰是分摊或淡化了犯罪违法主体的责任,恰恰是一人作事非一人当或一人作事由别人当。

《子不语》卷七中有《李倬》。福建书生李倬于赴京赶考途中遇上了河南书生王经。王经自称资费不足,请求李倬带他同船进京。尽管在赴京途中王经的行为有些怪异,但总体上李倬还是与他很谈得来。已至京城外,王经长跪请求:"公毋畏,我非人也,乃河南洛阳生员,有才学,当拔贡,为督学某受赃黜落,愤激而亡。今将报仇于京师,非公不能带往。入京城时,恐城门神阻我,需公低声三呼我名,方能入。"王经所说的督学,正是李倬的座师,② 因而李倬拒绝了其请求。王经说,你偏袒你的老师,拒绝了我,即便如

---

① 《太平经合校》,王明编,中华书局,1960年,第80页。
② 明清举人和进士称本科主考官为"座主"或"座师"。

此，我还是要设法复仇的，而且连你也一起收拾。李倬无计可施，只能照他的话去做了。

安排了住处等之后，李倬即去拜访其座师。一进座师家门，便见他们一家子哭成一团，座师对李倬说："老夫有爱子，生十九年矣，聪明美貌，为吾宗之秀。前夜忽得疯疾，疾尤奇，持刀不杀他人，专杀老夫。医者莫名其病，奈何？"李倬非常清楚其中缘由，便主动请求说："待门生入视郎君。"话还没说完，只听"公子"在内室笑着说："吾恩人至矣，吾当谢之，然亦不能解我事也。"李倬进了内室，握着"公子"（即王经鬼魂）的手，与他谈了很长时间。座师一家十分不解，也愈加害怕，于是便把李倬叫了出来。李倬将事情原委告诉了他们，于是全家人都跪在李倬面前，求他说情。李倬重入内室，再次劝说"公子"。最终"公子"同意以毁坏一只玉瓶和几件貂裘了事。摔碎玉瓶和焚烧貂裘之后，"公子"大笑着说："吾无恨矣！为汝赦老奴。"言毕，拱手作揖，作辞行状。而座师公子的病也即刻痊愈。

李倬究竟说了怎样一番话才让"公子"放弃了索取李倬座师父子生命的念头呢？他是这样说的：

> 君过矣！君以被黜之故，气忿身死。毕竟非吾师杀君也。今若杀其郎君，绝其血食，殊非以直报怨之道。①

这番话有两层涵义，它们无意间涉及了现代法律正义的两大原则。前一层涵义讲的是"罪罚相当"（罪刑相适应），李倬言下之意是，吾座师固然有罪，然罪不至于受如此惩罚，量刑过重是不正当的。② 后

---

① 参考译文："你过分了，你因为落选的缘故，气愤而死，这毕竟不是我的座师杀死你的；如今你却要杀害他的儿子，让他断子绝孙，这并不是通过正直的手法来报怨。"

② 表达过"罪罚相当"思想的还有上文提及的《杀一姑而四人偿命》。袁枚在篇末议论道："夫杀一姑而四人偿之，甚矣。"（杀一小姑而要四人来偿命，惩罚有些过分了。）

一层涵义讲的是"罪责自负",李倬言下之意是,吾座师固然有罪,然其儿子却是无辜的,报复其儿子是不正当的。

值得注意的是"公子"听了这番话后的反应:"其子语塞,瞋目曰:'公语诚是,然汝师当日得赃三千,岂能安享?吾败之而去足矣。'""公语诚是"这四个字表明,"公子"是信服李倬的说法的。更值得注意的是王经鬼魂以后的"命运"。"李(倬)是年登第,行至德州,见王君复至,则前驱巍峨,冠带尊严,曰:'上帝以我报仇甚直,命我为德州城隍。尚有求于吾子者,德州城隍为妖所凭,篡位血食垂二十年。我到任时,彼必抗拒,吾已选神兵三千,与妖决战。公今夜闻刀剑声,切勿谛视,恐有所伤。邪不胜正,彼自败去。但非公作一碑记晓谕居民,恐四方未必崇奉我也。公将来爵禄,亦自非凡,与公诀矣。'言毕拜谢,垂泪而去。"上帝因为王经鬼魂能够公正地复仇,故任命他为德州城隍。若按袁枚的这一说法,那么,承负观念未必出自道教所谓上帝的旨意。

如同《李倬》,《子不语》中的不少小说均表达了"罪责自负"的思想。如卷十中的《猴怪》和卷二中的《算命先生鬼》等。《猴怪》:"(温)元帅怒曰:'……汝又不仇吴而仇其妻,甚为悖乱。'"①《算命先生鬼》:"神曰:'其兄触汝,而责之于妹,何畏强欺弱耶!'"② 同样具有讽刺意味的是,这两则小说中的"温元帅"和"神"也都是道教的神。

七

袁枚小说中的反承负情节在中国同样有其思想资源,这便是

---

① 参考译文:"你不报复吴某,却报复其妻,实属不合情理。"
② 参考译文:"是她哥哥冒犯了你,而你却归罪于她,何以如此欺软怕硬!"

传入中国的印度佛教的"不代受"观念。① 众多佛经皆明确表达了这种观念。如《佛说无量寿经》曰:

> 人在世间爱欲之中,独生独死,独去独来。当行至趣苦乐之地,身自当之,无有代者,善恶变化,殃福异处。
>
> 善恶报应,祸福相承。身自当之,无谁代者。②

又如《般泥洹经》曰:

> 所作好恶,身自当之。父作不善,子不代受;子作不善,父亦不受。善自获福,恶自受殃。③

另《佛般泥洹经》:"善恶随身。父有过恶,子不获殃;子有过恶,父不获殃。各自生死,善恶殃咎,各随其身。"④《法句经》:"行恶得恶,如种苦种。恶自受罪,善自受福。……习善得善,亦如种甜,自利利人,益而不费。"⑤《出曜经》:"人为恶行,非父母兄弟宗亲所为,皆由己身为罪所致。作罪自受其殃,无能代者。外道异学所见不同,外道所见:己身作罪,他人受报。"⑥《地藏菩萨本愿经》:"是故众生莫轻小恶,以为无罪,死后有报,纤毫受之。父子至

---

① 笔者姑且将下文《佛说无量寿经》《般泥洹经》《佛般泥洹经》《法句经》《出曜经》《地藏菩萨本愿经》和《起世经》所表达的观念称为"不代受"观念,并非佛教原本有此概括性称谓。
② 《佛说无量寿经》,康僧铠译,《大正新修大藏经》第 12 册,新文丰出版公司,1983 年,第 274、277 页。
③ 《般泥洹经》,《大正新修大藏经》第 1 册,新文丰出版公司,1983 年,第 181 页。
④ 《佛般泥洹经》,白法祖译,《大正新修大藏经》第 1 册,新文丰出版公司,1983 年,第 169 页。
⑤ 《法句经》,维祇难等译,《大正新修大藏经》第 4 册,新文丰出版公司,1983 年,第 566 页。
⑥ 《出曜经》,竺佛念译,《大正新修大藏经》第 4 册,新文丰出版公司,1983 年,第 753 页。

亲,歧路各别,纵然相逢,无肯代受。"① 《起世经》:"又汝诸人,此之苦报、恶业果者,非汝母作,非汝父作,非汝兄弟作,非姊妹作,非国王作,非诸天作,亦非往昔先人所作,是汝自身作此恶业,今还聚集受此报也。"② 这些佛经再也清楚不过地告诉我们,印度佛教奉行的是报应止及行恶者一身的原则,此原则与"己身作罪,他人受报"这一"外道异学"的原则截然相反。道教承负说不就是这样的"外道异学"吗。

如果人与人之间是平等的,人才会有独立而自由的人格,才可能有"一人作事一人当"的观念。以此观之,佛教的"不代受"观念与其"众生平等"观念密切关联。众所周知,佛教滥觞于古印度,古印度有着根深蒂固的种姓制度。与印度教信奉种姓制度形成鲜明对照的是,佛教却超越了或摒弃了种姓制度。这样的正负相关决定了佛教与印度教的最终命运:佛教成了世界性宗教,而印度教始终只是民族性宗教。关于这一点,列夫·托尔斯泰在《生活之路》中曾有过精辟的分析:"印度教,就信仰的本义来说是最古老和最深奥的一种信仰。但是它却没有成为世界性的信仰,并且没有给人们的生活带来它所能带来的成果,其原因就是它的导师们承认人是不平等的,并把他们按种姓分类。对于承认自己不平等的人们来说,不可能有真正的信仰。"③ 佛教与印度教的差异也就是(印度)佛教与道教的差异。

中国宗教的复杂性不仅表现于信仰体系多元,更表现于三教合流。在善恶报应方面的三教合流早在东晋已初露端倪。黄启江

---

① 《地藏菩萨本愿经》,实叉难陀译,《大正新修大藏经》第 13 册,新文丰出版公司,1983 年,第 782 页。
② 《起世经》,阇那崛多等译,《大正新修大藏经》第 1 册,新文丰出版公司,1983 年,第 331 页。
③ 列夫·托尔斯泰:《生活之路》,中国人民大学出版社,2006 年,第 179 页。

先生在《佛教因果论的中国化》中指出:"慧远在庐山传净土教远在法藏倡法界缘起说之前,不知四种缘起之观念,所以他虽然谈三报,却只环绕着'积善之家'和'积不善之家'的解释,欲用三报说将余庆或余殃观念合理化。可是他没有厘清佛教业报的特性是'自业自得'或'自作自受'而不会发生转嫁到家人身上,而使其获祥或获殃之现象。他虽然解释了'积善之无庆,积恶之无殃'的原因,但却根据一个非佛教的命题来说明报应之不爽,等于是在法藏的佛教因果论之外,又开辟了一个不同的中国化因果论。""值得注意的是,环绕在'积善之家'一议题的因果论与慧远所说的因果论相结合,而形成了中国民间所流行的因果论。这个因果论一方面着重当下即验的'现报'或'速报',一方面又强调报应来自于天,而垂及家庭、后世。它以传统中国的天道观与家庭观为基础,而谈'生报'或'后报';奉不可知的天为赏善罚恶的主宰,推造业者应受之业报至其家庭之成员,而忽略了个人应对自己行为负责而受报的'自业自得'的道理。这种中国化的佛教因果观,与法藏一支的佛教因果论既不相符合也不相统属,但它却广为民间所接受,而变成民间长期所信仰的佛教因果论。"①

黄启江对东晋慧远法师(334—416)的这番批评是有几分武断色彩的。仅仅看慧远《三报论》,很难说他"欲用三报说将余庆或余殃观念合理化",他所谓的三报即"现报""生报"和"后报"并没有越出"自业自得"的疆域。问题只是在于,他没有强调"自业自得",不仅如此,他还在某种程度上模糊了"自业自得"与"他业自得"之间的界限。《三报论》说:"世或有积善而殃集,或有凶邪而致庆,此皆现业未就,而前行始应。……善恶之报。舛互而两行。

---

① 黄启江:《佛教因果论的中国化》,《中华佛学学报》(台湾),第十六期(2003年7月)。

是使事应之际,愚智同惑,谓积善之无庆,积恶之无殃,感神明而悲所遇,慨天殃之于善人。"① 在这段话中,慧远两次化用了《易传·文言传》中为大家耳熟能详的一句话,即"积善之家必有余庆;积不善之家必有余殃"。② 这就有了同时主张"自业自得"与"他业自得"之嫌疑了,黄宗江所谓的后世"广为民间所接受"的或"民间长期所信仰的佛教因果论"亦由此滋生。

比之于慧远,东晋居士郗超(336—377)在这一问题上的立场要坚定得多。他在《奉法要》中不仅对社会领域中的株连现象进行了批判,而且还不点名地对儒家和道教那种关于报应方式的观念进行了批判,从而重申了佛教的"不代受"原则,不失时机地捍卫了原教旨意义上的因果报应论的纯洁性。他指出:"然齐、楚享遗嗣于累叶,颜、冉靡显报于后昆,既已著之于事验,不俟推理而后明也。且鲧殛禹兴,舒鲋异形,四罪不及。百代通典,哲王御世,犹无淫滥,况乎自然玄应,不以情者,而令罪福错受,善恶无章?其诬理也,固亦深矣。且秦制收孥之刑,犹以犯者为主,主婴其罚,然后责及其余。若衅不当身,而殃延亲属,以兹制法,岂唯圣典之所不容?固以申、韩之所必去矣!是以《泥洹经》云:'父作不善,子不代受;子作不善,父亦不受;善自获福,恶自受殃。'至矣哉斯言!允心应理。"③

首先,郗超认为,先人行恶后代遭殃,先人行善后代获福之类的观念完全不符合历史事实。行仁义者的后代未必有福报;有罪错者的后代未必有恶报。其次,他认为,这一观念完全不符合佛教"善自获福,恶自受殃"的理念。圣王主政,尚且不会滥用赏罚,难道超自然主宰就会不根据实情,滥施善恶报应,这太违背常理了

---

① 《弘明集》,刘立夫等译注,中华书局,2013年,第357—358页。
② 宋书升:《周易要义》,齐鲁书社,1988年,第310页。
③ 《弘明集》,刘立夫等译注,中华书局,2013年,第906页。

吧。再次,他认为,即使秦制也以惩罚当事人为主,然后责及家属等。如果不惩罚当事人,却将惩罚加诸亲属等身上,如此悖逆情理之事不仅为好的法典所不容,也为申不害和韩非之类的法家所不容。唐道宣也在《续高僧传》卷 29 中强调说:"无有自作,他人受果。"① 他在疏《四分律删补随机羯磨疏济缘记》(卷三)时又复述了这八个字。然而,在中国特定的文化语境中,郗超和道宣的这一具有先进性的观点从未也不可能成为中国民间社会的主流观点。

八

笔者借助道教承负说和佛教不代受说来解读袁枚小说,这不意味着他一定受过这两种学说的影响。实际上,他既不信道教,也不信佛教。岂止不信,他甚至都认为道教和佛教皆为"异端"。他于《答项金门》中说:"仆生性不喜佛,不喜仙,兼不喜理学。自觉穷年累月,无一日敢废书不观,尚且正经、正史不能参究,何暇攻乎异端,以费精神、縻岁月哉?既不暇观,亦不暇辟,庄子所谓虚而与之委蛇足矣。"② 这段话告诉我们,袁枚视道教学说和佛教学说为"异端",因此他既没空(即没必要)去学习这些学说,也没空(即没必要)去驳斥这些学说,只要"虚而与之委蛇"就足够了。这种基本态度还可见于他另一些文字作品,如《二月八日记梦》一诗的小序:"夜梦老僧入门长揖,贺余二十二日将还仙位。问是何年月日,曰本月也。少顷又一道士如僧所云。余生平不喜二氏之说,而妖

---

① 道宣:《续高僧传》,《大正新修大藏经》第 50 册,新文丰出版公司,1983 年,第 700 页。
② 《袁枚全集新编》第 15 册,王英志编纂校点,浙江古籍出版社,2015 年,《小仓山房尺牍》第 156 页。

梦忽至,验固佳,不验亦得。"①

王英志先生《袁枚评传》说:袁枚"对道士甚憎恶,视之为'妖道'。《子不语》记载不少揭露道士以妖术害人的把戏","袁枚笔下的道士大多是害人、骗人、贪财贪色的恶棍","袁枚对僧侣、道士的抨击,其实就是对佛教、道教的否定"。② 以其对佛教和道教的态度来推断,我们甚至可以说,袁枚可能都没有看过《太平经》和上文提及的佛经等,更遑论受其影响。袁枚的思想基础是孔子学说和庄子学说,他在《山居绝句》(其九)中说:"问我归心向何处,三分周孔二分庄。"③ 他另有《陶渊明有〈饮酒二十首〉,余天性不饮,故反之作不饮酒二十首》,该组诗之八云:"大道有周孔,奇兵出庄周。"④

袁枚编撰这些小说,未必相信这些小说所记载的故事之真实性,更遑论信奉这些故事所彰显的观念了。袁枚《子不语》序云:"余生平寡嗜好,凡饮酒、度曲、樗蒱,可以接群居之欢者,一无能焉,文史外无以自娱。乃广采游心骇耳之事,妄言妄听,记而存之,非有所惑也。譬如嗜味者餍八珍矣,而不广尝夫蚳醢、葵菹则脾

---

① 袁枚:《小仓山房诗文集》第 2 册,周本淳标校,上海古籍出版社,1988 年,第 908 页。与上引两段相类似的话还可见以下两种文献。袁枚《牍外馀言》:"居易以俟命,故不信风水阴阳;听其所止而休焉,故不屑求仙礼佛。"(《袁枚全集新编》第 15 册,王英志编纂校点,浙江古籍出版社,2015 年,《牍外馀言》第 30 页)袁枚《陶渊明有〈饮酒二十首〉,余天性不饮,故反之作不饮酒二十首》之八:"英雄与文人,往往托佛老。匪自矜清超,即是贪寿考。……吾学无不窥,惟憎二氏书。"(袁枚:《小仓山房诗文集》第 1 册,周本淳标校,上海古籍出版社,1988 年,第 343 页。)
② 王英志:《袁枚评传》,南京大学出版社,2011 年,第 567—568 页。
③ 袁枚:《小仓山房诗文集》第 1 册,周本淳标校,上海古籍出版社,1988 年,第 188 页。
④ 袁枚:《小仓山房诗文集》第 1 册,周本淳标校,上海古籍出版社,1988 年,第 343 页。

困；嗜音者备《咸》《韶》矣，而不旁及于《侏离》《僸佅》则耳狭。以妄驱庸，以骇起惰，不有博奕者乎？为之犹贤，是亦裨谌适野之一乐也。"① 而袁枚《答杨笠湖》则云："《子不语》一书，皆莫须有之事，游戏谰言，何足为典要；故不录作者姓名。"②

王英志《袁枚评传》在援引以上两段时解读道："袁枚认为在寡欢乏味的生活中，怪、力、乱、神之事可以广博见闻，驱庸起惰，增添刺激的乐趣。……此外，袁枚又于原刻本上自题'随园戏编'四字。综上所述，也可见《子不语》的编著：一是于写作'文史'正业之外的'自娱''游戏'笔墨，并不当作'正经正史'来看待；二是所记内容很多是采集而来的，并非是凭空结撰的，当然它们是经过作者艺术加工的，这也是清代文言笔记小说的共性；三是所记之事特别是鬼神之事，多为'莫须有之事'，作者并不全信，所以说不为之'所惑'，只是'记而存之'。当然其间时或有作者的某种意旨。"③ 这番解读深中肯綮，笔者尤其赞赏"其间时或有作者的某种意旨"这一判断。

有必要在这里小议中国民间信仰。民间信仰——若借用杨庆堃先生的话——是相对于制度性宗教(institutional religion)的分散性宗教(diffused religion)。杨庆堃《中国社会中的宗教》分别简要地描述了这两类宗教的不同特征："有自己的神学、仪式和组织体系，独立于其他世俗社会组织之外。它自成一种社会制度，有其基本的观念和结构。""其神学、仪式、组织与世俗制度和社会秩序

---

① 袁枚：《子不语》，上海古籍出版社，2012年，序第1页。
② 《袁枚全集新编》第15册，王英志编纂校点，浙江古籍出版社，2015年，《小仓山房尺牍》第150页。与上引两段类似的话还可见袁枚《答赵味辛》："拙刻《新齐谐》，妄言妄听，一时游戏，故不录作者姓名，无暇校勘，谰言误字，不一而足。"(王英志：《袁枚集外尺牍考释》，《中州学刊》，2013年第10期)
③ 王英志：《袁枚评传》，南京大学出版社，2011年，第559—560页。

其他方面的观念和结构密切地联系在一起。"① 正因为分散性宗教这一开放性特点,因而它吸纳制度性宗教因素和世俗因素的冲动和能力非常强大。民间信仰即如此:熔佛教、道教、宗法性传统宗教之因素甚至儒家伦理观和民间迷信于一炉。今人谈三教合一,大多着眼于经文内容之融合,崇拜对象之借用,殊不知三教合一的大端在民间信仰。

也正因为分散性宗教的开放性特点,民间信仰对中国社会尤其底层社会的渗透力非常强大。诚如金耀基先生等所言:"佛教、道教作为制度性宗教,在某种程度上为分散性的民间信仰提供了精神资源,更使得宗教的民间形态完全可以将上层意识形态的控制放在一边,以其分散而又灵活的方式展现宗教在中国社会不竭的生命力。"② 拙文曾指出:"尽管中国有着佛教、道教、以天神崇拜和祖先崇拜为核心的宗法性传统宗教这三种制度性宗教,但在小说和戏曲创作逐渐繁荣的唐、宋、元、明、清,真正主宰了中国民间社会,也深刻影响了艺术创作的却是熔佛教、道教、宗法性传统宗教之因素甚至儒家的伦理观和民间的迷信于一炉的民间信仰这一分散性宗教。"③

《子不语》和《续子不语》中的故事是袁枚"妄听"而得,它们本身就带有民间信仰的基因,即宗教资源多元。只要能让普通民众满足主观意义上安全需要的,或通俗地说,只要能让普通民众满足"快意恩仇"心理的,不管哪种宗教的善恶报应之理念,都有可能出

---

① 杨庆堃:《中国社会中的宗教:宗教的现代社会功能与其历史因素之研究》,范丽珠等译,上海人民出版社,2007年,第35页。
② 杨庆堃:《中国社会中的宗教:宗教的现代社会功能与其历史因素之研究》,范丽珠等译,上海人民出版社,2007年,第12页。
③ 拙文:《艺术正义的类型与亚类型》,《文艺理论研究》,2019年第6期,第190页。

现于这些故事。对这些故事,袁枚大多"记而存之",只是"时或有作者的某种意旨"。若真要根据这些故事来推测或复原作者的宗教理念,也只能是缘木求鱼了。其实不止《子不语》和《续子不语》之于袁枚,《阅微草堂笔记》之于纪昀又何尝不是如此。本文一开始说,道教和佛教关于报应客体问题的不同观念在《子不语》和《续子不语》中都留下了深刻的痕迹,甚至形成了戏剧性冲突。这种说法实际上是不准确的,准确的说法应该是,民间信仰驳杂多元的内部关于这一问题的不同观念在这两部小说集中留下了深刻痕迹,甚至形成了戏剧性冲突。

下编

他们为什么老觉得被子太薄

在论及唐五代词中的女性形象时,加拿大汉学家但尼尔·布赖恩特曾经说过:"从窗棂里……可以看到她住在精心布置的闺房之中。床上铺着绣花锦衾,这种锦衾她老是觉得太薄,难以舒适地打发那孤寂的寒夜。"此话你相信吗?且容《花间集》首席词人温庭筠以自己的词句证明之:"花露月明残,锦衾知晓寒。"(《菩萨蛮》)"山枕腻,锦衾寒,觉来更漏残。"(《更漏子》)"眉翠薄,鬓云残,夜长衾枕寒。"(《更漏子》)被子要让人感觉暖和才对呀,可见被子确实太薄。正因为如此,"衾寒"或"寒衾"完全可以为"衾薄"或"薄衾"所替换。宋杨泽民《丹凤吟》:"漏永更长,枕单衾薄。"明施绍莘《浣溪沙》:"半是花声半雨声,夜分渐沥打窗棂,薄衾单枕一人听。"上引"夜长衾枕寒"一句似乎提示你,在表意效果上,枕寒(枕冷)或席凉(席冷)与衾寒(衾冷)庶几相同,所以唐五代词人还锻造过这样的词句:"良宵空使梦魂惊,簟凉枕冷不胜情。"(顾敻《浣溪沙》)"珍簟对欹鸳枕冷,此来尘暗凄凉。"(阎选《临江仙》)"筠簟冷,碧窗凉,红蜡泪飘香。"(魏承班《诉衷情》)

女性抒情主人公抱怨被子太薄,男性抒情主人公亦复如此。譬如,韦庄《浣溪沙》:"夜夜相思更漏残,伤心明月凭栏干,想君思我锦衾寒。"李煜《浪淘沙》:"帘外雨潺潺,春意阑珊。罗衾不耐五更寒。"唐五代词中的抒情主人公然,中国古代其他诗歌族群中的抒情主人公亦然。譬如,唐鱼玄机《冬夜寄温飞卿》:"苦思搜诗灯下吟,不眠长夜怕寒衾。"宋柳永《爪茉莉》:"衾寒枕冷,夜迢迢,更无寐。"宋潘汾《花心动》:"半污泪痕,重整余香,夜夜翠衾寒薄。"元关汉卿(双调)《沉醉东风》:"恨则恨孤帏绣衾寒,怕则怕黄昏到晚。"清朱彝尊《桂殿秋》:"共眠一舸听秋雨,小簟轻衾各自寒。"面对这大量类似的诗句,你也许要问:他们为什么老觉得被子太薄?

要回答这一问题,你首先应该了解中国古代爱情诗的特点,因为上引这些诗句几乎皆出自与爱情有直接或间接关系的诗词。朱光潜先生在《谈中西爱情诗》一文中说:"西方爱情诗大半作于婚媾之前,所以称赞美貌,申诉爱慕者特多;中国爱情诗大半作于婚媾之后,所以最好的往往是惜别,怀念,和悼亡。西诗最善于'慕'……中国诗最善于'怨'……"何谓"怨",简言之,生离之愁死别之恨。南朝齐陶弘景《寒夜怨》:"情来不胜怨,思来谁能忍。"为何不说"情来不胜慕"呢?怨不胜怨,这正是中国古代爱情诗的鲜明印记。当然,其中生离之愁要远远多于死别之恨。中国古代并非没有表达"慕"的爱情诗,然表达"慕"的往往隶属游离于主流文化的诗歌族群,譬如艳情词、民歌和散曲等。

中国古代诗人不仅倾向于表达怨,而且还倾向于含蓄委婉地表达怨。就在同一篇文章中,朱光潜还说过:"西诗以直率胜,中诗以委婉胜。"详而言之,西诗感情直露,因为多直抒胸臆,多使用"情语";而中诗感情含蓄,因为多借景(物、事)言情,多使用"景语"。这倒不是中国古代爱情诗一己的特点,而是中国古代所有抒情诗的共同特点。有话直说,行吗?那可不行。你看有一个怨妇是这样折腾月亮的:"恨君不似江楼月,南北东西。南北东西,只有相随无别离。 恨君却似江楼月,暂满还亏。暂满还亏,待得团圆是几时?"(宋吕本中《采桑子》)有话不爽快点,却颠来倒去拿月亮说事。远的拿月亮说事,近的也只能拿身边的被子、枕头、席子说事了。

说中国古代诗人都抱怨被子太薄,其实也不尽然。五代毛熙震《临江仙》:"绣被锦茵眠玉暖,炷香斜袅烟轻。"宋欧阳修《满路花》:"金龟朝早,香衾余暖,㜑娇由自慵眠。"宋柳永《集贤宾》:"鸳衾暖、凤枕香浓。"金元好问《点绛唇》:"连夜春寒,夜来好梦衾暖。"你瞧睢,说被子暖了不是。同是锦衾绣被,何以如此颠三倒四,反复无常?其实,说它寒也好,说它暖也罢,并不在被子而在于人心。人心暖则被子暖,人心寒则被子寒,即使是同一首诗亦复如此。你看《长恨歌》,前面说"云鬓花颜金步摇,芙蓉帐暖度春宵",后面却又说"鸳鸯瓦冷霜华重,翡翠衾寒谁与共"。冷暖之间,转换何以如是自如?盖情势变,则心理变;心理变,则冷暖变;冷暖变,则厚薄变。除此而外,岂有他途。

"翡翠衾寒谁与共"的关键是"谁与共",有人与之共,翡翠衾自然不寒。宋柳永《满江红》:"想鸳衾今夜,共他谁暖。"宋曹良史《江城子》:"兰炷香篝,谁为暖罗衾。"宋毛滂《夜行船》:"寒满一衾谁共。夜沉沉、醉魂朦松。"金元好问《踏莎行》:"细雨春寒,青灯夜久,孤衾未暖还分手。"元王伯成《喜春来》:"多情去后香留枕,好梦回时冷透衾,闷愁山重海来深。独自寝,夜雨百年心。"这些诗句无疑告诉你从客观走向主观,又从主观复返客观的生成路径。明白了这一点,你也一定不难理解"孤衾""单衾"或"半衾"实际上也就是改头换面的"寒衾"和"薄衾"。宋赵鼎《乌夜啼》:"孤衾冷,梦难成。"宋赵长卿《临江仙》:"单衾愁梦断,无梦转愁浓。"宋毛滂《蝶恋花》:"愁绪偏长,不信春宵短。正是碧云音信断。半衾犹赖香熏暖。"

衾寒何时成为表达两性间离情别绪的一个相对固定的符号?我估摸着在中唐时期。唐岑参《白雪歌送武判官归京》:"狐裘不暖锦衾薄。"唐杜甫《茅屋为秋风所破歌》:"布衾多年冷似铁。"中唐前期之前提及衾寒或衾薄的诗句大多如上引两句:传递事实信息的成份要远远多于传递情感信息的成份,更扯不上与离情别绪有什么关系。然而,在与杜甫同属中唐的白居易笔下,类似诗句传递情感信息的成份却远远多于传递事实信息的成份,且大多传递离愁别绪。除了已经引过的《长恨歌》中的诗句外,另有《寒闺夜》:"夜半衾裯冷,孤眠懒未能。"《冬至夜怀湘灵》:"艳质无由见,寒衾不可亲;何堪最长夜,俱作独眠人。"白居易的诗友张籍、李绅和元稹也说过,"远漏微更疏,薄衾中夜凉。"(《宛转行》)"南国佳人怨锦衾。"(《新楼诗》)"檐月惊残梦,浮凉满夏衾。"(《秋相望》)难道他们是开如是风气的一代人? 我只管大胆假设,你尽可以小心求证。

花开堪折直须折

巴尔扎克曾经说过:"第一个形容女人像花的人是聪明人,第二个再这样形容的是傻子。"此言一出,赞许者甚至效仿者不绝如缕。我倒以为,此言大有商榷之余地。不少修辞实例表明,巴尔扎克的话只说对了一半。第二个形容女人像花的人确实可能是傻子,如果老是说"人面依前似花好"(宋赵企《感皇恩》)或"可惜妾身颜色如花"(明汤显祖《牡丹亭》)之类,不说他们傻恐怕也难。然而,第二个形容女人像花的也可能是更聪明的人。是傻子还是更聪明的人,关键不在于是否形容女人像花,而在于如何形容女人像花。

唐崔护《题都城南庄》:"去年今日此门中,人面桃花相映红。人面不知何处去,桃花仍旧笑春风!"据孟棨《本事诗》,某年清明,崔护因"举进士下第",闲来无事,于是"独游都城南"。那天崔护多喝了一点酒,因而郊游途中感觉口渴。来到某农庄后,他向一小女子讨水喝,小女子不仅满足了其要求,而且还"独倚小桃斜柯伫立",看着他喝。最后崔护辞别时,两人竟有几分眷恋不舍之感。翌年清明,崔护忽然想起此女子,于是"情不可抑,径往寻之"。谁知来到那女子家,只见"门墙如故,而已锁扃之"。面对此景,崔护感慨系之,继而题此诗于门扉之上。这个故事再说下去,便会出现一个极富戏剧性的结局。但这与本话题无关,故就此打住。

读了这首诗,你感觉这女子长相如何,她美丽吗?诗人确实没有明说,但你的直觉一定告诉你,这女子是美丽的。能够与桃花相映红的脸庞会是什么样的呢,这似乎不言自明。其实这句诗中隐含着一个暗喻,"人面"为本体,"桃花"为喻体,"相映红"挑得明一点也就是"相媲美"。《本事诗》如是叙述此女子的体貌:"妖姿媚态,绰有余妍。"《本事诗》记唐诗人轶事不无附会之处,假如这八个字无事实依据,那么孟棨一定和你一样也是从这首诗的暗示中猜出来的。

在古代文学作品中,与"人面桃花相映红"异曲同工的诗句并不鲜见,如唐温庭筠《菩萨蛮》(小山重叠金明灭)中的"照花前后镜,花面交相映";又如明何景明《罗女曲》中的"罗女年十五,自矜好颜色。山叶杂山花,插髻当首饰"。实际上,暗喻女性容貌明艳如花的诗句滥觞于先秦。《诗经》中有《桃夭》,诗曰:"桃之夭夭,灼灼其华。"后人评此二句,常谓一箭三雕:描述了桃花鲜艳盛开的景象;烘托了新婚的喜庆气氛;暗写了新娘的美丽容貌。

还有比上引这些诗句更别致也更高明的写法吗?或许有吧。北魏王容《大堤女》:"大堤诸女儿,一一皆春态。入花花不见,穿柳柳阴碎。"这些女子一入花丛,人们便只见其人不见其花。这些女子何以光彩夺目到使其身边的鲜花黯然失色之地步,难道她们比鲜花更明艳不成。清张玉榖《古诗赏析》点评道:"中四,点清题目,申写其态度之丽。只就花柳掩映出来,绝不费手……"与之相映成趣的是明陆人龙《型世言》中的两句诗:"花疑妖艳柳疑柔,一段轻盈压莫愁。"这个"二八女子"的容貌如此妖艳,花竟为之疑惑不解。那究竟是花更美呢还是她更美呢?

大约在天宝初年,唐玄宗和太真妃杨玉环在兴庆宫沉香亭赏牡丹花,李白应诏而作《清平调词》(三首)。第一首中有"云想衣裳花想容,春风拂槛露华浓"两句。"花想容"三字意即,花爱慕杨玉环的容貌,或者花想要有杨玉环的容貌。那杨玉环容貌之美也就可想而知了。这三首乐府是地地道道的"命题作文",命题作文李白尚且写得如此出色，吾辈也只有叹服的份了。

在这世界上，能够频繁地被人用作喻体的事物非常有限。花也许就是这些非常有限的事物之一。由于花往往有着美好的资质：鲜艳的色彩、芬芳的气味以及令人赏心悦目的形态，人们看到美好的事物，自然而然地会联想起花。窃以为，完全可以时不时地用花来比喻美好的事物，关键是如何巧用修辞手段推陈出新，使之不落窠臼。明王骥德《曲律》曰："他人用拙，我独用巧。"此之谓也。

唐李商隐《无题》（飒飒东风细雨来）："春心莫共花争发，一寸相思一寸灰。"李商隐始终无法忘怀自己的初恋情人，即使已过不惑之年，依然写出了如此深沉感人的诗句。从修辞角度看，这两句也颇堪玩味。前一句的字面意思是相思之情切莫与春花竞相开放。"春心"与"花"相提并论，无非喻其美好。所以这两句应读作，尽管这样的相思之情像春花一样美好，但还是免了吧，因为燃烧着的相思之情最终都化作一段段的灰烬。

拙诗《在新华书店》（《萌芽》1981年12期）描摹了那个时代一个少妇的形象。它以下引文字作结："她走了/我却依旧站着/细细地回味/一首缓缓绽开的诗篇。"何谓"缓缓绽开的诗篇"？当然是花一般美好的诗篇。李锋《为了忘却的记念》（《诗刊》1985年10期）悼念了一位为抢救落水儿童而去世的二十三岁的姑娘。诗中写道："可是连一朵微笑也没来得及准备你就睡去了/我的心成了一座坟墓"。何谓"一朵微笑"？无非花一般美好的微笑。前者拈出典型形态以暗示花，后者巧用量词以影射花。由此可见，不著"花"字，依然可以尽得风流。

唐杜秋娘《金缕衣》中有"花开堪折直须折"一句，此句多少有劝人及时行乐之嫌疑。我移之作本文标题，只是想表达如是意思：别为巴尔扎克老头的话所吓倒！不妨无数次地运用花这一喻体，只要能别出心裁，另辟蹊径。此间差异，愿读者诸君鉴之。

凭阑意与登临意

王禹偁《点绛唇》:"平生事,此时凝睇,谁会凭阑意。"辛弃疾《水龙吟》:"把吴钩看了,阑干拍遍,无人会,登临意。""谁会凭阑意"与"无人会,登临意",以今天的语言出之,即"谁能理解我凭栏远眺的心情"和"无人领会我登楼远眺的心情"。从这两首宋词的语境及主旨来看,"凭阑意"与"登临意"无疑是忧愁的一个借代,只是忧愁之内涵有别,前者为怀才不遇抱负难酬之惆怅;后者为故土沦丧收复无日之怨恨。以凭阑意(由辛词观之,可知登临意只是凭阑意的一种变通说法)取忧愁而代之,在宋词中并不鲜见,适例有柳永的"草色山光残照里,无言谁会凭阑意"(《蝶恋花》)和"尽无言,谁会凭高意"(《卜算子慢》)等。

凭阑意何以会成为忧愁的借代?这个问题其实一点也不难回答。熟悉中国古典文学的人都知道,在汉末以降的诗词赋中,愁与楼(高楼、层楼、危楼、小楼、妆楼、翠楼等)结下了不解之缘。这样的例证可谓俯拾皆是,以至于给人以有愁即有楼的印象。如曹植《七哀》:"明月照高楼,流光正徘徊。上有愁思妇,悲叹有余哀。"李白《菩萨蛮》:"暝色入高楼,有人楼上愁。"韦庄《木兰花》:"独上小楼春欲暮,愁望玉关芳香路。"等等。

追而问之,愁与楼又是如何结下不解之缘的呢?简单地说,楼是生愁的地方,亦是消愁的地方。柳永《蝶恋花》:"独倚危楼风细细。望极离愁,黯黯生天际。"(应读作"望极,离愁黯黯生天际")温庭筠《梦江南》:"梳洗罢,独倚望江楼。过尽千帆皆不是,斜晖脉脉水悠悠,肠断白蘋洲。"邵亨贞《兰陵王》:"暮天碧,长是登临望极。松江上,云冷雁稀,立尽斜阳耿相忆。凭栏起叹息,人隔吴王故国。"关于生愁,还很容易让人想起辛弃疾的一阕《丑奴儿》。词曰:"少年不识愁滋味,爱上层楼,爱上层楼,为赋新词强说愁。"辛弃疾在这里说,年少的时候不知道什么是真正的愁,为了在诗词中抒发春花秋月之闲愁,热衷于到高楼上去培育愁绪。

如果说上引这些词生愁之意还不够显然的话,那么王昌龄的《闺怨》则把一个少妇生愁之过程说得再也明白不过了。诗曰:"闺中少妇不知愁,春日凝妆上翠楼。忽见陌头杨柳色,悔教夫婿觅封侯。"与此相仿的是梁元帝的《荡妇秋思赋》,赋中荡子妇同样经历了登楼、临景、怀人、伤情的内心变化。正因为楼为生愁之所,因而张炎说"有斜阳处,却怕登楼"(《甘州》);辛弃疾说"怕上层楼,十日九风雨"(《祝英台近》);而范仲淹则说"明月楼高休独倚"(《苏幕遮》)。

关于楼之消愁功能,王粲的《登楼赋》说得最直截了当。它开篇便是"登兹楼以四望兮,聊暇日以销忧"。王粲的这两句若换成晁补之较隐晦的说法,也就是"层楼一任愁人上"(《渔家傲》)。晏殊《蝶恋花》:"昨夜西风凋碧树,独上高楼,望尽天涯路。"咀嚼了一夜的"离恨苦",一早到高楼上去散散心。在中国古诗词赋中,言及登楼或倚楼的总量颇为可观,其中相当部分向我们清晰地展示了作者的消愁动机。

就消愁而言,楼并非不可取代。有愁无楼又如何?无楼也无妨,就到地势高的地方去好了。李商隐《乐游原》:"向晚意不适,驱车登古原。夕阳无限好,只是近黄昏。"李商隐于此自谓,某一天傍晚,他心里不痛快,于是便登高去了,具体地说,登长安的乐游原去了。不过,高地也有生愁之功。袁宏道《东阿道中晚望》:"东风吹绽红亭树,独上高原愁日暮。"

楼何以会成为生愁或消愁之地？一字以蔽之，望。楼为制高点，登高便于极目远望。远望则可睹景怀人，睹景思乡，睹景忧其国，从而引发相应的愁绪。欧阳修《踏莎行》："寸寸柔肠，盈盈粉泪，楼高莫近危栏倚。平芜尽处是春山，行人更在春山外。"柳永《八声甘州》："不忍登高临远，望故乡渺邈，归思难收。叹年来踪迹，何事苦淹留？"张昇《离亭燕》："多少六朝兴废事，尽入渔樵闲话。怅望倚层楼，寒日无言西下。"这三首词分别抒发了中国古典文学作品中三种典型的愁绪，即离人之愁、羁客之愁和志士之愁。

反之，远望亦可令人精神为之一振。王勃在滕王阁上"遥襟甫畅，逸兴遄飞"；范仲淹在岳阳楼上"心旷神怡，宠辱皆忘"；而李白在谢朓楼上与族叔李云凭栏远眺，面对"长风万里送秋雁"的壮美景色，"酣高楼"的豪情逸兴油然而生，以至于最终"俱怀逸兴壮思飞，欲上青天览明月"。逸兴遄飞或心旷神怡可以在短时间内减轻烦闷的重压，然而，却不能从根本上消愁去忧，因为它不可能改变导致忧愁的现实原因。短暂的爽朗心情过后，忧愁必然卷土重来，这也就是《滕王阁序》中所谓的"兴尽悲来"，一旦兴尽，必有悲来。

更可叹的是，登楼远望甚至反而会加重内心的烦忧苦闷。借用李清照的一句词，那便是"凝眸处，从今又添，一段新愁"（《凤凰台上忆吹箫》）。王粲为"销忧"而登上湖北当阳的城楼，结果在"循阶除而下降"时，"气交愤于胸臆"，以至于"夜参半而不寐兮，怅盘桓以反侧"。旧愁未了又添新愁，这是很多登楼远眺的文人墨客共同的心灵境遇，绝非王粲一人所有。

明乎楼与愁之间的亲缘关系，那么，把"凭阑意"作为名词意义上的"忧愁"之借代，把"凭阑"作为动词意义上的"忧愁"之借代也就顺理成章了。中国传统楼阁（阁基本上是楼之一种）的种类很多，如城楼、塔楼、钟楼、鼓楼、乐楼、观景楼、祭神阁、藏书阁、秀阁等。其中城楼、钟楼、鼓楼、观景楼以及部分的塔楼和秀阁有着栏杆(即阑干)这种建筑构件,它们或为台基栏杆,或为平座栏杆,或为回廊栏杆。在古诗词赋中,"凭阑"一词中的"阑"大多为楼之栏杆。

"柳外画楼独上,凭阑手捻花枝。"(秦观《画堂春》)对于一个意欲登高望远的人来说,登楼必凭阑;凭阑须登楼。它们只是同一个行为过程中的两个前后环节。也正因为如此,在述愁之作中,表登楼或倚楼的词和表凭阑或倚阑的词基本上可以互换。

范仲淹说"明月楼高休独倚"(《苏幕遮》),辛弃疾则说"休去倚危栏,斜阳正在,烟柳断肠处"(《摸鱼儿》);韩疁说"莫上玉楼看,花雨斑斑"(《浪淘沙》),张镃则说"莫凭小阑干,月明生夜寒"(《菩萨蛮》);冯延巳说"泪眼倚楼频独语"(《鹊踏枝》),李璟则说"多少泪珠无限恨,倚阑干"(《摊破浣溪沙》);张炎说"有斜阳处,却怕登楼"(《甘州》),潘牥则说"生怕倚阑干,阁下溪声阁外山"(《南乡子》)。两两对照,相映成趣。而李煜的"无言独上西楼,月如钩"(《相见欢》)与"凭阑半日独无言,依旧竹声新月似当年"(《虞美人》)简直就是一对体貌相差无几的孪生子。

作为文学原型的连理枝

《长恨歌》为李隆基和杨玉环拟了一个誓言,曰:"在天愿作比翼鸟,在地愿为连理枝。"实际上,白居易不止一次使用或化用过"连理枝"一词。如《潜别离》:"深笼夜锁独栖鸟,利剑春断连理枝。"又如《长相思》:"愿作远方兽,步步比肩行;愿作深山木,枝枝连理生。"何谓连理,又何谓连理枝?《辞源》"连理"条云:"异根草木,枝干连生,旧以为吉祥之兆。""连理枝"条云:"两棵树之枝连生在一起。"于此可见,所谓连理枝也就是连生在一起的两棵异本之树的枝条。

与"连理枝"略有差异的是"连枝树""连理树"和"连理木"。连枝树即枝条连生在一起的两棵异本之树;连理树或连理木即枝条或主干连生在一起的两棵异本之树。"连枝树"发端于汉诗,如《别诗》:"况我连枝树,与子同一声。""连理树"发端于晋诗,如《子夜歌》:"不见连理树,异根同条起?""连理枝"发端于隋诗,如江总《杂曲》:"合欢锦带鸳鸯鸟,同心绮袖连理枝。"而"连理木"则肇始于唐诗,如白居易《和梦游春诗一百韵》:"笼委独栖禽,剑分连理木。"

原型批评代表人物诺思罗普·弗赖在《批评的解剖》和《同一的寓言:诗歌和语言研究》中指出:"象征是可交际的单位,我把它称作原型,即那种典型的反复出现的意象。我用'原型'一词表示把一首诗同其他的诗联系起来并因此有助于整合统一我们的文学经验的象征。""我用原型这个术语指一种在文学中反复运用并因此成为约定俗成的文学象征或象征群。""连理枝"等正是"那种典型的反复出现的意象","一种在文学中反复运用并因此成为约定俗成的文学象征或象征群"。《批评的解剖》还认为:"在原型批评中,诗人意识中的知识仅仅被视为他对其他诗人('渊源')的借用或模仿,也就是他对传统的自觉利用。"白居易诗中之所以多有"连理枝"等,无非是他自觉地利用了某种修辞传统。

在自汉代以来的古代诗歌中,对连理这一自然现象进行叙述或描写可谓层出不穷。作为一种隐喻(metaphor,若用中国修辞学术语应为"借喻"),它主要有两种意义:其一,暗指情谊深厚的兄弟,如上引《别诗》中的诗句,又如唐韦应物《喜于广陵拜觐家兄奉送发还池州》:"青青连枝树,苒苒久别离。"宋杨万里《题萧端虚和乐堂》:"紫荆花开连理枝,孝友未要时人知。"明张羽《送弟瑜赴京师》:"愿言保令体,慰此连理枝。"其二,暗指异常相爱的夫妇或恋人。如上引白居易和江总以及《子夜歌》中的诗句,又如晋《子夜秋歌》:"常恐秋叶零,无复连条时。"隋辛德源《东飞伯劳歌》:"合欢芳树连理枝,荆王神女乍相随。"类似的诗句不胜枚举,恕不再赘。在连理枝等的上述两种隐喻意义中,后者居多。进入20世纪后,后一种意义消失殆尽,现代汉语中常见的"喜结连理"或"共结连理"等颇能证明了这一点。

汉乐府《焦仲卿妻》结尾处描述了焦仲卿和刘兰芝双双殉情之后发生的情形:"两家求合葬,合葬华山傍。东西植松柏,左右种梧桐。枝枝相覆盖,叶叶相交通。""枝枝相覆盖"语甚含混。若枝条与枝条不仅相覆盖,而且相粘连,那它便是严格意义上的连理枝;若枝条与枝条仅仅相覆盖,那只不过是准连理枝。从表意效果来看,连理枝与准连理枝庶几相同,因此基本上可以把它们视作相同喻象。

在古代小说等故事性文体中,除了大量叙述中有"连理"和

"连理枝"等字样外,对连理枝或准连理枝具体情状之描述亦不乏其例。东晋干宝小说《韩凭夫妇》:韩凭为战国时宋康王舍人,妻何氏美。康王霸占何氏,并囚韩凭。以后韩凭自尽,继而何氏亦殉情而死。遗书有言云:"愿以尸骨赐凭合葬。"康王偏偏不肯遂其愿,"使里人埋之,冢相望也。王曰:'尔夫妇相爱不已,若能使冢合,则吾弗阻也。'宿昔之间,便有大梓木生于二冢之端,旬日而大盈抱。屈体相就,根交于下,枝错于上。……宋人哀之,遂号其木曰相思树"。此后的唐俗赋《韩朋赋》和明李昌祺《剪灯余话·连理树记》皆沿袭了这一路径。直至晚清,仍有小说在书写此类结局,那是以写政论而闻名于世的中国近代早期改良主义者王韬《淞隐漫录》中的《钱蕙荪》和《吴琼仙》。

　　西方文化圈的文学作品中居然也有关于准连理枝的描写。中古高地德语诗人高特夫里特·封·斯特拉斯堡(?—约1215)曾创作过传奇史诗《特里斯坦和伊索尔德》,它讲述了特里斯坦与其舅舅、克仑威尔国王马尔克之妻伊索尔德的乱伦爱情故事。惜乎该史诗尚未完成,他已去世。13世纪下半叶,高特夫里特诗派的后断者才把它彻底完成。该史诗结局是,特里斯坦和伊索尔德几乎同时猝然去世。马尔克把他们葬在两座大理石坟墓里。后来特里斯坦的坟墓上长出了一枝玫瑰,伊索尔德的坟墓上长出了一棵葡萄。这两株植物的枝叶交相覆盖。无独有偶,罗曼·雅各布森《诗学问题》曾提及过一首名为《瓦西里和索菲亚》的俄国民间叙事诗。这首诗主要描述了一对兄妹的乱伦爱情故事。该诗在结尾处写道,兄妹俩死后,他们的坟墓紧挨着,每一个坟墓上都长有一棵树:"它们的枝头紧紧相偎,它们的叶子相互缠绕。"

　　如前所述,弗赖认为原型是"典型的反复出现的意象"。这里的"反复出现"——用荣格《本能与无意识》中的概念细分之——也就是纵向上的即时间轴上的"反复发生"和横向上的即空间轴上的"普遍一致"。上述这两个例子告诉我们,连理枝或准连理枝这一隐喻性意象不仅在汉民族等单个民族的文化中世代相承,而且在不同民族的文化中呈现出人类集体性质。

不同民族的人们为何如此热衷于在爱情主题的文学作品中描述枝与枝相粘连,相交错,相覆盖,相依偎之自然现象?换句话说,连理枝或准连理枝这一原型是如何生成的?笔者以为,在各种不同文化中之所以会出现这不约而同的意象,在不同历史时期的同一文化中之所以会不断重现这一意象,与遥远年代的人们之某种观念有关。在他们看来,树之枝条也即人之手臂。

英语中绝大多数所指(即意涵)为"树枝"的单词皆与"手"或"手臂"有关。作为植物学术语,limb 的释义为"大枝"或"主枝",但它同时又有"肢""臂"和"腿"之解。bough 的释义为"树枝""大树枝"或"粗树枝",它从古英语单词 bōg 中蝉蜕而出,后者意即 arm(手臂)。branch 的释义为"树枝""分枝"或"枝",它从后期拉丁语单词 branca 中脱胎而来,后者意即 paw(爪或笨拙的手)。英语然,其他西方语言亦然,譬如法语单词 branche 等。在西方文学作品中把树枝喻为手臂并不鲜见,如德国诗人荷尔德林(1770—1843)《橡树》如是描述橡树:"象鹰隼猎取食物,伸出强力的手臂把握着空间……"

其实,中国古人也有类似观念。汉语中的"枝"与"肢"二词都源自"支"。近人林义光《文源》如是解"支":"即枝之古文,别生条也。"《诗·芄兰》:"芄兰之支,童子佩觿。"《汉书·晁错传》:"草木蒙茏,支叶茂接。"它们都是在"枝条"这一意义上使用"支"一词的。明张自烈《正字通·支部》如是解"支":"支,与肢通,人四体也。"《淮南子·人间》:"商鞅支解,李斯车裂。"宋张载《东铭》:"发于声,见乎四支。"它们都是在"四肢"这一意义上使用"支"一词的。上述中西例证皆保存了原始思维的痕迹。从中可清晰看到,遥远年代的人们由于在认知时遵循了以"相似即同一"为核心的原逻辑,因而往往把树之枝条视作人之手臂。

既然树之枝条即人之手臂,那么枝连枝也即手牵手。易言之,枝连枝这一原型是手牵手这一原型"置换变形"而来的。在古代诗歌中,手牵手这一典型动作同样与爱情主题结下不解之缘。《诗·击鼓》:"执子之手,与子偕老。"屈原《九歌·河伯》:"与子交手兮东行,送美人兮南浦。"南朝宋《石城乐》:"执手双泪落,何时见欢还。"五代前蜀韦庄《荷叶杯》:"水堂西面画帘垂,携手暗相期。"宋柳永《雨霖铃》:"执手相看泪眼,竟无语凝噎。"宋蔡伸《飞雪满群山》:"黯然携手处,倚朱箔、愁凝黛颦。"等等。

实际上,枝连枝与手牵手这一层喻体与本体之关系曾为《钱惠荪》和《吴琼仙》无意间点破过。前者在"葬后,挺生两树,东西屹立,连理交枝"之后,紧挨着的便是"风清月白之夕,时见生女携手出游";后者在"嗣后墓树多连理交柯,枝相纠结"之后紧挨着的便是"值风清月白之夜,见孙携女徙倚林间,徘徊吟讽,至晓不辍云"。"连理交枝"与"携手出游","连理交柯"与"携女徙倚林间",两两映照,不能不令读者遐思冥想。

枝连枝即手牵手,那么手牵手又是什么?手牵手无非是心连心的表征。诚如黎巴嫩诗人纪伯伦(1883—1931)《沙与沫》所说:"当一个男子的手接触到一个女子的手,他俩都接触到了永在的心。"也正因如此,有些爱情主题的古代诗歌撇开手牵手而直写心连心,如唐皇甫松《竹枝》:"芙蓉并蒂一心连,花侵槅子眼应穿。"宋张先《千秋岁》:"心似双丝网,中有千千结。"明夏完淳《卜算子·断肠》:"谁料同心结不成,翻就相思结。"等等。于此可知,心连心同样是一个原型,不过,若以荣格《集体无意识的原型》中的概念来界定的话,它基本上是一个"意义的原型",迥异于手牵手和枝连枝这两个"意象的原型"。

在文学作品中,心连心的隐喻形式是手牵手,而手牵手的隐喻形式则是枝连枝。这就是连理枝或准连理枝的生成路径。古人既可以用"永结同心"又可以用"喜结连理"来喻指结婚或热恋。唐骆宾王《帝京篇》:"同心结缕带,连理织成衣。"《金瓶梅》第四回:"喜孜孜连理枝生　美甘甘同心带结。"若套用这样的习惯用语,那么这一路径的起点为"同心",终点则为"连理"。

实际上,笔者的这一假设是错误的。荣格曾经说过:"意义比起生活来是更年轻一些的事情,这是因为我们以为意义是由我们自己赋予的……某些固定的语言模式是被用来作各种解释的。但这些语言模式本身却来自于原始的形象。"同一观点被擅长于艺术创作的意大利符号学家艾柯说成了一句俏皮话:"世上本没有抽象的原型,只有她的身体……"诚哉斯言!

心连心这一意义原型是在对手牵手这一意象原型的解释中生成的,而后者则来自于人类生活中的典型情境:在一个没有"思考"而只有"知觉"的时代中,人们出于本能而手牵手,但并不能从理性上认识这一外在形式的意义。由此可见,手牵手才是原始的原型。相对于枝连枝来说,手牵手同样是原始的原型。连理枝或准连理枝不过是一个经过乔装打扮的因而也是更隐晦的隐喻性意象或意象原型。只是由于年代久远,这一原型之由来不易为人觉察而已。也正因如此,比之于那些表枝连枝或心连心的诗句,"执子之手,与子偕老"等更早从文字林中凸现出来。

珠璧辉映　各呈异彩：
《过华清宫》与《荔支叹》对读

晚唐诗人杜牧善于在七绝那短小的篇幅中，挥洒用笔，创造出清丽流美、深婉有致的意境，或传达爽朗俊逸的情思，或抒发忧愤深广的感慨。《过华清宫》（其一）即是其中一首传诵千秋的名篇。华清宫是唐玄宗李隆基的行宫，在今陕西临潼骊山上。它是天宝六载（747年）在原先温泉宫的基础上扩建而成的。华清宫建成之后，唐玄宗和杨玉环于每年冬天和初春深居其中，过着骄奢淫逸的享乐生活。

杨玉环出生于四川，而四川则是中国荔枝的主要产区之一，因而她从小就养成了吃荔枝的习惯。改嫁之后，杨玉环深受唐玄宗的宠幸，所谓"后宫佳丽三千人，三千宠爱在一身"。为了满足杨玉环吃荔枝的嗜好，唐玄宗要岭南和巴蜀两地在每年的荔枝收获季节向宫廷进献荔枝。这一史实，在《新唐书》和《唐国史补》等史书中均有记载。《新唐书·杨贵妃传》说："妃嗜荔支，必欲生致之，乃置骑传送，走数千里，味未变，已至京师。"时隔二百多年，杜牧路经华清宫，他见景感事，抚今追昔，思绪联翩，感慨万端，最终以盛唐的这一史实为题材，写就了这首著名的咏史绝句。诗曰："长安回望绣成堆，山顶千门次第开。一骑红尘妃子笑，无人知是荔枝来。"

这首诗虽仅四句，但却成功地描绘出一个鲜明而完整的艺术境界，从而婉转地表达了诗人的论史之言和讽世之意。首句"长安回望绣成堆",意谓登临长安高处,回头远望骊山,只见山顶华清宫内的树木、花卉、建筑交相辉映,宛如一堆锦绣。这一句是对华清宫全貌的概括描写,仿佛一幅彩墨写意。诗篇在勾画出华清宫全貌之后,便转入了局部描写:"山顶千门次第开。""山"是骊山;"门"是宫门;而"千"只是泛指,言其多而已;"次第"犹言一个接一个。全句意谓,为了把荔枝急速地送进深宫,山顶上华清宫的宫门一道道地被打开了。至此,这出独幕剧方才拉开了帷幕。

第三句:"一骑红尘妃子笑。""骑"是指那匹运送荔枝的驿马。"红尘"二字极言驿马之快。由于驿马奔驰迅疾,所以黄驿道上尘雾飞扬。鲜红色的荔枝随马并进,穿梭其间,于是尘雾似乎也染上了荔枝的颜色。驿马为何要拼命赶路呢?因为成熟的荔枝从树上摘下后,在自然气温条件下,即使短时间内也难以保藏。白居易在《荔枝图序》中说,荔枝"若离本枝,一日而色变,二日而香变,三日而味变,四五日外,色香味尽去矣"。这里诗人著一"红"字,旨在说明驿马驰骋数百里而荔枝色泽依然未变,红得十分娇艳,这同时反衬了驿马之神速。据历史记载,为了让杨玉环吃上新鲜的荔枝,驿马日夜兼程,慌不择路,以至于一路之上,踏坏无数良田,踏死不少行人,而驿站中的马匹也因进贡荔枝而跑死殆尽。关于这种"人马僵毙,相望于道"的惨状,诗人未置一词,然而由于这一历史题材的广泛流传,这些诗外之景在后世读者的想象中却宛然在目。

接着诗人写杨玉环听说鲜美可口的荔枝已运到而欣然一笑。"妃子笑"三字似乎是一个人物特写镜头。诗人表现了自己假想中的杨玉环这一典型的神情,可谓匠心独运。于是乎"一骑红尘"与"妃子笑"相对为文,形成了极其鲜明而又强烈的对照。一边是黎民百姓深重的灾难,一边是最高统治阶层豪奢的享乐。至此人们才明白,原来穷尽人力、物力、财力,甚至不惜使人马僵毙于道仅仅是为了换取杨玉环的莞尔一笑。如此一句,唐玄宗和杨玉环生活之荒淫靡烂则昭彰若揭,不言自明了。

"妃子笑"是这出独幕剧的高潮,也临近了它的尾声。剧情行将结束时,却又有一句语调沉郁凝重的旁白响起:"无人知是荔枝来。"这是诗人对这一历史事实所发的深沉感慨。意谓由于驿马奔驰神速,谁也看不清它所载何物,然而,谁又能够想象,如此劳命伤财只是为了满足杨玉环吃鲜荔枝的嗜好呢?用其事不可思议来反衬其事悖逆情理。既含蓄蕴藉,如静夜撞钟,清音有余;又深沉有力,如千里来龙,到此结穴。全诗以情结景,用一句慨叹紧紧顿住,令人回肠荡气,体味不已。

在中国古代诗歌源远流长的历史中,有不少诗人撷取驰驿进贡荔枝这一史实,熔铸自己的篇章。如杜甫七绝《解闷》:"先帝贵妃俱寂寞,荔枝还复入长安。炎方每续朱樱献,玉座应悲白露团。"等等。然而同一题材,在具有不同抒情个性的诗人笔下,却各出已杼,大放异彩。苏轼写过一首七言古诗《荔支叹》。其前半部分的艺术造诣足以与《过华清宫》相媲美。诗曰:"十里一置飞尘灰,五里一堠兵火催。颠坑仆谷相枕藉,知是龙眼荔枝来。飞车跨山鹘横海,风枝露叶如新采。宫中美人一破颜,惊尘溅血流千载。"此诗开篇发语不凡,笔力扛鼎。诗人用"飞""催""颠""仆""跨""溅"等具有强烈动作感的动词,着力描绘了一个笼罩着浓重悲剧氛围的大场面,令人惊心动魄,不忍卒读。

第一句中的"置"即驿站。第二句中的"堠"同候,即关隘上守望之所。前三句说的是,每隔十里设一驿站,五里设一瞭望台,用最好的驿马和骑手,以接力跑的方式传送荔枝。途中不管坑洼沟谷,人畜庄稼,驿马一往直前。踏死、撞死、摔死的人或累死的马纵横相枕,不计其数。这三句为第四句蓄势,在这三句描述的基础上,第四句直抒胸臆:"知是荔枝龙眼来。"意谓谁不知道这都是为了让后宫娘娘能吃上新鲜的荔枝和龙眼啊!愤慨之情冲天而起,实乃兴会酣放,痛快淋漓。一般来说,荔枝的产地也兼产桂圆。

第五句中的"车"也就是车骑。"鹘"又名隼,是一种鹰类猛禽,飞起来很快。第五、六两句是说:驮着荔枝的马或马车跨山越岭快得像横渡大海的鹘。尽管它们奔波了几百里,可荔枝的颜色依然如新。第七、八两句"宫中美人一破颜。惊尘溅血流千载",意谓像杨玉环那样受宠幸的美人仅仅笑了一下,于是乎土灰飞扬,尘雾弥漫;鲜血迸溅,流淌千年。在这两句中,诗人用夸张的手法,对进贡荔枝这一弊政的危害作了淋漓尽致的揭露。

这两句显然是化用了《过华清宫》中"一骑红尘妃子笑"的语意,然而又不尽相同。"一骑红尘"与"妃子笑"为因果对立,前者是因,后者是果。苏轼在这里却倒果为因,不是杨玉环等听说荔枝运到莞尔一笑,而是杨玉环等莞尔一笑,于是"惊尘溅血流千载"。如此一变换,实际上强调了造成这一历史事实的原因,突出了唐玄宗之类的昏君为了博取杨玉环等的愉悦而不顾人民死活的误国之举,当然诗的批判锋芒也就更为犀利。

这一起八句,诗人入手擒题,紧紧扣住一个"叹"字来进行抒写,以突兀阔大的气势贯注其间。而《荔支叹》的后半部分则宕开一层,追昔感今,夹议夹叙,在表达"民不饥寒"的社会理想的同时,对"争新买宠"的当朝权贵进行了严厉的抨击:"永元荔支来交州,天宝岁贡取之涪。至今欲食林甫肉,无人举觞酹伯游。我愿天公怜赤子,莫生尤物为疮痏。雨顺风调百谷登,民不饥寒为上瑞。君不见武夷溪边粟粒芽,前丁后蔡相笼加。争新买宠各出意,今年斗品充官茶。吾君所乏岂此物?致养口体何陋耶!洛阳相君忠孝家,可怜亦进姚黄花。"①

---

① 比之于《过华清宫》,《荔支叹》取材广泛。仅进贡荔枝之弊政,它同时指涉了唐朝天宝年间和汉朝永元年间。此外,它还讥讽了宋朝丁谓和蔡襄进献武夷茶和钱惟演进献姚黄花(有"牡丹之王"美称的牡丹品种)二事。

如果对读《过华清宫》和《荔支叹》,显见后者的前半部分虽脱胎于前者,然而却又尽脱窠臼,自出机杼。杜诗场面小,情节集中,紧紧抓住富有包孕的一刻;苏诗场面大,情节铺陈,层层推出富于变换的画面。杜诗着意"无人知",注重暗示,以悠悠思致耐人寻味;苏诗直写"知",着力渲染,以赫赫声势夺人耳目。杜诗言如贯珠,笔调俊逸爽朗;苏诗语似奔洪,笔势汪洋恣肆。总之,它们异曲同工,各擅胜场。

杜诗是杜牧含蓄深婉诗风的体现,而苏诗则与苏轼"平铺直序,如万斛水银,随地涌出"的语言风格相一致。但必须指出的是,《荔支叹》后半部分过多的议论叙述和用事用典,在一定程度上削弱了这首诗的艺术魅力,表现出苏轼以议论为诗,以才学为诗的创作倾向。尽管这是白璧微瑕,但比之于余味曲包的《过华清宫》,《荔支叹》毕竟略逊一筹。《过华清宫》和《荔支叹》皆就唐玄宗等荒淫乱政、昏庸误国立意,旨在借古戒今。然而不同的艺术手法却使它们呈现出不同的艺术风格,从而给人以不同的艺术享受。在中国诗歌史上,它们一珠一璧,辉映成趣。

寻 找 残 荷

李商隐有诗云"留得枯荷听雨声"(《宿骆氏亭寄怀崔雍崔衮》)。曹雪芹在《红楼梦》中借用过这句诗,不知是他将其改为"留得残荷听雨声",还是另有版本以"残"代"枯"。第四十回叙述贾母等游大观园。看着湖面上的残荷枯莲,贾宝玉、薛宝钗和林黛玉有过一番议论。宝玉说:"这些破荷叶可恨,怎么还不叫人来拔去?"宝钗笑道:"今年这几日,何曾饶了这园子闲了一闲,天天逛,那里还有叫人来收拾的工夫呢?"然而偏偏黛玉不以为然,"我不喜欢李义山的诗,只喜他这一句:'留得残荷听雨声。'偏你们又不留着残荷了"。听她这么一说,宝玉自然只能改弦更张:"果然好句!以后咱们别叫拔去了。"

李商隐有《李义山诗集》三卷传世,其中不乏名篇佳句,为什么林黛玉独独爱这一句?这很容易让人联想到这句诗的两个特点:反衬了环境之幽静,进而营造出一个非常闲雅的氛围;化丑为美,然有几分病态的意味。幽静的美和病态的美交织而成的境界是非常契合林黛玉的性格和心态的。这大概也就是她偏爱这句诗的原因吧。其实也正是借助了它的弦外之音,曹雪芹才举重若轻地照亮了林黛玉的内心世界。曹雪芹塑造人物之功力不能不让人为之心折。

笔者也很偏爱这句诗——理由自然与林黛玉不同——是因为它无意间点破了视觉艺术的一个奥秘。没有残荷,还会有雨声吗?当然有,只是小一点而已。然而,有了残荷,雨声便被放大,被强调。在影视作品中,吐血的镜头屡见不鲜。细心的人一定会发现,吐血大多吐在手帕上,而且这手帕必是白的。吐在地上行不行呢?当然也行,但与往往深色调的地面相比,白手帕更适宜充当有效放大雨声的残荷。

东汉雕塑《马踏飞燕》中的奔马昂首嘶鸣,三足腾起,一足踏在一尾作回头骇鸣状的飞燕身上。如果我们还原这富有包孕性的一刻之前史的话,那么它无非是,这尾飞燕开始在奔马前后左右嬉戏,然后径直往前飞去,在它的想象中,奔马的速度肯定无法与它相比。飞过一段路,它想转过头去看看奔马离它还有多远。回首一瞥,马蹄已差不多要挨着它身体了。顷刻之间巨大的惊恐感轰然而下。由此可见,飞燕在这里同样充当了残荷的角色,有了这样的残荷,奔马之神速自然也就不言自喻了。

有没有残荷,即有没有入耳的雨声,有什么样的残荷,就有什么样入耳的雨声。因此,在艺术创作过程中寻找出合目的的残荷往往成为视觉艺术家的看家本领之一。其实,在非视觉艺术中残荷依然发挥着作用,只是这些残荷缺乏视觉美感罢了。曹雪芹笔下的"留得残荷听雨声"其本身不就是便于人们聆听林黛玉心曲的残荷吗?

后　　记

　　本集选录了讨论中国古代戏曲、诗歌和小说的论文和随笔。它们基本上都是在自20世纪90年代末迄今这一时间段里研撰并发表的,仅有一篇随笔是根据写于1980年的《中国古代文学史》课程论文删削而成的。读本科期间,必修课和选修课中有王运熙和陈允吉等先生开设的《中国古代文学史》、顾易生和黄霖先生开设的《中国古代文学批评史》,以及章培恒先生的《中日文学相互关系》、王水照先生的《苏轼研究》等。虽有幸亲炙,却不曾对古代文学发生过浓厚兴趣。40岁以后的高校任教生涯中也不曾专攻古代文学。显见我并非专业研究者,更遑论专家。因此这些论文和随笔更像是"门外文谈"。本集名称《古典文学别释》要表达的也就是这层意思。卑之无甚高论,只是门外客的一些别样的想法。

　　从门外看门内,终究隔了一层,固然是劣势,但好处是不受专业规矩的束缚。不过,任教生涯中也开设过一门关于古代文学作品的课程。也正是这一课程点燃起我对古代文学的浓厚兴趣,这份兴趣源于好奇心发作:为何鲁迅对古代小说和戏曲中的罚恶情节会有两种截然相反的态度?为何关汉卿等几乎所有第一流古代戏曲家会不约而同地杜撰"落难公子中状元"的情节?有何定量分析方法可用来判定中西抒情诗的隐喻性?《赵氏孤儿》中程婴舍子救孤这一"义薄云天"之举是正义的行为吗?为何古代爱情诗中有各种各样的"衾"?正是诸如此类问题引诱我走上"探胜"的路途。

　　本集的上编和中篇选录的皆为论文,下编皆为随笔。在上编的六篇论文中,《悲天与悯人:鲁迅评判艺术正义的两种立场》和《艺术正义的社会效应》显得有些另类。实际上,前者是鲁迅研究的论文,后者是理论研究的论文,但它们都与古代文学有着密切关联,都是对古代小说和戏曲表达同情之理解,甚至为之辩解的文字作品。愚以为,五四新文化运动以来,文学学界形成了不少新教条。这些新教条一天不破除,我们恐怕就无法合理地解读古代小说和戏曲,更遑论客观公正地看待它们了。这两篇论文都运用了我杜撰的艺术正义类型结构说,而且前者还涉及了我关于艺术正义社会效应的部分研究成果,因此它们中的某些内容形成了交集。此外,不少论文均借助了我在马斯洛基本需求说基础上阐发的理论等,因而它们的某些局部内容也相重叠。自忖这是论文和随笔集,我首先试图追求的是,每一篇均为逻辑自洽的有机整体(是否如我所愿,那就不好说了),这一点还望读者诸君鉴谅!

2024 年 12 月 26 日